ぼくらが漁師だったころ

チゴズィエ・オビオマ

粟飯原文子［訳］

THE FISHERMEN

Chigozie Obioma

早川書房

ぼくらが漁師だったころ

THE FISHERMEN
by
Chigozie Obioma

Translated by
Ayako Aihara
First published 2017 in Japan by
Hayakawa Publishing, Inc.
This book is published in Japan by
direct arrangement with
Pontas Literary & Film Agency.

「大連隊」の
兄弟（姉妹）たちに
感謝を込めて――

ひとりが歩いても大混乱は起こらない。

イボの格言

狂人が家に押し入り
われわれの聖なる地を冒瀆する
世界の唯一の真実はわがものと言い張り
われわれの指導者を力でねじ伏せる
ああ！　そうだ、子どもたちは
ご先祖の墓所の上を歩き
狂気に襲われるだろう
蜥蜴の牙をはやし
われわれの目の前で貪り合うだろう
だが古くからの命により
かれらを止めることは禁じられているのだ！

マジシ・クネーネ（一九三〇 - 二〇〇六、南アフリカの詩人）

目次

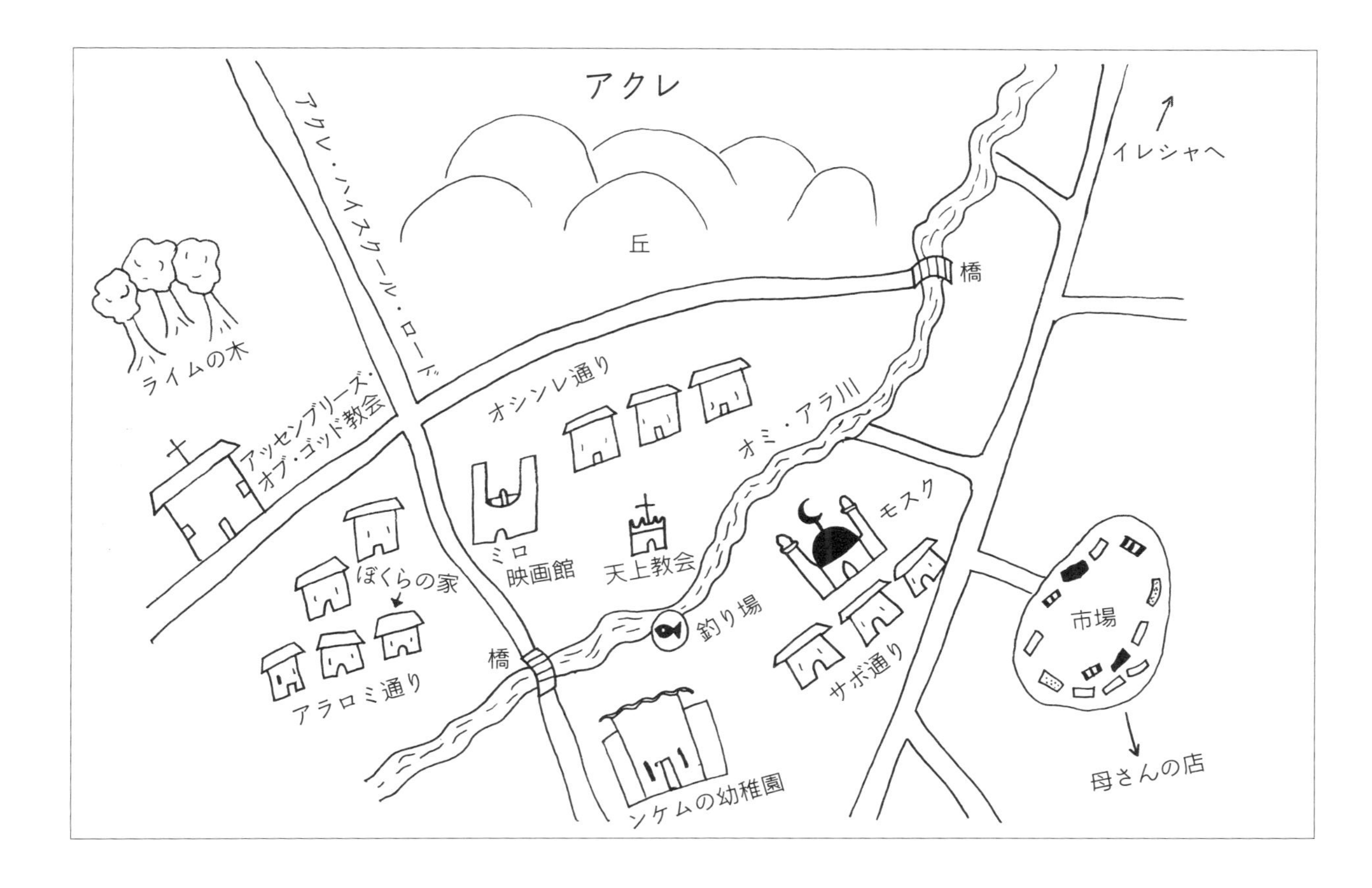
アクレ
アクレ・ハイスクール・ロード
丘
イレシャヘ
橋
ライムの木
アッセンブリーズ・オブ・ゴッド教会
オシンレ通り
オミ・アラ川
モスク
ミロ映画館
天上教会
ぼくらの家
釣り場
市場
サボ通り
橋
アラロミ通り
シケムの幼稚園
母さんの店

1　漁師

ぼくらは漁師だった。

一九九六年の一月、兄さんたちとぼくは漁師になった。父さんが、家族でずっと暮らしていたナイジェリア西部の町、アクレを出ていったあとのことだ。その前の年、十一月の一週目に、父さんは勤め先のナイジェリア中央銀行から、ラクダで行くような千キロ以上も離れた北部の町、ヨラの支店へ異動を命じられた。ぼくは父さんが異動辞令を持って帰ってきた夜のことを覚えている。あれは金曜日だった。それから土曜日まで、父さんと母さんは、まるで祭壇の牧師みたいにひそひそと小声で話し合っていた。日曜日の朝、母さんは別人のようになっていた。濡れたネズミの足取りで、目を背けたまま家のなかを行き来した。その日は教会にも行かず、家にこもりきりで、父さんの服を大量に洗濯してアイロンをかけ、ひどく憂鬱な表情を浮かべていた。父さんと母さんはぼくたちになにも言わなかったし、ぼくたちもなにも聞かなかった。心臓の二つの心室が血液を保っているのと同じで、父さんと母さん、わが家の二つの心室が黙りこくっているときに、ぼくらがつついて穴でも開けてしまったら、家じゅうが洪水に見舞われかねない。兄さんたち、イケンナ、ボジャ、オベンベ、そしてぼくは、それをよくわかっていたのだ。だから、そんなときには、居間の八段の棚にあるテレビを見ないことにしていた。自分の部屋に腰を下ろし、勉強するか、勉強しているふりをして、気がかりだけれどなにも聞かずにいたのだった。状況を把握するためにどんな些細なことも聞き逃すまいと、ぼくらは部屋のなかからアンテナを伸ばした。

そうこうするうち、日曜日のたそがれどきには、ふさふさの毛をした鳥から羽根がはらはらと落ちていくように、母さんの独り言から情報の断片がちらほら漏れ聞こえてきた。「父親に育ち盛りの息子の面倒をみさせないなんて、ひどい職業ったらありゃしない。わたしに手が七つあったとしても、どうやってひとりであの子たちを育てられるっていうの?」

こういう興奮ぎみの文句はだれに向けられているわけでもないけれど、父さんが聞こえるように計算されているのは確かだ。父さんはひとり居間のラウンジチェアに腰かけ、愛読の『ガーディアン』紙で顔を覆い、半ば新聞を読みつつ、半ば母さんの言うことを聞いている。すべて聞こえていても、直接話しかけられない限りは、「卑怯な物言い」と言って取り合わないことにしていた。何事もないように新聞を読み続けて、中座したかと思ったら、目にした記事を大声で罵倒したり、賞讃したりする。「この世に正義があるなら、アバチャは間もなくあの魔女の妻に葬られるだろうよ」「なんと、フェラ・クティはすごい! いやはや!」「ルーベン・アバティは首だ!」こんなふうになんでも声に出して、母さんの嘆き節は無意味だ、だれも気に留めもしない泣き言だ、と印象づけようとするのだった。

その夜、眠りにつく前、イケンナが父さんはこれから転属になるのさ、と教えてくれた。ぼくらはどんなことを理解するにも、もうすぐ十五歳になるイケンナに頼っていた。その一歳下のボジャは、この状況についてなにか言わないと示しがつかないと思ったのか、きっと父さんは〝西洋世界〟へ行くんだと付け加えた。いつかそうなるのではないかとぼくらが恐れていたことだ。オベンベは十一歳、ぼくの二歳上だけれど、意見を言わなかった。ぼくも黙っていた。でもそんなに待たずにすんだ。

翌朝には事の真相が明らかになったのだ。ぼくとオベンベがシェアしている部屋に父さんがなんの前触れもなく入ってきた。父さんは茶色のTシャツ姿、注意して話を聞くんだぞとでもいうように、眼鏡を机の上に置いた。「父さんは今日からヨラに行く。母さんを困らせないでくれよ」そう言いながらしかめ面をした。ぼくらに恐怖を吹き込もうとすると、決まってそんな表情になる。父さんは低く大きな声でゆっくりと話し、その一語一語が、九インチの深さに達するくらい、胸にグサグサと突き刺さった。もしぼくらが言いつけに背いたりしたら、〝言ったじゃないか〟というたったひとことで、そのときのことを正確に、ごく細かいところまで思い出させるためだ。

「母さんには頻繁に電話をするからな。悪い知らせを聞いたら」――とここで、言葉を際立たせるように人差し指をあげて――「つまりだ、おかしなことを少しでも耳にしたら、お前たちはその報いを受けるぞ」

父さんは〝報い〟という言葉を使った。これは警告だとはっきりさせ、悪さをしたら罰を受けることを強調するためだったが、ものすごく力を込めて言ったせいで、顔の両側に静脈が浮き出ていた。言わんとすることはだいたいこの言葉で締め括られる。父さんはジャケットの胸ポケットから二十ナイラ札を二枚取り出し、ぼくらの勉強机に置いた。

「お前たちの分だ」そう言うと父さんは部屋を出ていった。

オベンベとぼくがベッドに腰かけたまま、今しがた起こったことを飲み込もうとしていたら、母さんが家の外にいる父さんに向かって、まるでもう遠くへ行ってしまったみたいに大声で話しかけていた。

「エメ、ここに育ち盛りの息子たちがいるってこと、忘れないでよ」母さんはそんなふうに言った。

「わかってるわよね」

父さんのプジョー504のエンジンがかかっても、母さんはまだ話し続けていた。エンジン音を聞いてぼくとオベンベが慌てて部屋を出ていくと、ちょうど父さんは門を走り抜けていった。父さんは行ってしまったのだ。

あれから二十年たったが、このあとぼくらに起こった出来事を振り返って、ずっと家族みんなで暮らしてきたというのに、あの朝がその最後の瞬間になってしまったのだな、といまだに考える。そのたびに、あの朝父さんが出ていかなければ、父さんが異動辞令さえ受け取っていなければ、と思ってしまう。例の辞令が出る前、万事が順調にいっていた。毎朝、父さんは仕事に出かけ、母さんは市場で生鮮食品を売って、ぼくと五人のきょうだいの面倒をみてくれていた。アクレのほとんどの家の子と同じように、ぼくらは学校に通っていた。すべてがごく自然の流れだった。過去のことなどほとんど考えたこともなかったし、あのころ、時間はなんの意味ももたなかった。乾季には、コップ何杯分もの埃が舞う空に雲がかかり、太陽は夜になるまで顔を見せていた。雨季には、六カ月間ひっきりなしに豪雨が続くなか、ときに突然の雷が襲い、まるで空に薄ぼんやりした絵を描いたようだった。こんなふうに、なにもかもがいつもどおり、はっきりとしたパターンの繰り返しだったので、記憶に値する日などなかった。大切なのは今このとき、そして近い将来のことだけ。未来をほんの少し覗いてみると、機関車が心臓部に黒い石炭を携え、けたたましい警笛を鳴らしながら、希望に満ちた線路の上をしっかりと進んでいた。ときにこういう未来の展望は、夢見るように、空想が羽ばたくように、心のなかの囁きとなって像を結んだ――ぼくはパイロットかナイジェリアの大統領になるぞ、それで金持ちになってヘリコプターを手に入れるんだ――というのも、未来はぼくらが作り出すものだったからだ。未来は真っ白なキャンバス、その上には想像力でなんでも描くことができた。ところが、父さんがヨラへ行ってしまい、すべてのバランスが変わってしまった。時間や季節や過去が重みをもち始めた。ぼくらは現在や未来よりも、過去を焦がれ、求めるようになった。

　あの朝から父さんはヨラで暮らし始めた。緑色の卓上電話は、たいていの場合、カナダにいる父さんの幼馴染み、バヨさんからの電話専用だったのだが、今では唯一父さんとつながっていられるものとなった。母さんはそわそわしながら父さんの電話を待ち、電話があった日には部屋のカレンダーに印をつけた。父さんが一日でも電話を忘れると、母さんは夜中になるまで待ちくたびれて痺れを切らし、ついにはラッパー（図柄がプリントされた一枚布）の端の結び目をほどき、電話番号が書かれたくしゃくしゃの紙を取り出して、父さんが電話に出るまで何度も何度もダイヤルを回し続けた。ぼくらがまだ起きていたら、父さんの声を聞こうとして母さんの周囲に群がり、新しい町に連れて行ってって頼んでよ、と母さんをせっついた。でも父さんは頑として拒み続けた。ヨラは危険な町だ、特にわれわれイボ人に対して大規模な暴力が頻発しているのだから、と繰り返した。ぼくらは懲りずにせがんでみたものの、一九九六年三月、とうとう民族対立による血みどろの暴動が起こったのだった。父さんから待ちに待った電話がかかってくると、この地区で暴徒の攻撃があって、すんでに命を落とすところだった、道路を挟んで向かいの家では家族が皆殺しにされた、という話が背後でときおり銃声が鳴り響くなか始められた。「幼い子どもたちが鶏のように殺されたんだぞ！」父さんは〝幼い子どもたち〟のところを重々しく強調した。正気の人間なら、そっちへ行きたいなどと二度と言ったりしなくなるような口ぶりで。確かに、ぼくらはもうなにも言わなくなった。

父さんは週末、一週おきに家に帰ってくることになっていた。なにしろ十五時間もかかる旅なので、プジョー504のサルーンは埃まみれでガタガタになった。ぼくらは父さんが戻る土曜日を楽しみにしていた。その日、外で車のクラクションが聞こえると急いで門を開け、今回はどんなおやつやお土産を買ってきてくれたんだろう、と早く知りたくてそわそわしたものだ。やがて父さんの帰りが数週間おきになり、ぼくらもそれに慣れてくると、状況は一転した。気品と穏やかさをむりやり引き出すような父さんの巨体は、だんだんと豆粒大にまで縮んでいった。いつもの冷静で忠実、学びを怠らず、昼寝を欠かさない姿は、長らくぼくらの日常の一部だったのに、少しずつその効力も失われていった。あのなんでもお見通しの目にかかると、どんな些細な悪さをこっそりやってもばれてしまうと思っていた。でも、今ではその目に覆いがかかったかのようだった。三カ月目になるころ、戒めの鞭をふるった父さんの長い腕は、枯れた木枝のようにぽきっと折れた。こうしてぼくらは自由になった。

ぼくらは本を棚にしまい、慣れ親しんだ場所を離れて、聖なる世界の探検に乗り出した。まずは町のサッカー場に行ってみた。ここでは同じ通りのほとんどの男子が、毎日午後にサッカーをしていた。でも、やつらはそろいもそろってオオカミのようで、ぼくたちを受け入れてくれなかった。数区画先に住んでいるカヨデ以外は知らないやつばかりだったが、みんなぼくらの家族のこと、しかも両親の名前まで知っていて、つねにぼくらを嘲り、来る日も来る日もひどい言葉で鞭打った。イケンナが見事なドリブルの技を見せても、オベンベが驚くべきセーブをしても、ぼくらは〝素人〟呼ばわりされた。それに、お前らの父親〝アグウ氏〟はナイジェリア中央銀行で働いている金持ちで、お前らは特権階級だ、とやたらと冷やかされた。それにやつらは父さんに奇妙なあだ名をつけた。ババ・オニレ、六人の妻と二十一人の子をもつ、ヨルバ語の人気ドラマの主人公の名前だ。つまり、父さんがたくさんの子どもを欲しがってこの地区で伝説的人物になった、とバカにしていたのだ。そのうえ、オニレはヨルバ語で、あの緑色の醜いガリガリの虫、カマキリを意味する。こんなありとあらゆる侮辱を受けて我慢できるはずもない。イケンナはぼくらが数で劣勢で、喧嘩をしても勝ち目がないとわかっていたので、キリスト教の子どもの慣習に従い、なにも悪くない両親のことを侮辱しないでほしい、と何度も頭を下げた。でもやつらはやめなかった。それである夜、イケンナは例のあだ名がまた持ち出されたことに激怒し、ひとりに頭突きを食らわせた。相手は電光石火のごとく、イケンナの腹に蹴りを入れて詰め寄った。つかの間、二人は取っ組み合ってぐるぐる回り、四本の足は土で覆われたグラウンドにいびつな弧を描いた。でも最後には、イケンナは投げ飛ばされ、おまけに顔に土をひと握り投げつけられた。端で見ていた仲間たちは喝采し、そいつをかつぎあげ、わーいわーい、ひゅーひゅーと一斉に勝利の雄叫びをあげた。その夜、ぼくらは打ちのめされて家路につき、それから二度とサッカー場には戻らなかった。

喧嘩のあと、外へ遊びにいくことに嫌気がさしてしまった。そこで、ぼくの提案から、ゲーム機をまた解禁して「モータルコンバット」をさせてもらえるように父さんを説得してほしい、と母さんにお願いした。前の年、いつもクラスで一番の成績をとっていたボジャが、赤字で〝二十四位〟、さらには〝留年の可能性〟という警告が書かれた通知表を持って帰ってきた。それを知った父さんはゲーム機を取り上げて、どこかに隠してしまったのだ。イケンナの成績も似たり寄ったりで、四十人中十六位。担任のブッキー先生からは直接父さん宛てに手紙があった。父さんは手紙を読みながら怒り狂い、「なんてことだ！　なんてことだ！」とひたすら同じ言葉を繰り返していた。そんなわけでゲーム機は没収されてしまい、とどめの一撃を目にして、興奮のあまり跳びはねたり、叫んだり唸ったりする機会が永遠に奪われることになった。ゲームのなかでは〝とどめを刺せ〟とナレーションがあると、勝ったキャラクターがやられたキャラクターを空中に蹴りあげるか、グロテスクにも血と骨になるまで斬りつけるのだ。最後に画面上には音が響き、〝フェイタリティ〟とメラメラ燃えるような字体が浮かぶ。一度など、オベンベは用を足している最中だったにもかかわらず、ナレーションのアメリカ英語のアクセントを真似て「フェイタルだ！」と叫ぶためだけに、トイレから駆け出してきたことがあった。その後母さんはラグの上に糞が落ちているのを見つけて、オベンベを叱りつけたのだった。

いろいろ思うようにはいかなかったが、せっかく父さんの厳しい規則から自由になったのだから、ぼくらは放課後の時間を過ごすために、もう一度なにか体を動かせる遊びを見つけようとした。結局、近所の友だちを集めて、家の裏の空き地でサッカーをすることに落ち着いた。カヨデも連れてきた。町のサッカー場で一緒にプレイしたオオカミ軍団のなかで、ただひとり顔見知りだったやつだ。カヨデは中性的な顔立ちをしていて、ずっと同じ優しい笑みを浮かべている。近所のイバフェ、それにイバフェのいとこのトビも仲間に入った。トビは難聴だから「ジョー、キロンソ？」——もう一回言ってくれない？——と聞くだけでも、声を張り上げないといけない。この子の巨大な耳は体の一部ではないように見える。エレティ・エオロ、ウサギの耳と言われても、トビが怒ることはめったにない——たぶんぼくらがひそひそ声で言うので、聞こえていないこともあったのだろうけど。ぼくらは選手のニックネームがプリントされた安物のサッカー・ジャージとTシャツを着て、空き地の隅から隅まで走り回った。狂ったように試合に夢中になっていたせいか、たびたび近所の家のなかまでボールを飛ばしてしまって、なんとか取り戻そうとしたけれどだめだった。その場に到着すると、だいたいいつもご近所さんたちはちょうどボールに穴をあけようとしていて、人にぶつけたり、物にぶつけて壊したりしたせいで、返してくださいとどんなにお願いしても聞き入れてもらえなかったのだ。あるとき、家の塀を越えたボールが体の不自由なおじさんの頭に当たって、おじさんは椅子から転げ落ちてしまった。窓ガラスを割ってしまったこともあった。

ボールに穴をあけられるたび、ぼくらはお金を出し合って新しいボールを買ったが、カヨデだけは免除された。町に広がる極貧層の家の子で、一コボたりとも払えなかったからだ。カヨデは着古したおんぼろの半ズボンをはいていて、小さなキリスト使徒教会の聖職者をしている年老いた両親と一緒に、学校へ行く道の角を少し過ぎたところにある建てかけの二階建て住居で暮らしている。カヨデはお金を出せないかわりに、新しいボールを手に入れるたび、空き地を飛び越えていかずに、長い時間使えますようにと祈ってくれた。

ある日、ぼくらは一九九六年のアトランタ・オリンピックのロゴが入ったまっさらの白いボールを手に入れた。カヨデの祈りが終わるとさっそく試合を開始した。ところが、一時間もたたないうちに、ボジャがボールを蹴ると、塀を張り巡らせた医者の邸宅まで飛んでいってしまった。立派なお屋敷の窓ガラスがパリーンと大きな音をたてて粉々に割れ、屋根でまどろんでいた二羽の鳩が大慌てで飛び去っていった。ぼくらは少し離れたところにじっと立ち、だれかが犯人捜しにやって来たらいつでも逃げられるようにしていた。しばらくして、イケンナとボジャはお屋敷へ向かい、カヨデは跪いて神がお助けくださるよう祈りを捧げた。二人の使者が家にたどり着いたとたん、医者が待ち構えていたかのように追いかけてきたので、みんなして必死になって逃げ出したのだった。その夜、汗を垂らし、ぜいぜい息を弾ませて家に帰り、サッカーは二度とごめんだと思った。

*

次の週、イケンナが斬新なアイデアをひっさげて学校から戻り、ぼくらは漁師になった。一月の終わりのことだ。ボジャの十四歳の誕生日が一九九六年の一月十八日、その週末、夕食代わりに自家製ケーキとジュースでお祝いをしたからよく覚えている。ボジャが誕生日を迎えると、〝同い年の月〟が始まる。イケンナはボジャより一年早い二月十日生まれだから、一時的にイケンナと同い年になるのだ。イケンナはクラスメイトのソロモンから、魚釣りがどんなに楽しいものか聞いてきたらしい。魚釣りは楽しいだけじゃなく、やりがいもある、釣った魚を売って小遣いを稼げるのだから、とソロモンは話したそうだ。イケンナはあのヨヨドンが蘇るかもしれないとわかって、ますます興味をひかれていった。以前、わが家のテレビの横には水槽があり、茶、紫、それに薄緑も混じった極彩色の目を見張るほど美しいシンフィソドンという熱帯魚を飼っていた。オベンベが魚の属名、シンフィソドンと言おうとして、似たような響きのヨヨドンを思いつき、それで父さんはこの魚をヨヨドンと名付けたのだった。しかし間もなく、父さんは水槽を片づけることになった。イケンナとボジャが〝汚い水〟にいる魚をかわいそうに思い、救ってやろうとして水槽の水をきれいな飲み水に替えてしまったのだ。あとで二人が戻ると、ヨヨドンは水槽に敷き詰められたピカピカの小石や珊瑚のあいだに横たわり、身動きしなくなっていた。

イケンナはソロモンから釣りの話を聞いて、絶対にまたヨヨドンを釣ってやる、と誓いをたてた。翌日、イケンナとボジャはソロモンの家に行き、あの魚がどうとか、この魚がどうとか、夢中になってしゃべりながら帰宅した。二人はソロモンに教えてもらって、どこからか釣り竿を二本買ってきた。イケンナはボジャとシェアしている部屋の机に竿を置き、使い方を説明し始めた。釣り竿は長い木製の杖のようで、先から細い糸が垂れ下がっている。糸の端に鉄の針がついているから、そこにミミズやゴキブリや食べ滓(かす)、なんでもいいから餌をつけ、この餌で魚をおびき寄せて捕まえるんだ、とイケンナは話した。その翌日からまる一週間、学校が終わると毎日二人はすっ飛んで帰った。雨季になると悪臭が漂い、豚が放し飼いにされている家の裏の空き地を通り抜け、曲がりくねった長い道をてくてく歩いて、この地区の端にあるオミ・アラ川へ魚を釣りに行った。ソロモンや近所の少年たちも加わり、魚でいっぱいになった缶をいくつも持って戻った。小さな色とりどりの魚を見て、仲間に入れてもらいたくてうずうずしたが、はじめのうち、ぼくとオベンベは一緒に行くのを許されなかった。でもある日のこと、ぼくとオベンベはイケンナから「ついておいで、漁師にしてやるよ！」と言われた。それで後をついていった。

ぼくらは毎日学校が終わると、ソロモン、イケンナ、ボジャに率いられ、近所の子たちと列をなして川へ向かうようになった。三人組はよく釣り竿をぼろ布や着古したラッパーで巻いて隠し持っていた。残りのカヨデ、イバフェ、トビ、オベンベ、ぼくは、釣り用の服を入れたリュックやら、餌にするミミズとゴキブリの死骸を入れたナイロン袋やら、釣った魚やオタマジャクシを入れておく飲み物の空き缶やら、色んなものを運んだ。みんな一緒に草木に覆われた道を進み、一面に生い茂る棘だらけのイラクサに素足を刺され、白いミミズ腫れを作りながら川まで歩いていった。イラクサがチクチクするさまは、ここでよく見かけるこの雑草の不思議な名前にぴったりだ。ヨルバ語でエサン、報復や復讐を意味する。ぼくらは一列になってこの道を行き、雑草地帯を通り過ぎると、狂ったように川へと駆け出した。そして岸に立ち、川面に竿をぴんと立てると、餌をつけた針が水中に消えていった。三人は川の誕生から知っている昔日の男たちのように釣りをしたが、たいていは手のひら大のスメルト二、三匹か、それよりも釣るのが難しい茶色のタラが少々釣れただけ、ティラピアがとれるのはごくまれだった。残りのぼくらは、空き缶でオタマジャクシをすくった。ぼくはオタマジャクシが好きだった。すべすべの体、巨大な頭、まるで鯨のミニチュアのような曖昧な形。水中に漂っているところをうっとりと眺め、皮膚をつやつやさせている灰色のぬめりをこすり落とそうとすると指が黒くなる。ぼくらは珊瑚のかけらやひょろ長い節足動物の脱け殻を拾ったりもした。渦巻きの形をした巻き貝やなにかの動物の歯も。ボジャがこれは恐竜の歯だと強く言い張って持ち帰ったので、ぼくらも大昔のものだと信じるようになった。それに川べりに落ちていたコブラの脱け殻など、おもしろいものを見つけるとどんなものでも拾った。

たった一度きり、売れるほど大きい魚が釣れたのだが、ぼくはその日のことをよく思い出す。ソロモンがとんでもなく巨大な魚、これまでオミ・アラ川で見たなかで一番大きい獲物を引き上げたのだ。さっそくイケンナとソロモンは近くの市場に出向き、三十分を少し過ぎたころ、十五ナイラを持って戻ってきた。ぼくら兄弟は売り上げのうち六ナイラの取り分をもらって、大喜びで家路についた。この日以来、ぼくらはもっと真剣に釣りに打ち込むようになり、夜遅くまで釣りについて語り合った。

ぼくらは魚釣りに大きな情熱を傾けるようになった。まるで毎日、熱心な観客が川岸に集まり、ぼくらを見て応援してくれているかのように。水草の茂る川の臭いが漂っても、毎夕、岸に羽虫の大群が押し寄せてきても、向こう岸で節くれだった木々が水面下に枝を伸ばし、川面に浮かんだ藻や落ち葉が不気味な問題多発地域の地図のように見えてもおかまいなしだった。ぼくらは来る日も来る日も、錆びついた缶と虫の死骸と溶け出しそうなミミズを携え、たいていぼろや古着を着て出かけた。苦労したところで見返りは少ないが、魚を釣ることに大きな喜びを感じていたのだ。

ぼくも今では息子たちをもったためか、当時を振り返ることが増えた。それで気づいたのだが、ぼくら家族の運命と世界が一変してしまったのは、川に通っているときだった。まさにあのとき、時間が重みをもつようになった。ぼくらが漁師になったあの川で。

2　川

オミ・アラは恐ろしい川だ。

わが子に捨てられた母親のように、長いあいだアクレの住人に見放されていた川。しかしかつては清流だったわけで、初めてここに移ってきた人たちは魚と飲み水をオミ・アラに頼っていた。オミ・アラ川はアクレの町を取り囲み、縦横に曲がりくねっている。アフリカの川ではよくあることだが、その昔、オミ・アラは神と信じられ、住民に崇拝されていた。人びとは同じ名前の社（やしろ）をあちこちに建てて、人魚の姿をしたイェモジャやオシャ、川に住まうその他の精霊や神々に仲裁と助言を仰いでいた。ところが、ヨーロッパから植民地主義者たちがやってきて、聖書をもたらしたことで、状況は一変した。信奉者たちは川から引き離されて、ほとんどがキリスト教徒に改宗してしまい、ついには川を邪悪な場とみなすようになった。こうして信仰の源に泥が塗られた。

オミ・アラは悪意ある噂話のもとにもなった。そのひとつは、川岸でありとあらゆる呪い（まじない）の儀礼がおこなわれているというものだった。人間の死体や動物の死骸、儀礼に用いる呪物が川面を漂っていたり、岸に置き去りにされたりしていると囁かれ、どうやらこの噂は本当らしいということになった。とかくするうち、一九九五年のはじめごろ、体のあちこちを切断された女性のバラバラ死体が川で発見された。死体があがったことを受け、町議会は夕暮れから夜明けまで、午後六時から午前六時までこの付近への立入禁止令を敷いて、川は打ち捨てられることになった。何年ものあいだに、次から次へと事件が起こったことで、オミ・アラの歴史は汚され、その名には取り返しのつかない傷がついてしまい、やがて名前を口にするだけでも侮蔑を呼び起こすようになった。国内で悪評のたっている宗教団体が川のそばに拠点を置いているので、なおさら厄介だった。この団体は天上教会とか白衣の教会という名で知られていて、信徒たちは水の精霊を崇拝し、裸足で歩き回っていた。

川に行っていることが両親に見つかったら、こっぴどくお仕置きされるのは明らかだった。しかしそれを深く考えずにいたら、頭に盆を載せて煎り落花生を売り歩いている女性が、ぼくらを川に続く道で見かけて母さんに告げ口したのだった。これが二月の終わりごろ、釣りを始めて六週ほどたっていた。その日、ソロモンは巨大な魚を釣り上げた。水の滴り落ちる針にかかった魚がパタパタ動き回るのを見て、ぼくらは興奮のあまり飛び上がり、ソロモンが作った漁師の歌を合唱した。獲物が死の淵でのたうち回っているような最高の瞬間に、いつもこの歌を歌っていた。

これは、当時アクレで一番人気のあったキリスト教ドラマ『至高の力』の挿入歌の替え歌だった。主人公イシャウル牧師の浮気性の女房が罪を犯して追放されたあと、再び教会に呼び戻されるときに歌っていた有名な歌だ。最初に替え歌を作ろうと言い出したのはソロモンだったが、みんながアイデアを出し合って歌詞が出来上がった。たとえば、ボジャの提案で、〝お前を捕らえたのはわれわれ〟

を〝お前を捕らえたのは漁師〟に変えた。この女房が悪魔の誘惑を断ち切らせてくれる神の力を証言するくだりは、一度魚を釣ったらしっかり捕まえて逃がさないぼくらの力という歌詞に置き換えたりもした。ぼくらはこの歌をものすごく気に入っていたので、家や学校でも口ずさんでいた。

ビオティィウオキオジョ　望むなら踊れ
キオジャ　戦えるなら戦え

アティムオ　お前は捕らわれの身
オマレロモ　もう逃げられない

シェビアティムオ？　お前は捕らわれの身だろう？
オマレロモオ　もう逃げられないぞ

アワ、アペジャ、ティムオ　お前を捕らえたのは俺たち漁師

アワ、アペジャ、ティムオ　お前を捕らえたのは俺たち漁師
オマレロモオ　もう逃げられないぞ！

ソロモンが巨大な魚を釣った夜、ぼくらは大声でこの歌を歌っていた。すると天上教会の老牧師が亡霊のように足音もたてず、裸足で川にやってきた。川に来はじめたころ、近くでこの教会を見つけて、さっそく冒険計画に組み込んだ。小さな教会の青いペンキが剝がれかかったマホガニー製の窓が開いていたので、ぼくらは信徒たちを覗き見し、熱狂的な身振りやダンスの真似をした。ただイケンナだけが、宗教団体の神聖な活動を覗き見するなど無神経だと考えていた。老牧師が歩いてきた小道に一番近いところにいたのはぼくだったので、はじめに牧師を見つけたのもぼくだった。川の向こう側にいたボジャは、牧師を見ると釣り竿を落とし、急いで岸にあがった。ぼくらが釣りをしていた場所は、両側に長く伸びる茂みがあるため、通りからは見えない。この通りを進んで茂みを切り開いて作られた轍(わだち)道に行かないと、川は見えてこないのだ。老牧師は小道に入ってこちらに近づき、ふと足を止めた。手で掘った浅い穴に入れておいた空き缶二つに気づいたようだった。牧師はハエがブンブン飛び回っている缶の中身を覗き込むと、顔を背けて首を横に振った。

「これはなんだね」牧師は聞き慣れない訛りがあるヨルバ語でそう言った。「どうして君らはそろいもそろって酔っぱらいみたいに叫んでいたのだ。神の家がすぐ向こうにあるのを知らないのかね」牧師は教会のほうを指差して、小道にくるりと向き直った。「君らには神への敬意がないのか、どうなんだ?」

すぐに答えられたとしても、ぼくらは年配の人が叱責の意味を込めた質問に答えるのは無礼だと教わっていた。なので、ソロモンは返答する代わりに謝罪した。

「ごめんなさい、ババ(おじさん、お父さん)、これからは大声を出さないようにします」そう言ってソロモンは両手のひらをこすった。

「この川でなにを釣っているのかね」老人はソロモンを無視して暗い灰色になった川を指して聞いた。

「オタマジャクシ、スメルト、それからなんだ？　家に帰ったらどうだ」老牧師はまばたきをして、ぼくらをひとりずつじろじろと見ていった。イバフェが笑いをかみ殺していたので、イケンナは「このバカ」と小声で言って叱りつけたのだが、ときはすでに遅かった。

「なにがおかしい」と牧師はイバフェを睨みつけた。「気の毒なのは両親だ。親御さんは君らがここに来ているのを知らないだろうが、知ったらさぞ残念がるだろうよ。町議会がここに来るのを禁じているというのに。知らないとでも言うのか。はあ、近ごろの子どもときたら」老牧師は驚きの表情を浮かべてもう一度見回し、「ここに来ても来なくても、二度とあんなふうに騒ぐんじゃないぞ。わかったか」と告げた。

そして牧師は長いため息を漏らし、首を横に振りながら、背を向けて去っていった。とたん、ぼくらはわっと笑い声をあげ、牧師の痩せ細った体にひらひらはためく白衣をバカにした。まるでぶかぶかのコートを着ている子どものように見えたのだ。魚やオタマジャクシを見るのが耐えられない（なぜなら、牧師は目に恐怖を浮かべて魚を見ていたのだ）、びくびくした老人を笑い飛ばし、臭い息を想像して（とはいえ、だれも口臭がわかるほど牧師に近づかなかったのだが）またげらげら笑った。

「あの爺さん、イヤ・オロデみたいだな。でもあの気狂い女はもっとひどいらしいけど」とカヨデが言った。カヨデは魚とオタマジャクシの入った缶を運んでいて、持っていると傾いてしまうので、手で蓋をしてこぼれないようにしていた。鼻が垂れていたが、どうも気づいていないようで、乳白色の鼻水がぶらさがっていた。「イヤ・オロデはいつも町じゅうで踊ってるんだって。だいたいマコッサ（カメルーンのダンス音楽）を踊ってるらしいよ。この前、オジャ・オバの大きな市場から追い出されたって。市場のど真ん中、肉屋の屋台のすぐそばでしゃがみこんで、ウンコをしたんだそうだ」

　この話を聞いてぼくらは爆笑した。ボジャなど笑いながら体を震わせて、まるで笑いに全エネルギーを注いだみたいに、手を両膝に置いてハアハアいっていた。イケンナはといえば、牧師に釣りを邪魔されてからひと言も発していなかった。ぼくらがまだ笑っていたら、イケンナがすでに向こう岸にあがっているのが見えた。そのあたりでは、萎れたエサンの草が横倒しになって川に浸かっていた。ぼくらが注目していると、イケンナは濡れた半ズボンを脱ぎ出した。水がぽたぽた垂れている釣り用の服も脱いだと思ったら、さっさと体を乾かし始めた。

「イケ、なにやってんだ？」ソロモンがたずねた。

「家に帰るのさ」質問を待つのがじれったいかのように、イケンナは素っ気なく言った。「帰って勉強するんだ。ぼくは学生だ。漁師じゃない」

「もう帰るのか？」とソロモン。「早すぎるんじゃないか、俺たちまだ――」

　ソロモンはぜんぶを言わなかった。理解したのだ。なぜなら、イケンナが示している態度、つまり、もう釣りには関心がないという態度の兆（きざ）しは、前の週に見え始めていたのだ。この日は、一緒に川に行こうとイケンナを説得しなければならなかった。そんなわけで「帰って勉強するんだ。ぼくは学生だ。漁師じゃない」とイケンナが言うのを聞いて、だれもそれ以上問い詰めなかった。ボジャとオベンベとぼくは、イケンナが認めないことは絶対にしないので、仕方なくイケンナに従い、着替えて家に帰ることにした。オベンベは着古したラッパーに釣り竿をくるんだ。実はこれは母さんの古い整理箱からくすねたものだ。ぼくはというと、缶と小さなポリ袋を担当した。袋の中では、残ったミミズがくねくね動いてもがき、徐々に息絶えていった。

「みんなほんとに帰るの？」カヨデがイケンナのあとをついていくぼくらに呼びかけた。イケンナはぼくらを待つ気がないようだった。

「なんで帰っちゃうんだよ？」ソロモンも口を挟んできた。「あの牧師のせいなのか？　それともアブルに会ったから？　待つなって言ったよな？　あいつの言うことなんて聞くなって言ったよな？　やつは単に邪悪で頭のおかしい気狂いだって言ったよな？」

　でもだれもなにも答えなかったし、ソロモンのほうを振り向きもしなかった。ぼくらはただ歩き続けた。前のほうでは、イケンナが釣り用の半ズボンの入った黒いポリ袋だけを持って歩いていた。イケンナは川岸に釣り竿を置いていったのだが、ボジャが拾ってラッパーにしまったのだった。

「放っておこうぜ」とうしろでイバフェが言っているのが聞こえてきた。「あいつらは必要ない。俺たちだけでもやれるし」

　そうしてぼくらはバカにされたのだが、遠ざかっていくうちに耳にも入らなくなっていき、押し黙ったまま小道を進んでいった。歩きながら、イケンナになにがあったのだろうと思い巡らした。イケンナの行動や決断が理解できないこともあった。そんなときは、いつもオベンベに頼って、ちゃんとわかるように助けてもらっていた。ソロモンが言ったように、前の週、アブルと出くわしたのだが、そのあとでオベンベはイケンナが突然変わってしまった原因を教えてあげると言って話をしてくれた。

ぼくがその話について考え込んでいると、「なんてこった、イケンナ、ほらあそこ、ママ・イヤボだ！」とボジャが叫び声をあげた。ボジャが見たのは隣人のひとり、落花生を売り歩いている女性で、教会前のベンチにさっき川に来た老牧師と並んで腰かけていた。ボジャが警告したときにはもう遅かった。落花生売りの女性に見られてしまったのだ。

「おやおや、イケじゃないか」ぼくらが囚人のように黙りこくったまま通り過ぎようとすると、大声で声をかけられた。「ここになにしに来たんだい」

「べつになにも！」イケンナはそう答えて歩みを速めた。

女性は立ち上がり、虎みたいに腕をあげて、まるでぼくらに飛びかからんばかりだった。

「で、その手になにを持ってるんだ。イケンナ、イケンナ！　あんたに言ってるんだよ」

イケンナは無視して道を急ぎ、ぼくらもあとに続いた。ある家のうしろでさっと曲がると、嵐でぽっきり折れたバナナの木がネズミイルカの滑らかな口先のようにたわんでいた。そこでイケンナはぼくらに向き合って言ったのだった。「もうわかっただろ。このバカげた行為でどうなったか、わかっただろ。あのクソみたいな川に行くのはもうやめだって言ったのに、だれも聞かなかったじゃないか」イケンナは両手を頭に置いた。「それ見たことか、あの女、ぜったいに母さんに言いつけるぞ。賭けてみるか？」と言って額をぺちっと打った。「どうなんだ？」

だれも返事をしなかった。「ほらな、やっと目が開いたようだな。今にわかるさ」

帰り道、イケンナの言ったことが耳の奥でドクドクと脈打ち、絶対に母さんに密告されるという恐怖を痛感した。女性は母さんの友だちで、夫に先立たれていた。彼女の夫はアフリカ連合軍で戦い、シエラレオネで戦死したのだ。残ったのは夫の一族と折半したわずかばかりの弔慰金、それにイケンナと同じ年ごろの栄養不足の息子が二人、次から次へと尽きることのない物入りがあり、母さんもときおり手助けをしていた。ママ・イヤボは日ごろの恩返しとして、危険な川でぼくらが遊んでいるのを見たと必ず母さんに告げ口するにちがいない。ぼくらはとても不安になった。

＊

翌日の放課後、川には行かなかった。部屋で腰を下ろして母さんの帰りを待っていた。ソロモンたちはぼくらも来ると思って川に行っていたが、しばらくして、やはり来ないのではと思い始め、様子を見に家までやって来た。イケンナはみんなに、特にソロモンに、魚釣りはきっぱりやめたほうがいいと言って聞かせた。ところが、ソロモンが忠告を撥ねつけたので、イケンナは釣り竿を彼に差し出したのだった。ソロモンはイケンナを嘲笑い、家をあとにした。イケンナが並べ立てるような、オミ・アラの周囲に影のように潜んでいる危険なんかには無縁であるとでもいうように。イケンナはみんなが去っていくのを見ながら、哀れみを感じて首を振った。友人たちが絶望の道に進んでいくことを心に決めているように思えたのだ。

母さんが午後、いつもの終業時間よりもずいぶん早く帰宅すると、あの近所の女性からぼくらの話を聞いていることがすぐにわかった。母さんは、ぼくたちとひとつ屋根の下に暮らしながら、なにが起こっているかまったく気づいていなかったということの重大さに、ひどく動揺しているようだった。

確かに、魚釣りのことは長いあいだ秘密にしていて、魚やオタマジャクシはイケンナとボジャがシェアしている部屋の二段ベッドの下に隠していた。ぼくらもオミ・アラを取り巻く奇妙な出来事のことを知っていたからだ。水草が浮かぶ川の臭い、それに死んだ魚の吐き気をもよおすような異臭ですら隠し通していた。ぼくらが釣った魚はだいたいちっぽけで弱々しく、釣ったその日を生き延びるのもまれだった。川で汲んできた水に魚を入れていても、缶のなかですぐに死んでしまったのだ。毎日学校から戻ると、イケンナとボジャの部屋は死んだ魚とオタマジャクシの臭いが充満していた。家の塀の向こうにあるゴミ捨て場に缶ごと捨てたのだが、空き缶はなかなか手に入らないので残念に思った。

川に行く途中で、傷だらけになっていたことも黙っていた。イケンナとボジャは母さんには絶対に見つからないよう注意していた。あるとき、母さんはなんでオベンベを殴ったの、とイケンナに詰め寄った。イケンナはオベンベが風呂で漁師の歌を口ずさんでいたから殴ったのだが、すぐさまオベンベはイケンナに頑固野郎と言ったら怒りを買って殴られたんだよ、と言ってかばおうとした。でも実際にイケンナが殴ったのは、ぜんぶばれてしまうかもしれないのに、母さんが家にいるときにあの歌を歌うなんてどうかしていると思ったからだ。それで、同じ間違いを繰り返したら二度と川を見られないぞ、とオベンベに警告したのだった。オベンベはぶたれたことではなく、この脅しのせいで泣き出したのだ。冒険に乗り出して二週間目に差しかかったころ、ボジャが川のほとりでうっかり蟹の鋭い爪につま先を挟まれてしまい、サンダルが血で真っ赤に染まったことがあった。このときにもサッカーの試合で怪我をしたんだ、とみんなで母さんに嘘をついた。でも本当のところ、イケンナ以外目を背けていろと言われて、そのあいだにソロモンが蟹の爪からボジャのつま先を引き抜いたのだ。イケンナはというと、ボジャが大量に血を流しているのを目にし、ソロモンが絶対に大丈夫だからと言うのを聞いても、このまま出血死してしまうのではないかと恐くなって怒り狂い、ボジャにこんなひどい傷を負わせやがってと何千回も蟹を罵って、木っ端微塵になるまで叩き潰したのだった。母さんは心を痛めた。ぼくらがこんなにも長いあいだ――三週間だけだと嘘をついたけれど、実は六週間以上も――隠し事をしていたなど、しかもそのあいだに漁師になっていたなど思いもよらなかったのだ。

その夜、母さんはひどく傷ついて、重い足取りで歩き回っていた。ぼくらには夕飯をくれなかった。「あんたたち、この家ではなにも食べなくていいから」そう言い放ち、両手を落ち着きなく動かし、打ちひしがれて、台所から自分の部屋へと行ったり来たりを繰り返していた。「ほら、あの危ない川で釣ってきた魚をお腹いっぱい食べたらどうなの」

母さんは台所のドアを閉め、自分が寝たあとでぼくらが食べ物を探しに入らないよう南京錠をかけたのだが、あまりに狼狽していたので、悩みがあると決まって始まる独り言を夜遅くまでぶつぶつ言い続けていた。その夜の母さんの漏らす言葉、たてる物音すべてが、骨の髄にまで達する毒のように、ぼくらの心に深く染みわたった。

「あんたたちがしでかしたこと、エメに言いつけるから。このことを聞いたら、きっとすべて放り出してここに戻ってくるはず。エメのことは手に取るようにわかる。あんたたち、今に見てなさい」指をパチンと鳴らしたかと思ったら、続いてラッパーの端で鼻をかむ音が聞こえてきた。「あんたたちになにか悪いことが起きたり、ひとりでも川で溺れたりしたら、母さんも存在を消し去ってしまうなんて思ってる？　あんたたちが勝手に自分自身を痛めつけても、わたしは死にはしないから。ぜったいに。アニャンケナークワ、ンナーイェモ、ンケネレダイナンネヤティ、ウグローマンケンダグルグウ、ガーグプタヤ、ウムーゴガーエリクワヤ――父を嘲り、老いた母を蔑む目は、谷のカラスがこれをつつき出し、ハゲタカがこれを食らう（『箴言』三十章十七節。聖書の翻訳は口語訳を参照している）」

こうして母さんは「箴言」の一節で夜を終えた。ぼくにとって聖書全体のなかで一番恐ろしい箇所だ。でも思い返してみると、母さんが言葉にいちいち悪意を込めてイボ語で引用したから、ひどく恐ろしげに聞こえたということがわかる。この一節を除いて、母さんはイボ語ではなく英語で話した。普段、両親とぼくらが話すときにはイボ語を使う。ぼくらだけになると、アクレで一般的なヨルバ語を話す。英語はナイジェリアの公用語だが、見知らぬ人や親族以外の人との会話で用いるような堅苦しい言葉だ。たとえば話している言葉を英語に切り替えると、友人や親類との関係に溝を作ってしまう可能性もある。そういうわけで、両親はこんなふうにぼくらをやりこめようとするとき以外、ほとんど英語を話さなかった。父さんも母さんも使い分けが巧みで、このときも母さんは成功したのだった。〝溺れる〟、〝すべて〟、〝存在〟、〝危ない〟という言葉は重々しく、抑制がきき、張りつめていて、非難の意を含んでいた。それでぼくたちは夜遅くまで苦しめられることになった。

3 ワシ

父さんはワシだ。

ほかの鳥より高いところに巣をつくる力強い鳥。まるで王が王座を守るように、子どもたちの上を旋回し、見守っている。ぼくらの家は寝室が三つある平屋住宅で、イケンナが生まれた年に父さんが買ったもの、つまり父さんにとってのあの丸っこい巣であって、握り拳で取り仕切っていた場所だ。そんなわけで、父さんがアクレを離れなかったなら、わが家はまずもって磐石（ばんじゃく）で、ぼくたちを襲った不幸などなかったはずだ、とだれもが思うようになった。

父さんは並外れた人だった。みなが家族計画の教えを受け入れているというのに、独りっ子で、母親とともにきょうだいを望みながら成長したためか、家いっぱいの子どもをもつこと、自分の体から一族を生むことが夢だった。一九九〇年代のナイジェリアの厳しい経済状況では、こんな夢は笑い種（ぐさ）だったが、蚊がうるさく飛び回っているだけとでもいうように、悪口をぴしゃりと撥ねつけた。父さんはぼくらの未来予想図、夢いっぱいの地図を描いて見せた。イケンナは医者になる予定だった。でものちに、イケンナが小さいころから飛行機に魅せられていることがわかり、エヌグ、マクルディ、オニッチャに航空学校があって、そこで学べるということも後押しし、パイロットに変更になった。ボジャは弁護士、オベンベはうちの主治医だ。ぼくは獣医になろうとしていて、森で働いたり、動物園で動物の面倒をみたり、動物に関わることならなんでもよかったのだが、父さんに大学教授と決められた。弟のデイヴィッドは、父さんがヨラに異動になった年、三歳になったばかりだったが、技術者と決まっていた。一歳の妹、ンケムの職業は簡単に選ぶことはできない。父さんによれば、女はそんなことを決める必要がないとのことだった。

父さんのリストには魚釣りなんてどこにもないことは最初からわかっていたけれど、当時はそんなことなど考えてもいなかった。あの夜、母さんに釣りのことを父さんに言いつけると脅されてから、それが不安になり、父さんの怒りへの恐怖に火がついてしまった。母さんは、ぼくらが悪霊にそそのかされて釣りを始めたのだから、鞭を打って悪霊退治をしないといけないと信じ込んでいた。ぼくらが父さんの厳しいお仕置きを尻に受けるより、太陽が落ちてきて大地と一緒に焼かれてしまうほうがましだ、と思っていることをよくわかっていたのだ。母さんはこうも言った。父さんは自分の靴が濡れているからといって、人の靴に足を入れるような人ではない。あんたたちはそのことを忘れている。そんなことをするくらいなら、父さんは裸足で地面を歩く人だ――。

翌日の土曜日、デイヴィッドとンケムを連れて母さんが店に行ったのを確かめてから、ぼくらは魚釣りの証拠をぜんぶ隠滅してしまおうとした。ボジャは急いで自分の釣り竿ともうひとつの予備を錆びかけの屋根板の下に隠した。これは一九七四年に家を建てたときの残りで、裏庭の母さんのトマト畑のフェンスにたてかけられていた。イケンナは自分の釣り竿を壊して、バラバラの破片を塀の裏のゴミ置き場に捨てた。

　父さんはその土曜日に戻ってきた。川で魚釣りの現場を目撃されてからちょうど五日後のことだ。オベンベとぼくは、父さんが帰ってくる前日、緊急にお祈りをした。神様は父さんの心を動かして、鞭打つのをやめさせてくれるんじゃないか、とぼくが提案したのだ。ぼくらは床に跪いて祈り始めた。

「イエス様、もしぼくら――イケンナ、ボジャ、ベン、ぼくを愛してくださるなら」とオベンベが先導した。「父さんを二度と家に帰らせないでください。どうかイエス様、父さんをヨラにいさせてください。ぼくの願いをお聞きください。父さんの鞭打ちがどれほどひどいか、ご存じでしょうか。ええほら、父さんは焼肉屋のマラム（アフリカでのイスラーム学者の称号）からコボコ――牛革の鞭を買ったのです。それがものすごく痛いのです！　イエス様、父さんが帰宅してぼくらを鞭打つことになったら、ぼくらは二度と日曜学校に行きません。それに、教会で歌って、手拍子を打つこともやめますから。アーメン」

「アーメン」ぼくも続いた。

　その日の午後、父さんはいつものように、喜びに溢れた歓迎を受けながら家の敷地内に車を乗りつけようと、門のところでクラクションを鳴らした。でもぼくたちは迎えに出ていかなかった。イケンナの考えで、部屋にいて寝ているふりをすることになったのだ。〝平気なようすで、悪いことなどなにもしていないみたいに〟ぼくらが出迎えにいくと、父さんを余計に苛立たせるだけだから、と。それでぼくらはイケンナの部屋に集まり、父さんの動きに耳を澄ませ、母さんが報告を始めるときを待った。というのも、母さんは慎重に話を進めるたちなのだ。父さんが戻るたび、居間の大きなソファで二人並んで腰をかけ、留守中にどんなことがあったか――たとえば必需品が切れて、どうやってまかなったか、だれから借りたかということ、それに学校の成績や教会のことなどもこと細かく説明したのだった。とりわけ、我慢ならない反抗的態度や父さんの罰を受けるに値するような悪さについて報告していた。

かつて母さんが二晩にわたって、ある教会員がなんキロの赤ん坊を産んだかという話を延々と語っていたのを思い出す。前の日曜日、教会の演壇で執事がうっかりおならをしてしまい、マイクを通してその恥ずかしい音がどれほど響きわたったかも描いてみせた。ぼくが特に好きだったのは、この界隈でリンチにあった泥棒の一件だ。逃げようとする泥棒に人びとが石を投げつけてぶちのめし、車のタイヤを首にかけたという話。母さんは、あっという間に石油がもちこまれて、咳をするくらいのつかの間に、泥棒がメラメラ燃え上がったという謎めいた部分を力説した。どんなふうに火が泥棒を包み込んだか――ゆっくり火が広がっていき、もっとも毛深い部分、特に陰部のあたりがぼうぼう燃えていた――という話に、父さんもぼくも引き込まれていった。泥棒が火の光輪に包まれていくときの千変万化する炎のようす、そして身の毛もよだつような叫び声を実に詳しく鮮明に描写するので、炎に飲み込まれる男のイメージがずっと記憶から離れなくなった。イケンナが言っていたのだが、もし母さんが教育を受けていたら、立派な歴史家になったことだろう。イケンナは正しい。母さんは父さんの留守中に起こった出来事はすべて、細部に至るまでほぼ言い忘れることはなかったのだ。母さんは父さんにありとあらゆる話をした。

まずは核心から逸（そ）れた話が始まった。父さんの仕事のこと、〝現政権の腐りきった政策〟におけるナイラの枯渇をどう考えるかなど。ぼくらはいつも父さんのようにたくさんの言葉を知りたいと思っていたのだが、それを腹立たしく思うときもあれば、ただ必要だと感じるときもあった。たとえば政治について、相応する単語がないのでイボ語では話せない。そのころ、ぼくは政権を〝せいえん〟だと思っていたが、そういう言葉のことだ。中央銀行が破滅に向かっていたときのことだが、この日の父さんの最大の懸念は、ナイジェリアの初代大統領、ンナムディ・アズィキウェ（一九〇四－一九九六。ナイジェリアの民族主義者、英保護領時代の第三代総督〔一九六〇－一九六三〕、共和制移行後の初代大統領〔一九六三－一九六六〕）が亡くなるかもしれないということだった。父さんはアズィキウェを敬い、師と仰いでいたのだ。ズィクというのが愛称で、彼はエヌグの病院に入院していた。父さんはむかっ腹を立て、この国の貧弱な医療施設のことを嘆いた。独裁者のアバチャ（サニ・アバチャ、一九四三－一九九八。ナイジェリアの第十代大統領〔一九九三－一九九八〕、軍事指導者）を罵り、ナイジェリアでイボ人が排除されている状況に憤慨した。そうして、食事が出てくるまで、イギリスがナイジェリアをひとつにまとめて怪物を産み出してしまったと不満をこぼしていた。父さんが食べ始めると、母さんにバトンタッチされた。知ってる？ ンケムの幼稚園の先生はみんなあの子のことが大好きなのよ。「エズィオクウ――本当かい？」と父さんが言うと、母さんは小さなンケムのこれまでの歩みを話し始めた。アクレの王、オバはどうなんだ。父さんが知りたがると、今度は、オバがアクレを州都とするオンド州の軍政府長官とやりあった話に移った。母さんはそうやってずっと話を続けていて、まったくぼくらが予想もしていなかったときに、突如切り出したのだった。「ディム（わたしの夫）、話したいことがあるの」

「しっかり聞いてるよ」父さんはそう答えた。

「ディム、あなたの息子たち、イケンナ、ボジャ、オベンベ、ベンジャミンが最悪のこと、まったく想像もつかないほど最悪のことをしでかしたの」

「なにをしたんだ?」父さんはそう言い、皿の上で銀製のナイフとフォークがガチャガチャと音をたてた。

「ええ、そうね、ディム。ママ・イヤボ、ユースフの奥さんを知ってるでしょ。あの落花生を売ってる――」

「ああ、うん、わかったから、早く息子たちがなにをしたのか言ってくれ、友よ」父さんは大声で言った。父さんは話し相手に苛立ったら、よく〝友よ〟と呼びかけるのだった。

「ええああ、オミ・アラの近くにある天上教会の老牧師様に落花生を売っていたら、少年たちが川に続く小道に出てきたっていうのよ。すぐにだれなのか気づいて声をかけたけど、無視されたって。それで牧師さんに、知っている子たちだと話したら、あの子たちは長いあいだ川で魚釣りをしていて、何度か注意しようとしたけど、聞いてくれなかったと言われたそう。ねえ、そのうえもっとひどいことがあるんだけど、わかる?」――母さんは手をパンパンと打ち、この問いに対する不快な答えに直面するよう心の準備をしてもらおうとした――「ママ・イヤボはその子たちがうちの息子だって、イケンナ、ボジャ、オベンベ、ベンジャミンだって、気づいたのよ」

しばし沈黙が流れた。そのかん、父さんは、床、天井、カーテンなど、じっとひとつの物を順番に見ていた。まるで、今聞いたばかりの卑しむべきことの証人となってくれ、と言わんばかりに。沈黙が続いているあいだ、ぼくは部屋のあちこちに目をやった。ドアのそばにかかっているボジャのサッカー・ジャージから、衣装ダンス、そして壁にかかったひとつのカレンダーへと。ぼくらはこれをM

・K・Oカレンダーと名付けた。ここにはぼくたち四人とかつてナイジェリアの大統領候補だったM・K・O・アビオラが写っているからだ。次にゴキブリの死骸が目に入った。たぶんカッとなって殺されたのだろう。小顎部分が擦りきれた黄色の絨毯の上でぺしゃんこになっていた。これを見て、父さんが隠したビデオゲームを必死になって探したときのことを思い出した。ゲームさえあったら、魚釣りに行くこともなかったはずだ。ある日、ぼくらは母さんがチビたちと外出しているあいだ、両親の部屋でゲームを探したのだが、どこにも見当たらなかった。父さんの戸棚にも、部屋に大量にあるタンスにも、どこにも。そこで今度は父さんの古い金属製の箱を取り出してみた。一九六六年、父さんが初めて村を出てラゴスへ行くときに、ぼくらのお祖母さんが買ってくれたのだそうだ。イケンナは絶対にそこにあると思っていた。この棺ほど重い金属製の箱を、イケンナとボジャの部屋へと運んだ。ボジャが念入りにすべての鍵を試していくと、ついにはギーギーと音が鳴り、蓋がパタンと開いた。箱を運んでいたとき、ゴキブリが一匹、箱から這い出してきて、錆び付いた金属板の上でカサコソ動き回り、飛んでいった。イケンナが箱を開けると、今度は無数の赤黒いゴキブリが一斉に部屋に広がった。あれよあれよという間に、鎧窓に一匹が止まり、衣装ダンスの扉にも一匹、下向きに這っていき、もう一匹はオベンベのスニーカーに入っていった。ぼくらはわーわーと叫び声をあげながら、三十分ほど大騒ぎで、動き回る大量のゴキブリを追いかけた。そうしてようやく箱を外に出した。ゴキブリを退治した部屋の掃除が終わり、オベンベがベッドに横になっていたところ、足もとにバラバラになった黒焦げのゴキブリが見えた。外れた後ろ足、潰れてぺしゃんこになった頭にぎょろりとした目、ちぎれた羽の破片、こういうものがつま先のあいだにも挟まっていた。黄色い粘液は胸部から出てきたにちがいない。左足の下では丸ごと一匹が紙切れのようにぺらぺらになり、羽は二倍ほどに大きく広がっていた。

ぼくの心はコインのようにくるくる回っていたのだが、父さんが珍しく落ち着いた声で話し始めると、ようやく静まったのだった。「ではアダク、お前はここに座って、女性が川で見かけたのは本当にイケンナ、ボジャノニメオプ、オベンベ、ベンジャミンだったのだと言っているのだね。あの危険な川には立入禁止令が出ていて、あそこに行くと大人ですら行方知れずになってしまうというが」

「そのとおり、ディム。あの人が見たのは、まさしくあなたの息子たちですよ」母さんは英語で返答した。父さんがいきなり英語で話し始め、〝行方知れず〟の最後の音節をうわずった声で強調したからだ。

「なんともまあ！」父さんは何度も続けてそう叫んだので、音節が分かれてしまって、〝なんともまあ〟が〝なん、とも、まあ〟となり、金属の表面を叩いたときに出る音のように聞こえた。

「どうなってるの？」オベンベは今にも泣き出しそうだった。

怒ったイケンナは低い声で「静かにしろ」と言った。「だから釣りをやめるように言ったじゃないか。でもお前たちはソロモンの言うことを聞いたんだぞ。その結果がこれだ」

「では、彼女が見たのは本当に息子たちだったというんだね」イケンナがまだ話しているときに、父さんはそう続けた。そして母さんが「そう」と言うのが聞こえたと思うと、今度は父さんがいっそう大きな声で「なんともまあ！」と叫んだのだった。

「みんな家にいるから、直接聞いてみて。そうすれば自分で確かめられるはず。あなたのあげたお小遣いで、釣り針、糸、錘とか、釣り用具を買ったと思うと、なおさらひどいわね」

〝あなたのあげたお小遣いで〟というフレーズの強烈なパンチが、父さんの体を深く抉った。ツンと突かれた虫みたいに、体を丸めたにちがいない。

「どのくらいやっていたんだ」と父さんはたずねた。最初のうち、母さんは批判されるのを避けようとしてためらっていたが、「わたしは耳も聞こえない、口もきけない人間と話しているのか」と父さんが怒鳴りつけたので、「三週間」とうちひしがれた声で告白したのだった。

「なんともまあ！　アダク、三週間とはな。同じ屋根の下にお前もいたというのに」

でもそれは嘘だ。母さんに三週間と言ったのは、ぼくらが犯した悪事を少しでも軽くしようとしただけなのだ。ところがそんな不正確な情報でも、父さんの怒りを解き放った。

「イケンナ！」父さんは怒鳴り声をあげた。「イケーンナ！」

イケンナはパッと立ち上がった。母さんが父さんに話を始めたときから腰を下ろしたままだったのだ。イケンナはすぐにドアのほうに向かったが、ふと足を止めて一歩下がり、尻を触った。これから身に降りかかる衝撃を少しでも軽くしようと、パンツを二枚重ねてはいていた。でも、イケンナも残りのぼくらも、父さんは必ずむき出しの尻に鞭を振るうとわかっていた。イケンナは意を決して頭をあげ、「はい！」と叫んだ。

「すぐにここに来なさい！」

イケンナの顔はミミズクのようにそばかすだらけ。また前に進み、突然、見えない障害物に行く手を阻まれたかのように立ち止まったかと思えば、最後には飛び出していった。

「三つ数える前に、みんなここに来るんだ。さあ！」と父さんは大声で言った。

ぼくらはすぐさま部屋を出て、イケンナの背後に並んだ。

「母さんの話が聞こえていたと思うが」父さんの額には長いしわが寄っていた。「本当なのか？」

「はい、本当です」とイケンナ。

「そうか、本当なんだな？」一瞬父さんの目が、イケンナの不安そうな顔に留まった。

父さんは答えを待たずに、怒り狂って自室に入って行った。ぼくはデイヴィッドを見た。ソファのひとつに座り、手にビスケットの袋を持ち、緊張した面もちでぼくらが鞭打たれる姿に備えようとしていた。そこへ父さんが牛革の鞭を二本持って戻ってきた。ひとつは肩に掛け、もうひとつは手に握っている。食事用の小さなテーブルが部屋の真ん中に引き寄せられた。母さんはテーブルを片付け、雑巾で拭いたところだったが、胸の周りでラッパーをきゅっと締めて、お仕置きが行き過ぎだと感じられるときを待っていた。

「ひとりずつこのテーブルの上にマットみたいに広がれ」と父さんは言った。「全員、服を脱いで尻をむき出しにして罰を受けるんだ。この罪深い世界に生まれてきた姿になって。父さんは汗水垂らし、苦しみに耐えて働き、お前たちが文明的な人間として西洋の教育を受けられるように学校へやっているんだ。それなのに漁師なんかになりたいとはな。り、ょ、う、し、なんかに！」父さんはまるで呪いの言葉であるかのように、漁師と何度も大声で口にし、どれくらい繰り返したかわからなくなったころ、イケンナにテーブルの上に突っ伏すよう言った。

鞭打ちは耐え難いものだった。ぼくらは鞭が振るわれるたび、数を数えさせられた。イケンナとボジャはパンツを下ろしてテーブルに伏せ、それぞれ二十回と十五回を数えた。オベンベとぼくは八回ずつ。母さんは割って入ろうとしたが、邪魔したらお前にも鞭が飛ぶぞ、と厳しい警告を受けて思いとどまった。あのときの凄まじい怒りからすると、父さんは本気で言っていたのかもしれない。父さんはぼくらが喚き、呻き、泣く声を聞いても、母さんの懇願を聞いても、意に介さず鞭を振るい、金を稼ぐためにどれほど働いていると思っているんだとぶちまけ、〝漁師〟という言葉を吐き出しては激怒した。すべてが終わると父さんは牛革の鞭を肩にかけて部屋に戻り、ぼくらはわんわん泣いて尻を押さえていた。

*

お仕置きの夜はつらい夜だった。ぼくらはみんなお腹ペコペコで、夕食の揚げた七面鳥とプランテーン（調理用バナナ）の匂いに誘惑されそうになったけれど、きっぱり拒絶したのだった。これはめったにないメニューで、母さんはぼくらがプライドから食べないのを知っていて、もっと懲らしめようとして作ったのだ。ドド（揚げプランテーン）は長いあいだ、わが家の食卓にのぼっていなかった。一年ほど前、オベンベとぼくは母さんの保冷庫からドドをいくつか盗んで、ネズミが食べていたよと嘘をついた。以来、ドドは禁止になった。ぼくはなんとかして部屋をこっそり抜け出し、母さんが台所でよそい分けた四皿のうちひとつに手を伸ばしたかったが、みんなのハンガーストライキ計画を裏切ってしまうのが怖くて結局諦めることにした。満たされない空腹のせいで痛みがひどくなり、夜遅くまで泣いていたが、知らないうちに眠りについていた。

翌朝、母さんにペチペチとたたかれ、「ベン、起きなさい、起きて。父さんが呼んでるわよ、ベン」という声に起こされた。

体の節々がぜんぶ痛みで燃えているようだった。尻には余分な肉がついたみたいに思えた。とはいえ、ハンガーストライキが次の日までもちこすのではないかと心配したが、結局長引かずに終わったのでほっとした。ぼくらはこういう厳しいお仕置きを受けたあとはいつも両親を恨み、仕返しとして二人を避け、食事を拒み、とにもかくにも謝らせて、なだめてもらおうとした。でも今回は、先に父さんに呼ばれたので、そういうことはできなかった。

尻のあちこちに鋲（びょう）が刺さったように痛むので、ベッドを出るためにまず端まで這っていき、次にゆっくりと下りた。居間に入るとまだ薄暗かった。前夜から電気が途絶えていて、真ん中のテーブルには灯油ランプが置かれていた。最後にやって来て腰を下ろしたのはボジャで、少し足を引きずり、動くたびに身をすくめていた。全員揃って席につくと、父さんは両手で顎を支え、長いあいだぼくらを睨みつけていた。母さんは向かいの、ぼくが手を伸ばせば届くところに座り、ラッパーをまとって脇の下で締めていたが、端をほどいてブラジャーをたくし上げた。母乳でパンパンに張った胸は、すぐにンケムの小さな手に握られて見えなくなった。まるで動物が獲物をむさぼるように、ンケムは丸くて黒く固い乳首にしゃぶりついた。父さんは興味深く乳首を見ているようだったが、見えなくなると、眼鏡を外してテーブルの上に置いた。父さんが眼鏡をとったら、ボジャとぼくが——とりわけ黒い肌と豆の形をした頭が——いかに父さんに似ているかはっきりする。イケンナとオベンベは母さんの蟻（あり）

塚(づか)色の肌を受け継いでいた。

「いいか、よく聞くんだ」父さんは英語で話し始めた。「わたしがお前たちのしたことに傷ついた理由はいくつもある。まず、ここを離れるとき、母さんに面倒をかけるなと言ったはずだ。だが、お前たちはなにをしでかした？　母さん、それに父さんに対して、あらゆる面倒の元となることをしたんだ」父さんはぼくたちの顔を順に見ていった。

「いいか、お前たちのしたことは実にひどい。実にひどいのだ。西洋の教育を受けている子どもが、いったいどうしてあんな野蛮な企てに手を染められるというのか？」そのときぼくは〝企て〟という言葉を知らなかったが、父さんが大声で言ったので、厳粛な言葉として受け止めた。「それから二つ目だ。母さんとわたしは、お前たちが重大な危険を冒していたことに愕然とした。あそこは父さんがやった学校じゃないぞ。あの恐ろしい川の近くでは、どこに行ったって、本など見つけられないじゃないか。本を読めといつも言っているはずだが、もはや読書に興味がないとはな」そして深刻な厳しい顔をして、畏怖を感じさせるように手をあげ、こう言った。「友よ、よく聞くがいい。この家に悪い成績を持って帰ってきたら、村に送り込んで畑仕事か椰子酒(オプ・アクウ)造りをやらせるからな」

「とんでもない！」母さんは言い返して、精神を蝕(むしば)むような言葉を払い除けようと、頭上で指をパチパチ鳴らした。「わたしの子どもたちに、そんなことさせるもんですか」

父さんは怒って母さんを睨みつけた。「そのとおり。とんでもない」と母さんの優しい声音を真似て言った。「アダクよ、お前の鼻先で、息子たちは六週間もあの川に行っていたというのに、なにがとんでもないのだ。六、週、間、もだぞ」そして指で六週と数えあげながら首を横に振った。「いいか、友よ、今後、息子たちが必ず読書するよう確かめるんだ。わかったか？　それから、店を閉めるのは七時ではなく五時だ。土曜日は休み。お前の鼻先で、子どもたちが落とし穴に落ちていくなど、許すわけにはいかないからな」

「わかりました」と母さんはイボ語で返事をして、チッと舌打ちした。

「つまりだ、今後は気紛れをやめるんだな。良い子でいなさい。だれも子どもを鞭打って楽しいわけがない。だれもだ」

父さんが頻繁に使うので、ぼくらは〝気紛れ〟という言葉が無駄な娯楽という意味だと受け取った。父さんは話を続けようとしたが、突然、天井の扇風機が回り始めて中断された。なんの前触れもなく電力が復旧したのだ。母さんは電気のスイッチを入れて、灯油ランプの芯をつまんだ。この一件で起こった小康状態のなか、電球の灯りに照らされている今年のカレンダーに目が留まった。今は三月だが、カレンダーはまだワシの絵が描かれている二月のままだ。ワシは飛んでいるところで、翼を広げ、脚を伸ばし、鉤爪を曲げて、膨らんだサファイア色の眼球はカメラのほうをじっと見ている。ワシの雄大な姿が背景の景色に広がり、まるで世界はかれのもので、かれこそがすべての創造主——翼と羽根を持つ神——であるかのようだ。そして、一瞬のうちになにかが変わり、果てしない静けさが破れることを、ある途方もない不安感とともに思い巡らした。ワシの凍りついた翼がいきなり解れ、羽ばたき始めるのじゃないか。膨らんだ目がまばたきし、脚が動き出すのじゃないか。イケンナがカレンダーをめくった二月二日からワシはこの空のなかにいるが、もしここから出ていくことになったりしたら、この世界と世界のすべてが想像もつかないほど変化してしまうのじゃないか。そんなふうに恐ろしくなった。

「とはいえ、お前たちがやったことは確かに悪いが、大胆なことに熱中する勇気があることも明らかになった。そういう冒険心は男がもつべきものだ。だからこれからは、その精神をなにか有意義なことに向けてもらいたい。つまりだ、違う意味での漁師になってもらいたいんだ」

　ぼくらは驚いて互いに見合った。ただイケンナだけはずっと床を見ていた。イケンナは鞭打たれて一番傷ついていた。イケンナはぼくらを止めようとしたのに、父さんはそれを知らず、責任の多くはイケンナにあると考えて一番厳しく鞭打ったのだ。「お前たちには夢を釣り上げる漁師になってもらいたい。最大の夢をつかむまで諦めずに突き進む。圧倒的に強く、脅威を与える、だれにも止められない漁師になってほしいのだ」

　それを聞いてぼくは心底驚いた。父さんが漁師という言葉を忌み嫌っていると思っていたからだ。理解しようとオベンベのほうを向いた。オベンベは父さんの言うことすべてにウンウンとうなずき、父さんの額にはわずかながら微笑みの兆しが見えた。

「良い子だ」父さんはそうつぶやき、満面の笑みを浮かべると、憤怒のあまり顔じゅうに広がっていた深いしわが滑らかになっていった。「いいか、これまで教えてきたことに沿って言えば、つまりだ、どんな悪いもののなかにも、良いものを掘り起こすことができる、ということだが、お前たちは違う種類の漁師になれるんだ。オミ・アラのような汚いどぶ川の漁師なんかじゃなく、精神の漁師になれ。野心家になるんだ。この生命の川や海、大洋に手を浸し、成功するんだ。医者、パイロット、教授、弁護士になるんだ。わかったか？」

父さんはまたぐるっと見回した。「それこそ、わたしが息子になってほしいと望む漁師だ。さあ、ここで讃歌を歌う気はあるか？」

オベンベとぼくはすぐにうなずいた。父さんは床をじっと見たままの二人に目をやった。

「ボジャ、どうなんだ？」

「はい」ボジャはしぶしぶつぶやいた。

「イケはどうだ？」

「はい」長い沈黙のあとでイケンナは答えた。

「よしよし。では、始めるぞ。〝圧倒的に、強く〟」

「圧倒的に、強く」とみんなで復唱した。

「きょういを、あたえる、きょ・う・い・を・あ・た・え・る、脅威を、与える」

「だれにも、止められない」

「良きものを釣り上げる漁師」

父さんは大きなしわがれた笑い声をあげ、ネクタイを直し、ぼくらをまじまじと見た。父さんの声は一段と強くなり、拳を突きあげた勢いでネクタイが上向きに跳ねた。そして「われわれは漁師だ」と叫んだ。

「われわれは漁師だ」ぼくらは声を限りに唱和した。みんな、にわかに――しかもやすやすと――こんなに興奮したことに驚いていた。

「われわれは釣り針と糸と錘のあとに続く」

　ぼくらも繰り返したが、父さんはだれかが〝あとに続く〟のところを〝あとにつなぐ〟と間違ったのを聞いて、歌を続ける前にこの言葉だけを発音するよう言った。そして発音練習の前に、お前たちは〝西洋の教育〟の言語である英語ではなく、いつもヨルバ語を話しているから、こういう言葉を知らないのだと嘆いたのだった。

「だれにも止められない」父さんは続けて、ぼくらも復唱した。

「脅威を与える」

「圧倒的に強く」

「決してしくじらない」

「それでこそわたしの息子だ」父さんがそう言うと、ぼくらの声は澱のように沈んでいった。「さあ、生まれ変わった漁師たちよ、父さんを抱き締めてくれるかい？」

　父さんの態度が強い嫌悪から賞讃へと魔法のように変化したのを見て、ぼくらはすっかり心を奪われてしまい、ひとりずつ立ち上がり、父さんのボタンを外したコートのなかに顔を埋めた。何秒か父さんを抱き締めているあいだ、父さんは頭をぽんぽんとたたいてキスをし、次々と同じ儀式を繰り返した。それから書類鞄を持ち上げ、ナイジェリア中央銀行の印入りの紙テープで巻かれたきれいな二十ナイラの札束を取り出した。イケンナとボジャは四枚ずつ、オベンベとぼくは二枚ずつもらった。部屋で眠っているデイヴィッド、それからンケムにも一枚ずつ分けられた。

「父さんが言ったこと、忘れるんじゃないぞ」

　ぼくらはうなずき、父さんは部屋を出ようとしたが、なにかに呼び戻されるように、振り返ってイケンナのほうに向かった。そしてイケンナの肩に手を置いてこう言った。「イケ、なぜお前を一番鞭打ったかわかるか？」

イケンナはまるで映画のスクリーンがそこにあるかのように、顔を床に向けたまま、ぼそっと「はい」とだけ答えた。

父さんは「なぜだ」ともう一度聞いた。

「ぼくが長男だから。弟たちのリーダーだから」

「よし。しっかり覚えておくんだ。これからなにをするにも、まず弟たちを見るんだ。弟たちはお前のやることをなんでも真似するし、お前の行くところならどこにでもついていく。そうして弟たちの模範となり、みんなが互いに倣うことになる。だからイケンナ、弟たちを道に迷わせてはいけないぞ」

「はい、父さん」とイケンナは答えた。

「弟たちの手本となるんだ」

「はい、父さん」

「良い導き手となるんだぞ」

イケンナは少しためらって、小さくつぶやいた。「はい、父さん」

「貯水槽に落ちたココ椰子(やし)は食べる前にきれいに洗わなければならない。忘れるんじゃないぞ。つまり、悪いことをすれば、正されなければならないということだ」

父さんも母さんも、こういう隠れた意味が込められた表現は説明する必要があると思っていた。ぼくらが文字通り受け取ってしまうこともあるためだ。両親はこのように話すことを身につけた。ぼくらの言語、イボ語はそんなふうに成り立っている。〝気をつけろ〟という警告の表現を文字通りに構成する言葉はあるけれど、代わりに〝キリイレギグオエゼギオヌ——舌で歯の数を数えろ〟と言ったりする。かつて、悪さをしたオベンベを叱っているとき、まるで歯並びのチェックをしているみたいに、オベンベが頰をすぼめて、顎によだれを垂らしながら口のなかで舌を動かしていたので、父さんは吹き出してしまった。そういうわけで、両親は怒るときにはいつも英語に戻る。怒りながら言ったことの意味を説明したくないからだ。でも英語を話しているときにも、父さんは難解な言葉や慣用句を使ってしまうことがあった。イケンナはこんな話を聞かせてくれた。かつてぼくが生まれる前、イケンナが小さかったころ、父さんがとても真面目な声で〝時間をかけなさい（テイク・タイム）〟、つまり文字通りには〝時間をとってくれ〟となる表現を使ったので、イケンナは従順にも食卓によじ登り、フックから掛け時計をはずしたのだった。

「わかりました、父さん」イケンナは言った。

「それでお前は正された」父さんは告げた。

イケンナはうなずき、父さんは見たこともないほど間髪を入れず、約束するよう言った。イケンナですら驚いているのがわかった。父さんはいつも言いつけに従うよう命じるだけで、同意や約束など求めたりしなかったのだ。イケンナが「約束します」と言うと、父さんは背を向けて外へ出ていった。ぼくらはあとに続き、また父さんは行ってしまったと胸に痛みを感じながら、車が埃っぽい道を進んでいくのを眺めていた。

4 ニシキヘビ

イケンナはニシキヘビだ。

気性の荒いヘビで、木や平原に生息し、どんなヘビより巨大で恐ろしい。イケンナは鞭で打たれたあと、ニシキヘビになった。鞭が彼を変えたのだ。ぼくが知っていたイケンナは、まるで違う人間になってしまった。移り気でかんしゃくもち、つねに獲物を狙っているような人間に。実は鞭打ちのずっと前から、内面的には徐々に変化が起こっていた。でもお仕置きを受けたあとに、兆候がはっきりと現れるようになった。まさかイケンナがするなどと想像もできないようなことを始めたのだ。まず大人に危害を加えた。

あの朝、父さんがヨラに出発して一時間ほどたち、母さんが二人のチビを連れて教会に出かけたあと、イケンナはボジャ、オベンベ、ぼくを自分の部屋に呼び集めた。そして、イヤ・イヤボ――ぼくらのことを告げ口した女性だ――に罰を与えるべきだと言い放った。その日、ぼくらは叩かれて体調が悪いからと、教会に行かなかった。それでイケンナの部屋のベッドに腰かけ、話を聞くことになった。

「ぼくは必ず代償を払わせるし、お前たちも一緒にやるんだ。元はと言えばお前たちのせいなんだからな」イケンナはそうきっぱり言った。「お前たちが言うことを聞いていたら、あの女の告げ口で父さんにこんなにぶたれることもなかったんだ。見ろ、ほら見てみろよ」

イケンナはうしろを向いてパンツを下ろした。オベンベは目をつぶったが、ぼくはぱっちり開けていた。まるまるとした尻には赤い縞がついていた。ナザレのイエスが背中に負った傷のようだった——長いもの、短いもの、交わって赤いXになっているもの。不幸な人の手相の線みたいに、ほかより目立っている傷もある。

「お前たちとあのバカ女のせいでこうなったんだぞ。だからお前たち、あいつを罰する方法を考えるんだ」イケンナはパチンと指を鳴らした。「今日決行するぞ。そうすりゃあの女も、ぼくらに干渉したらただじゃすまないとわかる」

イケンナが話していると、窓の外からヤギの鳴き声が聞こえてきた。メーーーメーーー！

ボジャは苛立った。「またあのイカれたヤギか。あいつめ！」そう叫んで立ち上がった。

「座れ」とイケンナは怒鳴った。「放っておけよ。母さんが教会から戻る前に、あの女をどうするかアイデアを出してくれ」

「わかったよ」とボジャは言ってもう一度腰を下ろした。「イヤ・イヤボは雌鶏をいっぱい飼ってるだろ?」ボジャはヤギの鳴き声がまだ響いている窓のほうに顔を向けたまま、しばらくじっとしていた。ヤギの鳴き声が気になっていたのは明らかだったが、「そう、たくさん飼ってる」と続けた。

「ほとんどは雄鶏だよ」コケコッコーと鳴くのは雌鶏ではなく雄鶏だと知ってもらいたくて、ぼくは割って入った。

ボジャは嘲笑うような顔でぼくを見て、ため息をつき、こう言った。「そうさ、でも鶏の性別を言う必要あるか？　何度も言っただろ、バカみたいに動物に夢中になって、大事な話に――」

イケンナはぴしゃりと叱りつけた。「ああ、ボジャ、いつになったら大事なことに向き合うんだ。アイデアを出すのが先決だろう。お前はあのまぬけなヤギの鳴き声に苛々して、時間を無駄にしてるんだ。それに、雄鶏と雌鶏の違いとか、くだらないことでベンを非難するとはな」

「わかったよ。じゃあ、一羽かっぱらってきて、しめてフライにしよう」

「そりゃフェイタルだ！」イケンナはそう叫んで、まるで吐く寸前のような苛々した表情を見せた。「でも、あの女の鶏を食べるべきじゃないな。そもそもどうやってフライにする。ここで料理なんてしたら、母さんが絶対に気づく。匂いでばれてしまう。そしたら盗んできたと疑われて、今度はもっとひどい鞭打ちだ。そんなことごめんだろ」

イケンナは必ずきちんと考えてから、ボジャの考えを却下するのだった。二人は互いを尊重し合っていた。言い争うのもほとんど見たことがない。ぼくの質問には「ちがう」「いいや」「間違いだ」などと即座に答えが返ってくるのだが。ボジャは何度もうなずいて、そうだなと同意した。それからオベンベが別の提案をした。家に石を投げ込んで、女か息子のひとりに命中するよう祈り、だれも出て来ないうちにすぐその場から逃げるっていうのはどうかな。

「だめだな」とボジャが撥ねつけた。「あそこの息子たち、でかくて腹ペコで、いつもぼろぼろの服を着てるやつらだけど、アーノルド・シュワルツェネッガーみたいな力こぶがあるんだぞ。捕まえられてぶん殴られたらどうする？」ボジャはムキムキの力こぶを身振りで示してみせた。

「あいつらに殴られたら、父さんなんかよりずっとひどい」とイケンナは付け加えた。

「ほんと、目に浮かぶようだよ」とボジャ。

イケンナは同意してうなずいた。まだアイデアを出していないのはぼくだけになった。

「ベン、お前はどうだ？」ボジャがたずねた。

ぼくはゴクリと唾を飲み、心臓の鼓動が速くなった。兄さんたちがぼくの分も決断してくれるのでなく、自分自身で決断しろと迫られるとき、ぼくの自信はよく揺らぐのだった。まだ思案している最中に、「考えがあるよ」とまるで体のほかの部分から切り離されているみたいに自分の声が聞こえてきた。

「じゃあ言ってみな！」イケンナが命じた。

「うん、イケ、わかってる。雄鶏の一羽を捕まえて、それから」ぼくはイケンナの顔をじっと見つめた。「それから――」

「それから？」イケンナは促した。奇跡だと言わんばかりに、みんなの視線がぼくに注がれていた。

「首をはねるんだ」そうぼくは締め括った。

ぼくが言い終わらないうちに、イケンナは「これこそフェイタルじゃないか！」と大声をあげ、ボジャは突然荒々しい目つきで拍手を始めた。

兄さんたちはぼくのアイデアを誉めてくれたのだ。元になっていたのは、ヨルバ語の先生が学期始めの授業で話してくれた民話で、あるたちの悪い少年が暴れ回り、地方一帯の雄鶏と雌鶏の首を残らずはねてしまう、とかいう話だった。

早速家を飛び出し、女の家に続くぼくらにとっての秘密の道を進み、小さな茂みを抜けて、大工の作業場の前を過ぎていった。電動ノコギリで木を切っているやかましい音がするので、ここを通るには耳を手で塞がなければならない。例の女、イヤ・イヤボはこぢんまりとした平屋に住んでいた。外観はぼくらの家とそっくりで、小さなバルコニー、鎧戸と網を張った窓が二つ、壁に固定された電気メーター・ボックス、雨戸がある。唯一の違いは、ここの家の塀が煉瓦とセメントではなく、土と粘土でできていることだ。長いあいだ太陽にさらされているせいで、塀には所々ひびが入っており、染みや汚れもあちこちにある。頭上の電線は木枝のあいだをくぐって家に引かれ、家からは高い電柱につなげられている。

最初、ぼくらは人の気配があるかどうか耳を澄ましてみたが、イケンナとボジャはすぐに留守だと判断した。イケンナから指示を受けたオベンベは、イケンナの肩に足を掛けて塀によじ登った。ボジャもあとに続いたが、ぼくは見張りのためにイケンナと残った。二人が塀の中に入ったとたん、近くで雄鶏が騒々しい鳴き声をあげ、必死に羽をバタバタさせる音が聞こえてきて、兄さんたちが雄鶏を追いかける足音がした。何度も同じことが起こったあと、ボジャが「しっかりつかめ、しっかり、放すんじゃない」と叫ぶのが聞こえた。ぼくらがまだオミ・アラで釣りをしていたころ、魚が針にかかったとき言っていたみたいだった。

イケンナは叫び声を聞いて、ちゃんと捕まえられたかどうか確かめるため素早く塀を登ろうとしたが、寸前で思いとどまった。代わりに塀の外から、ボジャをそっくり真似て言葉をかけた。「しっかりつかめ、しっかり」イケンナが塀の穴に足をかけると、ズボンのウエストがずり落ちて尻がはみ出した。体の下では古い塗装が剝がれて、埃のようにザーッと降っていった。そして片足をしっかり固定すると、体をひょいと引き上げて塀の上にしがみついた。手のひらを置いた場所から、極彩色のすべすべでつややかなトカゲが驚いて跳ね上がり、逃げていった。イケンナは体半分を塀のなかに、もう半分を外に置いたまま、ボジャから雄鶏を受け取り、「いいぞ！　よくやった！」と大声をあげた。

ぼくらは家に戻るとまっすぐ裏庭に向かった。そこはサッカー場の四分の一ほどの大きさで、三方がコンクリートブロックで囲われ、そのうち二方はイバフェの家、それにアバティさんの家との境界を区切るためのものだ。さらにもうひとつは家屋の正面にあり、豚がいるゴミ置き場との境になっている。ゴミ置き場のポーポーの木は塀を越えて枝を伸ばし、雨季にはいつも葉が豊かに生い茂るタンジェリンの木は、塀と井戸のあいだにずっと変わらず立っている。この木は井戸から五十メートルほど離れた内側にある。井戸は地面に開いた大きな穴で、その周りのコンクリートには金属の蓋がされている。乾季になると、アクレでは井戸が干上がり、みなうちにこっそり入って水を汲んでいくので、父さんはこの蓋に南京錠をかけていた。裏庭のもう一方には、イバフェの家に接する塀とちょうど角をなすあたりに小さな菜園があり、母さんがトマトやトウモロコシ、オクラを育てていた。

ボジャは恐怖にすくんだ鶏を適当な場所に下ろし、オベンベが台所から持ってきたナイフを手に取った。そこにイケンナも加わって、けたたましい鳴き声をものともせず、二人一緒に鶏を押さえた。それからボジャが、慣れないにもかかわらず、雄鶏のしわだらけの首にスッとナイフを下ろすところをみんなで見た。これまで何度もナイフを使ったことがあるうえに、また必ず使うことになっているみたいな手つきだ。鶏は体を痙攣させ、苛つくほどじたばた動いていたので、全員の手でしっかりと押さえつけた。ぼくは塀越しにうちの敷地全体を見わたせる隣家の二階を眺めていたのだが、たまたま正面の大きなベランダで腰かけているイバフェのお祖父さんに目が留まった。お祖父さんは背が低く、何年か前に事故に遭って以来、会話ができなくなっていた。いつもこの場所に日がな一日座っていて、ぼくらはよく冗談の種にしていた。

ボジャが鶏の頭を落とすと、たちまちぎょっとするほど血が噴き出した。ぼくは目を背け、口をきかない老人のほうに再び目をやった。一瞬、お祖父さんが、はるか彼方にいる戒めの天使の幻のように見えた。遠く離れているからぼくらには天使の警告が届かなかったのだ。ぼくはイケンナの掘った小さな穴に雄鶏の頭が落ちるところは見なかったが、胴体が激しく震えて血が迸り、羽の動きで埃が舞っているのを観察していた。兄さんたちがさらに力を込めて押さえつけていると、鶏は徐々に動かなくなっていった。それから、ボジャが首なし死体をつかみ、みんなして出発した。ぼくらの行く道には血の跡が点々とつき、圧倒されてこちらを見ている人もいたが、そんなことでは動じなかった。ついで、ボジャが塀のなかに死骸を投げ入れ、シュッと飛んで行くあいだに、血がパラパラ飛散した。死骸が塀の向こうに落ちて見えなくなると、ぼくらは復讐を遂げた満足感に浸ったのだった。

*

しかし、イケンナの恐ろしい変貌はこのとき始まったのではなかった。父さんのお仕置きよりもずいぶん前、近所の女に魚釣りを目撃されるよりも前に遡る。最初に現れた兆候は、ぼくらが魚釣りを嫌うよう仕向けたことだった。でもこの時点では、ぼくらの釣りへの愛着は心臓の動脈にまで広がるほどだったので、その試みも徒労に終わった。川が邪悪だとみなせるなら、ぼくらが一度も見たことがない出来事でさえ掘り起こしてくるような虚しい努力をしたのだった。たとえば、ぼくらが目撃された日の数日前、川の周囲の茂みは糞だらけだと文句を言ったことがある。だれも糞の現場を見たことはなかったし、臭いすら感じなかったけれど、イケンナがあまりに克明に描写してみせるので、ボジャとオベンベとぼくは言い争うこともしなかった。それにあるときなど、オミ・アラの魚は汚染されていると言い張り、自分の部屋に魚を持って入るのを禁止した。だから、ぼくとオベンベがシェアしている部屋に魚を置いておくことにしたのだ。しまいには、釣りの最中に人間の骸骨がオミ・アラに浮かんでいるのを見た、ソロモンは悪い影響を与えるだけだ、などと言い放った。イケンナはこういうことをあたかも新しく発見された紛れもない事実のように話したが、ぼくらの魚釣りへの情熱は瓶のなかで凍った液体みたいに固くなっていたので、簡単には溶けなかった。とはいえ、ここでの活動にまったく疑問がなかったわけではない。みんなそれぞれ難色は示していた。ボジャは、川が小さくて〝役に立たない〟魚しかいないと不満を漏らしていた。オベンベはといえば、川の水面下には光がないのに、魚は夜にどうしているのかと理解に苦しんでいた。電気もランプもなく、夜に川はシートをかぶせたように真っ暗闇に包まれるのに、どうやって魚は動き回れるのだろう、とよくいぶかっていたのだ。そしてぼくは、スメルトやオタマジャクシが弱々しいことに苛立っていた。川の水を汲んできているのに、なんでそんなにすぐ死んでしまうのか！　などと。ときには、このはかなさに泣きたくもなった。その翌日、ぼくらが隣人に見つかった日だが、ソロモンがうちに来てノックをしても、イケンナは最初のうち、一緒に川に行きたくないと頑なに突っぱねていた。でも、ぼくらだけで出かけるのを目にすると、結局仲間に加わり、ボジャから釣り竿を受け取ったのだった。ソロモンとぼくらは喝采し、とても勇敢な〝漁師〟だと誉め讃えた。

ぼくらがイヤ・イヤボへの復讐を計画し、実行に移したときに、イケンナを消耗させていたのは、自己の内側に潜んで好機を探っているしぶとい敵のようなものだった。イケンナがオベンベとぼくとの関係を断ち、ボジャとだけ親しくするようになった日から、その内なる敵は彼を支配し始めた。二人はぼくらを部屋から締め出し、鞭打ちの一週間後に見つけたという新しいサッカー場に行く際にも仲間に入れてくれなかった。オベンベとぼくは兄さんたちと一緒にいたくて、毎晩二人の帰りを虚しく待ち、たとえ消えかかっているように見えても、きょうだいの結び付きを強く求めていた。しかし日がたつにつれて、イケンナはただ喉の詰まりをすっきりさせるみたいに、咳をしてぼくらを吐き出し、喉の感染を取り除いたかのようだった。

同じころ、イケンナとボジャは、壁を隔てたお隣、アバティさんちの子と口喧嘩をした。アバティさんのおんぼろトラックは〝アルゼンチン〟と呼ばれていた。絵が描かれた車体に〝生まれも育ちもアルゼンチン〟という伝説が刻まれていたからだ。あまりにぼろぼろなので、トラックは発車するときにやかましい音をたて、近所をガタガタと走り、朝早くから人びとを起こしてしまうのだった。それが原因で何度か文句を言われて喧嘩にもなった。一度口論になったときに、アバティさんは近所の女性に靴の踵で頭を殴られて、そのときのたんこぶは治らないまま残ってしまった。以来、トラックを出したければ必ず、子どものひとりを遣ってご近所に知らせることにした。子どもたちは近所じゅうのドアか門を何度かノックして、「父ちゃん、アルゼンチン出したいんだって」と知らせて回った。そう言うと、また次の家に走って行ったのだった。その日の朝、ますます喧嘩っぱやく短気になっていたイケンナは、アバティさんの一番上の子と口論を始めてしまった。父さんが無意味な騒音をたてる人物の説明に使っていた言葉を真似て、〝はためいばく〟とその子をなじったのがきっかけだった。

そのあと同じ日に、学校から帰って食事を済ませると、イケンナとボジャはサッカー場に行ってしまい、オベンベとぼくは家に残るしかなく、二人と一緒に行けないのを悲しく思った。それでテレビをつけて、ある男が家族の問題を解決するとかいう内容の番組を見ていたのだが、まだ番組が終わらないうちに二人が戻ってきた。出かけていたのはたった三十分。二人が部屋に急いで入っていくときに、イケンナの顔が泥だらけになっているのが見えた。上唇は腫れ上がり、〝オコチャ〟というニックネームと10の背番号が入ったジャージは血まみれだった。二人がドアを閉めると、オベンベとぼくは自分たちの部屋に走り、壁のそばに立って会話を盗み聞きして、なにが起こったのか探ろうとした。はじめのうち、クローゼットのドアが開いて閉じる音や擦り切れた絨毯の上を歩く足音しか聞こえなかった。しばらくしてようやく聞こえてきたのは、「ぼくが加わったらネイサンとセグンも入ってきて、数で負けてしまうと思ったんだ。そうじゃなきゃ、ぼくも喧嘩に入ってたよ」ということだった。これはボジャの声で、まだすべてを言い終わっていなかった。「やつらが入ってこないとわかってたら、わかってさえいたら」

　この発言に続いて、絨毯の上でコツコツと足音が鳴ったあと、ボジャは話を続けた。「でも実際、あんなやつ、あのカエル野郎にやっつけられてなんかないよ。単にラッキーだったんだ」相応しい言葉を探しているかのように、少し間を置いて言い添えた。「こんなことに……なるなんて」

「ぼくを助けなかったな」イケンナはやにわに言った。「そうさ！　お前は突っ立って見ていただけだ。ちがうなんて言わせないぞ」

「ぼくはきっと――」ボジャは少しの間のあと口を開き、沈黙を破った。

「いいや、お前はなにもしなかった！」イケンナは叫んだ。「突っ立っていただけじゃないか！」

　あまりに大きな声だったので、母さんの部屋にも届いたらしい。この日、ンケムが下痢になったので、母さんは仕事を休んでいたのだ。母さんはよろよろと立ち上がり、ビーチサンダルをパタパタ鳴らせて二人の部屋に向かい、ドアをノックした。

「そこでなにしてるの？　そんな大声出して、いったいなんなの？」

「ああ母さん、寝ようとしてるんだよ」とボジャ。

「だからってノックを無視するの？」と聞いたが、返事がなかったので続けた。「部屋でなにを叫んでいたの？」

「なんでもないよ」イケンナはつっけんどんに言った。

「そりゃあ、なんでもないほうがいいけど」と母さんはつぶやいた。「いいに決まっているけど」

　またビーチサンダルの音がパタパタとリズムを刻み、母さんは部屋に戻っていった。

＊

次の日の放課後、イケンナとボジャはサッカーに行かず、部屋にこもっていた。オベンベはこの機会にまた二人と仲良くなりたいと思い、イケンナが大好きなテレビ番組を利用して二人を居間に来させようと考えた。二人ともオミ・アラで隣人に目撃されてからというもの、テレビをずっと見ていなかったのだが、オベンベはみんな一緒にお気に入りの番組——ヨルバ語の連続ドラマ『アバラ・オウェ』やオーストラリアのドラマ『カンガルー・スキッピー』——を大はしゃぎで見ていたころをなんとしても取り戻したいとずっと願っていたのだ。番組が放映されているときはいつも、オベンベは二人にはたらきかけたかったのだが、怒らせてしまうのではないかと怖くなって思いとどまっていた。でもこの日はすがるような気持ちになっていて、イケンナのお気に入り、『カンガルー・スキッピー』をやっていたこともあり、まず首を曲げて二人の部屋の鍵穴から様子をうかがった。それから十字を切って〝父と子と聖霊〟と声に出さずに唇だけ動かしてから、部屋の周囲を動き回って番組のテーマソングを歌い始めた。

スキッピー、スキッピー、スキッピー、カンガルー
スキッピー、スキッピー、スキッピー、ほんとうのともだち

ぼくらが兄さんたちと別行動をしていたこの暗い時期に、もう分裂を終わらせたいとオベンベは何

度も言っていた。でも、ぼくは二人の怒りに火をつけてしまうよ、といつも忠告していた。それで毎回、なんとか説得してやめさせていたのだ。だからこのとき、テーマソングを歌い始めたのを聞いて、ぼくはまた心配になった。「やめなって、オベ。ぶたれちゃうよ」と言って、歌をやめるよう身振りで示した。

こんなふうに言ったところで、突然肌をつねられてぴくりとするくらいの効果しかなかった。オベンベは歌をやめ、なにを聞いたかよくわからないとでもいうように、まじまじとぼくを見た。そして首を振ってまた続けた。「スキッピー、スキッピー、スキッピー、カンガルー——」

すると、兄さんたちの部屋のドアの取っ手が動き、オベンベの歌もやんだ。イケンナが姿を見せ、ソファに来てぼくのそばに腰を下ろした。オベンベは彫像のように凍りつき、一九八一年、父さんの母さん、ンネネが生まれたばかりのイケンナを抱いている額入り写真の下で、壁のそばに突っ立ったままでいた。まるで壁にピンで留められたかのように、しばらくじっと動かなかった。ほどなく、イケンナに続いてボジャも部屋から出てきて、腰を下ろした。

カンガルーのスキッピーは、ちょうどガラガラヘビとの戦いを終えたところだった。ヘビが猛毒のある舌を突き出し、噛みつこうと突進してくるたびに、スキッピーは驚くべきジャンプをしてみせ、そのあとで前肢をペロペロなめていた。「ああ、まぬけなスキッピーめ、前肢をなめるのがうっとうしい！」イケンナは苛立った。

「ヘビと戦ったんだよ、見ればよかったのに——」とオベンベは口を挟んだ。

「だれが聞いた」イケンナは怒鳴って、いきなり立ち上がった。「だれが聞いたと言ってるんだ」

怒り狂ったイケンナは、ンケムのプラスチック製のキャスター付き椅子を蹴った。椅子はテレビとVHSプレーヤーと電話が載っている大きな棚にドシンとぶつかり、父さんがナイジェリア中央銀行の若い行員だったころの写真を飾ったガラスの写真立てが、戸棚のうしろに落ちて割れ、粉々になった。

「だれが聞いた」イケンナは父さんの大切な肖像写真の運命などものともせず、三度目も同じ言葉を繰り返した。そしてテレビの赤いボタンを押して消してしまった。

「さあ（オヤ）、みんな部屋に戻るんだ！」イケンナがぴしゃりと言ったので、オベンベとぼくは息を切らしながら部屋に走っていった。間もなくして、イケンナが「ボジャ、なにをそこでずっと待ってるんだ。みんな、って言っただろ」と叫ぶ声が部屋のなかまで聞こえてきた。

「なんだって、イケ、ぼくもなのか？」ボジャは驚いて聞き返した。

「そうだ。みんなだ。みんなと言ったんだ！」

ボジャが部屋へ向かう足音に続き、ドアがバタンと閉まる音がして静寂が破られた。だれもいなくなると、イケンナはテレビのスイッチを入れて腰を下ろし、番組を見始めた——たったひとりきりで。

まさにこのときにこそ、イケンナとボジャのあいだに生まれた亀裂の兆候が——以前なら点さえもなかったところに——初めてあらわになった。今、ぼくはそんなふうに思う。そしてこのことがぼくらの人生のあり方をそっくり変えてしまい、時は移り、頭が荒れ狂って、虚しさが唸りをあげるような期間が始まった。二人は話さなくなった。ボジャは堕天使のように身を落とし、オベンベとぼくが閉じ込められていた場所に着地した。

*

最初にイケンナの変貌ぶりが見え始めたころ、彼の心をぎゅっと握った手が、またすぐに開いてくれればいいのに、とぼくらはみな思っていた。しかし時間はどんどん過ぎていき、イケンナはぼくらからどんどん遠くへと離れていってしまった。一週間ほどたって、激しく言い合ったあと、イケンナはボジャを殴りつけた。オベンベとぼくはこの一件が起こったとき部屋にいた。イケンナが居間にいると、ぼくらは避けるようになったのだが、ボジャだけはだいたいとどまっていた。イケンナがボジャのしぶとさに怒りを爆発させ、口論が始まったにちがいない。聞こえてきたのは、殴打する音と、言い争い、罵り合う二人の声だけ。この日は土曜日で、土曜日に仕事に行かなくなった母さんは、ちょうど家で昼寝をしていた。でもどたどたという物音を聞いて居間に走っていき、少し前に泣き始めたンケムにおっぱいをやっていたので、胸から膝までラッパーにくるまったままだった。母さんははじめのうち、やめなさいと言って喧嘩を止めようとしたが、二人とも取り合わなかった。それで次は、二人のあいだに割って入り、体をいっぱいに伸ばして二人を引き離そうとしたのだが、ボジャは挑戦的にもイケンナのTシャツをずっとつかんでいた。イケンナが体を離そうとして、ボジャの腕を思いきり引っ張ったとき、母さんがくるまっていたラッパーを誤って剝ぎ取ってしまい、母さんは下着一枚の姿になった。

「エウー！」と母さんは叫んだ。「お前たちは呪われたいのかい？　自分がしたことを見てみなさい。

母さんを裸にしたんだよ。これが、わたしの裸を見ることが、どういう意味なのかわかっているの？冒瀆行為だとわかっているの？」母さんはラッパーを胸のあたりで締め直した。「エメに一から十までぜんぶ言いつけるから。見ておきなさい」

そう言うと、ようやく離れて立ち、まだ息を整えようとしている二人に向けて指を鳴らしたのだった。

「さあ、イケンナ、言ってごらん。ボジャがなにをしたというの？　なんで喧嘩していたの？」

イケンナはシャツを脱ぎ捨て、返事の代わりにシューッとだけ言った。ぼくは驚きのあまり呆然とした。イボの文化では、年上の人に向かってこんなふうに口を鳴らすのは、耐えがたい反抗的行為とみなされる。

「なんですって、イケンナ」

「ああ、母さん」イケンナはつぶやいた。

「お前、わたしに口を鳴らしたね」母さんはまず英語で言ってから、両手を胸に置いて続けた。「オブムカイギナーマルオス？」

イケンナは黙り込んだ。そして喧嘩の前に座っていたソファのところに行って、シャツを拾い、部屋に戻っていった。力まかせにドアをバタンと閉めたので、居間の鎧窓がガタガタと揺れた。母さんは、反発して出ていくというイケンナの恥知らずな振る舞いに愕然とし、口をあんぐり開け、ドアを凝視したまま突っ立っていた。怒りが煮えたぎり、イケンナに罰を与えるためドアのほうへ向かおうとしたところ、ボジャの唇の傷に気がついた。ボジャは血まみれの唇を、真っ赤な血のついたシャツでぽんぽんと軽くたたいていた。

「イケンナがやったの？」と母さんは聞いた。

ボジャはうなずいた。赤い目には涙がいっぱいに溢れていたが、ただ負けを認めたくないという理由でこぼれ落ちないようぐっとこらえていたのだった。ひどく殴られても、急所をやられても、ぼくらきょうだいは喧嘩ではめったに泣かなかった。いつだって、だれも見ていない場所に行くまでは、泣くのを我慢していたのだ。それからようやく涙を流し、ときにはあからさまにわんわん泣くこともあった。

「答えなさい」母さんは怒鳴った。「耳が聞こえなくなったの？」

「そう、母さん、あいつがやった」

「オニェ――だれだって？　イケンナがやったって？」

手に持った血だらけのシャツをじっと見ながら、ボジャはうなずいた。母さんはボジャに近寄り、唇の傷にそっと触れようとしたが、ボジャは痛みで身を捩った。するとと母さんは一歩下がって、まじまじと傷を見続けていた。

「ほんとにイケンナがやったの？」ボジャがまだ答えていないかのように、また同じことを繰り返した。

「そうだよ、母さん」とボジャは答えた。

母さんはさらにきつくラッパーを締め直した。そしてイケンナの部屋まで足早に歩き、ドアをバンバン叩いて、開けなさいと言った。返事がないと、今度は大声ですごみ出し、舌打ちを交えて断固たるようすで話したのだった。「イケンナ、すぐにドアを開けないと、わたしがお前の母親で、お前はわたしの股から出てきたということをわからせてやるから」

　母さんが舌打ちをして息巻いたこともあり、間もなくしてドアは開かれた。そして母さんがイケンナに飛びかかったと思ったら、二人はもみくちゃになり、怒りを爆発させたのだった。イケンナはいつになく反抗的だった。何度殴られても抵抗し、殴り返してやると脅しさえしたので、それがさらにまた母さんを激昂させた。母さんは殴り続けた。イケンナはなんの憚（はばか）りもなく泣き喚き、母さんはぼくのことが嫌いなんだ、ボジャが最初に挑発したから喧嘩になったのに、あいつのことは叱らないなんて、とまくしたてた。そしてしまいには、母さんを床に突き飛ばして走り去った。母さんはあとを追いかけたが、急ぎ足になってまたラッパーがずり落ちてしまった。居間に行ったときには、もうイケンナの姿は見えなくなっていた。母さんはラッパーを引き上げて元通り胸を覆った。「天と地よ、お聞きください」と誓いをたて、人差し指の先で舌を触った。「イケンナ、父さんが帰るまでお前にはこの家でなにも食べさせない。お前が食べようが食べまいがどうでもいいけど、ぜったいにこの家では許さない」母さんは涙で言葉を詰まらせた。「ぜったいにこの家では。どこにいようとエメが戻るまでは、ぜったいに。ここでは食べさせない」

　母さんは居間にいたぼくらと、それにおそらく、トカゲがうじゃうじゃいる塀の向こう側で聞き耳をたてている近所の人たちに向けて、言葉を放っていたのだった。なぜなら、イケンナは姿を消していたから。たぶんイケンナは道路の向こう側にわたり、北のほうに歩いてサボへ向かったのだろう。砂利道を進むと古い丘がそびえる町に出る。そのふもとには三つの学校、倒壊しそうなビルに入った映画館、大きなモスクがある。モスクでは毎日明け方に、ムアッジン（イスラームの礼拝を呼びかける人）が巨大な拡声器を通して祈りを呼びかけている。イケンナはその日家に戻らなかった。どこで寝たのかは決して明かさなかった。

　母さんは夜通し家を歩き回り、今にもイケンナが雨戸をノックするのではないか、と気にかけながら待っていた。真夜中になると防犯のためにやむをえず門を施錠したが――当時アクレでは、武装強盗が頻発していたのだ――玄関口の近くで鍵を持ったまま座ってずっと待ち続けた。ぼくらは部屋に行って寝るように言われたものの、ボジャだけはイケンナが怖くて部屋に入れなかったので、居間に残っていた。オベンベとぼくも眠れず、母さんがたてる物音にベッドのなかで耳を澄ましていた。その夜、母さんは門のノックを聞いたように感じて何度も外に出たのだが、そのたびにひとりで戻ってきた。そんなふうだから、ほとんど腰を下ろす間もなかった。のちに大雨が降り始めたころ、母さんは父さんに電話をかけたが、いくら呼び出しても通じなかった。電話のプ、プ、プ、プという音が何度も何度も繰り返されているとき、ぼくは危険な町の新しい家で、眼鏡をかけた父さんが椅子に座って『ガーディアン』か『トリビューン』紙を読んでいるところを想像してみた。そんな父さんのイメージは電話が通じないために壊れてしまい、母さんも受話器を置くことになった。

　ぼくはいつの間にか寝てしまったらしく、やがて夢のなかに漂っていき、兄さんたちと一緒にウムアヒアに近い故郷の村、アマノにいた。川のほとりで、二対二になってサッカーをしていたところ、ボジャが出し抜けにボールを蹴ったら、かつて川をわたる唯一の道だった歩行者用の橋にまで飛んでいってしまった。ナイジェリア内戦（ビアフラ戦争、一九六七－一九七〇。ナイジェリア東部のイボ人を中心とする人びとがビアフラ共和国として分離、独立を宣言、国軍と戦闘状態になり多数の餓死者が出た）のさなかに、もともとあった大きな橋を爆破したあと、ナイジェリア国軍が攻めてきたときに川をわたれるように、ビアフラの兵士たちが大急ぎで作った橋だった。橋は森の奥深くにあった。薄板が組み合わされ、錆びついた金属ループと太いロープで固定されているだけで、わたるときに体を支える手すりもない。この橋の下を流れる川の一部分の水面下には、岩が覗いている。岩や石が森の小高い場所から続いていて、川面のすぐ下に見えているのだ。イケンナはなにも考えずに橋に向かって駆けていき、難なく橋の真ん中までたどり着いた。だがボールを拾ったとたん、危険にさらされていることに気づいた。震えながら淵を見下ろしていると、ここから落ちて岩にぶつかって死んでしまうんじゃないか、という想像が脳裏をよぎった。イケンナはたちまち恐怖に陥って、「助けて！　助けて！」と叫び出した。ぼくらも本人と同じくらい恐くなって、イケンナに呼びかけた。「イケ、こっちだ、こっちだよ」ぼくらの言うことを聞いて、イケンナは両手を広げ、ボールを川に落とし、こっちに向かって歩き始めた。泥沼を行くように、ゆっくりゆっくり歩を進めて、イケンナがよろよろと危なげに歩いてくると、経年の劣化と腐食で弱くなっていた薄板が割れ、とたん橋がバキバキと音をたてて崩れ落ち、まっ二つに折れた。イケンナは、ぎょっとするような大声で助けてと叫びながら、ぼろぼろの板や金属と一緒に落下していった。イケンナが橋から落ちていくところで、ぼくはハッと目を覚ました。そこへ野宿してずぶ濡れになって、体を悪くして家に戻ってくるなんて、命を危険にさらしているのがわからないの、と母さんがイケンナを叱っているのが聞こえてきた。以前聞いたことがあるのだが、怒っている人の心臓は元気にドクドクと鼓動しているのではなく、風船のように空気を吸い込んで膨れても、ついにはしぼんでしまうらしい。まさに兄さんのことだった。朝方、イケンナの声を聞いて居間に走っていったら、びしょ濡れになって、無力で、苦しみに苛まれた姿を目の当たりにしたのだった。

*

日々が過ぎるにつれ、イケンナはどんどんぼくらから遠ざかっていった。あのころ、ほとんどイケンナを見かけなかった。イケンナの存在は、家でのわずかな動きや大げさな咳払い、そしてラジオの音だけになってしまった。イケンナはよくラジオの音量を大きくしすぎて、母さんが家にいるときは、音を小さくしなさいと注意されていた。イケンナがたいていそそくさと出ていくのをちらっと見ることはあったけれど、顔は一度たりとも見なかった。同じ週にまた彼を見かけた。テレビでサッカーの試合を見るために部屋から出てきたのだ。前日の夜、デイヴィッドが病気になり、夕飯をもどした。それで母さんは町の市場の店に行かず、看病のために家に残った。学校が終わってから、母さんが部屋でデイヴィッドを看病しているときに、ぼくらはテレビで試合を見ていた。イケンナはテレビ観戦を我慢できず、かといって、母さんがすぐそこにいたのでぼくらを追い払うわけにもいかず、食卓に鹿みたいにおとなしく座っていた。前半が終わるころ、母さんが十ナイラ札を手に居間に入ってきてこう言った。「二人でデイヴィッドの薬を買ってきてちょうだい」母さんは名前を言わなかったが、明らかにイケンナとボジャに向かって話していた。二人は年長だから、外に使いに行くことになっていたのだ。母さんが声をかけてからつかの間、どちらも微動だにしなかった。これには母さんも動揺した。

「母さん、ぼくは独りっ子なのかい？」イケンナは顎を撫でながら応じた。オベンベが、ちょっと前にイケンナの顎に髭が生えているのを見たと言っていた。そのときぼくは気づいていなかったが、反論する気はなかった。イケンナは十五歳になったばかりで、ぼくから見れば、髭も生やせる立派な大人だったからだ。でも、イケンナの年齢を考えていると、本当に大人になったらぼくらから離れて、大学に行ったり、家を出ていったりしてしまうのではないか、と強い不安が沸き起こった。この時点では、まだ漠然とした考えにすぎなかったけれど。それでもぼくの心には重くのしかかっていた。まるで映像のなかの曲芸師が驚くべき跳躍をした瞬間に一時停止ボタンが押され、ジャンプを完結させられずに宙に浮いたままでいる、そんな状態だった。

「なんですって？」と母さんは切り返した。

「代わりにだれかを行かせてよ。どうしていつもぼくなんだよ。疲れていてどこにも行きたくないんだ」

「否が応でもお前とボジャに買いに行ってもらうから。イヌゴ——わかったわね？」

イケンナは視線を落とし、しばらく考えに耽(ふけ)っていたが、ほどなく首を振って口を開いた。「わかった、そんなに言うなら、ぼくが行くよ。でもひとりで行くから」

イケンナは立ち上がり、進み出てお金を取ろうとしたが、母さんは札を手のなかに引っ込めて隠してしまった。これにはイケンナもショックを受け、びっくりして後ずさりした。「お金をちょうだい、行かせてくれないの？」

「ちょっと聞かせて。弟がなにをしたの？　ほんとに知りたいの、ほんとに」

「なんにもしてないよ！」イケンナは声を荒らげた。「なんにもしてないよ、母さん、だいじょうぶだよ。さあ、行ってくるからお金をちょうだい」

「お前のことを言ってるんじゃない。お前と弟がどうなっているのか聞いてるの。ボジャの唇を見てごらん」

母さんはほぼ治りかけているボジャの傷を指差した。「ボジャになにをしたか、ちゃんと見なさい。これが血の繋がった弟にすることなの――」

「早くお金をちょうだい、行ってくるから！」イケンナはがなりたてて、手を伸ばした。

母さんは落ち着いたまま、イケンナの言うことにかぶせるように話し続けた。そのせいで二人の口からは争うように同時に言葉が溢れ出てきたのだった。

「ンワンネギイェムンフルエーゴ、ンワーンライヘンフルカムガーバ――弟は――お金を――同じ胸から――ちょうだい――乳を飲んだのに――行ってくるから！」

「行ってくるからお金をちょうだい！」自分の言葉の上から母さんがかぶせるように話すから余計に腹が立つとでもいわんばかりに、イケンナはいっそう声を張り上げた。しかし母さんはといえば、小さく舌打ちをして、同じ調子で首を横に振り続けるだけだった。

「とにかくお金をちょうだい、ひとりで行きたいんだ」と今度は抑えた声で話した。「お願いだよ、とにかくお金をちょうだい」

「お前の口に雷が落ちるといい、イケンナ！　ああ、チネケーム！　ああ神さま！　いつからわたしに食ってかかるようになったの、イケンナ」

「母さんになにしたっていうんだ？」イケンナは声を張り上げ、床を狂ったようにドシンドシンと踏みつけて抗（あらが）った。「なんなんだよ。どうしていつもぼくだけに、いちいちけちをつけるんだ。ぼくがこの女になにしたっていうんだよ。どうしてひとりで行かせてくれない？」

その場に座っていたぼくらはみな――母さんと同様に――イケンナが母さんを、ぼくらの母さんを、〝この女〟と言ったことに衝撃を受けた。

「イケンナ、ほんとにお前なの？」母さんは落ち着いた声で呼びかけ、人差し指でイケンナを指した。「ほんとにお前なの？　鶏のように羽ばたきするアヒル、ほんとにお前なの？」だが、母さんがまだ話し終わっていないうちに、イケンナはドアのほうに向かった。イケンナがドアを開けるのを見て指を鳴らし、背後から語気を強めて言った。「父さんが電話をしてくるまで待ちなさい。お前がどうなったか話すから。安心して父さんの帰りを待つがいいわ」

イケンナはチッと口を鳴らし、ドアを乱暴に閉めて、家から飛び出していった――わが家では前代未聞の傲慢な反抗的態度だ。今しがた起こったことを表すかのように、車のクラクションがしばらく狂ったみたいに鳴り響き、やっと止まったあとにも、ぼくの頭のなかでガンガン反響し続け、イケンナの激しい反抗心が重々しさを増した。母さんはソファのひとつに腰かけ、衝撃と怒りに心を締め付けられ、両手で胸元をつかみ、絶望のあまり独り言をつぶやいていた。

「あの子に、イケンナに、角が生えてしまった」

母さんがかくも絶望しているのを見て、ぼくの胸は痛んだ。いつも触れている体の一部から突然棘が伸びてきて、その部分を触ろうとしたら、ただ血を流すことになる。まるでそんなようすだった。

「母さん」オベンベが口を開いた。

「ええ、ンナム──わたしのお父さん」母さんは答えた。

「お金をちょうだい。薬局に行ってくるね。ベンがついてきてくれるから、恐くないよ」

母さんはオベンベを見上げてうなずき、微笑むと目に輝きが戻った。

「ありがとう、オベ。でも暗いから、ボジャについていってもらって。二人とも、気をつけるのよ」

「ぼくも行く」そう言って、ぼくは服を取りにいこうと腰を上げた。

「いいえ、ベン、ここで、わたしといてちょうだい。二人で十分よ」

わが家の生活が破綻したあとにぼくが至った心理状態では、よく〝二人で十分〟という言葉を思い出す。それはこの日から数週間後にぼくら家族に降りかかった出来事の予兆だった。ぼくは母さんとオベンベのそばに座り、イケンナの変化について考え込んでいた。母さんにあれほど無礼に振る舞うイケンナを見たことがなかった。母さんを心底愛していたからだ。きょうだいのなかで、イケンナが一番母さんに似ていた。熱帯の蟻塚のような肌の色も受け継いでいた。アフリカのこのあたりでは、既婚女性が最年長の子どもの名で呼ばれることが多い。だから母さんは、だいたいママ・イケかアダクと言われていた。イケンナは母さんの愛情をもっとも早い時期から一身に受けていた。ぼくらはみんな、彼のベビー・ベッドに寝かされ、彼のおさがりの薬箱やベビーケア用品を使った。これまでイケンナは相手がだれでも、たとえ父さんであっても、母さんの味方についたのだった。ぼくらが母さんの言うことをきかなかったら、母さんが叱る前にぼくらを厳しく戒めた。父さんは二人の関係を見て、自分が不在のときにも、ぼくらが見事に成長していることに満足を覚えていた。父さんの右手の薬指には小さなへこみがあるが、それはイケンナに嚙みつかれてできた傷だ。ぼくが生まれる何年も前のこと、父さんはついカッとなって母さんを殴ってしまった。瞬く間にイケンナは父さんに襲いかかって指に嚙みつき、自然に口論は収まったのだった。

5　変身

イケンナは変身しつつあった。

日に日に、人生を変えるような経験が続いていた。イケンナはぼくらから離れて自分の殻に閉じこもった。もはや近づける存在ではなくなっていたが、家じゅうに強烈な存在の痕跡を残すようになり、ぼくらの人生に後々まで影響を及ぼしたのだった。そうした出来事の一例は、母さんと激しい口論をした次の週の初めに起こった。その日は保護者会の日で、学校は早く終わった。イケンナはひとり部屋に残り、ボジャとオベンベとぼくはこっちの部屋に座ってトランプに興じていた。とりわけ暑い日で、みんな上半身裸になって絨毯の上に腰を下ろしていた。木製の雨戸は小さな石を挟んで全開にし、風通しをよくした。イケンナの部屋のドアが開閉する音を聞いて、ボジャが言った。「イケが出かけるぞ」

それから少したって、居間の雨戸が開いて閉まる音が聞こえてきた。ぼくらはまる二日間イケンナの姿を見ていなかった。家にめったにいないし、いたとしても部屋にこもりきりで、部屋にいるときには、だれも、部屋をシェアしているボジャでさえも、入っていかなかった。ボジャは喧嘩したとき以来、イケンナを警戒していた。父さんが帰ってきてイケンナに憑いている悪霊を追い払うまで、近寄ってはいけないと母さんに言われていたからだ。それでボジャはたいていぼくらと一緒にいて、こんなふうに、イケンナが確実にいないときにだけ、自分の部屋に行くことにしていた。ボジャは必要なものをいくつか素早く取ってこようと、立ち上がって部屋に向かい、ぼくらはそのあいだもトランプを続けて、戻ってくるのを待っていた。ボジャが出ていって何秒とたたないうちに、「モッベ！」とヨルバ語の悲嘆の叫びが聞こえた。二人して飛び出したら、ボジャが「M・K・Oカレンダーが！M・K・Oカレンダーが！」と声を張り上げた。

「なに、なんなの？」オベンベとぼくは部屋に急いだ。ほどなく、ぼくらは自分の目で確認した。

あの大事な大事なM・K・Oカレンダーが焦げて粉々になり、かくも徹底的に破壊されていた。はじめはまったく信じられず、カレンダーがかかっていた壁の部分に目をやった。でもそこにはなにもなく、ほかの部分よりきれいでぴかぴか、つやがあるほどの長方形が浮き上がり、四隅にテープの跡が薄く残っているだけだった。ぼくはこの光景にぞっとした。なにが起きているのか理解できなかった。M・K・Oカレンダーはかけがえのない宝物だったのだ。このカレンダーを手に入れた経緯は、ぼくらの最大の偉業を物語っている。ぼくらはいつも大きな誇りをもって、この話を繰り返したものだ。それは一九九三年の三月半ば、大統領選挙戦のまっただなかのこと。ある朝、ぼくらが学校に着くと、ちょうど全校集会を告げるチャイムが鳴り終わろうとしていたので、おしゃべりしている生徒たちに素早く交じった。運動場ではクラスごとに着々と隊列が組まれていった。ぼくは幼年組、オベンベは一年生、ボジャは四年生、イケンナは五年生の列にいた。五年生は塀のそばの端から二番目の列だった。ぜんぶの列が揃うと、朝の全校集会が始まった。生徒全員で朝の讃美歌を歌い、主の祈りを唱え、ナイジェリア国歌を斉唱した。それから、校長のローレンス先生が演壇に立ち、大きな出席簿を開いた。続いて、校長先生はマイクでひとりひとり名前を呼び始めた。姓と名が読み上げられると、生徒は「はい！」と大きな声で返事をして、手をあげることになっていた。校長先生はこんなふうに四百人の生徒の出欠をとるのだった。ローレンス先生が四年生の列に進み、名簿の最初の名前、「ボジャノニメオプ・アルフレッド・アグウ」を呼ぶと、生徒たちはどっと笑い出した。

「全員の父親に向かって！」ボジャはそう大声で叫び、両手をあげて指を広げ、みんなに向かってワカ——呪いの身振り——をしたのだった。

すると、集まった大勢の生徒たちから笑いは消え、みなぴくりとも動かず、なにも言わず、その場に立ち尽くし、ただ何人かがひそひそ話しているだけだったが、それもすぐにおさまった。ローレンス先生は、ぼくの知る限りたったひとり、父さんよりも強く鞭を打ち、まず鞭を持っていないときはない人なのだが、そんな恐ろしい先生ですら呆然として、つかの間凍りついたようになった。この日の朝、ボジャは登校する前から腹を立てていた。起きたときに、おねしょをしたマットレスを外に出すよう父さんに言われて、恥ずかしい思いをしていたのだ。ローレンス先生に名前を呼ばれたときにとった行動は、おそらくその苛々が原因だったのだろう。なぜなら、ヨルバ人のローレンス先生がボジャのイボ語の正式な名前をきっちり発音しようとすると、いつも爆笑が起きていたからだ。ボジャは校長先生が正確に発音できないことを知っていて、先生の気分にもよるのだが、すごく耳障りな

〝ボジャノノクウ〟からすごく笑える〝ボジャノロオク〟まで、だいたい同じような発音で呼ばれることに慣れていたのだった。ボジャ自身もよくそれを思い出して、ぼくは脅威を与える存在だから、ぼくの名前はだれにでも簡単に発音できるものではないんだ、神様の名前みたいだろ、などと自慢さえしていた。名前が呼ばれる瞬間、ボジャはいつも大喜びしていて、あの日の朝までは文句など言ったこともなかったのだ。

女性の校長先生が演壇につかつかと歩いていくと、ローレンス先生は仰天したまままうしろに下がった。ローレンス先生から拡声器が手わたされると、キーンという音がしばらく鳴り続けた。

「神の御言葉のもとに創設された、名高いキリスト教学校であるオモタヨ幼稚園・小学校の運動場で、恥ずべきことを言ったのはだれです」と女性の校長は問いただした。

ボジャがあんなことをするから、これから厳しいお仕置きを受けるんだと考えて、ぼくは恐ろしくなった。たぶん、壇上で鞭を打たれるか、学校の敷地全体を掃除したり、素手で学校前の茂みの草取りをしたりする〝勤労〟を命じられるかだ。ぼくは二列向こうにいるオベンベと目を合わせようとしたのだが、オベンベはボジャをじっと見ていた。

「だれ、と聞いているのです」先生の声がまた響きわたった。

「ぼくです、先生」聞き慣れた声がした。

「名前は?」校長先生はいっそう低い声でたずねた。

「ボジャといいます」

ややあって、「ここに来なさい」と独特な声が拡声器から響いた。ボジャが演壇に行こうとすると、イケンナが走り出てボジャの前に立ち、大きな声をあげた。「いいえ、先生、これでは不当です。弟がなにをしたのでしょう。いったいなにを。罰を受けるのであれば、彼を笑った者も全員一緒でなければなりません。どうしてみんなして弟を笑い、嘲るべきなのでしょう」

こんな大胆な発言があり、イケンナとボジャが挑戦的な態度を見せて、そのあとしばらく続いた沈黙は崇高ですらあった。校長先生が持っている拡声器がぶるぶると震え、地面に落ちてキーンと耳障りな音をたてた。先生は拡声器を拾い上げて演壇上に置き、うしろに下がった。

「本当に」とイケンナは再び口を切り、丘へ向かう鳥たちの鳴き声以上に大きな声で話した。「こんなこと不当です。不当に罰せられるくらいなら、ぼくらは学校をやめたいと思います。ぼくと弟たち、みんなでやめます。今すぐにでも。ほかにもここよりずっと優れていて、もっといい西洋の教育が受けられる学校はあるのです。父はもうこれ以上、この学校に大金を払いませんから」

ローレンス先生がおぼつかない足取りで長い杖を取ろうとし、女性の校長先生がそれを制止した場面は、鏡に映ったようないきいきとした記憶のなかで思い起こされる。ともかく、たとえそのまま追いかけていったとしても、ローレンス先生はイケンナとボジャに追い付けなかっただろう。二人はすでに列のあいだを縫って進んでいて、先生と同じく恐怖で凍りついたような生徒たちは、二人のために静かに道をあけていった。そして兄さんたちはぼくとオベンベの手をとり、みんな一緒に学校から走り去ったのだった。

とはいえ、家に直接帰ることはできなかった。母さんはデイヴィッドを産んだところで、まだ回復途中だったのだ。学校に行って一時間もしないうちに家に戻ったりしたら、母さんが心配する、とイケンナが言った。ぼくらは外れの道を進んでいった。そこは人気(ひとけ)のない草地で、〝私有地につき立入禁止〟という標識が立てられていた。建てかけの空き家の正面で足を止めた。落ちてきた煉瓦や崩れそうな砂のピラミッドがあちこちにあって、犬の糞のようなものも散らばっていた。家の骨組みのなかに入り、天井もついていて内装が施された床の部分、オベンベによれば、居間になる場所に座った。「あの校長の娘の顔ときたら、ぜったい見るべきだったよ」とボジャが口にした。それからぼくらは、先生や生徒をひとしきりバカにしたあと、自分たちのやってのけたことを熱く語って、映画のシーンのように大袈裟に描いてみせた。

三十分ほどそこに座って学校での出来事を話していたところ、遠くのほうからどんどんなにかの音が近づいてきて、ぼくらは気をとられた。ベッドフォードのトラックがゆっくりとこちらに向かってきていたのだった。トラック全体に、社会民主党（SDP）の大統領候補、M・K・O・アビオラ首長のポスターが貼られていた。うしろの荷台には人がいっぱい乗っていて、当時、国営テレビでよく流れていた歌を歌って沸き立っていた。M・K・Oを〝勇士〟と讃える歌だ。荷台の人たちは歌い、太鼓を叩き、うち二人はM・K・Oの写真入りの白いTシャツを着て、トランペットを吹いていた。家から、納屋から、店から、通りの至るところで野次馬が続々と現れ、窓から覗いている人もいた。一行が進んでいると、トラックから何人かが降りてきてポスターを配り始めた。ぼくらはうしろのほうにいたのだが、イケンナは前に進み出て小さなポスターを受け取った。微笑むM・K・O、その横には白馬のマーク、ポスターの右端には縦の向きに〝希望93——さらば貧困〟という文言が入っている。

「この人たちについていってM・K・Oに会おうよ」ふいにボジャがそうもちかけた。「もしM・K・Oが選挙に勝って大統領になったら、ナイジェリアの大統領に会ったことがあるってずっと自慢できるよ！」

「ああ、確かに。でも制服のまま行ったらたぶん追い返されてしまうよ。まだ早いし、こんな時間に学校から帰れないことなんて、きっとお見通しだ」イケンナは考えを示した。

するとボジャは、「そう言われたら、みなさんを見かけたから出てきた、と切り返せばいいよ」と応じたのだった。

「うん、そうだな」とイケンナも同意した。「ぼくらをもっと高く買ってくれるな」

「距離を置いてついて行ったらどう？　角っこから角っこに進んで」とボジャは提案した。そしてイケンナがうなずいて賛成するのを見ると、自信をもって続けた。「そうすれば、面倒を避けられるし、M・K・Oにも会える」

この提案で決まった。通りの角から角へと歩き、大きな教会と北部出身者が暮らす地域をぐるりと回った。道が曲がるあたりには巨大な屠畜場があり、鼻を刺す臭いが漂っている。ここを通り過ぎるとき、ちょうど肉屋が肉をさばいているところで、包丁が台の上でトントンと鳴るのが聞こえてきた。得意客と肉屋の喚き声が包丁の音とあわさって、しだいに大きくなっていった。屠畜場の門の外では、二人の男がマットに跪いて礼拝をおこなっていた。もうひとりはそこから数メートル離れたところで、小さなプラスチックのじょうろから水を注いでお清めをしていた。道路をわたってうちの近所を通りかかると、わが家の門の前で男の人と女の人が立っていて、女の人は手に本を持ち、二人でその本をじっと見ていた。ぼくらは足早に過ぎ、あたりをこっそり窺って、近所の人に見られていないか確かめたのだが、通りには人気がないようだった。それから、チーク材とトタン屋根で作られた小さな教会の前を通り過ぎた。教会の壁にはイエス・キリストの精巧な絵が描かれている。いばらの冠の周囲には後光が射し、胸にあいた穴からは血が流れ落ちて、浮き出た肋骨の下で止まっている。そこへ、一匹のトカゲが尻尾をピンと立てて、滴り落ちる血の筋を横切り、忌まわしい姿で胸の傷を覆った。立ち並ぶ商店の開いたドアには衣類がかけられていて、その前方のがたついた台には、トマトや缶ジュース、コーンフレークの袋、ミルクの缶、その他さまざまな物が所狭しと並べられている。教会の真向かいの大きな土地には市場が広がっている。一行は人や屋台や店舗で溢れかえる細い道を縫っていき、トラックはゆっくりと重々しく進んで市場の人びとの注目を集めていた。市場の至るところで多くの人びとが密集して、蛆虫の大群のようにごった返していた。ぼくらが市場をのろのろ歩いていると、オベンベのサンダルの片方が脱げてしまった。男の人の重い靴でサンダルのストラップを踏みつけられて、オベンベが足の下からサンダルを引き抜こうとしていたら、ストラップが切れてしまい、前の部分のストラップだけが残って、ビーチサンダルのようになっていたのだ。市場から下り坂の車道に出るとき、オベンベは足を引きずり始めた。

その道を進もうとしたところ、オベンベは立ち止まり、片方の手のひらを窪ませて耳にあてて「ほら聞いて、聞いて」と夢中で叫び出した。

「なにを聞くって?」イケンナは問いただした。

ちょうどそのとき、護衛部隊のような音が、近くでより鮮明に聞こえてきた。

「ほら」とオベンベは素っ気なく言って、空を見上げた。そしてやにわに「ヘリコトだ！　ヘリコタだ！」と大声をあげた。

ボジャは空を見上げたままだったので、鼻にかかった声で「へ、リ、コプターだよ」と訂正した。そうするうちに、ヘリコプターの全貌が現れて、徐々にあたりの二階建てビルの高さにまで降りてきた。ヘリコプターは緑と白、ナイジェリア国旗の色をしていて、機体の中心部には、楕円のなかにシンボルの疾走する白馬が描かれている。ドアロには二人の男が小さな旗を持って座っており、ひとりは警察の制服、もうひとりはきらめくオーシャンブルーのアバダというヨルバの伝統衣装を着ていた。あたり一帯が「M・K・O・アビオラ」という歓声で騒然となった。車道では車がプップーとクラクションを鳴らし、バイクはブンブンブンとけたたましいエンジン音をふかして、遠くのほうではすさまじい数の人が集まってきていた。

「M・K・Oだ！」イケンナは息を弾ませて絶叫した。「M・K・Oがヘリコプターに乗っているぞ！」

イケンナはぼくの手をつかんで、ヘリコプターが着陸すると思う方向に走っていった。すると間もなくして立派な邸宅のすぐそばに着陸した。鬱蒼たる木々、有刺鉄線を張り巡らせた三メートル近い塀に囲まれており、有力政治家のお屋敷であるのは間違いなかった。ヘリコプターは想像したよりも近くに降り立って、驚くべきことに、数人の側近と門前でM・K・Oの到着を待つ家の主以外では、ぼくらが一番乗りだった。ぼくらはM・K・Oの応援歌のひとつを歌いながらここにたどり着き、立ち止まってヘリコプターが着陸するのを見物していた。高速回転するプロペラがもうもうと砂埃をたてていたせいで、M・K・Oと妻のクディラットが機体から降りてくる姿は見えなかった。しかし砂埃が消えてなくなると、まばゆい色の伝統衣装を身にまとったM・K・Oと妻が目に飛び込んできた。群衆が集まってきたので、制服姿と私服の護衛が壁を作って人びとを遠ざけた。みなそれぞれ、キャーキャー言ったり、喝采したり、M・K・Oと大声で呼んだりしていたら、M・K・O・アビオラ首長はそれに応えて手を振った。目の前でこんな場面が繰り広げられていくなか、イケンナはぼくらが作った福音歌の替え歌を歌い始めた。怒り狂った母さんをなだめるために、いつも歌っていた歌だ。

〝神〟のところを〝母さん〟と言っていたが、ここでイケンナは〝母さん〟を〝M・K・O〟に置き換えた。みんなでイケンナに続き、声を限りに歌い始めた。

M・K・O、筆舌しがたい美しさ
言葉に尽くせぬ奇跡の人
この地上でただひとり
見たことも聞いたこともないほど
燦爛たる光輝を放つ
その無限の叡知に触れ
その愛の深さをだれが測れよう
M・K・O、筆舌しがたい美しさ
天上の王位を授かる人

もう一度繰り返そうとしたら、M・K・Oがぼくらを呼ぶよう側近たちに合図を送った。ぼくらは慌てて前に進み、M・K・Oに向かい合った。近くで見ると、彼の顔は丸く、頭は長かった。微笑むと目の表情からは、溢れんばかりの優美な魅力が広がった。目の前のM・K・Oは生身の人間だった。もはやテレビ画面や新聞記事のなかにしか存在しない人物ではなくなり、突如、父さんやボジャ、それにイバフェや同級生のようなごく普通の人になったのだ。こんなことが脳裏をよぎり、ぼくは急に恐くなった。歌をやめて、M・K・Oの晴れやかな顔から視線を落とし、ピカピカに磨かれた靴に目をやった。靴の片側には、ボジャの好きな映画、『タイタンの戦い』に出てくるメデューサのような頭が彫られた金具がついている。のちに、ぼくがこの頭の話をしたのでイケンナが教えてくれたのだが、父さんの靴で同じ金具のついたものを磨いたことがあるそうだ。発音できないので、名前のスペルを言ってくれた。「V、e、r、s、a、c、e」

「君たちの名前は?」M・K・Oがたずねた。

「イケンナ・アグウです。こちらはベンジャミン、ボジャ、オベンベ、弟たちです」

「おお、ベンジャミンか」アビオラ首長は満面の笑みを浮かべた。「わたしの祖父の名前だ」

妻のクディラットはM・K・Oとまったく同じ衣装を着て、つやつやのハンドバッグを持っていたが、ぼくのほうに屈んで、まるでふさふさの毛の犬を撫でるみたいにぼくの頭を撫でた。髪を短く刈った頭皮に、なにか金属がそっと触れるのを感じた。彼女が手を引いたときに、頭皮に当たっていたのは指輪だったことがわかった。ほぼぜんぶの指に、ひとつずつ指輪をしていたのだ。M・K・Oは手をあげて、あたりを埋め尽くした大勢の支持者を喜ばせた。人びとは選挙戦のスローガン、「希望93！　希望93！」と唱えていた。しばらくのあいだ、M・K・Oは、これから話すことに耳を傾けてもらおうと、ヨルバ語で〝これら〟を意味する〝アウォン〟という言葉を異なる調子で繰り返していた。

スローガンの連呼が止んで、しんと静まりかえると、M・K・Oは拳を振り上げて大声で言った。

「アウォンオモイーニペ、M・K・O、レワジュボボンカンロ（この子たちはM・K・Oをだれよりも美しいと言った）」

群衆は興奮気味に歓呼して応え、なかには指を曲げて唇の両端に入れ、ヒューッと指笛を吹く人もいた。M・K・Oはぼくらをじっと見下ろしながら静かになるのを待って、今度は英語で続けた。

「これまでの政治生活で、こんなことを言われたのは初めてだ。妻たちにも言われたことはない――」人びとはどっと笑って話を遮った。「真面目な話、筆舌しがたい美しさ――ペモレワジュボボンカンロ――などと言われたことはない」

M・K・Oがぼくの肩を撫でると、また大きな喝采が起こった。

「言葉に尽くせぬ奇跡、だそうだ」

割れるような拍手が起こって、大きな口笛が響き、話が中断した。

「それに、見たこともないほどの人物、だそうだ」

ふたたび歓呼の声があがったが、静けさが戻ると、M・K・Oはもっとも迫力に満ちた声で叫んだ。

「ナイジェリア連邦共和国が、これまで見たこともない人物なのだ！」

無限とも思える時間、喧騒が止まずにいたが、ようやく話を続けられるようになると、M・K・O

は今度は群衆にではなく、ぼくらに向かって語りかけた。

「わたしのためになにかしてくれないか。君たちみんなで」と彼は言って、ぼくらの頭上に人差し指でぐるっと円を描いてみせた。「並んで写真をとってくれないかね。選挙戦で使うことにしよう」

ぼくらはうなずき、イケンナが「はい」と返事をした。

「オヤ（さあ）、ではこっちに来てごらん」

M・K・Oは側近のひとり、ぴったりした茶色のスーツに赤のネクタイ姿の頑健な男に合図して、進み出るよう言った。男はM・K・Oのほうに身を屈め、なにか耳元で囁いたが、カメラという言葉しか聞こえなかった。間もなく、青のシャツとネクタイをおしゃれに着こなした男が、ニコンという文字が全体に入った黒いストラップを首にかけて胸にカメラをぶらさげ、こちらにやって来た。数人の側近が群衆を押し返していると、M・K・Oはつかの間ぼくらから離れ、この家の主の政治家と握手を交わした。主人はそばに立って、M・K・Oが自分に気づくのを待っていたのだ。ほどなく、M・K・Oは戻ってきた。「さあ準備はいいか？」

「はい」とぼくらは声を揃えた。

「よし、わたしは真ん中に行くから、君たちは」――M・K・Oはイケンナとぼくに手招きして――「ここに来なさい」と続けた。ぼくらは彼の右側に、オベンベとボジャは左側に立つことになった。M・K・Oは「いいぞ、実にいい」とつぶやいた。

写真家は片膝を地面につき、もう片方の膝は曲げてカメラを構えると、眩しいフラッシュが一瞬ぼくらの顔を照らした。M・K・Oが拍手をすると、人びとも拍手喝采で応えた。そして「ありがとう、ベンジャミン、オベンベ、イケンナ」とぼくらの名前を呼びながら、ひとりずつ指差した。だがボジャの番がくると、困ったように少しためらって、名前を言うように促したのだった。名前を聞いたM・K・Oは「ボージャ」と音節を歪めて繰り返した。

そしてとたん、「おお！」と大声をあげて笑った。「モジャみたいだな」（ヨルバ語で「わたしは喧嘩した」という意味だ）。「君は喧嘩するかね」

ボジャは首を横に振った。

「よろしい。なにがあってもだめだぞ」そうぼそりと言うと、人差し指を振った。「喧嘩はだめだ。さてと、君たちの学校はどこだ？」

「アクレのオモタヨ幼稚園・小学校です」学校名を聞かれたら必ずこう答えなさいと教えられているとおり、ぼくは単調な声で言った。

「よし、わかった、ベン」M・K・Oはそう言って、群衆のほうに顔を向けた。「みなの諸君、ここにいる四人の少年には、モシュード・カシマウォ・オラワレ・アビオラ運動組織より奨学金が与えられる」

人びとが拍手を送っていると、M・K・Oはアバダの大きなポケットに手を入れ、イケンナにナイラ札の束をわたした。「とっておきなさい」と言って、側近のひとりを引き寄せた。「ここにいるリチャードが君たちをお宅へ送っていき、ご両親にこれをわたしてくれる。それから、君たちの名前と住所も書き留めるからな」

「ありがとうございます！」ぼくらはほぼ一斉に声を張り上げたが、M・K・Oには聞こえていないようだった。すでに側近や迎えの人たちを伴って、大きな邸宅のほうへ歩きだし、ときおり群衆に向かって手を振っていた。

ぼくらは側近のひとりについていき、道路の向こう側に停めてある黒のメルセデスに乗り込み、家まで送ってもらった。この日以来、ぼくらはM・K・Oボーイズとして誇りをもつようになった。ある日の朝、ぼくら四人は全校集会のおりに演壇に呼ばれて、校長先生の話のあとで大きな拍手を贈られた。校長はぼくらがM・K・Oに偶然出会うことになった経緯をすっかり忘れるか許しているみたいだったが、人に良い印象を与えること――〝学校の親善大使〟となること――の大切さについて、長々と一席ぶったのだった。続いて先生が、ぼくらの父さん、アグウ氏は今後授業料を払う必要がないと発表すると、いっそう大きな拍手が起こった。

そんな疑う余地のない成功を収め、ぼくらはこの地区の内外で名声を博すことになり、父さんは金銭的な負担が減って大喜びだった。しかしぼくらにとってM・K・Oカレンダーはもっと大きなものを具現していた。それはぼくらの勲章であり、ナイジェリア西部のだれもが次期大統領になると信じていた人との結び付きを証明するものだった。カレンダーには未来への力強い希望が込められていた。ぼくらは〝希望93〟の申し子で、M・K・Oの同志だと固く信じていたからだ。イケンナは、M・K・Oが大統領になったら、ぼくらはナイジェリア中央政府の所在地、アブジャに行き、カレンダーを見せるだけで迎え入れてもらえると思い込んでいた。M・K・Oはぼくらを重要な地位につけて、いつの日かだれかひとりを大統領にしてくれる、とも。ぼくらは本気でそうなると信じて、このカレンダーに夢を託していた。それなのに、イケンナがすべてをぶち壊してしまったのだ。

＊

イケンナの変化が過激になっていき、ぼくらの穏やかな生活を脅かし始めると、母さんは解決策を必死で求めるようになった。問いを投げかけ、祈り、警告もした。でもすべてが無駄に終わった。かつてぼくらの兄さんだったイケンナは、しっかり蓋をした瓶に詰められて、海に投げ込まれてしまった――それはますますはっきりしているように思えた。さらに、大切なカレンダーが破壊された日には、母さんは言語に絶するほど動揺したのだった。ボジャは黒焦げで粉々になった紙片が散乱するなかに座り、長いあいだ泣いていたが、その夜、母さんが仕事から戻ると、一枚の紙に掃き集めたカレンダーの残骸を手わたしてこう告げた。「母さん、M・K・Oカレンダーがこんなふうになってしまったよ」

母さんは信じられないという思いで、まず部屋に行ってなにもない壁を見てから、手のなかの紙を開いた。そしてブーンと唸りをあげる冷蔵庫にもたせ掛けられた椅子に腰を下ろした。ぼくらも、母さんも、カレンダーは二枚しかなく、残り一枚は父さんが喜んで女校長にあげてしまったことを知っていた。M・K・O・アビオラ首長の側近たちが奨学金を校長室で開設したのち、先生はその場所にポスターを飾ったのだった。

「イケンナになにがあったの？　このカレンダーを守るためなら、人殺しだって犯しかねなかったのに。カレンダーのために、オベンベを殴りつけたのに」母さんは唾を吐いては、〝とんでもない〟を意味するイボ語の「トゥフィアー！」という言葉を繰り返し、頭上で指を鳴らした。これは迷信からくる身振りで、イケンナの行動の原因と思われる悪霊を振り払うためのものだ。母さんは、イケンナがオベンベを殴ったときの話を持ち出した。オベンベがカレンダーの上で蚊を叩いて、血の染みがM・K・Oの左目に消えずに残ってしまったという一件だ。

母さんは椅子に腰を下ろしたまま、イケンナになにが起こったのだろう、と考え込んでいた。イケンナはしばらく前までは、ぼくらにとってかけがえのない兄さんで、一番早くこの世に生まれ出て、すべてのドアを開いてくれたのだ。だからこそ母さんは心配していた。イケンナはぼくらを教え、守り、炎のあがる松明（たいまつ）で導いてくれた。ときにはオベンベやぼくを叱り、あることではボジャと意見を異にしたが、よそ者がガタガタ言ってきたときには、獲物に狙いをつけてうろつくライオンになった。イケンナとのつながりを失い、イケンナの姿も見ずに生活することがどういうものなのか、まったく想像もつかなかった。でもそれはまさに起こりつつあったことで、日々が過ぎていき、イケンナはわざとぼくらを傷つけようとしているみたいだった。

あの夜、なにもない壁を見て、母さんは黙ったままでいた。ただエバ（キャッサバ粉を湯で練って餅のようにしたもの）を作り、前日に準備していたオボノ・スープ（オボノ〔アフリカン・マンゴー〕の種をすりつぶして粘り気を出す肉や野菜の煮こみ料理）の鍋を温めた。食事のあと、母さんは寝室に戻ったので、ぼくはてっきり母さんが眠ったものと思っていた。ところが真夜中ごろだったはずだが、母さんはぼくとオベンベの部屋に来て、「起きて！　起きて！」とぼくらをポンポンとたたいた。

触られてびっくりしたぼくは、わっと大声をあげた。目を開けて視界に飛び込んできたのは、真っ暗闇のなかでぱちくり瞬きしている二つの目だけだった。

「わたしよ。聞いてる？　母さんよ」

「ああ、母さん」とぼくは声を漏らした。

「シーッ、大声を出さないで。イケンナが起きてしまう」

ぼくはうなずき、大声を出さなかったオベンベも一緒にうなずいた。

「聞きたいことがあるの」と母さんは囁いた。「ちゃんと目が覚めてる？」

母さんはまたぼくの脚をポンポンと叩いた。ぼくはギクッとしてまた大声で「うん！」と言ってしまい、オベンベも同じように返事をした。

「ああ」と母さんはつぶやいた。長い時間、祈るか泣くかしていたみたいだったが、たぶんその両方だろう。あの日の少し前、正確に言えば、イケンナがボジャと薬局に行くのを拒んだ日の少し前だが、もう子どもじゃないのに、泣き虫の年齢を過ぎているのに、どうして母さんはあんなによく泣くの、とぼくはオベンベに聞いてみた。オベンベは、ぼくもわからないけど、女はよく泣くんじゃないかな、と答えた。

母さんはベッドに腰かけて話を始めた。「ねえ、イケンナとボジャが仲違いした原因を教えて。きっと二人とも知ってるでしょ。だから、早く、早く教えてちょうだい」

「わからないよ、母さん」とぼくは答えた。

「いいえ、知ってるはず」母さんは切り返した。「ぜったいになにかあったはず。たぶん、言い争いとか喧嘩とか、わからないけど。なにかあったはずよ。考えてみて」

ぼくはうなずいてじっくり考え始め、母さんが知りたいことを理解しようとした。

「オベンベ」母さんはまた口を開いた。たずねても沈黙の壁が立ちはだかるだけだったからだ。

「母さん」

「母さんに教えてちょうだい。兄さんたちの仲違いの原因はなんなの？」今度は英語で問いかけた。

母さんはラッパーがほどけたときのように、胸のあたりで締め直した。母さんが動揺しているときのくせだった。「喧嘩したの？」

「ううん」とオベンベ。

「ほんと、ベン？」

「ほんとだよ、母さん」

「ファールローゴ？――喧嘩したの？」母さんはまたイボ語で話し始めた。

二人とも「ううん」と答えたのだが、オベンベはわずかな間を置いて返事をした。

「ねえ、なにがあったの」と母さんは少し言葉を切ってまた言った。「教えて、ああ、わたしの王子さま、オベンベ・イグウェとアズィキウェ、グワヌムイフェメルヌ（なにがあったのか教えてください）、ビコ（お願い）、わたしの旦那さま」と、こんなふうになにか情報が欲しいときには、ほろりとさせるような愛称を用いてお願いするのだった。オベンベはイグウェという伝統的な王の称号を、ぼくはナイジェリアの初代大統領、ンナムディ・アズィキウェ博士の名前を与えられる。母さんにそう呼ばれてオベンベはぼくをじっと見始めた――なにか言いたくないことがあるということなのだが、母さんにせがまれてすっかり話す気になっていたのだ。そんなわけで、オベンベが打ち明けるには、母さんがあと一度この名前を繰り返すだけでよかった。母さんはすでに勝利していたのだ。母さんも父さんも、ぼくらの心を探るのが上手かった。二人とも、知りたいことがあるときに、心理に深く入り込むすべがよくわかっていたので、質問していることを知らないとはなかなか思えず、確認しようとしているだけのように感じたものだ。

「母さん、オミ・アラでアブルを見た日に始まったんだ」再び称号で呼ばれて、オベンベは屈した。

「えっ？　あの狂人のアブルのこと？」母さんは大声をあげて、恐怖のあまり飛び上がった。

　オベンベは母さんがこんな反応を見せると予想していなかったようだ。たぶん怖くなったのか、目の前のむき出しのマットレスに目をやって、なにも言わなかった。というのも、このことは鉄の蓋がされた秘密で、イケンナが最初にぼくらを避け始めたあと、ボジャに絶対にだれにも言ってはいけないと言い含められていたからだ。「イケンナがどうなったか見ただろ。だからなにがあっても黙ってるんだ」ボジャはそう釘をさしたのだった。ぼくらはわかったと言って、心にロボトミー手術をおこない、記憶から消し去ることを約束したのだった。

「聞いてるのよ。どのアブルに会ったの。狂人の？」

「そうだよ」オベンベは小声でそう返すと、秘密を漏らしたのが聞こえていたかもしれないと不安になり、とっさに兄さんたちとぼくらの部屋を仕切る壁をちらっと見た。

「チネケ！」と母さんは声を張り上げ、両手を頭に置いて、またゆっくりとベッドに腰を下ろした。しばし母さんは不可解にも黙り込み、歯をぎりぎり軋（きし）って舌打ちをした。そして突然口を開いた。

「さあ今すぐ教えて。アブルを見たとき、なにがあったの？　オベンベ、聞いてるの？　何度も聞いたけどこれが最後。川でなにがあったのか言って」

オベンベはしばらくためらっていた。部分的に言ってしまってはいたが、あまりに恐ろしくて話の続きをする気にならなかったのだ。でももう手遅れだ。母さんはそわそわしながら待っている。まるで谷を飛んでくる猛禽類を見て、丘に足を据えて待ち構えているようだった。母さんは鷹使い、あとは対決を待つばかり。それゆえ、オベンベは抗いたくても、もう抗えなかったのだ。

*

近所の女に見つかってから一週間と少し過ぎたころ、兄さんたちとぼくが、ほかの子たちと一緒にオミ・アラ川から戻っているときのことだ。砂地の道でアブルにばったり出くわした。その日、川で釣りを終えたばかりで、歩いて家に戻る道すがら、釣り上げた二匹の大きなティラピア（イケンナは一匹をシンフィソドンだと言い張った）のことを話していた。すると、マンゴーの木と天上教会がある場所に差しかかったところで、カヨデが大声で喚いた。「見て、木の下に死体がある！　死体だ！　死体だ！」

一斉にその場を見たら、マンゴーの木のもと、落ち葉のマットの上で、まだ葉がついている折れた小枝を枕にして、男が横たわっていた。さまざまな大きさで、黄、緑、赤と色とりどり、さまざまな腐食の段階にあるマンゴーがあちこちに散らばっていた。つぶれているもの、鳥がつついて腐っているものもある。男の足裏はこっちに向いていて、とてつもなく醜悪だった。まるで、アスリートのぐねぐねした筋だらけの足裏に、落ち葉がべったりくっついて色を添え、複雑な地図が広がっているように見えた。

「死体じゃないよ。ほら、鼻歌が聞こえるじゃないか」イケンナは平静な声で言った。「きっと狂人だよ。狂人はこんなふうに振る舞うから」

最初、ぼくには聞こえていなかったのだが、イケンナに指摘されて鼻歌に気がついた。

「イケンナの言うとおりだ」とソロモンが言った。「あれはアブルだよ。予知能力のある狂人だ」少し間をおき、指を鳴らして続けた。「あいつ、大嫌いだ」

「ああ！　あいつなのか？」イケンナは声を強めた。

「そうだよ、アブルだ」ソロモンは答えた。

「やつだとわからなかった」とイケンナ。

ぼくはイケンナとソロモンが知っていると話していた狂人に目をやったが、見たことがあるかどうか思い出せなかった。アクレの通りという通りでは、たくさんの狂人や路上生活者や物乞いがうろうろしているので、注目に値したり、特徴があったりするようには見えなかった。だからこの男がはっきりと認識されて、しかも名前もみんなに知られているなんて、不思議でならなかった。ぼくらが端で見ていると、狂人は両手をあげて、奇妙にもそのままじっと静止させた。その光景が神々しく、ぼくは畏怖の念に打たれた。

そこへボジャが「あれを見て！」と口を挟んだ。

アブルは身を起こしたが、その場に釘付けになっているように、遠くのほうをまっすぐ見つめていた。

「ほうっておいて、帰ろうよ」ソロモンはこの時点で忠告した。「話しかけたりしないで、まっすぐ帰ろう。そっとしておこうよ——」

「いやいや、ちょっとからかってやろう」ボジャはそう提案して、男のほうに寄っていった。「そんなあっさり帰るなんて。きっとおもしろいよ。いいかい、あいつを脅かして、それから——」

「だめだ！」とソロモンはきつく言った。「どうかしてるよ。あいつが邪悪だって知らないの？　ほんとに知らないのか？」

ソロモンの話が終わらないうちに、突然、狂人が大声で笑い出した。ボジャは恐れをなして、一目散にぼくらのところへ戻ってきた。ちょうどそのとき、アブルはアクロバットのように見事に跳ね上がり、パッと立ち上がった。そして両手を脇に下ろし、脚をしっかり閉じたまま、体のどこも動かさずにまたもとの体勢に戻った。ぼくらは体操の技のような動作に興奮して、拍手喝采で讃えた。

「すごいぞ、スーパーマンだ！」カヨデが声をうわずらせて言うと、みんなが笑った。

ぼくらは帰宅途中なのをすっかり忘れていて、地平線には夕闇がゆっくりと迫っていた。そろそろ母さんがぼくらを探し始めるかもしれない。ぼくはこの不思議な男に興奮して、すっかり心を奪われていた。それで手のひらを曲げて口を囲み、「ライオンみたいだ！」と声をあげた。

「ベン、お前はなんでも動物にたとえるな」とイケンナはぼやいて、このたとえにムッとしているみたいに首を横に振った。「いいか、やつは何者でもない。ただの狂人だ。狂ったやつなんだ」

その瞬間、ぼくは夢中になって、このとてつもない男にできる限りの神経を注いでいたので、ついには、男の細部までもが心を占めるようになった。男は頭のてっぺんからつま先までゴミだらけだった。勢いよく跳ね起きると、ゴミは体にくっついたままか、地面に落ちてまだら模様を作った。顎の下側には新しい傷があり、背中には腐ったマンゴーの汁がぐちゃぐちゃにこびりついている。唇はかさかさでひび割れだらけ。髪の毛はぼさぼさ、ぐるぐる巻きに長く伸びていて、まるでラスタファリアンのようだ。ほとんどの歯は焦げたみたいに真っ黒、口から火を噴き出して、歯を黒焦げにしてしまうジプシーやサーカス団員を思い起こさせた。男はぼくらの目の前で裸のまま寝そべり、肩から腰までぼろ布をだらっとまとっている以外は素っ裸だった。陰部はもじゃもじゃの毛で覆われて、その真ん中には血管の浮き出たペニスがズボンの紐のようにぐにゃりと垂れ下がっていた。脚はぱんぱんに張った静脈瘤だらけだ。

カヨデはマンゴーをつかみ、アブルのほうに投げつけた。だがまるで予想していたみたいに、狂人はさっとマンゴーを宙でキャッチした。そして、毒があるので近づけないとでもいうように、マンゴーを持つ手を伸ばしたまま、ゆっくりと立ち上がった。今度は、耳をつんざくような叫び声とともに、マンゴーを空高く放り上げた。あまりに高く放ったので、三十キロほど離れた町の中心部にまで飛んでいったのではないかと思ったほどだ。これにはしてやられた気分になった。

ぼくらは口をつぐんだままその場で凍りつき、まじまじと男を見ていた。するとソロモンが進み出て口を開いた。「な？　言ったとおりだろ？　普通の人間があんなことできるか？」とマンゴーが投げられた方向を指差した。「あの男は邪悪だ。家に帰って、もう放っておこう。あいつが実の弟を殺したのを知らないのか？　血の繋がったきょうだいを殺すより恐ろしいことなんて、あると思うか?」老人が子どもに教えを説くように、ソロモンは片方の耳たぶをつまんだ。「さあ、今すぐ帰ろう!」

「そのとおりだ」少し考えてからイケンナは言った。「みんな帰るべきだ。ほら、時間も時間だし」

そうこうしてぼくらは帰路についたが、歩き出したとたん、アブルは突然大笑いし始めた。「かまっちゃだめだ」とソロモンは言いながら身振りで示した。みんなはそのまま歩き続けたが、ぼくは固まってしまった。ソロモンが殺人の話をしたせいでふいに恐ろしくなり、この男がとんでもなく凶暴で、飛びかかってきて殺されるんじゃないかと思ったのだ。振り向くとアブルはあとをついてきていて、恐怖がかきたてられた。

「走ろう! ぼくらを殺すつもりだ!」とぼくは大声をあげた。

「いいや、殺すことなんてできない」イケンナはそう言って、いきなり振り返り、狂人に向き合った。

「ぼくらには武器がある」

「どんな?」とボジャが問いかけた。

「釣り針だよ」イケンナは素っ気なく言った。「これ以上近づいたら、魚を殺るみたいに、釣り針で切り裂いて、川に投げ込んでやる」

この脅し文句にたじろいだみたいに、狂人は歩を止めて立ち尽くし、手で顔を覆って異様な音をたて始めた。ぼくらは先を急ぎ、かなり距離があいたと思ったそのとき、イケンナの名を叫ぶ声が聞こえてきた。ぼくらはぎょっとしてすぐさま立ち止まった。

「イケーナ」と再び呼ぶ声がした。ヨルバ語訛りでケを長く伸ばし、次のンが省略されるので、イケーナと聞こえるのだ。

ぼくらはだれが言ったのか、わけがわからずあたりを見回したが、そこにいるのはアブルだけだった。ぼくらから数メートル離れて立ち、胸の前で腕を組んでいる。

「イケーナ」とアブルは大声で繰り返し、じりじりとこちらに近寄ってきた。

「アブルの予言を聞いちゃいけない。オレウ——危険だ」ソロモンは怒鳴るように言った。彼が話すオヨ方言の鼻にかかったヨルバ語は聞き取りにくい。「さあ帰ろう、帰ろうよ」ソロモンはイケンナを急き立てた。「アブルの予言を聞いちゃだめだ、イケ。さあ帰ろう」

「そうだよ、イケ。あいつは悪魔だ。でもぼくらはキリスト教徒だろ」とカヨデも続いた。

少しのあいだ、ぼくらはイケンナを待っていたが、イケンナの目は狂人を見据えていた。ぼくらのほうを向かずに、イケンナは首を横に振り、大声で叫んだ。「いやだ!」

「なんだって? アブルのこと、わかってるだろ?」とソロモンは問いただした。ソロモンにシャツをつかまれて、イケンナは体をぐいっと引き離したので、着古したバハマ・リゾートのTシャツが破れてソロモンの手に残った。

「ほっといてくれ」とイケンナは言い放った。「ぼくは行かない。やつが名前を呼んでる。ぼくの名前を呼んでるんだ。どうやって知ったんだよ。なんで——なんで名前を呼んでるんだよ」

「たぶん、ぼくらの話を聞いてたんだろ」ソロモンはイケンナと同じくらい激しい口調で切り返した。

「ちがう、ちがうよ」とイケンナは言葉を継いだ。「聞いたんじゃない」

とそのとき、アブルが今度は穏やかな、いわく言いがたい声で、また「イケーナ」と呼んだのだった。それから両手をあげ、狂人は突然歌を歌い始めた。この歌の由来や意味はわからなかったが、近所の人が歌っているのを聞いたことがあった。タイトルは「緑の種を蒔く人」だ。

みんな、ソロモンでさえも、しばらく熱狂的な歌声に聞き入っていた。ややあって、ソロモンは首を振り、釣り竿を拾いあげ、イケンナのシャツの切れ端を地面にぽいと放った。「君は弟たちと残ればいい。ぼくは帰る」

ソロモンが踵を返すとカヨデも続いた。イバフェはなんともいえず決めかねているようで、ぼくらと去っていく二人をちらちらと交互に見ていた。そしてゆっくりと歩き始め、百メートルほど進んだところで駆け出した。

帰っていった仲間たちが見えなくなるころ、アブルは歌をやめて、またイケンナの名前を呼び始めた。そして千回くらい繰り返したのではないかと思うころ、空を見上げて両手をかざし、絶叫した。「イケーナよ、死のときに、お前は鳥のように縛られるだろう」と大声をあげて、手で目を覆い、盲目を表してみせた。

「イケーナよ、お前の口は物言わなくなるだろう」今度はそう告げて、手で耳を覆った。

「イケーナよ、お前の四肢は動かなくなるだろう」と言うと両足を広げて、神に祈るように両の手のひらを合わせた。そのうちに膝をガクガクさせたかと思ったら、まるで膝の骨が前触れもなく折れてしまったように、地面にひっくり返った。

そして「お前の舌は飢えた獣のように口から突き出て、引っ込むことはないだろう」と続けると、舌を出して口の片側に曲げたのだった。

「イケーナよ、お前は両手をあげて空をつかもうとするが、そんなことはできないだろう。イケーナよ、その日がきたら、お前は口を開けて話そうとするが」――とここで狂人は口を開け、ハアハアと大きな喘ぎ声をあげた――「言葉は口のなかで凍りつくだろう」

狂人が話していると、頭上を行く飛行機の音に声が掻き消されて、最初は思い詰めたようなすすり泣きに聞こえ、次に、飛行機がもっと接近してくると、大蛇に残りの言葉をまるごと飲み込まれたみたいになった。最後に狂人が発したのは、「イケーナ、お前は赤い川を泳ぐが、二度とそこからあがることはないだろう。お前の命は――」という言葉だったが、かろうじて聞き取れるほどだった。飛行機がたてる騒音とそれを見てはしゃぐ近所の子どもたちの声で、夜の闇は不協和音を奏でる靄へと変わっていった。混乱したアブルは、狂ったようなまなざしを上方に向けた。しかるのち、憤慨したようにいっそう声を張り上げてがなりたてたが、飛行機の騒音に飲まれて、かすかな囁き声のように聞こえた。そして騒音が徐々にやむと、ぼくらははっきりと聞き取った。「イケーナ、お前は鶏のように死ぬだろう」

アブルは黙り込み、安堵からかその表情は晴れやかになった。そして、彼以外だれにも見えない吊り下げた紙か本にペンで書き込むように、片手をあげて動かし始めた。それが終わったと思ったら、今度は手を叩いて歌いながら歩き出したのだった。

歌って踊るアブルの背骨が前後に揺れるのをみんなして眺めていたところ、緊張に満ちた詞が、風に乗って舞う埃のように、ぼくらに振りかかってきた。

アフェフェコレフェ
コマカンイギオコ

オシュパコレラン
キエニカンフィアショディィオ

オー、オルオルン
エニティモジェオジシェフン

エファオルンヤ
エジェキオジョロ

キオロティ
モビンバレボ

エバイバオルンジェ
キオロミバーレミ

風が吹くと
木に触れるように

月の光を
布で遮ることはできない

ああ、主（あるじ）の父よ
そなたに予言をもたらさん

天を切り裂き、雨が降るよう
願い申す

種を蒔いた緑が
生きながらえるよう

季節を断ち切り
言葉が呼吸できるよう

狂人はぼくらから遠ざかりながらもなお歌い続けていたが、しばらくすると、この男の存在、臭気、木や地面にこびりついた影、そして肉体という姿形の実態とともに、その声も徐々に消えてなくなっていった。アブルが見えなくなると、あたりでは日がすっかり落ちて、薄明の幕がこの世の天井を覆っていることに気がついた。一瞬のように思えるあいだに、マンゴーの木の鳥の巣と周囲に広がるエサンの茂みが黒い影に変わり、目の前を過ぎていってもほとんど見えない状態になった。二百メートルほど離れた警察署の上ではためいているナイジェリア国旗も黒く染まり、天と地の境界がないみたいに、遠くの丘は真っ暗な空と混じり合っていた。

その後、兄さんたちとぼくは帰路についた。ぼくらはたいしたことのない喧嘩でこてんぱんにやられたみたいに傷ついていたが、周りの世界はいつも通り機械的に動いていて、ぼくらに極めて重大な事件が起こったことを示すものはなにもなかった。通りは活気に満ち溢れ、夜間のにぎやかな喧騒に包まれていた。道端の物売りは台上のランプや蠟燭に火を灯し、歩き回る人びとの影は地面や壁、木々やビルのそこかしこに映し出されて、まるで実物大の壁画のようだった。北部の衣装を身にまとったハウサ人の男が、防水シートに覆われた木造の屋台のうしろに立ち、金属製の炭火コンロに並べた串刺しの肉を次々にひっくり返していると、黒い煙がもうもうと立ちのぼっていった。この男とは下水の流れを境にして、二人の女性がベンチに腰かけ、火床のほうに屈んでトウモロコシを焼いていた。

ぼくらは家からほんの目と鼻の先にいたのだが、イケンナが急に歩くのをやめて、ぼくらにも立ち止まるように言った。ぼくら三人の前にぼうっとイケンナの輪郭だけが浮かび上がった。「飛行機が飛んで行くときにあの男が言ったこと、だれか聞いていたか?」イケンナは不安げだが抑制された声で問いかけた。「アブルは話し続けていたけど、聞こえなかったんだ」

ぼくは狂人の話を聞いていなかった。飛行機が見えているあいだはずっと気をとられて、少しでもなかの乗客が見えないかと、手を目の上にかざして食い入るように見ていたのだ。きっと外国人の乗客が乗っていて、ヨーロッパのどこかに向かっているんだろうな、と考えながら。だが、ボジャとオベンベも黙っていたので、聞いていなかったのかもしれない。イケンナが向きを変えて歩き出そうとしたところ、ちょうどオベンベが口を開いた。「聞いたよ」

「じゃあなにをぐずぐずしてるんだ」イケンナは怒鳴りつけた。ぼくら三人は何メートルか後ずさりした。

イケンナにぶたれるんじゃないかと思い、オベンベは覚悟を決めた。

「耳が聞こえないのか?」とイケンナは頭ごなしに言った。

イケンナの声が激しい怒りに満ちていたので、ぼくは恐ろしくなった。イケンナを正視しないように頭を垂れ、代わりに地面の上に伸びる影をじっと見つめていた。地面に映った影の動きを見て、イケンナが実際にどう動いたのかがわかった。まず手に握っていたものを地面に投げつけた。そして影はオベンベのほうにするりと動き、頭の部分が長く伸びたと思うと、すぐさま元通りに縮んだ。影の動きが止まると、腕だけがさっと揺れた。とたん、オベンベの缶が落ちる音がして、ぼくの脚に中身がパシャッと飛び散るのを感じた。二匹の小さな魚が――そのうち一匹はイケンナがシンフィソドンと言い張っていた――缶から飛び出して、地面の上で飛び跳ね、のたうち回り、こぼれた水で泥だらけになっていた。缶が左右に揺れると、さらに水が溢れて、オタマジャクシも飛び出し、最後にようやく静止した。わずかな時間、影は動かなかった。ところが、手が長くなって通りの向こう側にまで伸びたら、間髪入れずにイケンナの怒鳴り声が聞こえてきた。「言うんだ！」

「聞いてなかったのか？」とボジャが威嚇するように詰め寄った。でもオベンベは――イケンナの予期せぬ攻撃から身を守ろうと手をあげたまま固まっていたが――すでに話し始めていたのだった。

「アブルが言ったのは」オベンベはしどろもどろに話し出したが、ボジャに遮られたので、いったん言葉を切った。そしてまた最初から話を始めた。「アブルが言ったのは――言ったのは、漁師に殺されるってことだよ、イケ」

「なに、漁師だって？」ボジャは大声をあげた。

「漁師だって？」イケンナも繰り返した。

「うん、りょう――」オベンベはガタガタ震え出して、ぜんぶを言い切れなかった。

「ほんとか？」とボジャは問いただした。オベンベがうなずいたので、ボジャはさらに突っ込んだ。

「どんなふうに言ったんだ？」

「こんなふうに言った。イケーナ、お前は――」とオベンベはそこで口をつぐんだ。唇を震わせ、ぼくらの顔を順に見ていき、そして地面に視線を落とした。オベンベは地面を見ながら話を続けた。

「こんなふうに言ったんだ。イケーナ、お前は漁師の手にかかって死ぬだろう」

オベンベの話を聞いて、イケンナの表情がみるみるうちに曇っていった。忘れられない瞬間だ。イケンナはなにかを求めるようにちらりと目を上げ、狂人が消えていった方向に向き直った。しかしそこにはなにも見えず、ただ空がオレンジ色に変わっていただけだった。

ぼくらが家の門のすぐそばまで行くと、イケンナはこちらを振り返ったが、だれも目に入っていないようだった。「あの男は予言したんだ。お前らのひとりがぼくを殺すって」イケンナはつぶやいた。興奮したイケンナの口からはもっと多くの言葉が出かかっていたが、溢れ出ることはなかった。ロープにくくりつけられて、彼のなかの見えない手が引っ張り戻しているみたいに、言いたいことが内側に後退していったようだった。しばらくして、なにを言えばいいか、なにをすればいいかわからないかのように、それにボジャがなにか言いかけていたのだが、ぼくらが話すのも待たずに、イケンナはくるっと向きを変えて、門のなかに歩いていった。それでぼくらも家に帰ったのだった。

6 狂人

神々が破壊するよう選んだ者は狂気を負わされる
イボの格言

アブルは狂人だ。

オベンベによれば、アブルの頭は致命的な事故で溶けて血になり、その後、狂気に陥ったという。ぼくはほとんどのことをオベンベに教えてもらって理解していたのだが、アブルの話もどこからともなく聞いてきて、ある晩ぼくに話してくれた。アブルはぼくらみたいに弟がいたそうだ。名前はアバナ。この通りに暮らす何人かは、二人が染みひとつない真っ白なシャツと半ズボンの制服を着て、町でトップの男子校、アクィナス・カレッジに通っていたことを覚えている。アブルは弟が大好きで、二人は分かちがたい絆で結び付いていた、とオベンベは話した。

アブルと弟は父親なしで育った。二人がまだ小さいころ、父親はイスラエルへ巡礼に行って、そのまま二度と戻ってこなかったらしい。ほとんどの人は、父親はエルサレムで爆弾に巻き込まれ命を落としたと思っていたが、一緒に巡礼に赴いた友人のひとりの話から、オーストリア人女性と一緒にオーストリアにわたって身を落ち着けたことが判明した。そんなわけで、アブルとアバナは母親、そして姉と一緒に暮らしていた。この姉は十五歳になるころ売春を始めて、ラゴスに移って商売を続けたという。

母親はといえば、小さな食堂を営んでいた。木とトタンでできたその食堂は、八〇年代にここの通りで流行っていた。オベンベによれば、父さんですら、母さんが妊娠し、体が重くて食事を作れなくなったときに、何度かここで食べたことがあるそうだ。アブルと弟は学校が終わると食堂を手伝っていた。客が食べ終わるたびに皿洗いをしたり、ガタガタの机を拭いたり、それに楊枝を補充したり、毎年煤や汚れでどんどん黒ずんで、機械工の作業場のようになっていた床を掃いたり、雨季にはラフィア編みのうちわを扇いでハエを追い払ったりしていた。ところが、どんなに頑張っても食堂の儲けはほとんどなく、きちんと教育を受ける余裕がなかった。

二人の心の中で貧困と欠乏が手榴弾のように爆発し、あとには絶望の破片が残った。そうして、少年たちが盗みを始めるのは時間の問題となる。二人がナイフとおもちゃの銃を使って裕福な寡婦の家に押し入り、金がぎっしりつまった書類鞄を奪って逃げようとしていたところ、女性は走り去る強盗を見て大声で助けを呼び、大勢の人があとを追った。アブルが追っ手から逃げて、大慌てで長く伸びる道路をわたろうとしたそのとき、スピードを出した車がアブルを撥ね、そのまま走り去っていった。人びとはこれを見ると急いで散り散りになり、アバナだけが負傷したアブルとともに残された。アバナがひとりきりでアブルをかつぎ、なんとか病院に運び込むと、医者たちは急いで傷の処置を施した。

しかし、オベンベが言うには、アブルの脳細胞は元の場所から別のところへと流れ出て、精神の構造を変えてしまい、結果、恐ろしい変化が起こってしまったとのことだ。

アブルは退院して、まったくの別人になって家に戻った。まるで、まっさらでぴかぴかの石板のような心をもった新生児のようだった。当時、アブルはただ虚ろな目で、途切れなくじっと宙を見ているだけだった。あたかも、目だけが唯一の身体器官としてすべての役割を果たしているか、あるいは、目以外の器官がことごとく死んでいるみたいに。それから時間が過ぎ、狂気は本格化していったのだが、ときにはなりを潜めていても、なにかのきっかけで呼び覚まされることになった。眠っている虎が目覚めるときのようだった。狂気を呼び覚ます引き金となるのは、実にありとあらゆるもので、場所や光景や言葉、その他なんでも可能性があった。最初の引き金は、家の上空を飛ぶ飛行機の騒音だった。飛行機が飛んでいくと、アブルは憤然として喚きたて、着ていた服をビリビリに引き裂いた。アバナがタイミングよく止めに入らなければ、アブルは家の外へと出ていただろう。アバナは兄の力が弱まるまで、床にねじ伏せて押さえつけていた。ほどなくして、アブルは床に伸びて寝入ったのだった。次に狂気が目覚めたのは、母親の裸を見たときのことだ。居間の椅子に座っているときに、ちょうど母親が全裸になって風呂場にいく姿を目撃してしまった。まるで亡霊でも見たように慌てて椅子から立ち上がり、ドアの陰に隠れて鍵穴から入浴姿を覗いていたところ、頭のなかで得体の知れないサイコロが次々に転がっていった。次の瞬間、直立したペニスを取り出して、こすり始めていた。そして母親が風呂から出てくるのを見ると、こそこそと服を脱ぎ、そのまま部屋にそっと忍び入り、母親をベッドに押し倒して凌辱してしまったのだ。

その後、アブルは母親のベッドを離れなかった。アブルは自分の妻のように母親を抱いたまま横たわり、母親は息子の腕のなかで涙を流して嘆き悲しんでいた。とそこへ弟が戻ってきた。アブルの行為に怒り狂ったアバナは、母親がやめてと嘆願しても耳を貸さず、革のベルトでアブルを殴り続けた。アブルは激しい痛みに喘ぎながら部屋を出ていった。ところが、テレビのアンテナをぐらぐらした台から引き抜いて、すぐさま部屋に戻ったと思ったら、なんと弟をアンテナの棒で壁に突き刺したのだった。ついで、身の毛もよだつような悲鳴をあげ、家を飛び出していった。とうとうアブルの狂気が全面的に始まった。

当初、アブルは歩き回って、夜のとばりが下りると、市場や建てかけの住居、ゴミ捨て場、下水溝、駐車してある車の下など、どこででも、至るところで寝ていたのだが、やがてぼくらの家から数メートル先に、おんぼろのトラックが停まっているのを見つけた。このトラックは一九八五年に電柱に衝突して、乗っていた一家は全員死亡してしまった。トラックはそんな血塗られた過去のせいで放置されたまま、次第にサボテンやエレファント・グラスがはびこって王国を作るようになった。アブルはこれを見つけるとさっそく仕事に取りかかり、蜘蛛の大群を除去して、さまよえる死者の霊を退散させた。座席には犠牲者の血痕が消えずに残っていたのだ。さらには、散乱したガラスの破片を片付け、虫に食われたむき出しの座席に点在する小さな苔の島を一掃し、無力なゴキブリの一団を根こそぎ退治した。それが終わると、自分の持ち物を――ゴミのなかから拾った物、さまざまな廃棄物、興味をそそるものならなんでも――トラックに運び込んだ。こうしてアブルの家ができあがった。

アブルの狂気には二つの種類があった。まるで彼の心のなかで、双子の悪魔がひっきりなしに異なる音楽を演奏して競っているようだった。一方の悪魔は、いつものとか、よくあると言われる狂気の音楽を奏でた。裸のまま歩き回り、垢だらけで悪臭を漂わせ、汚物をべっとりつけて、大量のハエに取り巻かれ、通りで踊り、ゴミを漁って食べ、独り言を言い、この世のものではない言語で目に見えない人間と会話し、さまざまな物に向かって大声で叫び、街角でも踊り、拾った楊枝で歯をせせり、道端で排泄するなど、路上で生きる狂人がすることならなんでもやっていた。長い髪を垂らし、顔はぶつぶつだらけ、肌は汚れて脂ぎっていた。ときとしてアブルは、普通の人の目には見えない生き霊や透明人間の仲間と話をしていた。この手の狂気の状態にいるときには、アブルは活動的になってひっきりなしに歩き回っていた。それに、歩くときはたいてい裸足で、月が変わり、季節が移って、年が巡っても、未舗装の道を踏みしめて進んだ。ゴミ捨て場や木が割れて今にも壊れそうな橋、さらには釘や金属、壊れた工具、ガラス、あらゆる尖った物が散乱している工業用地も裸足で歩いていた。二台の車が道路で衝突したときのこと、アブルは事故があったことを知らずに、粉々に割れたガラスの上を歩いたせいで、大量に出血して気を失い、地面に伸びてしまった。そのうち警察がやって来て、彼を連れていったのだった。この一件を見ていた人たちは、アブルが死んだと思い込んでいたので、六日後、本人がトラックのほうに歩いているのを見てショックを受けた。傷だらけの体に病院着をまとい、静脈瘤だらけの脚は靴下で隠れていたそうだ。

アブルは狂気の世界にいると、素っ裸のまま歩き回り、まるで百万ナイラの婚約指輪を見せつけるように、なんの臆面もなく巨大なペニスをぶらぶらさせて――ときに勃起した状態で――うろついていた。かつて、アブルのペニスが有名な醜聞の種になったことがある。町じゅうの人びとがそこかしこで噂していた事件だ。どこかの寡婦がなんとしても子どもを授かりたくて、アブルを誘惑した。ある夜のこと、女性は手を引いてアブルを自宅に連れていき、体をきれいに洗ってから行為に及んだ。噂によれば、この女性といるとき、アブルの狂気は一時的に消えたという。二人のことが知れわたり、町の人が女性をアブルの妻と呼ぶようになると、彼女は町を出ていった。そして残された狂人はというと、女とセックスに異常なほどとりつかれた。ほどなく、アブルが夜な夜なラ・ルーム・モーテルに通っているという噂が広まった。深い闇夜に紛れて、数人の売春婦が定期的にアブルを部屋に招き入れているということだった。こういう噂と同じくらい広まっていたのは、アブルが公然と自慰をおこなっているという伝説だ。以前、ソロモンが話してくれたのだが、川のそばの天上教会近くに植わっているマンゴーの木の下で、狂人が自慰をしているのをほかの何人かと一緒に目撃したそうだ。でもぼくは当時、アブルのことを知らなかったし、自慰というのがなんであるかもわからなかった。続けてソロモンは、壮大な聖アンドリュー大聖堂の前には色彩豊かな聖母像があるのだが、一九九三年に、アブルがその聖母にしがみついているところを捕まった一件についても教えてくれた。たぶん、いつも自分がいやらしい目で見ている女たちと違って、この美しい女性はまったく抵抗する素振りを見せないとでも思ったのか、アブルは聖母像に抱きついて腰を動かし始め、呻き声を漏らした。人びとが集まって大笑いをしていたのだが、やがて信者たちがなんとかアブルをひきはがした。結局、カトリック協議会は冒瀆された像を取り壊し、教会の敷地を取り巻く塀の内側に新しい像を建てることにした。そして、それでもまだ足りないかのように、さらに鉄柵で像を囲ったのだった。

これほどあらゆる騒動を起こしたとはいえ、アブルがこういう状態にいるときには少なくとも無害だった。

アブルの狂気のもうひとつの状態は驚くべきものだった。こちら側の世界にいて、ゴミを漁ったり、人には聞こえない音楽にあわせて踊ったり、というようなことをしながらも、突如としてこの状態に陥り、うっとりと夢の世界に入っていく。しかしこの状態のときにも、こちら側の世界を完全に離れてしまうわけではなかった。二つの世界の媒介者、招かれざる仲介人としてどちらの世界にもまたがり、こちらとあちらの両方に脚を置いている。彼の発するメッセージは、こちら側の世界の人びとに向けられたものだ。穏やかな精霊を呼び出し、小さな暴力の火をあおり、多くの人の生活を混乱させてきた。アブルがこのもう一方の状態に陥るのは、たいてい太陽が沈んで光がすっかり消えた夜のことだ。ひとたび予言者アブルに姿を変えると、あたりをうろついて、歌い、手を叩き、未来の予言を行うのだった。だれかにお告げがあれば、掛け金のかかっていない門の家に泥棒のごとく忍び込む。予言をおこなうためには、どんなことにも――葬式でさえも――割って入る。アブルは予言者、化け物、神、それに賢人にさえなった。ところが往々にして、二つの世界の隔たりは処女膜ほどの薄さしかないように、両方を同時に掻き乱したり、行き来したりした。ときとして、お告げの必要がある人にひょっこり出会うと、一時的にもうひとつの状態に入り込んで予言を与えたりもした。自動車を運転中の人が対象なら、走っている自動車を追いかけながら、お告げを叫ぶこともある。予言をおこなおうとすると、相手が暴力的になることもあった。危害を加えたり、汚れた服の山を投げつけるみたいに呪詛(じゅそ)の言葉を吐いたり、泣き出したり、恨み辛みを口にしたりすることもままあった。

みながアブルを憎むのは、彼の舌がありとあらゆる悲劇をはらんでいると本気で思っていたからだ。

確かにアブルの舌はサソリだった。彼の予言のせいで、人びとは自分を待ち受ける暗い運命を恐れた。はじめのうち、アブルの言葉を気に留める者はいなかった。しかし間もなく、次から次へと起こった出来事を目にし、ただの偶然の一致が続いているだけとはもはや思えなくなった。もっとも古くて、もっともよく知られているのは、一家丸ごとが犠牲となった恐ろしい交通事故を予言したときのことだ。一家の車はオウォ町の近くでオミ・アラ川の大きな支流に突っ込み、全員が溺死した——事故の様相はまさしくアブルが予言したとおりだった。それに、〝快楽〟のせいで死ぬと告げられた男がいた。すると数日後、この男は売春婦との性行為の最中に急死し、売春宿から運び出されたのだった。こうした一連の事件はメラメラ燃える炎の文字のように人びとの記憶に焼きつけられ、アブルの予言への恐れはしっかりと心に刻まれた。人びとはやがてお告げから逃れる手だてはないと考えるようになり、アブルのことを運命の知らせを言葉にする賢人だと信じ込んだ。それからというもの、だれかにお告げがあると、絶対に避けられないと考えて、多くの場合、当事者は予言が実現するのを阻止しようとした。なかでも忘れがたいのは、町で大きな劇場を所有している男の十五歳になる娘の一件だ。娘は自分が腹を痛めた息子にむごたらしく強姦されるだろう、というのがアブルの予言だった。少女は自分を待ち受けている恐ろしい未来にひどく動揺して、そんな未来に直面したくないと書き置きを残して、自ら命を絶ってしまった。

ときは満ち、狂人は町で脅威と恐怖の種となった。アブルがお告げのあとでいつも口ずさむ歌は、町の住民のほぼだれもが知るところとなり、みな恐怖におののいていた。

加えて厄介なのは、アブルが未来を見るように、過去を覗き込む習性も持っていたことだ。そうして度々、人の頭のなかの虚栄の王国を破壊し、埋葬された秘密の骸(むくろ)から経帷子(きょうかたびら)を剝ぎ取ることにもなった。結果はえてして、極めて悲惨なものとなった。いつだったか、ある女性が夫と車から降りるのを見て、「この女は売女だ」と暴きたてたことがあった。狂人は「トゥフィアー！」と叫んで唾を吐いた。「お前はずっと夫の友人のマシューと寝ているな。しかも夫婦のベッドで。この恥知らず。恥知らずめ！」こうして狂人は夫婦関係に火種を投じたというのに――その後、妻は必死に否定したものの、夫自ら浮気の証拠をつかんで離縁したのだった――自分のしたことをすっかり忘れて歩き去っていった。

ところが、こんなふうに色々とあったにもかかわらず、アクレのごく一部の住民はアブルを慕い、生きていて欲しいと願っていた。アブルはしょっちゅう人助けもしていたのだ。たとえば、〝覆面をして黒い服を着た〟四人組の男が夜にこの地区を襲いにくる、と予言を触れ回ったおかげで、武装強盗の襲撃を未然に防いだことがあった。警察が駆けつけて通りを見張っていると、本当に強盗団が現れて、取り押さえることができたのだ。この強盗を予言したのとちょうど同じころ、身代金目的で幼い少女を誘拐した犯人たちのアジトの場所を突き止めたこともあった。少女は州の政治家の娘だった。ある夜のこと、アブルの正確な指示に従った結果、警察は犯人一味を逮捕し、少女を救出した。再びアブルはよくやったと賞嘆されて、政治家からはトラックの家がいっぱいになるほど贈り物を受けたのだそうだ。そのうえ、政治家はアブルを治療のために精神病院に連れ戻すことも考えていたのだが、あの男の狂気がなくなったら、ただの役立たずだと言って反対する者もいたらしい。アブルはこれまで何度も精神病院を脱走していた。粉々のガラスを踏みつけた事故のあとも、精神病院に連れて行かれた。しかし病院では医者たちに食ってかかり、俺は正気だと息巻いて、ここに監禁するのは違法だと喚きたてた。それがうまくいかないと、決死のハンガーストライキに打って出て、どれほど苦しくても、水を飲むことすら拒否したのだった。このままハンストで死んでしまうのではないかと恐れて、そのうえアブルがすでに弁護士を要求していたこともあり、医者たちはとうとう諦めてアブルを退院させたのだった。

7 鷹使い

広がりゆく弧を描き、まわりまわる
　鷹には鷹使いの声が届かない
　　W・B・イェイツ

母さんは鷹使いだ。

丘にたたずんであたりを見回し、子どもたちに災難が降りかかるのではないかと感じると、どんなものでも未然に払い除けようとする。母さんは自分の心のポケットに、ぼくらひとりひとりの心の写しをしまっているので、なにか問題が起こりそうになるとすぐに嗅ぎ付けることができる。まるで船乗りが嵐のやって来る予兆を察知できるように。父さんがアクレを離れる前にも、母さんはぼくらの会話の断片をつかもうとしてよく聞き耳を立てていた。それを知っていたので、ぼくらが兄さんたちの部屋に集まっているときには、だれかが代表して、母さんが背後にいないか戸口にこっそり確認しにいったものだ。そしてドアをさっと開け、母さんの立ち聞きの現場を押さえたのだった。ところが母さんは、鷹を知り尽くしている鷹使いのように、なにかあるとぼくらの行動を突き止めることができた。おそらく、すでにイケンナの様子がおかしいと気づいていたはずだったが、ぼろぼろになったM・K・Oカレンダーを目の当たりにして、イケンナが大きく変わりつつあることを目と鼻で感じとり、感触をつかみ、そして確信したのだ。かくて、母さんはその原因を探るためにオベンベを丸め込んで、アブルに出会ったときの状況をこと細かく打ち明けさせたのだった。

オベンベはアブルが去ったあとの出来事、つまり、飛行機が飛んでいくあいだにアブルが言ったことがあり、それを自分の口からみんなに話したという部分を省略した。にもかかわらず、母さんは途方もない悲しみに襲われた。幾度となく「ああ、なんてこと、ああ、なんてこと」と震える声で繰り返して話を遮ったかと思えば、オベンベが話し終えると、立ち上がって唇を噛み、そわそわ動き出した。心がずたずたに切り裂かれているのは明らかだった。その後、母さんは風邪でも引いたかのように、頭のてっぺんから爪先まで全身をガタガタ震わせて、なにも言わずに部屋を出ていった。オベンベとぼくはというと、兄さんたちに秘密を漏らしたことを知られたらどうなるのだろうと考え込んだ。おりしも、母さんと兄さんたちの声が聞こえてきた。どうしてそんな一大事が起こったのに黙っていたの、と母さんが詰め寄ったのだ。母さんが部屋を離れたとたん、怒り狂ったイケンナがすごい勢いでぼくらのところにやって来て、いったいどのバカが告げ口したんだとまくしたてた。オベンベは、母さんが助けに来てくれるのを期待して、無理やり白状させられたんだよ、とわざと大きな声を張り上げた。狙いどおり、母さんは駆けつけた。母さんが留守のときに、絶対に懲らしめてやるからなとだけ言い残して、イケンナは出ていった。

それから一時間ほどたち、母さんは少し落ち着いたみたいで、ぼくらを居間に呼び集めた。頭にスカーフを巻きつけて、後ろで鳥の尾の形に結んでいる。お祈りをしていたのだ。

「小川に行くときには」と母さんはかすれ声で詰まりながら切り出した。「必ずウドゥを持っていく。そして小川に屈み込んで、ウドゥいっぱいに水を汲む。それから歩いて――」とここでイケンナは大きなあくびをしてため息をついた。母さんはいったん言葉を切り、しばらくイケンナをじっと見てからまた続けた。「歩いて――家に、家に帰る。家に着いて水甕（みずがめ）を下ろすと、なんと水甕は空っぽだった」

そう言って、しっかり理解させようとぼくらを順に見ていった。ぼくは母さんがラッパーをくるくる巻いて作った輪っかを頭に敷いて、その上にウドゥ――陶器の水甕を載せてバランスをとり、川に歩いていくところを想像していた。この素朴な話と母さんの語り口にとても引き込まれ、心を動かされたので、どういう含みがあるのかあまり知りたくなかった。ぼくらが悪さをしたあとで、母さんからこんなふうに話があるときは、必ずなにか意味があるからだ。母さんはたとえを使って話し、考える。

「そう、あんたたちはウドゥから漏れ出してしまった。ウドゥにしっかり入れて運んでいた、わたしの人生はあんたたちで満ちていた、そう思っていたのに」――母さんは両手を広げてから膨らみを作った。「でも間違いだった。わたしの目の前で、あの川に行って何週間も魚釣りをしていた。それにもっと長いあいだ、恐ろしい秘密を隠していた。これで安全だとほっとしていたし、あんたたちが危険にさらされたら、すぐに気づくと思っていたのに」

母さんは首を横に振った。

「アブルの邪悪な呪いをしっかり清めなければ。夕方にみんなで礼拝に行くわよ。だから今日はどこにも出ていかないで」そうぴしゃりと言った。「四時になったら教会に行くから」

母さんの部屋からディヴィッドの陽気な笑い声が聞こえてきた。ディヴィッドはンケムと一緒に部屋に残されていたのだが、母さんが話を終えて、きちんと理解が行き届いているかぼくらの顔をじっと見定めていたあと、その楽しげな声が沈黙を埋めてくれた。

母さんは腰を上げて、部屋に向かっていたところ、イケンナがなにかぼそっと言ったので、急に足を止めてパッと振り向いた。「え？ イケンナ、イスィギニ？――なんですって？」

「教会に清めになんて行かないって言ったんだよ」イケンナはイボ語に切り替えて答えた。「あんな集団の前に突っ立ったまま、みんながぼくに迫ってきて、悪霊祓いをするなんて、耐えられない」イケンナはソファから勢いよく立ち上がった。「いや、単に行きたくないだけだよ。悪魔なんてとりついてない。だいじょうぶだから」

「イケンナ、気でも狂ったの？」と母さんは追及した。

「ちがうよ、母さん。行きたくないだけだよ」

「なんですって？」母さんは声を張り上げた。「イケ、ンナ？」

「ほんとに、母さん。行きたくないんだよ」――首を横に振って――「行きたくない、母さん、ビコ、ねえ、教会なんかに行きたくないんだ」イケンナは切り返した。

ボジャはテレビ番組の件で言い争いになってから、イケンナと口をきいていなかったのだが、立ち上がってこんなふうに告げた。「ぼくもだ、母さん。清めになんて行きたくない。ぼくもだれも、救済なんて必要ないから。ぼくは行かないよ」

　母さんはなにか言おうとしたけれど、まるで梯子のてっぺんから落ちるみたいに、言葉が喉に後戻りしていった。ショックを隠しきれず、母さんはイケンナとボジャを交互に見ていた。

「イケンナ、ボジャノニメオプ、わたしたちからなにも学んでないの？　あの気狂い男の予言通りになってもいいの？」開いたままの口の端で唾が小さな泡になっていたが、再び話し始めるとそれが飛び散った。「イケンナ、お前はもう信じてしまってるじゃない。弟たちに殺されると思っていないのなら、どうして次から次へとひどいことをするの？　それでどうなのよ、ここで、わたしの目の前で、お祈りの必要はない、清めなんていらないなんて言う。何年も何年も学んできて、エメとわたしも一生懸命やってきたのに、なんにも身に付いてないの？　え、どうなの？」

　母さんは芝居っけたっぷりに両手をあげて、大きな声で最後の問いを投げ掛けた。ところが、イケンナは鉄格子をも粉砕するような固い決意で答えたのだった。「ぼくは行かない、それだけははっきりしてる」ボジャの意見で勢いづいたのか、そう言って自分の部屋に戻っていった。イケンナがドアを閉めると、ボジャは立ち上がって反対方向に――オベンベとぼくの部屋に――歩いていった。母さんは言葉を失くしてソファにどっかり腰を下ろし、物思いでいっぱいになった甕に身を沈めていった。両腕で体を抱え込み、口を動かして聞き取れないほどの声でイケンナの名前をつぶやき、なにか言っているみたいだった。デイヴィッドがどたどたと歩きながらボールを投げて大声で笑い、サッカー・スタジアムの観客の歓声をひとりで真似しようとしていた。オベンベが母さんのそばに座ろうとしたときにも、まだデイヴィッドは大声をあげていた。

「母さん、ベンとぼくは一緒に行くから」

母さんは涙で曇った目で、オベンベを見た。

「イケンナと……ボジャは……赤の他人みたい」母さんは首を横に振りながら、声を絞り出した。オベンベが母さんに近寄り、細長い腕を伸ばして肩をぽんぽんと叩くと、母さんは繰り返した。「もう赤の他人よ」

その日、教会に出かけるまでずっと、ぼくは座ってこのことをじっくり考えていた。本当にあの予言が原因で、イケンナは自分自身とぼくらにこんなことをしているのだろうか。ぼくはアブルに出くわしたことを忘れていた。とりわけそのあと、オベンベとぼくがボジャから絶対にだれにも言っちゃだめだ、と言われてからは。一度オベンベに、どうしてイケンナはぼくらのことを嫌いになったのか聞いてみたら、父さんの鞭のせいだと説明してくれた。それでぼくはすっかり信じ込んでしまったのだが、間違っていたのは明らかだった。

それから、母さんが着替えて、教会に連れていってくれるのを待った。ぼくは居間の棚に目をやり、埃が積もって端のほうに蜘蛛の巣がかかった段を見た。父さんがいないことのあらわれだ。父さんが家にいたときには、ぼくらは一週間交代で棚を掃除していた。父さんが家を離れて何週間かすると掃除をやめてしまったのだが、母さんはぼくらに強く言って聞かせることができなかった。父さんがいないと、家の周囲が嘘みたいに広がったように思えた。まるで目に見えない大工たちが、紙の家のように壁を外して大きくしたみたいだった。父さんがそばにいると、新聞や本にじっと目を注いでいても、その存在感だけでどんな厳しい命令も徹底させられ、ぼくらも、よく父さんが言っていた家での〝礼節〟をきちんと保っていた。兄さんたちが呪いかもしれないものを解くために、教会へ一緒に行くのを拒んだことを考えて、父さんがいてくれたら、父さんが戻ってきてくれたら、と切に願った。

その日の夕方、オベンベとぼくは、母さんと一緒に教会に足を運んだ。ぼくらが通うアッセンブリーズ・オブ・ゴッド教会は、郵便局のほうまで伸びる長い道をわたったところにある。母さんはデイヴィッドを片腕で抱き、ンケムをラッパーにくるんで背中におぶっていた。汗疹ができないように、二人とも首にベビーパウダーをはたかれて、まるで仮装したみたいにきらきらしていた。教会は大きな集会所で、天井の四隅から長いコードのライトが吊り下がっている。説教壇では、この地方の典型的なアフリカ人よりもずっと淡い肌色の若い女性が、白いガウンを身にまとい、聞き慣れない訛りで「アメイジング・グレイス」を歌っていた。ぼくらが列のあいだをそろそろと横向きに進んでいると、ほとんどの人と目があったので、じろじろ見られているのではないかと感じた。母さんが牧師とその妻、それから老人たちが腰を下ろしている説教壇の後ろ側に行って牧師の耳になにか囁いたとき、ぼくの疑念は膨らんだ。歌が終わると、シャツにネクタイを締め、サスペンダー付きのズボンをはいた牧師が壇上にあがった。

「信徒のみなさん」と牧師が大声で始めたので、ぼくらの列のそばにあるスピーカーの音が出なくなり、反対側のスピーカーから聞き取らなければならなかった。「今夜、神の御言葉をお伝えする前に、たった今聞いたことを共有させてください。アブルの姿をした悪魔が――みなさんご存じのとおり、悪魔がとりつき、予言者を気取り、この町の人びとの生活を踏みにじってきたあのアブルのことですが――なんとわれわれの親愛なるきょうだい、ジェームズ・アグウ・アグウの家にやって来たというのです。ご存じのとおり、ここにいるシスター、ポーリーナ・アダク・アグウの伴侶のことです。アグウ氏は子沢山であり、シスターから聞いたところ、ご子息たちがアラバカ通りのオミ・アラ川で魚釣りをしているところを目撃されたのだそうです」

集まった人たちは驚いて小声で囁き合った。

「アブルはこの子たちに近づき、嘘を言い放ちました」とコリンズ牧師は続け、さらに大きな声でマイクに向かって憤然と言葉を吐いた。「みなさんはご存じですね。予言が神から発せられるのでなければ、それは――」

「悪魔のものです！」人びとは一斉に叫んだ。

「さよう。そして悪魔のものであるなら、否定されるべきです」

「そのとおりです！」みなが一致して声をあげた。

「聞こえませんよ」牧師はマイクで叫び、拳を振った。「わたしが言ったのは、悪魔のものであるなら、ぜったいに――」

「否定されるべきです！」人びとは非常に激しい調子で叫び、まるで鬨の声みたいだった。集会のなかにはンケムくらいの小さな子どもがいて、怒号にびっくりしたのか、泣き出してしまった。

「さあ準備はいいですか」

みな同意の声を張り上げ、なかでも母さんの声は際立っていて、全体の声が止んでもまだ響きわたっていた。母さんのほうを見ると、また泣いているようだった。

「それではご起立ください。イエス・キリストの名のもと、悪魔の予言を否定しましょう」
どの列の人も立ち上がると、熱狂的な祈りの言葉を一心に唱えたのだった。

＊

母さんが息子のイケンナを癒そうと、どれほど頑張ってみても無駄だった。あの予言は怒れる獣みたいに荒れ狂い、残忍な狂気でイケンナの精神を蝕んでいった。次から次へと絵を引きはがし、壁をぶち壊し、戸棚を空っぽにし、テーブルをひっくり返し、イケンナが知っていたもの、イケンナだったもの、イケンナになったもの、すべてがめちゃくちゃになった。イケンナ兄さんにとって、アブルが予言した死の恐怖は実体となった。それは閉じ込められて後戻りできない檻のなかの世界であり、そのほかにはなにも存在しなくなった。

以前に聞いたことがあるのだが、恐怖が心にとりつくと、人は衰弱していくそうだ。まさに兄さんのことだった。イケンナは恐怖にとらわれて多くのものを失っていった。安らぎ、幸せ、人間関係、健康、それに信仰までも。

イケンナはボジャと一緒に通っていた学校にひとりで登校するようになった。朝七時に早起きして、ボジャと同行しなくてすむよう朝食を抜いた。エバやヤム芋餅（ヤム芋のフフ。ヤム芋をゆでてつき、餅状にしたもの）であれば、ぼくらみんなが同じ器から取り分けるので、昼食も夕食も食べなかった。そのせいで、イケンナは鎖骨と首のあいだが深く窪み、頬骨が浮き出るほど痩せ細ってしまった。やがては、白目の部分が黄味がかるようになった。

もちろん母さんは見過ごさなかった。でも咎めたり、宥めたり、脅したりしたが、まったくうまくいかなかった。七月の一週目、学期も終わりに近づいたころのある朝、母さんはドアに鍵を掛け、学校に行く前に朝食を食べなさい、とイケンナに強く迫った。イケンナはその日が試験日だったので、ひどくうろたえ、学校に行かせてと母さんに懇願した。「ぼくの体だろ？　ぼくが食べようが食べまいが、どうだっていいじゃない。行かせてよ、どうしてほっといてくれないんだよ」――そう言うとイケンナは泣き崩れてしまった。でも母さんが頑として譲らなかったので、しまいにはイケンナも折れて食べ始めた。イケンナはパンとオムレツを食べながら、母さんとぼくらに悪態をついた。みんなぼくのことを嫌っている、こんな家、いつかぜったいに出ていってやる、そしたらもう二度と会うこともない、などと口走った。

そうして「今に見てろ」と脅し文句を吐きながら手の裏で目を拭った。「じきにぜんぶ終わって、みんなぼくから自由になる。見てるがいいさ」

「でもそれはちがうでしょ、イケンナ」と母さんは切り返した。「だれも嫌ってなんかいない。わたしも、お前の弟たちも。恐怖にとらわれて、すべて自分でやっているだけのこと。自分の手で耕して膨らませた恐怖にとらわれているだけ。ねえ、イケンナ、お前は自ら狂人の予言を信じることを選んだ。あんな無意味な人間の言うことを。いいえ、人間と呼ぶにも値しない。あんなやつ――なにたとえるべきか――魚以下、いや、あんたたちがあの川で獲ってきたオタマジャクシ以下よ。そう、オタマジャクシ。つい先日、市場でみんなが話していたけど、マラムの牛が野原で草をはんでいて、子牛たちが母親のお乳を飲んでいたら、あいつも一緒になって飲み始めたというんだから！」母さんは、シュッと口を鳴らして、牛の乳を飲む男の汚らわしいイメージに侮蔑を表した。「牛の乳を吸う男の言うことなんて、どうやったら信じられる？ そうでしょ、イケンナ、ぜんぶお前自身がやっていることなのよ。だれも責められない。お前は祈るのを拒んだけど、わたしたちはお前のために祈った。意味の無い恐怖のなかで生き続けるのをだれのせいにしてもいけない」

イケンナは、目の前の壁をぼんやり見つめながら、母さんの言うことを聞いているようだった。このとき、イケンナは自分の愚かさに気づいたみたいだった。まるで母さんの言葉が彼の悩める心を切開し、黒い恐怖の血を排出させたかのように。イケンナは黙ったまま、久しぶりに食卓で朝食をとった。そして食べ終えると、母さんに「ありがとう」とつぶやいた。ぼくらは毎食後決まって、こんなふうに両親に感謝の言葉を言っていたが、イケンナは何週間も口にしていなかった。それに、何週間も食卓や部屋に食器を置いたままにしていたのだが、このときは母さんの言いつけどおり、台所に運んできちんと洗ったのだった。そうして学校に出かけた。

イケンナが家を出ていくとき、ボジャは歯を磨いていて、オベンベが風呂を使い終えるのを待っていた。ほどなく、ボジャはイケンナと共有しているバスタオルをまとって居間に入ってきた。「イケンナが脅し文句どおり、ほんとに出ていくんじゃないかって心配だよ」ボジャは母さんにそう訴えた。

母さんは首を横に振り、雑巾で掃除しかけていた冷蔵庫をじっと見た。ややあって、身を屈めたので、冷蔵庫のドアの下から脚しか見えなくなった。そしてぽつりと言った。「無理よ。どこに行くっていうの」

「わからないけど、でも怖いんだ」とボジャは答えた。

「出ていったりするもんですか。この恐怖は長く続かない。すぐに消えるわ」母さんは毅然とした声で言ったので、そのときは心からそう思っているようだった。

　母さんは引き続きイケンナを癒し、守ろうと懸命になっていた。ある日曜の午後のこと。イヤ・イヤボが訪ねてきたとき、ぼくらは椰子油のソースであえた黒目豆を食べていた。ぼくは家の周囲が騒がしいことに気づいていたけれど、町の子どもたちの真似をして、そういう集まりを覗きに行かないよう教育されていた。武装した輩がいて、銃が発砲されて、撃たれてしまうかもしれない、といつも父さんから警告されていたのだ。それで、母さんが家にいるときは、叱られるか、父さんに報告されるかもしれないので、ぼくらはおとなしく部屋に下がっていた。ボジャは次の日に試験が二つあった。社会科学と歴史、大嫌いな二科目だったので、怒りっぽくなって、教科書に出てくる歴史上の人物（〝バカな死人〟）を片っ端から罵っていた。そんな不満たらたらの状態のときに、ボジャの邪魔をしたり、近くにいたりしたくなかったので、オベンベとぼくは母さんと居間にいた。そこへイヤ・イヤボがドアをノックしたのだった。

「あら、イヤ・イヤボ」母さんは大きな声でそう言って、あの女が入ってくると椅子からさっと腰を上げた。

「ママ・イケ」と女は言った。ぼくは告げ口のことでまだ腹を立てていた。

「おいで、食べましょ、わたしらも食べるから」と母さん。

ンケムがテーブルから手を離して伸ばすと、イヤ・イヤボはすぐに椅子から抱き上げた。

「なにかあったの？」母さんは聞いた。

「アデロンケだよ」とイヤ・イヤボ。「今日、アデロンケが夫を殺したんだ」

「なんてこと！」母さんは大声で叫んだ。

「ウォー、ビオシェシェレニィ（ほら、こうして起こったんだ）」と女は始めた。イヤ・イヤボは母さんにヨルバ語で話した。母さんはヨルバ語がうまくないと思い込んでいて、自分ではほとんど話すことはなく、いつもぼくらが代わりに話していた。でも実は完璧に理解していたのだった。

「昨晩さぁ、ビイがまた酔っぱらって、素っ裸で帰ってきたんだよ」とイヤ・イヤボがピジン英語に切り変えて話し、手を頭に置いて悲しげに身を捩り出した。

「イヤ・イヤボ、落ち着いて、話してみて」

「息子のオニラドゥンは病気だった。そこへ夫が帰ってきたから、薬の金をくれと言ったんだけども、夫は彼女も子どもも殴り出したのさ」

「チネケ！」母さんは息を飲んで、両手で口を塞いだ。

「ベーニ――まさに」イヤ・イヤボは続けた。「アデロンケは怒りまくり、病気の子を殴るなんて、酒のせいだ、殺されちまうって、夫を椅子で襲ったのさ」

「エー、エー」母さんは口ごもった。

「やつは死んだ。あっという間に死んじまったよ」

女は床に腰を下ろして頭をドアにもたせかけ、脚を揺らし、震わせていた。母さんはショックのあまり立ちすくみ、怯えているみたいに体を縮こめた。オガ・ビイが死んだと聞いて、ぼくは口に入れたばかりの食べ物をすぐに忘れてしまった。あの役立たずの男を知っていたからだ。まるでヤギのようなやつ。狂ってはいないけれど、つねに酔っぱらっている状態で、唸り声をあげてとぼとぼ歩いていた。朝、よく登校途中に見かけると、しらふで家に戻っているところだったが、夕方にはまた酒を飲んでふらふら千鳥足で歩いていた。

「でもさぁ、あの人、ぱっちり目を開いてやったとは、思えないんだ」そうママ・イヤボは言って目を拭った。

「エー、どういうことだい」と母さんは聞いた。

「あの狂人、アブルのせいだ。大切なものに殺されるって、ビイに言ったのさ。それで妻に殺されちまった」

母さんは動揺した。ボジャ、オベンベ、ぼくの顔を見回し、じっと目を合わせた。だれかが居間ではないどこかで椅子から立ち上がり、ドアをそっと開けて姿を見せた。振り返って確認しなかったが、わかっていた。母さんも、居間にいるだれもがわかっていたはずだ。イケンナだということを。

「だめ、やめて」と母さんは大声をあげた。「イヤ・イヤボ、そんなバカげた話、ここでしないで」

「えっ、なんで――」

「やめてと言ってるの」母さんはそう叫んだ。「単なる狂人に未来がわかるなんて、どうやったら信じられる？　いったいどうやって？」

「でもママ・イケ、そうみんなが――」

「やめて。アデロンケはどこなの？」

「警察だよ」

母さんは首を横に振った。

「逮捕されちまった」イヤ・イヤボが言った。

「外行って話すわよ」母さんが告げた。

イヤ・イヤボは立ち上がって、母さんと一緒に出ていき、ンケムもついていった。二人が出ていったあと、イケンナは人形のような生気の無い目をしてじっと立っていた。そして突然、腹をつかんで浴室に走っていくと、洗面台で吐いたり、えずいたりする音が聞こえてきた。イケンナの病が始まったのはちょうどこのときで、恐怖のあまり健康が損なわれてしまったのだ。酔っぱらい男が死んだ話は、火のないところに煙を立てるアブルの予知能力から、もうどうやっても逃れられないということをイケンナに確信させた。

それから数日後の土曜の朝、ぼくらは揃って食卓につき、揚げたヤム芋とトウモロコシ粥の朝食を食べていた。ちょうどイケンナは食べ終わって部屋に戻っていたのだが、やにわに飛び出し、手を腹に置いて呻き声をあげ始めた。ぼくらがなにが起こっているのか気づくころには、〝父さんの王座〟とぼくらが名付けた青いソファのうしろ側で、敷石が施された床にコップ一杯分くらいの食べ物がすでに吐き出されていた。イケンナは浴室に向かっていたのだが、抑えこもうとした力に阻まれ、片膝を床についてもどしてしまった。そのようすは椅子の背後に隠れてこちら側からよく見えなかった。

「イケンナ、イケンナ」と呼びながら、母さんは台所から走り寄って、イケンナを抱き抱えようとした。イケンナはだいじょうぶと制止したが、顔は真っ青で衰弱しているように見えた。

「どうしたっていうの、イケンナ？　いつからなの？」イケンナが落ち着いてから母さんはたずねたが、答えは返ってこなかった。

「イケンナ、なんでよ、なんで答えてくれないの。ねえ、どうして？」

「わからない。体を洗わせて」とイケンナはぼそりと言った。母さんが手を放すと、イケンナは浴室に歩いていった。その姿を見てボジャは「かわいそうに、イケ」とつぶやき、ぼくも同じことを言った。オベンベも、デイヴィッドも続いた。イケンナはいたわりの言葉に反応しなかったが、このときはドアをバタンとやらずに、そっと閉めて鍵を掛けたのだった。

　イケンナの姿が見えなくなると、ボジャは台所に走り、箒と塵取りを持って戻ってきた。箒は針のように細いラフィアの繊維を紐でしっかり束ねたものだ。ボジャが吐物を素早く片付けているのを見て、母さんは心を動かされた。

「イケンナ、お前は弟のひとりに殺されるという恐怖に憑かれているけど、ごらんなさい――」母さんはイケンナが水を使っていても聞こえるよう大声で言った。

「だめ、だめ、やめて、ンネ（母さん）、やめてよ。言わないで、お願いだから――」ボジャは感情をあらわにして懇願した。

「いいの、言わせて。イケンナ、こっちに来て見てごらん。来てごらんなさい――」イケンナはぼくが掃除したことなんて聞きたがらないよ、とボジャは言い返したが、母さんはやめなかった。

「ほら、あんたのために弟たちが泣いているのよ」と母さんは続けた。「あんたが吐いたものを掃除しているのよ。こっちに来て〝敵〟が、お前の意に逆らってでも心配しているのをごらんなさい」

その日は、たぶんこんなふうに言われたせいで、イケンナが風呂から出てくるのに時間がかかった。ようやくタオルを巻いて出てきたときには、ボジャは汚れた場所を掃除して、吐物がこびりついた床と壁、ソファのうしろ側もモップをかけてきれいにしていた。母さんはデトルの消毒剤をあちこちに撒いていた。そのあと、イケンナに一緒に病院に行くよう迫り、もし嫌がったら父さんに電話すると脅した。イケンナは父さんが健康問題を非常に重く受け止めるのを知っていた。それで降参したのだった。

何時間かたち、母さんがひとりで帰ってきたので、ぼくはびっくりした。イケンナは腸チフスにかかっていて、入院して点滴を受けているとのことだった。オベンベとぼくは恐ろしさのあまり取り乱してしまったのだが、母さんは明日にも退院して元気になるわよ、ときっぱり言って慰めてくれた。

とはいえ、ぼくはイケンナに悪いことが起こるのではないかと不安になっていた。ぼくは学校ではほとんど口をきかなくなり、だれかに挑発されたら喧嘩をして、しまいには躾に厳しい先生のひとりに鞭で打たれたのだった。こういうことは珍しかった。ぼくは両親だけではなく、先生たちにも従順だったのだ。体罰が怖くて、それを避けるためならなんでもした。でも、兄さんの状態がひどくなっていくのが悲しくて、なんに対しても、特に学校と学校に関するものすべてに、強い憤りを感じるようになった。兄さんの救済の望みは崩れ去った。彼のことが心配でならなかった。

イケンナの健康と幸福が奪われて、次に信仰が蝕まれた。病気を言い訳にして、三週連続で日曜日に教会に来なかった——いや、二晩病院にいたので、プラスもう一週になる。しかし、おそらく父さんがガーナまで三カ月の研修に出かけていて、戻ってくるまでアクレには立ち寄らないということを耳にし、調子づいたのか、その次の週の朝も、教会に行きたくないと言ってのけた。

「イケンナ、わたしはちゃんと聞いていたかしら」と母さんは言った。

「うん、聞いてたよ」イケンナはぴしゃりと切り返した。「いいかい、母さん、ぼくは科学者だ。神の存在なんてもう信じない」

「なんですって？」母さんは声を荒らげて、鋭い棘を踏んだみたいにうしろに下がった。「イケンナ、なんと言ったの？」

イケンナは言葉に詰まり、しかめ面をした。

「なんと言ったか聞いてるのよ、イケンナ」

「ぼくは科学者だと言ったんだよ」とイケンナは答えたが、〝科学者〟という言葉がイボ語にないので英語で言ったら、驚くほど挑戦的に響いた。

「それで？」沈黙に促されて母さんは口を継いだ。「最後まで言いなさい、イケンナ。たった今言ったおぞましいことを言い終えなさい」そして、イケンナの顔を指差し、感情を昂らせて続けた。「イケンナ、いいかい。エメとわたしが許せないこと、ぜったいに受け入れられないことは、子どもの無神論よ。ぜったいに許せない！」

母さんは舌打ちをし、頭上で二本の指をはじく呪いをして、言ったことが実現してしまう可能性を払い除けようとした。「それでイケンナ、まだわが家の一員でいたいなら、ここで食事をとりたいなら、ベッドから出なさい。さもないと、お前とわたしは同じズボンをはくことになるわよ」

イケンナはこの脅しにひるんだ。母さんが〝同じズボンをはく〟という表現を使うのは、怒りが頂点に達したときだけだったのだ。母さんは部屋に戻ると、父さんの古い革ベルトを手首に半分巻き付けて戻ってきた。ほとんどこんなことはなかったけれど、イケンナをすぐにでもぶつつもりみたいだった。イケンナはそれを見ると、重い足を引きずって風呂に行って水浴びをし、教会に行く準備をした。

礼拝からの帰り道、イケンナはぼくらの前を歩いていた。母さんが人前でこの問題を吹っかけてこないように、それにいつも門と玄関のドアを開けるために鍵を託されていたからだ。母さんはめったに教会から直接家に帰らなかった。たいてい弟と妹を連れて、礼拝後の女性の集まりが始まるのを待ったり、弔問に行ったりしていた。母さんから見えないところに来ると、イケンナは足を速めた。ぼくらは黙ったまま彼についていった。イケンナはどういうわけか、イジョカ通りから遠回りをした。そこには、木がむき出しの低価格の住宅や掘っ立て小屋が立ち並び、貧困層が暮らしていた。小さな子どもたちが、この汚らしい地域のあちこちで遊んでいた。女の子は柱に囲まれた大きな四角形のなかで飛び回り、せいぜい三歳くらいの男の子は、自分の尻から垂れ下がる黄褐色の長細い大便のようなものの上に屈み込み、ねばねばしたピラミッドを作っていた。ピラミッドができあがり、あたりに臭いが立ち込めていたが、その子は棒を持って土に絵を描いたりして遊び続け、尻の周りでハエがブンブン飛び回っても気にならないようだった。通りすがりに、ぼくらは土に唾を吐いて、いつものくせから、すぐにサンダルの底で唾をこすった。ボジャは「豚野郎、豚野郎め」と男の子とここの住人に悪態をついた。オベンベは吐いた唾をきれいにしようとして、少し遅れをとった。唾を吐いてすぐに拭い去るのは、妊婦に唾を踏みつけられたら、唾を吐いたのが男であれば、永久に不能になってしまうという迷信を信じていたからだ。その当時ぼくは、魔法みたいにあそこが消えてしまうのだと思っていた。

ここは本当に汚い通りだった。床の内装だけが済んでいる二階建ての建てかけの家に、友だちのカヨデが両親と暮らしていた。家はきちんと仕上げられておらず、不定形のコンクリートと金属の棒が屋根裏から延び、梁が上に突き出している。むき出しの煉瓦が苔で緑色になっていて、敷地全体に散乱している。煉瓦の穴にも、家全体にもトカゲやスキンクがうじゃうじゃいて、そこらじゅうを走り回っている。以前、カヨデがぼくらに話してくれたのだが、彼の母親は飲み水を溜めてある台所のドラム缶にトカゲがいるのを見つけたそうだ。だれも気づかないまま、トカゲの死骸が何日も水に浮いていたせいで、しまいには水が酸っぱくなった。母親がドラム缶の水を空けて、トカゲの死骸が地面の水溜まりに滑り落ちたとき、トカゲの頭は二倍になっていて、〝溺死したらみな必ずそうなるように〟分解し始めていたのだった。この地区の至るところで、ゴミの山が厚板の囲いに食い込み、車道にまではみだしていた。下水溝には汚物が溜まり、腫瘍みたいな気が滅入り、息の詰まる臭いを発していた。ゴミは歩道橋あたりで大蛇のように曲がりくねり、沿道の売店のあいだでは鳥の巣みたいに積もり、小さな地面の窪みや人で溢れかえる空き地で腐っていた。あたり一帯で空気が淀んでいて、目に見えない悪臭によって建物どうしが連結しているみたいだった。

空の太陽は激しく照りつけて、鬱蒼と繁った木々が天幕となり陰を作っている。道路の片方では、掘っ立て小屋のなか、女性が炉にかけた鍋で魚を揚げている。炉の両側から煙がもうもうと立ちのぼり、ぼくらのほうに押し寄せてきた。ぼくらは駐車中のトラックとだれかの家のバルコニーのあいだを抜けて向こう側にわたったった。ぼくはちらっと家のなかを覗いてみた。二人の男性が茶色のソファに座り、身振り手振り話していて、たて型の扇風機がゆっくりと首を振っていた。母ヤギと子ヤギたちは、バルコニーの前のテーブルの下に身を潜めて、自分たちの黒い糞に囲まれていた。

ようやく家に着いて、イケンナが門を開けてくれるのを待っているとき、ボジャが口を開いた。

「今日、礼拝の途中でアブルが教会に入ってこようとしてたんだ。でも裸だったから入れてもらえなかった」ボジャは地元の教会で太鼓を演奏する少年グループのメンバーだった。彼らは交代で太鼓を叩くことになっていて、その日はボジャの番だったので、教会の前方の祭壇近くに座っていた。それで、教会の後部ドアからアブルが入ってくるのが見えたのだ。イケンナは鍵を取り出そうとポケットをまさぐっていたが、糸と毛羽だった繊維に絡まっていたので、ポケットを裏返しにしなくてはならなかった。ポケットは汚かった。インクの染みがついていて、裏返しにすると、落花生の殻の破片が埃みたいにザーッと地面に流れ落ちていった。糸の絡まりから鍵を外そうとしてもうまくいかず、無理に剝ぎ取ったので、ポケットに穴があいてしまった。そうこうして、イケンナが鍵を鍵穴に入れて回しているところ、ボジャが声をかけた。「イケ、君が予言を信じているのはわかってるけど、いいかい、ぼくらは神の子なんだし――」

「やつは予言者だ」イケンナはぞんざいに答えた。

イケンナがドアを開けて鍵穴から鍵を抜くと、ボジャがまた言葉を継いだ。「うん、でも神の使いじゃない」

「なんでわかる?」イケンナはぴしゃりと言って、ボジャを振り返った。「なんでわかると聞いてるんだ」

「イケ、やつは神の使いじゃない、ぜったいに」

「証拠は? なあ、証拠はあるのか?」

ボジャは口をつぐんだ。イケンナはぼくらの頭上を見上げたので、ぼくらもそっちを向いて、イケンナの視線がとらえたものを見た。遠くの方で、色んなポリエチレンの素材でできた凧が空高く舞っていた。

「でも、やつの言ったことは起こらないよ」とボジャはまた続けた。「いいかい、やつは赤い川と言ったんだ。赤い川で君が泳ぐと言ったんだよ。どうやったら川が赤くなる?」ボジャは両手を広げて、ありえないという身振りをしてみせ、今言ったことが正しいという承認を求めるみたいに、ぼくらをまじまじと見た。オベンベはうなずいた。「やつは狂ってるんだよ、イケ。自分の言うこともわかってないんだ」

ボジャはイケンナに近寄り、思いがけない勇気を見せて肩に手を置いた。「ぼくを信じて、イケ。信じなきゃだめだ」と言い、まるで心に積もり積もった恐怖を壊そうとするように、イケンナの肩を揺らした。

イケンナは立ったまま、床をじっと見つめていた。ボジャの言葉に心を動かされたみたいだった。それは、失ってしまったぼくらの兄さんを取り戻せるように思えた希望の瞬間だった。ぼくもボジャみたいに、兄さんを殺すことなんてできない、と言いたかったが、次に口を開いたのはオベンベだった。

「まさに、その、とおり」とオベンベはもごもごと言った。「だれも兄さんを殺したりなんかしない。それにぼくらは、イケ、ぼくらは本物の漁師じゃないし。やつは漁師が殺すって言ったんだよ。でもぼくらは本物の漁師じゃない」

イケンナはオベンベのほうに顔をあげたが、たった今耳にしたことに困惑しているような表情をしていた。イケンナの目には涙が浮かんでいた。次はぼくの番だ。

「ぼくらは殺せないよ、イケ。兄さんは強いし、ぼくらより大きいし」なにか言わなければという思いに急き立てられ、できるだけ冷静な声でそう言った。でもどうして、大胆にも彼の手をとってこんなことが言えたのかわからなかった。「イケ兄さん、ぼくらが兄さんを嫌っていると言ったけど、それはぜったいにちがう。ぼくらは兄さんが大好き、だれよりも好きだよ」

もうこの時点で、ぼくの喉は熱くなっていたのだけれど、できる限り落ち着いて話した。「ぼくらは父さんや母さんよりも、兄さんが好きなんだよ」

イケンナから身を引いて、ボジャのほうを見たら、ボジャはうなずいていた。少しのあいだ、イケンナは戸惑っているようだった。ぼくらの言葉が効果をもったみたいで、何週間もたってようやく、ぼくらはイケンナとまともに視線を合わすことができた。彼の目は血走っていて顔は青ざめていたが、そのときの記憶を頼りにすると、なんとも言えない、判別が不可能な表情を浮かべていた。今イケンナについて思い出すのはたいていこの顔つきだ。

大きな期待とともに、ぼくらはイケンナが次にどうするか待っていた。ところが、まるで精霊に背中を押されたように、イケンナは向きを変えて、自分の部屋に急いで入っていった。そして部屋のなかから大声で喚いたのだった。「これからはだれにも邪魔されたくない。みんな、ぼくのことに構わないでくれ。いいか、ほっといてくれよ！」

*

恐怖のせいでイケンナの幸福と健康と信仰が失われてしまい、さらに人間関係もが壊れてしまった。ぼくらきょうだいとのもっとも親密な関係でさえも。あまりにも長いあいだ、ひとり自分の内側で闘っていて、もう終わらせたいと願っているようだった。予言に立ち向かうかのように、ぼくらを傷つけようとして、できることを片っ端からやり始めた。イケンナの説得を試みてから二日後、ぼくらは朝起きて、イケンナがぼくらの宝物をめちゃくちゃにしてしまったことに気づいた。一九九三年六月十五日付けの『アクレ・ヘラルド』紙。紙面にはぼくらの写真が掲載されていた。一面にイケンナの写真と「若き英雄、弟たちを安全に導く」というキャプション。ボジャ、オベンベ、ぼくの写真は、『アクレ・ヘラルド』という題字の下、イケンナの全身に重ねられた小さな長方形のなかにあった。新聞はかけがえのないもの、ぼくらの名誉勲章で、M・K・Oカレンダー以上に大切なものだった。以前だったら、イケンナはこれのためなら、殺人だってなんだってやっただろう。紙面では、内部対立から起こった政治暴動の最中、まさにアクレの生活が一変した瞬間に、イケンナがいかにぼくらを守ったかという話が語られていた。

M・K・Oに出会ってからわずか二カ月後、あの歴史に残る日にぼくらは学校にいた。ふいにたくさんの車がひっきりなしに、クラクションを鳴らし始めた。ぼくは六歳のクラスにいて、アクレ、そしてナイジェリアじゅうで巻き起こっている混乱のことがわかっていなかった。ずっと前に起こった戦争——よく父さんが何気なく言っていた戦争——のことは聞いていた。父さんが〝あの戦争の前〟という表現を使うと、だいたい戦争の出来事とは関係ない話が続き、ときに〝だが戦争ですべてが突然終わった〟という言葉で締め括られた。怠けたり、弱さを見せたりしたぼくらをたしなめるとき、戦争時に十歳だった父さんが経験した苦労話を語ることがあった。ナイジェリア国軍が村へ侵略してきたために、みんなで大きなオブティの森に逃れて、母親と妹たちのために世話、狩り、食事、保護をぜんぶ任されたという話だ。父さんが実際に〝戦争中〟に起こったことを話すのは、このときのこと以外なかった。あるいは〝戦争後〟という表現のこともあった。そんなときには、今言ったばかりの戦争となんら関係のない話題が新たに続いていくのだった。

騒動が始まり、クラクションの音が聞こえ出すと、早々に先生の姿が見えなくなった。先生がいなくなると、子どもたちはみんな母親を求めて泣きながら走っていき、教室は空っぽになってしまった。学校は三階建て。幼稚園とぼくの保育組は一階、上級組と初等組は二階から三階にあった。ぼくの教室の窓からは自動車がたくさん見えて、それぞれドアが開いていたり、走り去ったり、駐車したりといろんな状態にあった。ぼくは窓際に座り、ほかの家族のように父さんが迎えにくるのを待っていた。でも教室の戸口に来て、ぼくの名前を呼んだのは、父さんではなくてボジャだった。ぼくは返事をして、通学鞄と水筒を手に取った。

「さあ、家に帰ろう」とボジャは言うと、散らばった机の上をわたり歩いて、ぼくのほうに向かってきた。

「どうして、父さんを待とうよ」ぼくはあたりを見回した。

「父さんは来ない」ボジャはそう言って、シッと人差し指を唇にあてた。

それからボジャはぼくの手を引き、教室の外に連れ出してくれた。騒動が起こる前にはきちんと並べられていた木の机と椅子があちこちに散乱していて、ぼくらはそのあいだを走り抜けた。ひっくり返った椅子の下には、男の子の壊れた弁当箱、黄色のご飯と魚の中身が床に飛び散っていた。外ではまるで世界が真っ二つに切断されて、だれもが亀裂の縁をよろよろと歩いているみたいだった。ぼくはボジャの手を離した。教室に戻って父さんを待っていたかったのだ。

「なにやってんだ、このバカ！」ボジャが声を荒らげた。「暴動が起きてるんだぞ。人が殺されてるんだ。さあ帰るぞ！」

「父さんを待たないと」ぼくは、注意深くボジャについていきながらそう意見した。

「だめだ、待てない」とボジャは反対した。「やつらが侵入してきたら、ぼくらがM・K・Oボーイズだと、〝希望93の子ども〟だと、つまり敵だとばれてしまう。ぼくらはだれよりも大きな危険にさらされるんだぞ」

ボジャの言葉を聞いてぼくの粘りは粉々に砕け、恐ろしくなった。たくさんの上級生が外に出ようとして、門のところに人だかりができていたが、ぼくらはそこに向かわなかった。倒壊した塀を越え、椰子並木を通り抜けて学校から脱出し、茂みの木のうしろでぼくらを待っていたイケンナとオベンベに合流すると、みんなで一斉に走り出した。

ぼくらは蔓（つる）を踏みつけて進んだ。肺に空気がどっと入ってきた。何分かたって茂みから小道に出たが、オベンベはすぐにそれがイソロ通りだということに気づいた。

通りにはほとんど人気（ひとけ）がなかった。ぼくらは材木屋を走り過ぎた。普段ならここを通るとき、けたたましいドリルの音がするので、耳を塞がないといけない。おがくずの山の前には、森から重い木材を運び出すおんぼろのトラックが何台も止まっていたが、周囲にはだれもいなかった。ここから、二つに分岐する広い道路が見える。道路の両側にはぼくの足三つ分ほどの幅のガードレールが伸びている。これはナイジェリア中央銀行に続く道路で、この道を進んで銀行に向かおうとイケンナは提案していた。なぜなら、そこは武装警備隊が守っている一番近い場所で、ぼくらは隠れていられるし、それに父さんの職場でもあるからだ。あそこに行かなければ、M・K・Oの地元のアクレで、M・K・O支持者の弾圧に躍起になっている軍事政権の部隊に殺されてしまう、とイケンナは言い張った。その日、道路にはさまざまな物が――大量殺戮から逃れようとする人たちの落とした物が――一面に散乱しており、飛行機が空高くからあらゆる所持品をアクレに落としていったみたいだった。ぼくらが道路の片側にわたると、そこには木々が繁って塀を張り巡らせた邸宅があり、人で溢れかえる車が猛スピードで道路を過ぎていった。その車が遠ざかって見えなくなると、今度は青いメルセデス・ベンツがぼくらの来た道から現れた。助手席にはぼくのクラスメイトのモジソラが乗っていて、彼女はぼくに手を振り、ぼくも振り返したが、メルセデスはびゅんと一瞬で走り去っていった。

「さあ行こう」イケンナは車が見えなくなるとそう声をかけた。「学校にいることはできない。ぼくらがM・K・Oボーイズだと気づかれて、危ない目に遭ってしまうからな。あの道を進もう」イケンナは指差して、ぼくらには聞こえないことが聞こえたみたいに、広い範囲を見わたした。

暴動のただなか、注意を引かれた細部のひとつひとつを見て、あらゆる種類の臭いをかぐと、ぼくの心に明確な死の恐怖が広がっていった。カーブに差しかかったところで、イケンナは声を張り上げた。「だめだめ、やめよう。やっぱり幹線道路を歩くべきじゃない。ここは安全じゃない」

それでぼくらは反対側にわたった。そこは店が立ち並ぶ大きな商店通りだったが、どこもかしこも閉まっていた。ある店のドアは破壊されて、釘がいっぱい刺さった木片が壊れたドアから危なっかしくぶらさがっていた。閉店した居酒屋にはビールのケースが積み重なり、トラックにはスター・ラガー・ビール、〝33〟、ギネスやその他のメーカーのポスターが散乱していた。ぼくらはこの居酒屋とトラックのあいだで立ち止まるはめになった。ヨルバ語で助けを求める大きな叫び声が聞こえてきたのだ。でもどこから聞こえてきたのかはすぐにはわからなかった。男がひとり店から出てきて、ぼくらの学校に続く道のほうへ走っていった。はっきりとした危険を感じて、ぼくらの恐怖は高まった。

それから、ゴミ置き場を越えて通りに出ると、家が炎に包まれているのが見えた。男の死体がベランダに横たわっていた。イケンナが燃えている家の裏に駆け込んだので、ぼくたちもあとに続き、体をガタガタ震わせた。ぼくも、たぶん兄さんたちも、死体を見るのは初めてだった。ぼくの心臓はドキドキしていたが、そのとき、生温かいものが制服の半ズボンのうしろにゆっくり染みわたっていくのがわかった。地面を見下ろして、ぼくは漏らしてしまったことに気づき、最後の何滴かが地面にぽたぽた落ちるのを震えながら見ていた。こん棒や鉈（なた）で武装した男たちの集団がぞろぞろと歩き、こっそりあたりの様子を窺いながら、「ババンギダに死を、アビオラの統治を」と唱えていた。ぼくらはカエルみたいにしゃがみこみ、集団が見えているあいだは石のように黙ったままでいた。男たちが通り過ぎたので、家のうしろから這い出たら、裏庭の真向かいにフロントドアが開いたままワゴン車が停まっていて、なかに死体があるのが見えた。

この男性の長くゆったりとしたセネガル風の衣装を見て、北部出身者だということがわかった。M・K・O・アビオラ支持者たちの主な攻撃の対象だ。彼らは暴動を乗っ取って、これはM・K・Oを支持する西部と軍事政権の大統領、ババンギダ大将（イブラヒム・ババンギダ〔一九四一‐〕。ナイジェリアの軍人、第八代大統領〔一九八五‐一九九三〕）を支持する北部の戦いだと触れ回っていた。

だれも想像できないような力を奮い起こして、イケンナはワゴン車の座席から死体を引きずり出した。どさっと音をたてて男は車から落ち、顔の傷から血が地面に飛び散った。ぼくはわーっと悲鳴をあげて泣き出してしまった。

「静かに、ベン！」ボジャに怒鳴られたが、泣き止むことができなかった。怖くて怖くてたまらなかった。イケンナが運転席に乗り込み、ボジャは助手席に、オベンベとぼくは後部座席に座った。

「行くぞ」とイケンナは呼びかけた。「この車で父さんの職場に行こう。早くドアを閉めるんだ！」イケンナは声を張り上げた。

そして、大きなハンドルのそばのイグニッションに差し込まれた鍵でエンジンをかけると、車はブンブンと唸りをあげ、轟音をたてたあとブーンと長く尾を引きながら動き始めた。

「イケ、運転できるの？」オベンベは震えながら問いかけた。

「まあね」とイケンナ。「ちょっと前に父さんが教えてくれたんだ」

　エンジンの回転速度をあげて、ガタガタとバックさせると、急にガクンと止まってしまった。イケンナがまたエンジンをかけようとしていたら、遠くから銃弾の音が聞こえてきてみんな凍りついた。

「イケンナ、車を出してよ」とオベンベは弱々しく言って、手を打ち鳴らした。オベンベの顔には涙がつたっていた。「学校を出ろって言ったのに、ぼくら、このまま死ぬの？」

　あちこちで火があがり、車が燃えていた。この日、アクレは焼け焦げてしまった。ぼくらがちょうど町の東部のオシンレ通りに差しかかったとき、戦闘服姿の兵士でぎゅうぎゅうになった軍用トラックが通り過ぎていった。兵士のひとりがぼくらの車のハンドルを握っているのが少年だと気づいて、仲間をとんとんと叩き、こちらを指差したが、トラックは止まらずに進んでいった。イケンナは着実に運転を続け、時計のようなスピードメーターの赤い針が大きな数字に動くときだけアクセルを調整した。父さんが学校に送ってくれるときにいつも助手席に座り、父さんがそんなふうにするのをずっと見ていたのだ。ぼくらは道路を進み、路肩近くを走っていたのだが、ボジャがおもむろに〝オルワトゥイ通り〟という標識と、その下の〝ナイジェリア中央銀行〟という小さな表示を読み上げた。こうしてようやく、ぼくらは無事に、アクレで百人以上が命を落とした一九九三年の選挙暴動を逃れたのだった。六月十二日はナイジェリアの歴史上、重要な日となった。毎年、この日が近づくと、まるで千人もの目に見えない外科医の一団が、メスや穿頭器や針、それに特別な麻酔薬で完全武装して、北風とともに押し寄せ、アクレに身を落ち着けるかのようだった。そして夜になり、みんなが寝ているあいだに、医者たちは痛みのない早業で、慌ただしく人びとの魂に一時的なロボトミー手術を施し、手術の効果が現れる明け方とともにまた姿を消す。人びとが不安で無気力になった体を起こすと、心臓は恐怖で早鐘を打ち、喪失の記憶にうなだれ、目からは涙がぽたぽた落ち、唇は厳かな祈りを唱え、全身は恐ろしさのあまり震え出す。みんな一様に、子どものしわくちゃの図画帳に鉛筆で描かれたおぼろげな人物画のようになり、ただ消されるのを待っている。そんな暗鬱な状態で、町は怯えたカタツムリみたいに内側へ引きこもる。夜明けの薄明かりがちらりと差し込むころ、北部生まれの住民たちは町を出て、商店は休業し、教会は平和の祈りを捧げる集会を開く。この月によぼよぼの老人と化したアクレは、一日が過ぎゆくのをじっと耐えて待つのだった。

＊

新聞がビリビリに破られたのを見て、ボジャは心底動揺した。食べることもできなかった。そして再三再四、オベンベとぼくにイケンナを止めなければと言った。

「こんなこと続けられない」とボジャは何度も繰り返した。「イケンナは正気を失ったんだよ。狂ってしまったんだ」オベンベとぼくは夜更かしして色々と語り合っていたので、翌日、火曜日の朝、澄みわたった空が歯を剝き出したあとにもまだ眠っていた。やにわにドアがバタンと開き、ぼくらはすぐに眠りから覚めた。ボジャだった。最初にイケンナとぶつかってから、ボジャはずっと居間で寝ていた。不機嫌で冷ややかな表情のまま部屋に入ってきて、体のあちこちを掻き、歯軋りをしていた。

「昨日の夜、蚊に殺されかけたよ」とボジャはこぼした。「イケンナの仕打ちにはもううんざりだ。

ほんとにうんざりだ！」

大声でそんなふうに言ったので、イケンナが部屋で聞いているんじゃないかと不安になり、胸がドキドキしてきた。ぼくはオベンベを見たが、オベンベはドアを見つめていた。オベンベも同じように、次にドアの向こうからやって来ることを予想しようとしているみたいだった。

「自分の部屋に入るのが許されないなんて、我慢できない」とボジャは続けた。「ひどいと思わないか？　自分の部屋に入れてくれないんだよ」手で胸をたたいて、自分のものという身振りをしてみせた。「あの部屋は、父さんと母さんがぼくら二人にくれたんだ」

ボジャはシャツを脱いで、蚊に刺されたと感じるところを指差した。ボジャはイケンナよりも背が低かったが、ぴったりすぐうしろを追いかけて成長していた。胸にはうっすら毛が生えかけ、脇は大人のような毛で覆われていた。へそからパンツの中に向かって黒い影が広がっていた。

「居間はそんなにひどいの？」ぼくはボジャを落ち着かせようと思ってそうたずねた。イケンナに聞こえかねないので、話をやめてほしかったのだ。

「ひどいさ！」とボジャはさらに声を荒らげた。「もう耐えられない。あんなやつ大嫌いだ！　だれもあんなところで寝られやしない！」

オベンベは用心深い目でぼくを見たが、ぼくと同じく、不安に駆られているようだった。ボジャの言葉は陶器みたいに落下し、粉々に割れて飛び散った。オベンベとぼくはなにかが起こると確信していたが、ボジャもわかっていたようで、腰を下ろし、手を頭に載せた。数分のうちに、どこかのドアが開いてキーと音をたて、足音がした。そして、イケンナが部屋に入ってきた。

「ぼくのことが嫌いだって？」イケンナは穏やかに言った。

ボジャは返事をせずに、窓のほうをじっと見ていた。イケンナは明らかに傷ついているようで（目に涙を浮かべていたのだ）、そっとドアを閉めて部屋の奥まで入ってきた。ついで、軽蔑に満ちた鋭い目をボジャに向けると、この町の少年が喧嘩のときにするようにシャツを脱いだ。

「言ったのか、どうなんだ？」イケンナはどやしつけたが、返事を待たずにボジャを椅子から突き落とした。

ボジャは大声をあげて即座に立ち上がり、荒々しく息をして怒鳴った。「そのとおり、お前なんか大嫌いだ、イケ。大嫌いだ」

たいていこの一件を思い出すと、記憶がぼくのことを不憫に思って、この時点で止まってくればいいのに、と気も狂わんばかりに懇願するが、いつも無益に終わってしまう。ボジャがそう言ったあと、イケンナはしばらく立ち尽くし、長いあいだただ唇を動かしていたが、ようやく「ぼくが嫌いなんだな、ボジャ」と言葉を発した――そんなイケンナの姿がつねに目に浮かんだものだ。だが、イケンナはとても力強く言ったので、その表情は安堵で晴れ晴れしたようにも見えた。彼は微笑み、うなずき、まばたきして涙をこぼした。

「わかってた、わかってたよ。ぼくがずっとバカだっただけだ」イケンナは首を横に振った。「だからぼくのパスポートを井戸に捨てたんだな」この言葉を聞いてボジャの表情に恐怖がよぎり、なにか言おうとしたが、イケンナはさらに大きな声でヨルバ語からイボ語に切り替えて話し始めた。「待てよ！　あんな意地の悪いことをしなければ、ぼくは今ごろカナダにいて、もっといい生活をしていたんだ」イケンナが放った言葉すべて、せりふすべてに思い知らされたように、ボジャは恐怖に喘いで口をあんぐり開け、言葉が出かかったとしても、イケンナの「待て！」「いいか！」という声に掻き消されたのだった。イケンナは話を続けた。不思議な夢がぼくの疑いを裏付けてくれた、あるとき見た夢で、お前が銃を手にぼくを追いかけていたんだ――。それを聞いてボジャの顔はひきつり、イケンナが話しているあいだ、ショックと無力感がないまぜになった表情で顔を紅潮させた。「そう、ぼくはわかってる。お前がどれほどぼくを憎んでいるか、ぼくの心が証明している」

ボジャはドアに向かって勢いよく歩いていき、その場を離れようとしたが、イケンナの言葉に制止された。「わかってたんだ」とイケンナは言葉を継いだ。「アブルの予言があった瞬間から、やつが言う漁師はお前だってことを。ほかのだれでもなく」

ボジャはじっと立ったまま、まるで恥じ入るように頭を垂れて聞いていた。

「だから、ぼくを嫌っていると告白されたところで驚きもしない。ずっとぼくを憎んでたんだからな。でも思い通りにはさせない」イケンナは唐突に、嚙みつくようにそう言ったのだった。

イケンナはボジャに近づき、顔をぶった。ボジャは倒れて、床にあったオベンベの金属の箱に頭を打ち付け、カーンと長い音が響いた。痛みのあまりぎょっとするような叫びをあげ、足を踏み鳴らし、金切り声を出した。動揺したイケンナは大きく開いた深淵の口が迫っているかのように後ずさりし、ドアのところまで来ると、背を向けて走り去っていった。

イケンナが部屋を出ていくと、オベンベはボジャのほうに進み出た。とそのとき、ぱたりと足を止めて叫びをあげた。「うわーっ！」最初、ぼくはイケンナとオベンベが見たものが見えていなかったのだが、次の瞬間、目に飛び込んできた。箱の上に血の海ができて、床にぽたぽた滴り落ちていたのだ。

心を痛めたオベンベは部屋を駆け出して、ぼくもあとに続いた。母さんは裏庭の菜園で、手に鍬を持ち、ラフィアのかごにトマトをいくつか入れて、ぼくらの魚釣りを密告した隣人のイヤ・イヤボとおしゃべりしているところだった。ぼくらは二人を大声で呼んだ。母さんとイヤ・イヤボはぼくらの部屋に来て、目にしたものに驚愕した。ボジャは泣き止んで静かに横になり、顔は血だらけの手で覆われていたが、体はまるで死人のように不可解なほど穏やかな状態にあった。目の前に横たわっているボジャをじっと見つめ、母さんは泣き崩れた。

「早く、クンレのクリニックに連れていくのよ」とイヤ・イヤボは大声で呼びかけた。

母さんは極度に動揺していて、慌ててブラウスとロングスカートに着替えた。イヤ・イヤボの手を借りて、母さんはボジャを肩にかついだ。ボジャは落ち着いていたが、虚ろな目をして、静かに涙を流していた。

「ボジャに万一のことがあったら」と母さんは隣人の女に問いかけた。「イケンナはなんと言うかしら。弟を殺したって言うのかしら」

「オロウンマジェ！――とんでもない！」とイヤ・イヤボは強い調子で言った。「ママ・イケ、こういう事態になったからって、どうしてそんな考えが頭に入ってくるのかい。あの子たちは成長途中なんだ。これくらいの年の男の子なら普通だよ。もうおやめなさい。さあ病院に連れていくよ」

母さんたちが出ていくと、ぼくは床にぽたぽたと絶え間なくなにかが垂れる音がしていることに気づいた。ふと目を向けると、血の海があった。見たものに衝撃を受けて、ベッドに座り込んだが、なによりイケンナが呼び起こした記憶に心が掻き乱された。当時、ぼくはまだ四歳ほどだったが、あの出来事は今でもよく覚えている。カナダにいる父さんの友だち、バヨさんがナイジェリアに一時帰国することになった。バヨさんは帰国のたびにイケンナをカナダに連れていく約束をしており、イケンナにパスポートを用意させ、カナダのビザも取得させた。そうこうするうち、出発の朝がやって来て、イケンナはまず父さんとラゴスに行き、それからバヨさんと一緒に飛行機に乗るはずだったところ、パスポートが見つからなかった。イケンナは旅行用のジャケットの胸ポケットにパスポートを入れて、ボジャと共有しているタンスにしまっていた。でもジャケットのなかにはなかった。すでに出発が遅れていたため、父さんは怒り狂って必死にパスポートを探したのだが、二人とも見つけられなかった。また一からパスポートと渡航文書を取り直す必要があり、飛行機がイケンナを乗せずに飛び去ってしまう。そう考えて父さんの怒りは増大した。父さんは不注意だと怒り、イケンナをぶつところだった。そこへ、父さんに叩かれないよう、母さんの陰に隠れていたボジャが、自分がパスポートを盗ったと告白したのだった。なんでだ、どこにあるんだ、と父さんは問い詰めた。ボジャは見るからにうろたえて白状した。「井戸のなか」そして、イケンナに行かないで欲しかったから、昨日の夜、井戸に投げ込んだんだと打ち明けたのだった。

父さんは井戸に向かって無我夢中に突進し、井戸のなかを覗き込むと、修復ができないほど破損したパスポートが水面に浮かんでいるのが見えた。父さんは両手で頭を抱え込み、震えていた。そして、突然精霊にでもとりつかれたかのように、タンジェリンの木に手を伸ばし、小枝を折って、家に走って帰った。まさに父さんがボジャに飛びかかろうとしていたとき、イケンナが割って入った。ボジャが井戸にパスポートを投げ入れるよう仕向けたのはぼくなんだ。ボジャが一緒じゃないと行きたくなかったから。大きくなったら二人で一緒に行くよ。後々これが嘘だと知ったのだが（両親もわかっていたようだった）、そのとき父さんは、イケンナが愛情とみなした行為に心打たれたようだった。でも、イケンナがすっかり変わってしまった今、それは究極の憎しみの行為となったのだ。

その日の午後、母さんと一緒にクリニックから戻ってきたボジャは、心が何マイルも遠くに離れてしまっているようだった。血のついたガーゼの下には脱脂綿があてられ、後頭部の深い切り傷を覆っていた。それを見てぼくはしょげかえり、どれほど血が出たんだろうと考え、ボジャが耐えたであろう痛みを思って身震いした。なにが起こったのか、なにが起こっているのか理解しようとしたけれど、無理だった。こういうことを考えるのは、決してたやすくなかった。

その日の残りの時間ずっと、母さんは地雷だらけの道みたいになり、だれかが近づいたりしようものなら、爆発してしまいそうだった。しばらくして、夕食のエバを作りながら、母さんは独り言をぶつぶつ言い始めた。アクレへの異動願いを出すか、みんなで一緒に引っ越しするか頼んだのに、あの人はどちらもしなかった、とこぼした。そしたらどうなの、子どもたちは互いの頭を叩き割ろうとしているじゃない。そんなふうに嘆いた。そして続けて言った。イケンナは他人のようになってしまった――。食卓に夕食を出しているときにも、母さんの口はまだ動いていた。ぼくらはそれぞれ木の椅子を引いて腰を下ろした。最後に手洗い用のボウルを載せると、母さんはむせび泣き始めた。

その夜、わが家は沈黙と恐怖に飲み込まれた。オベンベとぼくは早くに部屋に退き、デイヴィッドは機嫌の悪い母さんの近くにいるのを怖がって、ぼくらについて来た。寝る前、しばらくのあいだ、イケンナの気配に耳をそばだてていたが、なにも聞こえてこなかった。そんなふうに待ってはいたけれど、内心では翌朝まで帰って来なければいいのに、と思っていた。ひとつに、母さんの怒りが怖かったからだ。こんな状態でイケンナが帰ってきたら、母さんがなにをするだろうと気が気でなかった。それに、病院から戻ってきたボジャが、もうたくさんだ、ときっぱり言ったことも怖かった。ボジャは人差し指の先をなめて、宣誓の身振りをし、「もう二度と自分の部屋から閉め出されたりするもんか」と言い放った。そうして、警告を実行するために、部屋に戻って眠ったのだった。ぼくはイケンナが帰ってきて、部屋でボジャと鉢合わせしてしまうのではないかと不安になり、そう考えると、ボジャはこんなにひどい目に遭ったのだから、いつか復讐するんじゃないか、という強い予感に襲われた。そして、体の疲れがその日をむりやり締めくくろうとするころ、イケンナの敵意はどこまで進んだのだろうと思い悩み、どこで終わるのだろうと恐ろしくなった。

8　イナゴ

イナゴは前触れだ。

雨季が始まるころ、イナゴはアクレとナイジェリア南部のほぼ全域に大群となって押し寄せる。羽があって、茶色の毛針みたいに小さく、穴だらけの地面から突然飛び出して襲いかかり、光の周りには必ず吸い寄せられるように集まってくる。アクレの人たちは往々にしてイナゴの到来を喜ぶ。無情な太陽が照りつけ、ハルマッタン（西アフリカで乾季のあいだに吹く貿易風）も加勢して大地を苦しめる乾季が終わると、雨が大地を癒してくれるからだ。子どもたちは電球やランプを灯し、水の入ったボウルをもって、そのなかにイナゴをはたき落とすか、羽をむしって溺れさせる。住民たちは集まって、焼いたイナゴを堪能し、雨季の始まりを祝う。しかし、雨はたいていイナゴが襲来する翌日に降り出して大嵐になり、屋根という屋根を剝ぎ取り、家という家を破壊し、たくさんの人を溺れさせ、町じゅうを奇妙な川のように変えてしまう。そんなわけで、良いことの前触れだったイナゴは一転、悪いことの予兆となる。それこそ、ボジャが頭を怪我した翌週、アクレの人びとに、ナイジェリア人みんなに、そしてぼくの家族に降りかかった運命だった。

八月の一週目のこと、ナイジェリアのオリンピック代表〝ドリーム・チーム〟が男子サッカーの決勝戦に進んだ。それまで何週間にもわたり、市場や学校や会社ではチオマ・アジュンワ（ナイジェリアの陸上競技選手。アトランタオリンピックに出場し、走幅跳で金メダルを獲得）という名前に沸き立っていた。なにしろ、彼女はこの崩れ落ちそうな国に金メダルをもたらしてくれたのだ。それが今ではどうだ、なんと男子サッカーの代表チームが準決勝でブラジルを破り、アルゼンチンとの決勝を戦うことになった。ナイジェリアじゅうが狂喜していた。遠く離れたアトランタの猛暑のなか、観客がナイジェリア国旗を振っているとき、アクレはゆっくりと水浸しになりつつあった。暴風で武装した激しい雨は、すでに町を停電に陥れており、ナイジェリアのドリーム・チームとアルゼンチンの決勝戦の前夜、ひっきりなしに降り続けていた。雨は試合の日の朝、つまり八月三日の朝になってもだらだらと降り続き、トタンやアスベストの屋根に打ちつけ、日が落ちるころにようやく小降りになって止んだのだった。その日、家から出る人はだれもいなかった。イケンナも例外ではない。一日のほとんどを部屋に閉じこもって過ごし、たいてい押し黙ったままで、大切な友となったポータブル・ラジカセの音楽に合わせて歌っているときにだけ声をあげていた。その週には、イケンナは完全に孤立していた。

ボジャに怪我をさせたことで、母さんがイケンナを問い詰めたところ、イケンナは、自分は正しい、ボジャが最初に脅しをかけてきたんだ、と言い張った。「あんなチビがぼくに脅し文句を吐くなんて、黙ったまま見てられるわけないよ」母さんが居間で座って話そうと頼み込んだのに、部屋の敷居に立ったまま、イケンナは食い下がった。そしてそう言ったあと、彼はわっと泣き出した。それから感情を爆発させて恥ずかしく思ったのか、部屋に飛び込み、ドアをバタンと閉めた。その日、母さんはこんなふうに言った。これでやっとはっきりした、イケンナは明らかに正気じゃない、エメが帰ってきて正気づかせるまで、みんなあの子を避けるべきよ――。しかし、ぼくがイケンナの変貌を恐ろしく思う気持ちは、日ごとに強まっていた。ボジャでさえ、最初はもう騙されないぞとすごんでいたが、母さんの言いつけに従って、イケンナを避けたのだった。ボジャの頭の傷はすっかり良くなって、包帯もとれたので、縫い目のある曲がった傷があらわになっていた。

夜になり、ちょうど試合が始まるころ、雨があがった。開始時間が近づくと、イケンナは姿を消した。みなこの重大な試合を観戦するために電気が回復するのを待っていたのだが、八時になってもまだ停電のままだった。その日は日がな一日、オベンベとぼくは居間に座って、灰色の空の薄明かりで読書をしていた。ぼくはペーパーバック版でおもしろい本を読んでいた。動物たちが口をきき、人間の名前をもち、犬、豚、鶏、ヤギなど、みんな飼い慣らされているのだ。ぼくが期待するような野生の動物は出てこないが、動物たちが人間のようにしゃべって考えるのが興味深く、とにかく読み続けた。ぼくが本に夢中になっていると、ずっと静かに座っていたボジャがラ・ルーム・モーテルに行って試合を見たい、と母さんに切り出した。母さんは居間で腰かけ、デイヴィッドとンケムの相手をしていた。

「もうかなり遅い時間なのに――どうしても試合を見る必要なんてある？」母さんはそう聞き返した。

「だいじょうぶ、行くよ。そんなに遅くないし――」

母さんは少し考えていたようだったが、ぼくらのほうに顔をあげて「わかった。でも気をつけて」

とだけ言った。

ぼくらは母さんの部屋から懐中電灯を持って、暮れなずむ通りに出ていった。あたり一帯、ビルの立ち並ぶ区画では、ブンブンとやかましい発電機で電気を起こしていて、近所じゅうがザーッという雑音に包まれていた。アクレでたいていの人が信じていたのは、金持ちが国営電力公社の支社に袖の下を使い、こういう重要な試合があるときに電気を止めて、観戦用の特設会場を間に合わせで設置し、金を稼いでいるということだ。ラ・ルームはこの地区で一番モダンなホテルだった。四階建てで有刺鉄線を張った高い塀に囲われている。夜になると、たとえ停電のときでも、まばゆい鮮やかなランプが外壁の内側から周辺にまで光の輪を落としている。こういう停電があるといつもそうだが、その夜もラ・ルームでは、宴会場が急場しのぎの観戦特設会場に変わっていた。ホテルの外に立てられた大きな看板には、オリンピックのロゴと〝アトランタ１９９６〟の文字が入ったカラーのポスターが掲げられ、どんどん客を引き付けていた。確かに、ぼくらが到着すると会場は混雑していた。会場のあちこちに人がいて、向かい合わせで高いテーブルに置かれた二台の十四インチのテレビをさまざまな角度から見ようとしていた。一番早く来た客はテレビに近いプラスチックの椅子に座り、そのうしろでは、画面をなんとか見ようとして、人だかりがどんどん大きくなっていった。

ボジャは二人の少年の隙間にテレビが見える場所を見つけて、オベンベとぼくを残して行ってしまったが、最後にはぼくらも途切れ途切れにせよ画面が目に入る場所を探し出した。腐った豚の臭いがする靴をはいた二人の男がいて、その隙間から左に体を曲げないといけなかったのだが。オベンベとぼくはそれから十五分くらい、人でごった返して体の奥底からにじみ出るような臭いが充満した、窮屈で不快きわまりない状態のなかに埋もれていた。蠟燭の臭い、古着の臭い、動物の血と肉の臭い、乾いたペンキの臭い、石油の臭い、金属板の臭い、ありとあらゆる臭いが襲いかかってきた。ぼくはしまいには手で鼻をつまむのに疲れて、もう帰りたいよとオベンベに耳打ちした。

「なんで？」と驚いたように聞き返されたが、オベンベも背後にいる大頭の男が怖くて、たぶん帰りたいと思っていたはずだ。男は両目が内側を向いている、いわゆる四時十五分の目をしていた。この恐ろしい形相の男は「ちゃんと立て」と怒鳴り、オベンベの頭を汚れた手で荒々しく押しのけもした。それで実はオベンベも怯えていたのだ。醜くおぞましい、こうもりみたいなやつだ。

「だめだよ。イケンナとボジャがここにいるんだから」オベンベは小声で答えて、横目で男をこっそり見た。

「どこに？」とぼくも小声で聞き返した。

オベンベはかなり間を置いてから、ゆっくりと頭をうしろに傾け、ようやく囁いた。「前のほうに座っているのを見たよ――」だが、その声は突然沸き起こった大歓声に掻き消されてしまった。「アムネケ！」とか「ゴール！」などという熱狂的な叫び声があがって空をつんざき、会場は歓喜に包まれ騒然となった。こうもり男の連れは、腕をあげて振り回し、大声で喚いて、オベンベの頭を肘で突いた。オベンベは悲鳴を漏らしたが、どんちゃん騒ぎに飲み込まれて、まるで男たちと一緒に大喜びしているようだった。そしてぼくのほうに倒れ込み、痛みで身を捩った。オベンベを殴った男は気づきもせずに、大騒ぎしていた。

「かわいそうに、オベ」と何度も繰り返したあとにぼくは「帰ろう、ここは良くないよ」と促した。

でもこれだけでは説得できないと思って、ぼくらがサッカーの試合を見に行くと言ってきかないときに母さんがよく口にすることを付け加えた。「こんな試合、見るべきじゃないよ。もし勝ったとしても、選手たちは賞金を分けてくれないんだから」

これが確かに効いた。オベンベは涙をこらえてうなずいた。ぼくはじりじりと進んで、ボジャの肩をぽんぽんとたたいた。ボジャは年上の少年二人に挟まれて立っていた。

「どうした」とボジャはせわしない口調で聞いた。

「ぼくたち、もう帰るよ」

「なんで？」

ぼくは答えなかった。

「なんでだよ？」とまた聞いて、しきりにテレビ画面に視線を戻そうとしていた。

「べつに」とぼく。

「わかった、じゃああとで」ボジャはそう言い捨てて、すぐにテレビのほうを向いた。

オベンベは懐中電灯をちょうだいと言ったが、ボジャは聞いていなかった。

「懐中電灯はいらないよ」ぼくはそう言って、大柄な二人の男のあいだをなんとか入っていこうとした。「ゆっくり歩いて帰ればいいよ。神様が安全に家に導いてくれるから」

ぼくらは外に出て、オベンベは肘で突かれた部分に手をやり、たぶん腫れているかどうか触って確かめようとしていた。その夜は闇が深かった。あまりに暗いので、ときどき道路を通り過ぎる車やバイクのライト以外はほとんどなにも見えなかった。でも、みんなどこかでオリンピックの試合を見ていたせいで、通り過ぎる車両は少なかった。

「あの男は野獣だ。謝ることもできないんだから」ぼくはそう声をかけて、ますます泣きたくなる気持ちに抗った。オベンベと同じように、ぼくも彼の痛みを感じているみたいだった。そして泣きたい衝動にうちのめされた。

ちょうどそのとき、オベンベは「シーッ」と言った。

そしてぼくを木造の屋台付近の角まで引っ張っていった。はじめはなにも見えなかったが、すぐにぼくにもオベンベが目にしたものがわかった。すぐそこに、わが家の門の外、椰子の木のそばに、狂人のアブルが立っていたのだ。突然目に飛び込んできたので、最初、現実とは思えなかった。オミ・アラ川で遭遇した日から、ぼくはアブルを見ていなかったのだが、何日も何週間も過ぎて、やつは姿を見せないまま——あるいはたぶん、離れたところから——ぼくの生活、ぼくらの生活に徐々に入り込んで、苦悩をもたらしてきた。話は聞いていたし、注意するよう言われてもいたし、呪ってもいた。ところが、アブルを見かけなかったあいだにも、知らず知らずに、どこかで出くわすのを待っていて——そのうえ望んでもいたのだ。アブルはうちの門の前に立ち、家のなかをじろじろ覗き込んでいたが、踏み込もうとしているようには見えなかった。自分にしか見えない人物と会話しているみたいに、アブルは身振り手振りを使ったり、手を宙で振り回したりしていた。オベンベとぼくは立ちすくみ、じっと眺めていた。すると、やにわにぼくらのほうに向かって、ぶつぶつ言いながら歩き出した。アブルが目の前を過ぎ、ぼくらが呼吸を押し殺している合間に、なにかつぶやくのが聞こえた。きっとオベンベもはっきりと聞いたはずだ。なぜなら、オベンベはぼくの手をとって、狂人の行く手から引き離したのだ。ぼくはハアハア喘ぎながら、アブルがあたりに広がる闇のなかへ遠ざかっていくのを見ていた。お隣さんのトラックのヘッドライトに照らされ、つかの間、アブルの影が通りに伸びたが、トラックが近づくとすぐに消えていった。

「あいつが言ったこと聞いた？」アブルが見えなくなると、オベンベがたずねた。

ぼくは首を横に振った。

「聞こえなかったのか？」とオベンベは囁いた。

答えようとしたとき、子どもを肩車した男性がよたよたと歩いてきた。その子は童謡を口ずさんでいた。

雨よ、雨よ、去ってくれ
またいつの日か来ておくれ
小さな子たちは遊びたい……

親子が声の届かないところまで行くと、オベンベはすぐにまた同じことを聞いた。

ぼくは聞いていないと示すため、頭を横に振った。でもそれは嘘だ。はっきりとではないけれど、アブルが通り過ぎるときに、なにかを連呼しているのが聞こえた。あの日、ぼくらの平和が壊れたときと同じ響きだった——「イケーナ」。

＊

あやふやな歓喜がナイジェリアを包み込み、夜から朝にかけて広がっていった。まるでイナゴが夜に襲来して、日の出までに姿を消し、町じゅうに羽を撒き散らしていくみたいに。オベンベとボジャとぼくは夜遅くまで喜び浮かれて、ボジャが映画のように分刻みで試合の解説をするのを聞いていた。スーパーマンが誘拐された子を連れ戻すように、ジェイ・ジェイ・オコチャはドリブルで敵をかわし、エマニュエル・アムネケはパワーレンジャーのようにシュートを叩き込んだ。深夜になると、母さんが口を挟みにきて、もう寝なさいと強い口調で言った。ようやく眠りにつくと、ぼくはひっきりなしに夢を見て、朝まで目を覚まさなかった。そこへ、オベンベが強くぼくを叩き、叫び声をあげた。

「起きて、起きてよ、ベン――二人が喧嘩してる！」

「だれが、なんだって？」ぼくは混乱して聞き返した。

「喧嘩してる、イケンナとボジャが。ひどい喧嘩だ。来て」とオベンベが騒ぎたてた。

彼はうろたえた蛾のように光のなかへと入っていったが、振り返って、まだベッドのなかにいるぼくを見て大声を張り上げた。「ねえ、ねえって、ほんとにひどいんだって。来て！」

オベンベがぼくを起こすずいぶん前にボジャは起きて、悪態をついていた。壁向こうのご近所、アバティさんのおんぼろトラックが、ときおりブルン、ブルーン、ブルーーーン！　と唸りをあげて、夢の世界と無意識の世界を隔てる薄い膜を突き破った。トラックに起こされることになったとはいえ、いずれにせよ、ボジャは早起きして、教会の仲間たちと太鼓の練習に行きたかった。水を浴び、母さんが準備してくれていたバターつきのパンを食べたあと――母さんはすでにデイヴィッドとンケムを連れて店に行っていた――新しいシャツとズボンに着替えるために待たなければならなかった。イケンナと同じ部屋で寝るのをやめていたが、持ち物はまだクローゼットのなかにあったのだ。鷹使いのような母さんは、オベンベとベンの部屋に移ったらどうなの、と繰り返し言っていた。「ハプル、エクウェンス、ウロヤ――悪魔は悪魔の住み処に放っておきなさい」でもボジャは譲らなかった。あの部屋はイケンナのものでもあるけど、ぼくのものなんだ、ぜったい出ていくもんか、と言い張った。イケンナと口をきいていなかったので、開けてくれと頼むこともできず、イケンナが起きてドアを解錠するのを待つ必要があった。ところが、イケンナはほぼ夜通し、ナイジェリアじゅうで一斉に巻き起こっていた屋外のどんちゃん騒ぎに加わっていたので、昼までずっと部屋にこもっていたのだ。かなりあとになって、オベンベがぼくにだけ教えてくれたのだが、イケンナは酔っぱらって帰ってきたらしい。深夜には母さんが玄関ドアと門を施錠していたので、オベンベは雨戸を開けてイケンナを家のなかに入れた。そのとき強いアルコールの匂いがしたのだそうだ。

ボジャは落ち着きなく、苛々しながら待っていた。そうして十一時ごろになると我慢も限界に達し、部屋に行って、最初は遠慮がちに、それから猛烈な勢いでノックした。オベンベによれば、業を煮やしたボジャは、まるで知らない人の家みたいに耳をドアに押しあて、雷に打たれたかのように自分のほうを向き、「気配がまったくしない。ほんとにイケンナは生きてるのか？」と言ったらしい。

ボジャはイケンナになにか悪いことが起こったのではないかと、心から心配してこう聞いてきたという。ボジャは気配を窺うために再度耳をそばだて、またノックを繰り返した。このときはさらに強く、開けてくれとイケンナに呼びかけた。

返事がなかったので、ボジャは必死になってドアに体当たりし始めた。しばらくして体当たりをやめると、一歩下がり、目に安堵と新たな恐怖の表情を浮かべた。

ボジャは「なかにいる」とオベンベに小声で言ってドアから離れた。「たった今動く音が聞こえた。無事みたいだ」

「気狂いみたいにぼくの平穏を乱すのはだれだ」イケンナは部屋のなかから怒鳴った。

ボジャは最初なにも言わなかった。だがほどなく、叫び返した。「イケンナ、気狂いはぼくじゃない、お前だろ。今すぐドアを開けろ。この部屋はぼくのものでもあるんだぞ」

バタバタとせわしない足音がして、瞬く間にイケンナは飛び出してきた。ものすごいスピードで出てきたので、ボジャは一撃が飛んできたことすらわからず、ただ気がついたら床に倒れていた。

「ぼくのこと、あれこれ言ってただろ、ぜんぶ聞いたぞ」ボジャが起き上がろうとしていると、イケンナはそう言い放った。「ぜんぶ聞いた――ぼくが死んだとか、生きていないとか。ボジャ、これまでお前のために色々としてやったというのに、人の死を願うなんてな。そのうえ気狂い呼ばわりか。このぼくが？　今日こそ目にもの――」

イケンナがまだしゃべっていたら、ボジャがあっという間にイケンナの足を引っかけてドアに叩きつけ、部屋のなかまで押し倒した。ボジャは跳ね起き、イケンナは痛みに顔を歪め、毒づき、罵った。

「こっちだって望むところだ」ボジャは玄関の敷居から声をあげた。「どうしてもというなら、裏庭に出てこいよ。そしたら家のなかのものを壊さずにすむし、母さんもなにがあったか気づかない」

そう言うと、ボジャは井戸と菜園がある裏庭に走っていった。イケンナもあとに続いた。

*

ボジャはイケンナのパンチをかわそうとしたが、まともに胸に一撃を食らって、うしろによろめいた。オベンベと一緒に裏庭に駆けつけ、最初に目にした光景だ。そしてボジャがなんとか踏みこたえようとしていたところ、イケンナが蹴りを入れて地面に倒した。イケンナがボジャに馬乗りになると、二人はまるで殴り合う闘士のように相手につかみかかった。ぼくは言い知れぬ恐怖に襲われた。オベンベとぼくは戸口に立ちすくんで動くこともできず、やめてと懇願するしかなかった。

しかし二人は気にも留めなかった。ぼくらはすぐに強烈なパンチに気をとられてしまい、二人が取っ組み合い、野性的なすばしっこさでぐるぐる回っているのを見て圧倒された。オベンベはどちらかが一撃を受けるとわーっと声を上げ、どちらかが痛みに悲鳴をあげるとハッと息を飲んだ。ぼくも見ているのが耐えられなかった。二人が暴力をふるう構えをとると目を閉じ、それが終わると目を開けたが、心臓はずっとドキドキしていた。ボジャが右目の上の傷から血を流しているのを見て、オベンベはまた、お願いだからやめてと言い始めた。ところが、イケンナは怒鳴りつけた。

「うるさい」と彼はすごみ、地面に唾を吐いた。

「黙らないと、お前らもこいつみたいになるぞ。バカめ。こいつがどんなふうに言ったか、見てなかったのか？　悪いのはぼくじゃない。こいつが先に――」

ボジャはイケンナの背中に強烈なパンチをくらわせて話を遮り、腰につかみかかった。二人は地面にどさっと倒れ込み、砂埃が上がった。同じ年ごろの少年のきょうだい喧嘩には見られないほど、激しく取っ組み合っていた。イケンナはイソロ市場の鶏売りの少年を殴ったときよりもすさまじい勢いで殴打していた。あるクリスマス・シーズンのこと、鶏を買ってくれなかったというだけで、そいつは母さんをアシェウォ——売女呼ばわりしたのだ。ぼくらはイケンナを喝采し、どんな形の暴力も嫌う母さんでさえ、少年が起き上がり、持ち運び用のラフィア編みの鶏籠をつかんで逃げていったあとで、殴られて当然だと言ったのだった。しかし、このときのイケンナはかつてないほど激しく、重く、強いパンチを繰り出していた。ボジャも同じく、ある土曜日、オミ・アラでの魚釣りをやめろと脅してきた少年たちと喧嘩したときよりもずっと果敢に蹴りを入れ、飛びかかっていた。この喧嘩はまったく違う。まるで二人の手は、体のあちこちに、もっとも小さい血漿（けっしょう）にまで至る全身にとりついた力にコントロールされているみたいだった。そしてたぶん、はっきりした意識ではなく、この見えない力によって、どちらもこれほど荒々しい戦術を繰り広げていたのだ。喧嘩を見ながら、これからはもう同じようにはいられないという予感にとらわれた。すべてのパンチに、食い止めたり、押さえたり、覆したりできない断固たる破壊力が染み付いているのではないかと恐ろしくなった。こういう感情に襲われて、ぼくの心では——竜巻が同心円を描いて土埃を集めるように——さまざまな考えが混乱して、狂ったようにぐるぐる回り出した。なかでも支配的だったのは奇妙で馴染みのない考えで、ほかを圧倒していた。死についての考えだ。

イケンナはボジャの鼻を折った。血が噴き出し、顎から地面に滴り落ちた。ボジャは見るからに痛がって地面に沈み込み、泣きながら、ぼろぼろになったシャツで血まみれの鼻を押さえた。オベンベとぼくは、ボジャの血だらけの鼻を見て泣き出してしまった。喧嘩は終わる気配がなかった。決して尻込みしないボジャは、こんなにひどい一撃を受けたのだから、必ずやり返すはずだった。ボジャが菜園のほうへ這っていき、立ち上がろうとしたとき、考えが浮かんだ。オベンベに向き直り、大人を呼んできて二人を引き離してもらおうと提案した。

「そうしよう」とオベンベも同意した。涙が頬をつたっていた。

すぐにぼくらは隣の家に飛んで行ったが、門には南京錠がかかっていた。一家が二日間町を離れていて、夜遅くならないと帰ってこないことをすっかり忘れていた。大慌てでここを離れると、コリンズ牧師――ぼくらの教会の牧師だ――がワゴン車で走っていくのが見えた。必死に手を振ったが、ぼくらに気づかなかったようだ。牧師は車を飛ばし、カーステレオの音楽にあわせて頭を動かしていた。ぼくらは下水溝を飛び越えた。そこには、石を投げつけられて叩き潰された蛇の死骸があり、次第に膨らんでいったあとでニシキヘビみたいになっていた。

やっと見つかったのは自動車修理工のボデさんだった。ぼくらの家から三区画離れた、ペンキも塗っていなくて、仕上げも施されていない平屋住宅が立ち並ぶ地区に暮らしていた。建てかけの家の周囲には、木片や砂の山が散乱していた。ボデさんは軍人みたいな外見だった。抜きん出て背が高く、力こぶは巨大で、穴だらけのイロコの樹皮のようにいかめしい顔をしていた。ぼくらがボデさんを見つけたとき、ちょうど仕事場から戻って、五つの部屋がある平屋住宅の共同トイレで用を足したところだった。ズボンの留め金をまだ外したまま、トランクスを腰まで上げて、鼻歌を歌いながら、壁のそばの地面から延びる長い水道の蛇口で手を洗っていた。

「こんにちは」とオベンベは挨拶をした。

「やあやあ」とボデさんは返事をして、頭をあげてぼくらを見た。「元気かね？」

「はい、おかげさまで」とぼくらは声を揃えた。

「どうかしたのかい？」と聞いて、ボデさんは汚れと車のオイルで黒くなったズボンで手を拭いた。

「そうなんです」オベンベは告げた。「兄さんたちが喧嘩していて、ぼくら、ぼくらは――」

「二人とも血が出てるんです、エジェティオポ――すごい量の血です」オベンベが話せなくなったのを見てぼくが続けた。「どうか助けてください」

ぼくらの泣きそうな顔を見て、突然発作に襲われたみたいに、ボデさんの顔が歪んだ。

「どういうことだ？」濡れた手を振って乾かしながらそう言った。「なんで喧嘩しているんだ？」

「わからないんです」とオベンベは素早く切り返した。「お願いです、助けてください」

「わかった。行こう」

ボデさんはなにかを取りに行くみたいに慌てて家に戻ろうとしたが、急に思いとどまり、前方を指差して言った。「さあ行こう」いったん進みだすと、ぼくらは思わず走ってしまったが、足を止めてボデさんが追い付くのを待った。

「急いでもらえますか」とぼくはお願いした。

するとボデさんも裸足のまま走ってくれた。家のほど近くで、二人の女性が歩道の端を塞いでいた。二人は汚れた安物のドレスを着ていて、頭上でトウモロコシが詰まった袋を運んでいた。オベンベはそのうちのひとりにさっと触れてしまい、小さなトウモロコシが二本、袋にあいた穴から転がり落ちた。ぼくらが猛スピードで過ぎていくと、女性は悪態をついた。

家に着いて最初に目に入ったのは、近所の人が飼っている、腹が膨れて乳の垂れた妊娠中のヤギだった。門のそばで身を屈めて、セロテープを巻芯から伸ばしたみたいに、口から舌を出して鳴き声をあげていた。黒くて重く、悪臭がする体の周りには、小さな黒い豆粒みたいな糞が散らばっていて、潰れて茶色の膿(うみ)みたいになっているもの、二つ、三つ、それ以上がくっついているものもあった。家から聞こえてきたのは、ヒューヒューというヤギの荒い息づかいだけだった。ぼくらは裏庭に走ったが、兄さんたちのぼろぼろになった服の切れ端、地面に筋状についた血痕、それから足跡で荒らされた菜園の土以外はなにも見当たらなかった。二人が仲裁なしに喧嘩をやめたとは信じがたかった。どこに行ったのだろう？　だれがあいだに入ったのだろう？

「どこで喧嘩してるって？」ボデさんは困惑してたずねた。

「ここです、この場所で」オベンベは目に涙を浮かべてそう答え、地面を指差した。

「ほんとか？」

「ほうとうです」とオベンベは言った。「ここです、ここに二人を置いてきたんです。ここなんです」ボデさんがこっちを見たので、ぼくも答えた。「ここです、二人はここで喧嘩してたんです。ほら、血があるでしょ」ぼくは血が土と混じって固まりになっている場所、半分閉じた目のような形をした、黒く丸く濡れている場所を指差した。

混乱したボデさんはじっと見て言葉を継いだ。「じゃあどこに行ってしまったんだ？」ボデさんがもう一度あたりを見回しているとき、ぼくは目を拭って、手鼻をかみ地面に吹き出した。低い空を飛ぶ鳩がぼくの右手の塀に止まって、バタバタとせわしなく羽ばたきしていた。鳩は脅えたように飛んでいき、井戸の上をスッと通りまた塀に止まった。ぼくは見上げて、イバフェのお祖父さんが喧嘩の最中に座っていた場所にまだいるか、確かめようとした。でもお祖父さんももうそこにはいなかった。ほんのちょっと前に座っていた椅子の上には、プラスチックのコップがあった。

「わかった。じゃあ家のなかを探そう」とボデさんが言った。「さあ行こう。たぶん喧嘩をやめて家に入ったんだよ」

オベンベはうなずいてボデさんを案内したが、ぼくは裏庭に残った。ヤギはこっちによろよろと歩いてきてメーと鳴いた。ぼくは前に出て行く手を阻もうとしたが、ヤギは自ら立ち止まって、角の生えた頭をあげ、口がきけない人のように鳴き声をあげた。まるでなにか恐ろしいものを目撃したあとで、それを伝えるために、すべての力を振り絞って意味のある言葉を吐き出そうとしているみたいだった。とはいえどんなに努力しても、せいぜい出てきたのは耳をつんざくような、ンメーーーーーー！　という鳴き声だった。でも今振り返ってみると、それはヤギの精一杯の訴えだったにちがいないと思える。

ぼくはヤギを残して菜園に向かった。オベンベとボデさんは家に入り、兄さんたちの名前を呼んでいた。八月のしめやかな雨で育ち始めたトウモロコシの先端をかきわけて進んでいると――そこには古いアスベスト板が壁を背にして積まれていた――台所のほうから甲高い叫び声が聞こえてきた。ぼくはとっさに家のなかへと猛ダッシュした。台所はめちゃくちゃになっていた。

上の戸棚は開いていて、なかには麦芽飲料の空き瓶やカスタードの黄色の缶、古いコーヒー缶が重なり合っていた。ドアのそばには、母さんの台所用のプラスチック椅子がひっくり返り、肘掛けが壊れ、煤で黒くなった脚が上を向いていた。汚れたままの食器でいっぱいのシンク横の台には、赤い椰子油が流れ出て地図のように広がり、床にぽとぽと滴り落ちていた。油が入っていた青い容器は床に横向きに転がっていて、滓の溜まった部分が黒くなり、なかにはまだ油が残っていた。赤い油の海には、フォークが一本、死んだ魚みたいに転がっていた。

台所にいたのはオベンベだけではなかった。ボデさんもそばにいて、両手を頭に載せ、歯を軋らせていた。そしてもうひとり。ぼくらがオミ・アラ川で捕った魚やオタマジャクシよりも縮んでしまったように見える。冷蔵庫のほうを向いて横たわり、カッと大きく開いた目はじっと一点を見据えていた。しかしなにも見えていないのは明らかだった。舌は口から突き出ていて、白い泡が床に垂れていた。手は大きく広げられて、まるで見えない十字架に釘付けにされたみたいだ。母さんの料理ナイフの木の柄が腹に半分埋もれ、鋭い刃は深く突き刺さっていた。床は血まみれだった。生き物のように動いている血がゆっくりと冷蔵庫の下に流れていき、不気味にも――ニジェール川とベヌエ川がロコジャで合流して、壊れた汚い国が生まれたみたいに――椰子油に注ぎ込み、この世のものとは思えない褪色した赤色の海ができて、泥道の小さな穴の水溜まりのようになっていた。オベンベはこの血の海を見て、まるでおしゃべりの悪魔に憑かれたみたいに、唇を震わせて同じ文句を繰り返していた。

「赤い川、赤い川、赤い川」

オベンベにできたのはそれだけだ。鷹はすでに飛び去り、だれも近づけない気流に乗って飛翔していったのだから。喚いて、泣いて、喚いて、泣いて、それしかできない。オベンベと同様、ぼくもこの光景に言葉を失い、ただ名前を叫んだけれど、ぼくの舌はアブルの舌に敗れて、名前は内側から腐食し、切りつけられ、傷つけられ、縮められ、そして息絶えて、消えていった。——イケーナ。

9　スズメ

イケンナはスズメだ。

翼を広げると、瞬く間に見えないところへ飛び去ってしまえる。オベンベとぼくがボデさんと一緒に家に戻ったとき、彼の命はすでに尽き果て、床に横たわっていたのは魂の抜けた、血まみれの、ずたずたになった体だった。ぼくらが発見してからほどなく、イケンナは総合病院の救急車で運ばれていき、四日後、木棺に納められて、ピックアップ・トラックの後部に載せられ帰宅した。そのときオベンベとぼくはまだイケンナに対面しておらず、〝棺に入った遺体〟と話されているのを耳にしただけだった。ぼくらは、みんながかけてくれる慰めの言葉を、癒しの効力がある苦い薬のように次々と飲み込んだ。「エジョー、エマシェショクンモ、オマーダー——泣かないで、大丈夫だから」イケンナが一夜のうちに旅人になったことをだれも口にしなかった。イケンナは奇妙にも、自分の体から抜け出し、空っぽの部分を残して旅立っていったのだ。まるで落花生の実を取ったあとに瓜二つの殻が残るみたいに。ぼくはイケンナが死んでしまったとわかっていたが、当時はありえないことのように感じられた。それに、外に停まっている救急車で運ばれていっても、もう二度と起き上がって家に入ってくることがないなんて、想像しがたかった。

父さんも知らせを受けて、イケンナの死から二日後に家に戻った。霧雨の降る、じめじめした肌寒い日だった。ぼくはひと晩、居間で過ごした。鎧窓の曇りを拭って描いた円弧から、父さんの車が家に入ってくるのが見えた。ぼくらを漁師と言ったあの朝以来の帰宅だった。父さんは二度と家を離れるつもりはなく、身の回りの物ぜんぶを持って帰ってきた。ガーナでの三カ月に及ぶ研修期間中、父さんは母さんからイケンナの変貌ぶりについて聞き、アクレに戻ろうとして数日間の休暇願を何度も出したが、結局認めてもらえなかった。とかくするうち、イケンナの死が判明して数時間後、母さんは取り乱したようすで父さんに電話をかけた――母さんは電話口で「エメ、イケンナが、アーーーーッ！」とだけ言うと、床に突っ伏してしまった。父さんは即座に辞表を書き、ガーナの研修センターの同僚に託したのだった。ナイジェリアに戻るや、夜行バスに乗ってヨラまで行き、所持品を車内に積み込むと、アクレに車を走らせた。

父さんの帰宅から四日後、イケンナは埋葬された。ボジャの消息はまだわからないままだった。この痛ましい知らせは近隣に広がり、ご近所さんたちはぼくらの家に押し寄せて、見聞きしたことを伝えてくれたのだが、だれもボジャの行方については知らなかった。道路の向かいに住んでいる妊婦さんは、ちょうどイケンナが死んだころ、大きな叫び声が聞こえてきて、眠りから覚めたと語った。もうひとり、みなに〝教授〟と呼ばれている大学院の博士課程に在籍する学生も話しに来てくれた。とらえどころがない人で、イバフェの家のそばの小さなワンベッドルームの平屋で暮らしていたが、ほとんど家にいなかった。彼が言うには、その時間帯に勉強をしていたら、なにか金属のガシャンという音が聞こえてきたということだった。だが、おそらく事実に近い出来事の詳細を伝えてくれたのは、イバフェの母さんだった。彼女は父親、つまりイバフェのお祖父さんから伝言を預かってきたのだ。ひとりが（明らかにボジャだ）取っ組み合いをやめて、ふらふらと地面から起き上がると、怒りと痛みからやけになって台所のほうに向かい、もうひとりがあとに続いた。恐ろしくて震え上がっていたお祖父さんは、この時点で喧嘩は終わったと思い、椅子から腰を上げて家に入った。ボジャがどこに消えたのかはお祖父さんにもわからなかった。

　信じがたいけれど、ほとんどが親戚――ンデイクナイベ（みなさん）――とはいえ、大勢の弔問客が二日のうちに到着した。会ったことがある人もいれば、家族アルバムのなかの大量のダゲレオタイプや色褪せた写真で顔を見ただけの人もいた。みなアマノという村から来たというが、ぼくはほとんどこの村のことを知らなかった。父さんの叔父さん、イェー・ケネオリサという寝たきりの老人の葬儀のおりに、一度だけ行ったことがあるくらいだ。大きく広がる二つの鬱蒼とした森を縫って延々と続くように見える道路を進み、ついに広大なジャングルを抜けたと思ったら、まばらな木と耕された畑の盛土、そしてあちこちに置かれた案山子が見えてきた。間もなく、父さんのプジョーが砂地の道をガタガタ激しく揺れながら通り抜けると、父さんを知っている人たちの姿が見え始めた。みんな愛想良く、まばゆいほど陽気に、両親とぼくたちに挨拶をした。のちに、ぼくらはほかの人たちとともに喪服を着て葬列に加わった。まるで言葉を話す生き物から、ただ泣くことしかできない生き物に変わったみたいに、だれもが無言のままむせび泣いていた。ぼくは言い表せないほどこの状況に当惑した。

そしてこの人たちは、前に会ったときとまったく同じ様子で、黒い服を身にまとってやって来た。実際に葬儀ではイケンナだけが違う服装をしていた。真っ白なシャツとズボンを身に付けたイケンナは天使のようだった。地上に姿を現したときに不意打ちをくらい、骨という骨が折れて天に帰れなくなった天使。ほかはみな黒い服を着て、葬儀ではオベンベとぼく以外、さまざまな悲しみに包まれていた。泣いていないのはぼくらだけだった。イケンナが死んでからの日々が腫れ物の悪い血のように凝集していき、オベンベとぼくは最初に台所で息絶えた体を見たときに涙を流したあと、なにがあっても泣かないと心に決めた。父さんでさえも何度か泣いていた。一度はイケンナの訃報告知を家の壁に貼ったときに。それから、最初の弔問に来たコリンズ牧師と話したときに。泣かないと決めたことを理屈では説明できなかったが、とても固い決意だったので――おそらくオベンベも同じだ――涙を流す代わりに、イケンナの顔をひたすら見つめていた。もうすぐ消失してしまうのが恐ろしかったのだ。顔はきれいに洗われて、オリーブ油が塗られており、この世のものとは思えない輝きを放っていた。唇の裂け目や眉毛を横切る傷は見えるものの、イケンナの顔は不気味なほど穏やかで、現実ではなくて、ぼくや弔問客がただ心に思い描いて作り上げただけではないかと思うほどだった。ぼくはこのときイケンナの姿を見て、オベンベがずっと前に見て知っていた顎髭に初めて気づいた。一夜で急に伸びたみたいで、丁寧に描かれたスケッチのように顎の下側に生えていた。

棺のなかのイケンナの遺体は上を向き、鼻と耳には綿が詰められて、手は脇に置かれ、脚はぴったり揃えられていた。楕円体や卵形、鳥の形に見えた。実際にイケンナはスズメだったのだ。脆くてはかなく、自分の運命を自分で決められない存在。運命はすでに決められていた。彼のチ、だれもが持っているとイボ人が信じる守り神は脆弱だった。エフレフ（役立たず）のようなものだ。無責任な哨兵で、ときに主人を見捨てて無防備のまま放り出し、遠くまで出かけるか使いに行く。そんなわけで、十代になるころには、すでにさまざまな不吉な出来事や悲劇を経験していた。イケンナはちっぽけなスズメとして、黒い嵐が渦巻く世界に生きていたからだ。

六歳のころ、サッカーをしているときに、ある子に股間を蹴られて、睾丸のひとつが陰嚢から出て体内に入った。病院に担ぎ込まれ、医者たちは大急ぎで睾丸の手術をおこなった。イケンナの怪我のことを聞いて気を失ってしまった母さんは、同じ病院内で意識を回復させる処置を施されていた。翌日の朝には二人とももう安心だった。母さんは前日、イケンナが死んでしまうのではないかと心底恐れていたが、苦悩の代わりに安堵が得られ、イケンナはといえば、消えた睾丸の代わりに小さな石ころが陰嚢に入れられた。イケンナはそれから三年間サッカーをしなかった。再開したときにも、自分のほうにボールが飛んでくると、必ず手で股間をつかんで守っていた。それから二年後、八歳のとき、学校で木陰に座っていて、サソリに刺されてしまった。またもやこの惨事を生き延びた。しかし右足が損傷して、左よりも短くなってしまった。

葬儀は聖アンドリュー墓地でおこなわれた。四方を壁に囲まれ、墓石が所狭しと並び、木が何本か植わっている。葬儀のために作成されたポスターはあちこちで見られた。訃報告知のポスターは白いＡ４用紙にプリントされ、教会の信徒やその他の弔問客が葬儀に向かうバスにも、父さんの車のフロントガラスとリアガラスにも貼られていた。うちの外壁にも一枚、一九九一年の国勢調査の際に調査員が黒いチョークで書いた丸囲みの郵便番号のすぐそばに貼られた。そして、門の外の丸い電柱や教会の掲示板にも一枚。ぼくの学校――かつてイケンナも通っていた学校――とアクレ・アクィナス・カレッジ、イケンナとボジャの中学校の門にも一枚。「なにが起こったか家族や友人に知らせるため」と、父さんは必要な場所にだけ貼ることにしていた。ポスターの一行目には「訃報告知」と記され、ところどころインクがにじんでいた。ほとんどのポスターでは、白い紙のせいでイケンナの写真がぼやけて、あたかも十九世紀に存在した人物のように見えた。写真の下にはメッセージが刻まれている。「あまりに早くわたしたちを残して逝ってしまったあなた。わたしたちはあなたを心の底から愛しています。そのときが来れば再会せんことを」そしてこの文言の下には次のように刻まれた。

イケンナ・A・アグウ　（一九八一－一九九六年）
両親のアグウ夫妻、きょうだいのボジャ、オベンベ、ベンジャミン、デイヴィッド、ンケム・アグウを残して旅立つ。

＊

葬儀では、土をかけられてイケンナが消え去ってしまう前に、コリンズ牧師が家族のみ近くに寄って、ほかの参列者はうしろに下がるよう求めた。牧師は「少しお下がりください」と強いイボ語の抑揚がついた英語で話した。「ああ、ありがとう、ありがとう。神の祝福を。もう少しうしろに。神の祝福を」

身近な家族と親類が墓を囲んだ。なかには生まれてから一度も見たことのない面々もいた。ほぼみなが揃って輪になると、牧師は祈りを捧げるために目を閉じるよう言ったのだが、母さんが苦悶のあまり甲高い叫びをあげたため、参列した人びとをやりきれない悲しみが襲った。コリンズ牧師は母さんを気にせずに祈りを続けたが、その声は大きく震えていた。「あなたの王国で彼の魂を許し、迎え入れてくださるよう……お与えになるのと同様に奪われると存じて……喪失に耐える強さを……われわれの言葉をお聞きくださり、イエス様に感謝いたします……」というような牧師の言葉は、ぼくにはあまり意味のないように思えたが、集まった人びとはみな最後に仰々しく「アーメン」と口にした。そうして、順にスコップで土をすくって墓にかけ、輪のなかの隣の人にスコップをわたしていった。ぼくは順番を待っているあいだに空を見上げた。地平線が羊毛みたいな濃い灰色の雲に覆われていたので、シラサギですらこの瞬間に飛んでいったなら、灰色のなかに紛れてしまっただろうと思った。こうした考えに没頭していると、ぼくの名前が呼ばれた。うつむいてオベンベを見ると、聞き取れない声で涙ながらになにかつぶやき、震える手でぼくにスコップをわたした。スコップは大きく、ずっしりと重かった。裏側に土が瘤(こぶ)みたいにこびりついていたので余計に重かった。それにひんやりと冷たかった。スコップで土を掘り、少し持ち上げると足が土の山にはまった。ひとすくい墓穴に放り込み、スコップを父さんにわたした。父さんはスコップを手に取って、土をたっぷり掘り起こして墓にかけた。父さんが最後だったので、スコップを置いてぼくの肩に手を載せた。

それから、だれかに合図を受けたように、牧師はもう一度咳払いをして前に出ようとしたが、墓の縁でわずかによろめき、落ちないように足を踏ん張ろうとして、うっかり土を蹴り落としてしまった。

男の人に助けられてバランスを取り戻すと、少しうしろに下がった。

「さあ、しばし神の言葉を読みましょう」牧師は落ち着くとそう言葉を切った。猛烈な勢いで話し、言葉は熱帯のバッタのように、口から跳び出しては止まった。バッタが止まっては跳び、止まっては跳びと繰り返すように言葉が継がれていき、ようやく話が締め括られた。牧師が話していると、喉仏が上下していた。「パウロからヘブライ人に宛てられた手紙から引用しましょう。十一章の一節を読みます」牧師は頭をあげ、参列者全員をじっと見つめた。それから少し頭を垂れて読み始めた。「さて、信仰とは、望んでいることがらを確信し、まだ見ていない事実を……」

牧師が聖書を読み上げているあいだ、ぼくはオベンベを見て、今このときの感情を探ってみたいという大きな衝動に駆られた。オベンベの顔を眺めていると、いなくなってしまった兄さんたちの記憶が溢れ出した。過去が突然爆発して、その破片が膨らんだ風船のなかの紙吹雪のように、彼の瞳の奥で自由に浮遊し始めたように思えた。最初にイケンナが見えた。思い詰めて暗い目をし、怒りをあらわにしながら、地面に跪いているオベンベとぼくの前に立ちはだかっている。エサンの茂みの付近、オミ・アラへ行く道でのこと、オベンベが白衣の教会を嘲ったせいで、イケンナはぼくらに「ほかの人の信仰を軽んじた」罰として跪くように言ったのだった。次に見たのは、イケンナとぼくが家のタンジェリンの木の湾曲部に腰かけ、コマンドーとランボーに扮してオベンベとボジャを待ち伏せしているところだ。ハルク・ホーガンとチャック・ノリス役の二人は家のベランダに隠れていた。彼らはときどき顔を見せて、おもちゃの銃をぼくらに向け、ドルルルルとかティティティティとか、銃撃戦の音を真似した。二人がジャンプしたり叫んだりすると、こちらは「ブン！」という爆弾の爆発音で応戦した。

それから、イケンナが赤のベストを着て、小学校の運動場のトラックに白のチョークで引いた線をまたいで立っているところ。一九九一年のこと、青チームのぼくは幼稚園の徒競走を終えたばかりで、なんとか白チームを僅差でかわし、ビリから二番目になったのだった。ぼくは母さんの腕に抱かれ、オベンベとボジャと一緒に長いロープの向こうにいる。両端をポールに結びつけられたロープは、競技場と観客席を分けているのだ。ぼくらはこちら側からイケンナに声援を送り、ボジャとオベンベは途切れ途切れに手を叩いている。そうこうしていると笛が鳴り、イケンナは、緑、青、白、黄の四色のチームの代表と並んで、なんでも屋で体育の先生もこなすローレンス先生が「位置について！」と叫ぶと、片膝を地面につけた。走者たちは指を地面につけ、カンガルーみたいに片脚を伸ばして静止している。ローレンス先生は次に「用意！」と声をあげる。そして「ドン！」と言うと、走者たちはみな走り出しているのに、まだ同列に肩を並べて立っているように見える。そのうち、徐々に散り散りになっていった。それぞれのシャツの色はつかの間しか見えず、どんどん順位を変えてほかの色が現れていく。すると、緑チームの走者がつまずいて転び、土埃が宙に舞った。全走者が煙に飲まれたように見えたが、間もなくボジャがゴールラインの端で、腕を突きあげて勝利を喜ぶイケンナの姿を目にした。すぐにぼくにも見えた。あっという間に、イケンナは赤ベストを着た大勢のチームメイトに取り囲まれ、「いいぞいいぞ赤チーム、いいぞいいぞ赤チーム！」という歓声が響きわたった。母さんはぼくを抱えながら喜びのあまり飛び上がったが、ふいに静止した。理由は明らかだ。ボジャがロープの下を潜り抜けて、ゴールに駆け寄っていき、「イケが勝った！　イケが勝った！」と叫んでいたのだ。すぐうしろでは、ロープの見張りをしていた先生が、長い杖を持って必死になって追いかけていた。

ふとぼくの意識が葬儀に戻ると、牧師は三十五節にまで到達していて、声を張り上げ、呪文を唱えるように読み上げていた。どの節もみなの心の釣り針にかかり、釣った魚のごとく脈打っていた。牧師は使い古した聖書を閉じて脇の下に挟んだ。そしてすでに湿っているハンカチで額を拭うと、「さあ、神の愛を分かち合いましょう」と呼びかけた。

それに応えて、葬儀の参列者は全員、口々に声をあげて力強い友愛で結ばれた。ぼくは目をしっかりつぶり、できるだけ大きな声で唱えた。「主イエス・キリストの恵みと、神の愛と、聖霊の交わりとが、永久にわれわれとともにあるように。アーメン」

アーメンの唱和がゆっくりと消えていき、静まりかえった巨大な墓地に立ち並ぶ墓のあいだをこだました。牧師は墓掘り人たちに合図を送った。彼らは葬儀のあいだ、座って楽しそうにおしゃべりしていた場所から大急ぎで戻ってきた。この風変わりな男たちは、さっさと土の山を元に戻して、あっという間にイケンナを消し去ってしまった。土で覆われてしまうと、もう二度と彼に会えなくなるというのに、そんなことには関心がないようだった。大量の土がイケンナにかけられると、また悲しみ嘆く声が新たに沸き起こり、参列者のほぼ全員が、小さな鞘(さや)のなるイフォカの実がパンと割れたみたいに泣き出した。ぼくは泣かなかったが、喪失が現実に迫りくるのを強く感じていた。墓掘り人たちは困惑するほど無関心な様子で、速度をあげて掘り続け、ひとりが少し手を止めて、ぺしゃんこになった土まみれの水のボトルを取り除いた。イケンナの遺体を覆っている土の山に半分埋もれていたのだ。彼らが墓にどんどん土を投げ入れるのを見ながら、ぼくは自分の心の冷えた土壌を掘り下げていき、突然はっきりと理解した――物事がいつも起こったあとにしかわからないように。イケンナは脆くて繊細な鳥。スズメだったのだ。

小さなことでも彼の魂は解放された。物思いに沈むと憂鬱な気分に浸り、どこかに窪みを求めてはそこに悲しみを満たしていく。幼かったころは、よく裏庭に座って腕で膝を抱え、じっと考え込んで、瞑想に耽っていたものだ。イケンナはあらゆることをとても批判的に見ていた。父さんにそっくりなところでもある。些末なことも厳密にとらえて、だれかに不当な言葉を放ってしまったら、ずっと思い悩んだりした。人から非難を受けるのを心底恐れていたのだ。皮肉や風刺は受け付けず、むしろ苦しみのもとになった。

帰る家がないと思われているスズメのように、イケンナの心にも落ち着く場所がなく、なにか決まった思い入れがあるわけでもなかった。遠くのものも近くのものも、小さなものも大きなものも、見知らぬものも見慣れたものも大切にした。しかし、彼の優しい心を引き寄せ、消耗させたのは小さな物事だった。もっとも記憶に残っているのは、一九九二年にほんの数日飼っていた小鳥のことだ。クリスマス・イヴの日、みんなが家のなかで踊り、聖歌を歌い、飲み食いしているとき、イケンナはひとり表の通路で座っていた。そこへ、目の前に鳥が落ちてきた。イケンナはしゃがんで、暗闇のなかにじり寄っていき、両手で柔らかな体をそっと包み込んだ。ひどく羽をむしられたスズメだった。だれかが捕まえて、また逃がしたのだろう。足にはまだ紐が巻きつけられていた。イケンナの心はこのスズメにかかりきりになり、三日間、用心深く守って、見つけたものはなんでも食べさせた。母さんは放すように言ったが、イケンナは拒否した。そしてある朝、身動きしない体を持ち上げて、裏庭に穴を掘った。イケンナは悲嘆にくれ、ボジャと二人でスズメに土をかけて地中に埋めた。イケンナもこんなふうに消えていった。参列者と葬儀屋が土をかけていき、まず白い布にくるまれた胴体が、次に脚、腕、顔、そして全体が覆われて、ぼくらの前から永遠に消え去ってしまった。

10 菌

ボジャは菌だ。

体は菌だらけ。心臓は菌でいっぱいの血を送り出す。舌も、そしておそらくほとんどの臓器も菌に感染していた。腎臓にも菌がはびこっていたから、十二歳になるまでおねしょが止まらなかった。母さんはボジャがおねしょの呪いにかかっているのでは、と気を揉んでいた。そこでボジャを祈禱に連れていき、毎晩就寝前に聖油――祈禱が施された小さな瓶に入ったオリーブ油――をベッドの縁に塗るようになった。それでもおねしょは止まらなかった。毎朝、天日干しのために、さまざまな形と大きさのおねしょ跡がついたマットを外に出されるという不名誉に耐えなければならず、しかも、近所の子どもたちに、特にイバフェといとこのトビは上の階からうちを覗けるので、目撃されてしまう恐れがあったというのに。一九九三年、ぼくらがM・K・Oに出会ったあの目まぐるしい朝、ボジャが学校で騒動を巻き起こすことになったのは、おねしょのことで父さんにからかわれたせいだ。

まったく知られないまま人体に菌が潜伏しているように、ボジャはイケンナの死後四日間、だれにも見つからずに家の敷地内に隠れていた。ぼくらはちっとも気づかなかった。近所じゅう、それに町じゅうが必死に探していたというのに、ボジャは黙ったまま、ひっそり身を隠し、口もきかず、すぐそこにいた。ナイジェリア警察に、手の届くところにいるというヒントを与えなかった。たくさんの弔問客がハチミツのまわりを飛び回る蜂のように、わが家に押し掛けてきても、制止しようともしなかった。自分の写真がかすれたインクでポスターに印刷されて、インフルエンザの大流行みたいに町じゅうに広まり、バス停や駐車場、安宿や私道に貼られても、自分の名前が町の人たちの口にのぼっても、気にすることはなかった。

ボジャノニメオプ、通称〝ボジャ〟・アグウ（十四歳）は、一九九六年八月四日、自宅のアクレ・ハイスクール・ロード、アラロミ通り二十一番地で最後に目撃された。バハマ・ビーチの絵が入った色褪せた青色のTシャツを着用。Tシャツは血まみれで、破れていたことが確認されている。見かけた方は、最寄りの派出所に通報するか、04-8904872番までご連絡ください。

ボジャは自分の写真がアクレのテレビ画面にひっきりなしに映し出され、オンド州テレビ放送協会（OSRC）やナイジェリア国営放送局（NTA）のチャンネルで相当な時間放映されても、まったく声をあげなかった。ボジャは名乗り出ず、所在すら明らかにしないで、夜になるとぼくらの夢のなかや母さんの不穏な幻に現れることにしたようだ。とにかく、イケンナの埋葬の前夜、オベンベの夢に現れたボジャは居間の大きなソファに座って、テレビでミスター・ビーンの悪ふざけを見て笑っていた。母さんはといえば、居間でボジャを見かけたということをよく話した。ひとりきり、暗闇に包まれて、母さんが呼びかけたり、電球やランプを灯したりすると必ず消えてしまうとのことだった。しかし、ボジャはただの菌ではなく、実にさまざまな種を統合してもいた。破壊的な菌。パワーに満ちた人物。この世にむりやり入ってきて、またむりやり出ていった。一九八二年、母さんがちょうど昼寝をしようとしていたら、ボジャはお腹のなかからむりやり出てきたのだった。まるで浣腸のあとの便通みたいに突然産気づき、母さんは不意打ちをくらった。最初の一撃で銃弾を受けたような痛みが走り、打ちのめされた。あまりの痛さに倒れ込み、体を動かせなかったので、ベッドの上まで叫びながら這っていった。当時両親が住んでいた家の家主の女性が、叫び声を聞いて助けにやってきた。病院に連れていく時間はないと考え、家主さんはドアを閉めて、布を手に取り、母さんの両脚に巻き付けた。それから、あらん限りの力を振り絞り、母さんの局部に息をふーっと吹きかけたり、扇いで風を送ったりしているうちに、母さんは父さんと共有しているベッドの上で出産したのだった。それから何年たっても、母さんは、マットから大量の血が流れ落ちて、ベッドの下の床に大きな染みが残ってしまったことをよく思い出した。

ボジャはぼくらの平穏を壊して、みんなをぴりぴりさせた。あのころ、父さんはほんのわずかなあいだも座っていられなかった。イケンナの埋葬から戻って二時間もたたないうちに、父さんは警察署に行ってボジャの捜索の進展状況を聞いてくると言い出した。ぼくらがみんなで居間で座っているときに、このことを告げられた。なぜだかわからないが、ぼくは外に飛び出して、父さんを追いかけ、

「父さん！　父さん！」と呼んだ。

「どうした、ベン？」父さんは振り向いてそう聞いた。人差し指には鍵の束がぶらさがっていた。ぼくは父さんのズボンのファスナーが開いているのに気づいて、答える前に指差した。「なんだい？」

父さんはファスナーをちらっと見てまた聞いた。

「ぼくも一緒に行きたい」

父さんはファスナーを上げると、まるで行く手に置かれた不審物のようにぼくを見つめた。たぶん父さんは自分が帰宅してから、ぼくが一粒の涙も流していないことに気づいていたのだ。警察署は古い線路沿いにあった。線路はカーブを取り囲むように左に曲がり、大きな穴があいて泥水が溜まっている道路に続いていく。警察署の大きな敷地には、ナイジェリア警察の色をした黒のワゴン車が何台か、布の日除けの下に停められている。日除けの主柱は鉄製で、舗装された地面に固定されていた。破れた日除けのもとでは、上半身裸になった数名の若い男が大声で言い争っていて、警察官が事情を聞いていた。ぼくらは真っ直ぐ受付まで行った。巨大な木製バリケードみたいに見える机のうしろに警察官がいる。脚の高い椅子に座っているにちがいない。父さんはこの人に、副署長にお会いできますかとたずねた。

「身分証明をお願いしますよ、旦那」机に向かった警察官は、にこりともしない表情で、話しながらあくびをし、最後の〝旦那〟という言葉を引っ張ったので、葬送歌の最後の言葉みたいに聞こえた。

「ジェームズ・アグウです。ナイジェリア中央銀行に勤めています」と父さんは答えた。

父さんは胸ポケットに手を入れ、赤い身分証明書を見せた。警察官はしげしげと眺めた。男の顔は歪んで、すぐにパッと輝いた。満面の笑みで身分証明書を返し、額のあたりを手でこすっている。

「オガ（上司（ボス））、都合つけてくれませんかい」と男は言った。「わかってるんでしょ、オガ」

男が狡猾に賄賂（わいろ）を要求してきたので、父さんは苛立った。父さんはナイジェリアを悩ませているあらゆる形の腐敗を忌み嫌っていて、しょっちゅう毒づいていたのだった。

「そんなことにかかずらっている暇はない」と父さんはきっぱり言った。「息子が行方不明なんだ」

「ああ！」警察官は突然恐ろしい閃きがあったというように声をあげた。「ではあんたはあの子たちの父親ですかい」と反射的に聞いた。そして、はたと自分が言ったことに気づいたみたいに付け加えた。「お気の毒に。ちょっとお待ちを」

警察官がだれかに呼びかけると、別の警察官が廊下から現れ、不格好に足を踏み鳴らして歩いてきた。足音をたてて止まり、痩せた浅黒い顔に沿って手を挙げ、耳の上に指をまっすぐ揃えると、脚の横に手を下ろした。

「オガ副警察署長の部屋にご案内しろ」と最初の警察官が英語で命令した。「承知いたしました！」下級の警察官は声を張り上げ、また足を踏み鳴らした。

この妙に見慣れた感じのする警察官が、浮かない顔をしてこちらにやって来た。そして「申し訳ありませんが、お入りになる前に簡単な身体検査をさせていただきます」と言った。

父さんの体を下から上へ手で触っていき、ズボンのポケットも調べた。ぼくのほうをじっと見て、しばし目を走らせて検査しているように思えたが、ほどなくポケットになにか入っているか聞いてきた。ぼくは首を横に振った。すると男は納得してぼくから目を背け、耳の上に手を当てて再度敬礼をおこない、「異常ありません！」ともうひとりに告げた。

最初の警察官が素っ気なくうなずき、ぼくらについてくるよう身振りで示し、広間に案内した。副署長はほっそりとしてとても背が高く、人目を引く顔だちをしていた。大きな額は顔の上で石板みたいに広がっているようだった。目は深く窪み、眉は膨れ上がったみたいに出っ張っていた。ぼくらが入っていくと、副署長はさっと立ち上がった。

そして「アグゥさんですね？」と言うと、手を差し出して父さんと握手した。

「はい、こちらは息子のベンジャミンです」と父さんはぼそっと言った。

「やあようこそ。お掛けください」

父さんは机の前の椅子に座り、ぼくにはドア付近の壁の脇にあるもうひとつの椅子に座るよう合図した。副署長室は古風な感じだった。部屋の三つの棚には本やファイルがぎっしり積み重ねられていた。電気はついておらず、一筋の明るい日光が茶色のカーテンの隙間から差し込んでいた。部屋はラベンダーの香りがした。この香りに導かれて、父さんがまだ中央銀行のアクレ支店で働いていたころ、職場を訪ねていったときのことを思い出した。

ぼくらが座ると、副署長は肘を机の上に乗せ、両手を組んで口を開いた。「あの、アグゥさん、残念ながらご子息の行方はまだつかめていないのです」彼は座り直して、組んだ手を離すと素早く言い添えた。「しかし、進展はあります。われわれは近隣で聞き込みをしました。すると、ある女性があの日の午後、通りのどこかでご子息を目撃したことが確認できました。女性の話した特徴は提供されている情報に一致しています。少年は血まみれの服を着ていたとのことです」

「その人は、息子がどっちに行ったとか、言っていませんでしたか？」父さんは慌てふためいたようすでたずねた。

「今のところは不明ですが、徹底して捜索している最中です。われわれの班の捜査員は――」

副署長は話し始めたが、中断して口に手をあて咳き込み、少し身震いをした。

父さんが「お気の毒に」とつぶやくと、彼は感謝の言葉を口にした。

「われわれの班は慎重に捜索をおこなっています」とハンカチに痰を吐き出してまた続けた。「しかしですな、すぐにでも懸賞金をつけなければ、それも無益になってしまいます。つまり、町の人びとに協力してもらうということです」副署長は堅表紙の本を開いて、話しながらじっくり読んでいるような素振りをした。「懸賞金があれば、きっと相当な反響があるでしょう。もし懸賞金をつけなければ、われわれがどれほど努力をしても、夜分に、つまり月の薄明かりのなか、箒で通りを掃いているようなものと同じです」

「おっしゃることはわかります、副署長」としばらくして父さんは答えた。「ですが、この件に関しては、わたしは自分の直感を信じて、差し当たり警察の捜索が終わるのを待ちたいのです。それから自分で動きたいと思います」

副署長はこくりとうなずいた。

「あの子がどこかで無事でいるという気がするのです」と父さんは続けた。「あんなことをしてしまったので、ただ隠れているだけかもしれません」

「そうですね、そうかもしれません」副署長は少し高めの声で答えた。彼は落ち着きなく座っているようだった。話しながら椅子の下のレバーを調節したり、机に手を置いたり、机に散らばっている紙類を無意識に手に取ったりしていたのだ。「子ども、いや大人でさえ、あんな惨いことをしたら……つまり実のきょうだいを殺したりしたら、恐ろしくなるでしょう。息子さんはわれわれ警察を、そしてご両親を、未来を――なにもかもを恐れているのかもしれません。町を出ていってしまった可能性すらありますね」

「そうですね」と父さんは悲しげな口ぶりでつぶやき、頭を横に振った。

「ああ、それで思い出しました」副署長は指をパチンと鳴らしてそう言った。「近くの町の親戚に聞いてみましたか？」

「はい、ですがその可能性はないと思います。幼いころを除くと、息子たちはほとんど親戚を訪ねたことはありません。わたしか母親の付き添いなしでは一度も。それに、親戚の大半はこの町にいて、だれも息子を見ていないのです。ほんの数時間前に終えたばかりですが、親戚はみなあの子の兄の葬儀に来てくれました」

ぼくがまじまじと顔を見ていると、副署長と目が合った。ちょうど、彼の背後にある肖像のサングラスをかけた軍人にそっくりだと考えていたのだった――ナイジェリアの独裁者、サニ・アバチャ将軍だ。

「お考えはよくわかりますよ。われわれもできる限りのことはしますが、ご子息が自分で、自分なりのタイミングで戻ってくることを願っています」

「わたしたちもそう願っています」父さんは弱々しい声で繰り返した。「ご尽力に感謝いたします」

副署長はなにか父さんにたずねたが、ぼくは聞き取れなかった。というのも、また頭が空っぽになって、腹にナイフが刺さったイケンナのイメージが心に浮かんだからだ。父さんと副署長は立ち上がり、握手を交わした。そしてぼくらは部屋を出た。

*

ボジャは自らをさらけだす菌でもある。彼になにが起きたか、どこにいるのか、だれもまったくわからないまま、曲がりくねった四日間が過ぎた。そうしてなんの前触れもなく、ボジャはひょっこり現れた。苦悩のあまり死にそうになっている母さんを不憫に思ったのか。それとも、父さんが一連の出来事でやつれ果て、母さんに延々と罵られ、責め立てられ、家で落ち着いていられないことを知ってのことだったのか。イケンナが死んでから、朝に帰宅した父さんが家に車を入れていると、母さんは駆け寄って車のドアを開け、雨のなか父さんを引きずり下ろし、金切り声をあげて首を締め付けた。「だから言ったじゃないの」と母さんは怒鳴りつけた。「わたしの手から、あっという間に二人が滑り落ちていってるって言わなかった？　言わなかった、ねえ言わなかった？　エメ、壁が割れて口を開けなければ、トカゲはそこから入ることができないって、知らなかったとでも？　ねえ、エメ、知らなかったの？」母さんは父さんを放さなかった。物音で目が覚めたアバティ夫人が家に走ってきて、父さんを家に入れるよう頼んでも無理だった。「ぜったいにいやよ」母さんは拒否して、いっそう泣きじゃくった。「わたしたちを見て、よく見てよ、ほら。わたしたちは口を開いた、エメ、わたしたちは大きく口を開いた。でも大量に言葉を飲み込んでしまったのよ」

ぼくには忘れられない。あのとき、父さんが息をハアハアいわせ、雨でびしょ濡れになりながら、ありえないほどの冷静さを保っていたことを。しばらくして、ようやく母さんは引き剝がされた。四日のうち何度も何度も、母さんは父さんに襲いかかろうとしたが、お悔やみに来てくれた人たちに制止されたのだった。あるいは、ボジャはンケムの姿を見たのかもしれない。母さんが面倒を見られないから、父さんのあとをついて回り、ひっきりなしに泣き叫んでいるンケムを。オベンベはたいていデイヴィッドの世話をしていた。デイヴィッドもときどき理由もなく泣き出し、母さんにまとわりついて叩かれたことがあった。たぶんボジャは、こうしたことをぜんぶ目撃して、母さんを哀れみ、ぼくらみんなを気の毒に思ったのだろう。あるいは、もうあのまま隠れていられなかったから、やむなく出てきただけかもしれない。真相はだれにもわからない。

父さんとぼくが警察署から戻って間もなく、ボジャは突然姿を現した。ちょうど、彼の写真が——しゃがんだ姿勢で、まるで殴り倒そうとしているみたいに、手をカメラマンのほうに伸ばしている写真が——OSRCニュースのコマーシャルで〝探しています〟というタイトルとともに映し出されたところだった。その直前には、ナイジェリアのオリンピック・ドリーム・チームが男子サッカーの金メダルを手にアメリカからラゴスに到着し、大勢の人にもみくちゃにされている模様が報道されていた。ぼくら——オベンベ、父さん、デイヴィッドとぼくは、ヤム芋と椰子油のソースを食べているところだった。母さんは居間の向こう側の絨毯の上で、まだ黒ずくめの服のまま横になっていた。ンケムは薬剤師のママ・ボセが引き受けてくれていた。叔母さんのひとり、最後の弔問客はまだうちに残っていたが、その日のうちに夜行バスでアバまで戻る予定で、ママ・ボセと母さんのそばに座っていた。母さんは二人の女性に心の平穏について話し、ぼくたち家族の悲しむ姿を見て、人びとがどのように振る舞ってくれたかということも語っていた。一方、ぼくはテレビで、ドリーム・チームのオースティン・ジェイジェイ・オコチャがアバチャ将軍とアソ・ロック（首都アブジャ近郊の岩山。付近に位置する大統領官邸のことも指す）で握手を交わしているところを見ていた。とそのとき、お隣のアバティ夫人が大声で叫びながら、玄関口に走ってきた。ちょうどうちの井戸に水を汲みにきていたのだ。井戸は三メートルほど、この近隣では一番深いと考えられていた。ご近所さん、特にアバティさんは、自分の井戸が干上がったり、水不足だったりすると、しょっちゅううちの井戸を使っていた。

アバティ夫人は雨戸の敷居に身を投げ出し、泣き叫んだ。

「エウーーーー、エウーーーーー！」

「ボランレ、どうしたんだ？」父さんがたずねた。父さんは叫び声を聞いて、すぐさま駆けつけていた。

「あの子が……井戸に、オーーーー、エウーーーー」アバティ夫人は泣き喚き、床に転がって悲しみに悶えながらも、なんとか言葉を発した。

「だれが？」父さんは思わず大声で聞き返した。「なんだって、だれが井戸にいるって？」

「あそこ、あそこに、井戸に！」とアバティ夫人が繰り返した。ボジャは彼女を嫌って、よくアシェウォと言っていた。かつて彼女がラ・ルーム・モーテルに入っていくのを見たのだそうだ。

「だから、だれだって？」父さんはそう言いながら、家から走って出ていった。ぼくと、そのうしろにオベンベも続いた。

井戸には少しひびが入った金属の蓋がされていて、二・五メートル以上の高さにまで水が溜まっていた。隣人のプラスチックのバケツが井戸の周囲の粘土造りの土台に転がっていた。ボジャの体は水面に浮かび、衣服は背後でパラシュートのようになって、空気がいっぱい入った風船ほど膨らんでいた。片目は開いたままで、澄んだ水面下でもはっきりと見える。もう片方は閉じて腫れ上がっている。頭の半分は水面上に現れて、井戸の色褪せた煉瓦に寄りかかっている。薄い色の両手は水面にぷかぷか浮いて、まるで彼にしか見えない人物としっかり抱き合っているみたいだ。

この井戸のなかにボジャは隠れていて、そして姿を見せたわけだが、実のところ井戸はこれまでもずっと彼の歴史の一部だった。その二年前のこと、母鷹が――おそらく盲目か、なんらかの障害を負っていたのだろう――蓋が開いていた井戸に落っこちて、溺れ死んでしまった。鷹はボジャと同じで、何日も経過するまで発見されず、最初は水面下にただじっと、まるで血中の毒みたいに沈んだままでいた。そしてほどなく、一定の時間が過ぎると、上方に浮かんできて姿を現したのだが、もうそのころには腐敗が始まっていた。この一件は、ボジャが、ドイツの伝道者ラインハルト・ボンケ牧師が一九九四年に創設した宗派、大福音改革運動に改宗したころに起こったのだった。鷹が井戸から出されたのち、祈りを捧げると害は及ばないと信じて、ボジャは井戸に祈りを捧げて水を飲んでみせる、と高らかに宣言した。ボジャは「わたしはあなたがたに、ヘビやサソリを踏みつけ、敵のあらゆる力に打ち勝つ権威を授けた。だから、あなたがたに害をおよぼす者はまったく無いであろう」（『ルカによる福音書』十章十九節）という聖書の一節に信を置いていたのだ。父さんは水を浄化するために水道省の役人を呼んでいたのだが、ぼくらが役人の到着を待っているときに、ボジャはコップ一杯の井戸水を飲んでしまった。ボジャが死んでしまうかもしれないと怖くなり、イケンナは秘密を暴露して、両親をパニックに陥らせた。あとで厳しい鞭打ちのお仕置きが待っているからなとぴしゃりと言って、父さんはボジャを病院に連れて行った。しかし検査結果に異常は見られず、わが家は大きな安堵に包まれた。あのころは、ボジャが井戸に打ち勝ったのだが、何年かたって、今度は井戸がボジャに打ち勝った。ボジャは井戸に殺されてしまったのだ。

ボジャは引き上げられたとき、想像もつかないほど変わり果てた姿をしていた。オベンベは恐怖におののき、立ったままぼくをじっと見つめていた。間もなく、大勢の人が近隣のあらゆる場所から集まってきた。当時、西アフリカの小さな共同体では、こういった悲劇的な話は、ハルマッタンに吹かれた山火事のごとく広がっていったものだ。アバティ夫人が泣き叫ぶや、知っている人も、知らない人もこぞって押し寄せてきて、わが家はたくさんの人でごった返した。オベンベもぼくも、イケンナの死に直面したときとはちがい、ボジャが連れ去られるのを止めようとはしなかった。オベンベは以前のようには振る舞わなかった。あのときは、呪(まじな)いにかかったように「赤い川、赤い川、赤い川」とぶつぶつ繰り返し、それをやめたと思ったら、イケンナの頭を抱きかかえ、気も狂わんばかりに酸素を口から送り込んで、「イケ、起きて、ねえ起きてよ、イケ」と呼び起こそうとしたが、とうとうボデさんがイケンナの体を引き離してしまったのだった。今回は両親がいたこともあり、ぼくらはバルコニーから眺めるだけだった。

あまりに多くの人で溢れかえっていたので、ぼくらは目の前で明らかになっていることをほとんど見ることができなかった。アクレをはじめ、西アフリカの小さな町の人たちは、みな鳩のようなものだ。あの受け身の生き物。まるで噂話や知らせを待っているみたいに、市場や公園でのんびり食べ物をつついてはよたよたと歩き、地面に穀類が撒かれると、とたん寄り集まってくる。みんな互いが互いを知っていて、みんな互いにきょうだいどうし。どこかに行って、母親かきょうだいを知っている人に出くわさないのは難しい。ここのご近所さんだれにもあてはまることだ。アバティさんは白のランニングシャツと茶色の半ズボン姿でやって来た。イバフェの両親は夫婦で同じ色の伝統衣装を着ていた。なにかの催しから帰ってきたばかりで、着替える間もなかったのだ。そのほかにはボデさんなどもいた。実際、井戸に入ってボジャを引き上げてくれたのはボデさんだった。集まった人たちの話から推測したところ、こういうことらしかった。ボデさんは最初、梯子を下ろして井戸のなかに入り、ボジャを片手で引っ張ろうとしたが、重さを増した死体は上がってくるのを拒んだ。ボデさんは井戸の脇に片手を置き、もう一度ボジャを引き上げてみた。今度は、ボジャのシャツが脇の下でビリッと破れ、梯子はより深く井戸にはまりこんだ。井戸のへりにいた男たちはそれを見て、ボデさんが滑り落ちないようにしっかりと引っ張った。さらに、三人の男が一番うしろの人の脚と腰をしっかりつかんでいた。そうこうして、ボデさんが梯子をもう少し下りて再度試みると、数日間眠っていた水の墓場からボジャをようやく引き上げることができた。そしてまるでラザロが蘇った場面のように、人びとはいいぞいいぞと大声で応えたのだった。

しかしボジャの体は蘇生した身体とは似ても似つかないものだった。膨張した死体は、ぞっとするような忘れられないイメージを残した。この恐ろしいイメージが心に刻まれないように、父さんはオベンベとぼくをむりやり家に入れた。

「お前たち、ここに座りなさい」ぜいぜい喘ぎながら父さんは言った。父さんのこんな顔つきはこれまで見たことがなかった。急にしわが増え、目は血走っていた。ぼくらが座ると、父さんは膝をついてぼくらの太ももに手を置き、こう続けた。

「今この瞬間から、お前たちは強い男になるんだ。世界の目を覗き込み、そこから自分の進む方向や道筋を決めていくんだぞ……あの……あの勇気……兄さんたちが持っていたような勇気とともに。わかったか？」

　ぼくらはうなずいた。

「よし」父さんはそう言うと、繰り返し放心したようにうなずいた。

　そうして頭を垂れ、手のひらで顔を挟んだ。父さんが歯軋りして、機械的に同じ言葉をつぶやき続けているのが聞こえた。聞き取れたのは「なんてことだ」というひとことだった。父さんが頭を垂れたとき、頭皮の真ん中が見えた。お祖父さんとは違って、無慈悲な禿(はげ)の進行は止まり、髪のない円形の頭頂部が周囲の毛髪のなかに隠れていた。

「何年か前に自分で言ったことを覚えてるか？　オベンベ」父さんはまた顔をあげてたずねた。

　オベンベは首を横に振った。

「忘れたんだな」――傷ついたような微笑みが一瞬浮かんだが、また消えていった――「M・K・O暴動が各地で勃発して、イケ兄さんが父さんの職場まで車を運転したときに言ったことだが。まさにあそこの食卓で」と言って父さんは乱れたままの食卓を指差した。食べかけの食事にはハエが止まり、グラスには半分水が残され、お湯が入ったポットからは、飲む人がいないというのに、湯気がずっと立ちのぼっている。「兄さんたちが死んだらどうなる、って言ったんだぞ」

それを聞いてオベンベはうなずいた。ぼくと同じく、一九九三年六月十二日の夜を思い出したのだ。父さんが車で家に連れ帰ってくれたあと、夕食のとき、ぼくらは代わる代わる暴動の話を始めた。母さんの話だと、M・K・O支持の暴徒たちが市場を徹底的に破壊し、北部出身者と思ったらだれかれかまわず殺して回っていた。それで友人たちと近くの兵舎に駆け込んだのだそうだ。全員話し終わると、オベンベが口を開いた。「イケンナとボジャが年とって死んだら、ベンとぼくはどうなっちゃうの？」

小さな弟と妹、オベンベ、ぼく以外は、みんなしてどっと吹き出した。ぼくはそんな可能性を考えたこともなかったが、このとき初めてもっともな疑問だと思った。

「オベンベ、そのときは、お前も年をとってるさ。そんなに二人と年は変わらないんだから」と父さんは答えてガハハと笑った。

「わかった」とオベンベは一瞬だが、折れそうになった。兄さんたちをじっと見たまま、我慢できない衝動のようにまた疑問が心に押し寄せた。「でも、もし二人が死んだらどうなるの？」

「お黙り」母さんは怒鳴りつけた。「なんとまあ！　どうしてそんなこと考えたりするの？　兄さんたちは死なない、いいわね？」母さんは耳たぶをつかみ、オベンベはというと――怖くなって――ただうんとうなずいた。

「よし、じゃ、食べなさい！」母さんは大声で言った。

オベンベはしゅんとしてうなだれ、黙ったまま食事を続けたのだった。

＊

ぼくらがうなずいたあと、父さんは続けて言った。「そうだ、こうなってしまったからには、オベンベ、お前が自分自身と、弟たち、ベンとデイヴィッドのハンドルを握らないといけない。二人は兄としてお前を尊敬するのだから」

オベンベはしっかりうなずいた。

「車のハンドルを握るということじゃないぞ」父さんは首を横に振った。「弟たちを導くということだ」

オベンベはもう一度こっくりとうなずいた。

「弟たちを導いてくれ」父さんはつぶやいた。

「わかったよ、父さん」オベンベは答えた。

父さんは腰を上げて、手で鼻を拭った。ワセリンのような色の鼻水が手の甲をつたっていった。父さんを眺めていると、かつて『動物図鑑』でワシについて読んだことを思い出した。ワシはたいてい卵を一度に二つしか産まないそうだ。そしてワシの子は卵からかえると、先に産まれた雛たちに――特に餌不足のおりには――しばしば殺されてしまう。図鑑ではこの現象を「カインとアベル症候群」と呼んでいた。ワシはあんなに力強いというのに、きょうだい殺しをまったく止めようともしない。

おそらく親鳥が巣から離れているときか、遠くまで餌を探しに行っているときに起こるのだろう。それでリスかネズミを捕らえて、大急ぎで雲の上を飛んで巣に戻ると、雛鳥が――おそらく二羽――死んでいることに気づく。一羽は巣のなかで血だらけになって、巣から赤黒い血が染み出ている。もう一羽は倍に膨れ上がり、近くの池で体を膨張させて浮かんでいる。

「二人ともここにいなさい」父さんの言葉でぼくはふと物思いから覚めた。「わたしが声をかけるまで、ここを出てはだめだ。いいか？」

「はい、父さん」ぼくらは声を揃えた。

父さんは退出しようとして腰を上げたが、ゆっくりと振り返った。なにか話そうと、おそらく懇願しようとしたはずだった。「お願いだ――」しかしそれで言葉が切られた。父さんは出ていき、ぼくらは唖然としたままそこに残された。

父さんが出ていったあと、ボジャは自滅的な菌でもあるという考えが浮かんだ。生物の体に住み着き、徐々に内側から破壊をもたらす菌。これこそボジャがイケンナにしたことだ。まずイケンナの命を沈め、それから魂も追放した――イケンナに穴をあけて死に至らしめ、体から血を空っぽにして、あたりに血の川を作ることで。そのあと、性分のとおり、自分に背を向けて自ら命を絶ってしまった。

ボジャは自殺したんだよ、と最初に言ったのはオベンベだった。オベンベは、わが家に集まった人たちのようすから、事実はそういうことだと推測して、ぼくに話すタイミングを見計らっていたのだ。それで、父さんが部屋を出ていくと、ぼくのほうを向いて「ボジャがなにをしたかわかる？」と聞いてきた。

この言葉がぼくの胸に深く突き刺さった。

「ぼくらは、ボジャの傷から出た血を飲んでしまったんだよ。わかってるか？」そうオベンベは続けたが、ぼくは首を横に振った。

「いいか、お前はなんにもわかっちゃいない。ボジャの頭に大きな穴があいていたの、知らないのか？　ぼくは——この目で——見た！　ぼくらは今朝、あの井戸水でお茶を淹れて、みんなで飲んでしまったんだ」

ぼくには理解できなかった。どうやってボジャがずっとあんなところにいられたのか、わからなかったのだ。「あそこに、あそこにずっといたのなら、あそこに——」と言いかけて口をつぐんだ。

「言ってみな」オベンベが促した。

「あそこにずっといたのなら、あそこ——あそこに」ぼくは口ごもった。

「なんだって？」

「うん、えっと、ボジャがあそこにいたのなら、今朝井戸に水汲みに行ったとき、どうして見かけなかったの？」

「それはだ、溺れたらすぐには浮かんでこないからだよ。なあ、カヨデんちのドラム缶の水に落ちたトカゲのこと覚えてる？」

ぼくはこくりとうなずいた。

「それから、二年前、井戸に落っこちた鳥のことは？」

もう一度うなずいた。

「そう、まったく同じだよ。あんなふうになる」オベンベは疲れたようすで窓のほうを指差し、繰り返した。「まったく同じ――あんなふうになるんだ」

オベンベは椅子から腰を上げて、ベッドに横たわり、母さんがぼくらにくれた虎の柄が全体に入っているラッパーをかぶった。オベンベの頭の動きを見ていたら、押し殺したすすり泣きがラッパーの下から聞こえてきた。ぼくは同じ場所にじっと座ったままでいたが、お腹が爆発しかかっているのに気づいた。まるでミニチュアのウサギがお腹のなかをかじっているみたいだった。しばらく疼くような苦痛が続くと、突然、口のなかで酸っぱい味がして、どろどろになった食べ物を床に吐き出してしまった。どっともどしたあと、ゴホゴホと咳が続いた。床のほうに体を曲げて、咳をしながらまた吐いた。

オベンベはベッドから飛び出してこちらにやって来た。「なんだ？　どうしたの？」

ぼくは答えようとしたができなかった。ウサギがどんどん深く引っ掻いていって、骨まで達したみたいだったのだ。ぼくはぜいぜい喘いでいた。

「ああ、水がいるね」とオベンベ。「水、持ってくるよ」

ぼくはただうなずいた。

オベンベは水を持ってきて顔にパシャパシャとかけてくれたが、水に浸かり、まるで溺れかかっている感じがした。水滴が顔をつたっていき、息を切らしながら必死になって顔を拭った。

「だいじょうぶ？」オベンベがたずねた。

ぼくはうなずき、「うん」と小声で答えた。

「水を飲んだほうがいいよ」

オベンベはいったん離れ、コップに水を入れて戻ってきた。

「ほら、飲んで。もうだいじょうぶだから」

オベンベの言葉を聞いて、思い出したことがあった。かつて魚釣りを始める前に、サッカー場からの帰り道で、建てかけの家の骨組みから犬が飛び出してきて、ぼくらに向かって吠え始めた。犬は痩せていて、肋骨がすぐに数えられるほどガリガリだった。パイナップルの斑点みたいな染みや新しい傷が体じゅうに見えた。哀れな犬は襲いかかろうとするように、喧嘩腰でじりじりと近づいてきた。ぼくは動物が好きだけれど、犬、ライオン、虎、それに猫科の動物が怖かった。人間やほかの動物をずたずたに引き裂くようすを、本でたくさん読んでいたからだ。ぼくは犬を見てギャーと叫び、ボジャにしがみついた。ボジャはぼくの恐怖を静めようとして、石を拾って犬に投げつけた。石は命中しなかったが、犬は恐れをなして低い唸り声をあげ、適当に威嚇すると地面に足跡を残し、細い尻尾を揺らしながら去っていった。そうして、ボジャはぼくのほうを向いて、「あっちに行ったよ、ベン。もうだいじょうぶだから」と声をかけてくれた。すると、たちどころに恐怖感は消えてなくなったのだった。

オベンベが持ってきてくれた水を飲んでいると、外でにわかに騒動が大きくなっていることに気づいた。すぐ近くでサイレンが鳴り響いていた。サイレンがだんだん大きくなると、「通してくれ」という叫び声が聞こえた。救急車が到着したようだった。男たちがボジャの膨れ上がった体を救急車に運び込むと、わが家は大騒ぎに飲み込まれた。オベンベは父さんに見つからないように、そしてぼくからも目を離さないように、居間の窓に駆け寄って、ボジャの死体が救急車に載せられるのを見ていた。そしてこっちに戻ってくると、サイレンがまた鳴り出して、今度は甲高く響いた。水を飲んで嘔吐はおさまっていたが、心はぐるぐる回って止まらなかった。

ボジャがイケンナに押し倒されて、金属の箱に頭を打ち付けた日にオベンベが言っていたことを考えた。オベンベは部屋の隅で静かに座り、風邪でも引いたかのように体を縮めていた。ほどなくして、さっきイケンナが部屋に来たとき、半ズボンのポケットに入っていたものを見たかと聞いてきた。「ううん、なに？」ぼくはそう聞き返したが、オベンベはただ呆然とどこかを見つめ、口はほぼ開いたままだったので、大きな門歯がいつもより大きく見えていた。そしてそのままの表情で窓際に向かった。外に目をやると、兵隊蟻が長い行列を作り、塀に沿って行進していた。何日も続いた雨でまだ濡れていた塀にはぼろ切れが貼りついていて、そこから水がぽたぽた滴り、長い筋になって壁をつたい、ゆっくりと流れ落ちていった。塀の上方では、地平線に積雲がかかっていた。

ぼくはオベンベの答えをじっと待っていたが、そのうち痺れを切らして自分からまたたずねた。オベンベはぼくのほうを見ずに言った。「イケンナはナイフを持ってた――ポケットにね」

まるで獣がぼくを貪（むさぼ）ろうとして壁を突き破り、部屋に入ってきたみたいに、ぼくはさっと立ち上がり、オベンベに駆け寄った。そして「ナイフ？」とだけ聞いた。

「そう」と言ってオベンベはうなずいた。「見えたんだ。母さんの料理ナイフだった。ボジャが雄鶏を殺したやつ」オベンベはまた首を横に振った。そして「見えたんだ」と繰り返して、天井を見上げた。そこにあるなにかがうなずいて、自分の言ったことを追認してくれるとでもいうように。「ナイフを持ってた」オベンベは顔を歪め、声を落として続けた。「たぶんボジャを殺すつもりだったんだ」

救急車のサイレンが再び鳴り始め、集まった人びとの話し声も大きくなり、騒然としたようすになった。オベンベは窓から離れてぼくのほうに近寄った。

「ボジャは連れていかれたよ」オベンベはしゃがれ声で話した。そして同じ言葉を繰り返してぼくの手を取り、そっと寝かせてくれた。床にしゃがみこんで吐いていたせいで、ぼくの脚は弱っていた。

「ありがとう」とぼくが言うと、オベンベはただうなずいた。

「これを片付けたあとで一緒に寝るから、そこで横になってて」とオベンベは言ってドアに向かったが、思い直したように足を止めて微笑んだ。両目には涙の粒を浮かべていた。

「ベン」

「うん」

「イケとボジャは死んでしまったよ」顎を震わせ、下唇を突き出し、涙の粒が二つこぼれ落ちると、頬には二本の筋が残った。

ぼくはオベンベが言ったことをどう判断していいかわからず、黙ってうなずいた。するとオベンベは背を向けて部屋を出ていった。

オベンベが塵取りで吐物を片付けてくれているあいだ、ぼくは目をつぶり、ボジャがどんなふうに死んだのか——みんなが言っていることによれば、どんなふうに自ら命を絶ったのか——想像して胸がいっぱいになった。それから、ボジャがイケンナを刺したあと、息絶えた体を見下ろして泣き叫んでいる姿を思い浮かべた。洞穴の古代の富が失われるように、たった一度きりの動作で自分の命をも奪ってしまったのだということにはたと気づいたのだろう。それを痛切に理解し、自分を待ち受ける未来のことを考えて、恐ろしくなったにちがいない。こういう考えが浮かんだせいで、忌むべき勇気が沸き起こり、心の血管にモルヒネを打ち込んで、ゆっくりと死にゆく自殺の計画を実行したのだ。心が死んでしまったら、あとは足を動かし、体を運んでいくのは簡単だったはずだ。恐怖と不安が少しずつ心を縫い閉じていき、どんどん膨れ上がって、ぼんやりとした形がはがれ落ち、ダイバーみたいに頭から先に飛び込んだ。いつもオミ・アラ川に飛び込んでいたように。そして、目に空気がどっと入ってくるのを感じたはずだが、ただ静かに、呻き声もあげず、無言のまま沈んでいった。底へ底へと沈んでいくとき、動悸が激しくなることも、脈が上昇することもなかった。奇妙なほど、穏やかで落ち着いていたはずだ。そうした精神状態で、幻影が閃いて、過去のイメージのモンタージュが見えたにちがいない。五歳のとき、わが家のタンジェリンの木の高い枝に登って、バルティモラの「ターザン・ボーイ」を歌っているところ。同じく五歳のとき、全校朝礼でみんなの前に出て、主の祈りを先導するよう言われたとき、実はパンツにこんもりと漏らしていたところ。一九九二年、十歳のとき、教会のクリスマス劇でイエスの母マリアの夫、大工のヨセフを演じて、「マリア、お前とは結婚しない。お前はアシェウォだからな！」と言い放ち、みんなを仰天させたところ。M・K・Oに喧嘩はだめだ、なにがあってもだめだぞ！　と言われたこと。この年の早い時期には、釣りに夢中になっていたこと。どんどん沈んでいって、井戸の底に達するまで、こういう静止画が次から次へと、巣箱に集まる蜂の群れのように、心のなかに集積していったのかもしれない。ついに底にぶち当たると、巣箱は叩きつけられ、静止画もばらばらに散っていった。

飛び込むのは一瞬だったにちがいない、とぼくはそのようすを想像した。頭が沈んでいくとき、まず井戸の側面から出っ張っている岩にぶつかったはずだ。そして頭を打ったあと、破裂音が続いて、頭蓋が割れ、あちこちの骨が折れる音、頭のなかで血が流れ、溢れ、渦巻く音が轟いたにちがいない。脳は木っ端微塵に散らばり、大脳と頭のほかの部分を繋いでいた血管はぷっつり切れたはずだ。ぶつかったとき、舌は口から突き出し、鼓膜はアンティークのヴェールのように裂かれ、歯の十分の一はサイコロのように、口底に転がったにちがいない。そのあと続いて、さまざまな無音の反応が同時に起こった。少しのあいだ、激しく身悶えしながら、ポットの沸騰したお湯がごぼごぼというように、なにか聞き取れない言葉を発していた。そしてこのときがすべてのピークだったはずだ。ゆっくりと痙攣から解き放たれて、骨にも平穏が戻っていった。間もなく、この世のものではない安らぎが訪れ、死の静けさに穏やかに包まれていった。

11　蜘蛛

母は空腹のときにこう告げる。

「子どもたちが食べられるよう、なにか焼いてあげて」

アシャンティの格言

蜘蛛は悲しみを背負う生き物だ。

悲嘆に暮れた家に住みつき、糸をどんどん吐き出して、静かに、痛みを抱えながら巣を張り続け、ついには巣は大きく膨らんで、広い範囲を覆ってしまう――イボの人びとはそう信じている。兄さんたちが死んでから、この世では多くの変化が起こったが、そのひとつは蜘蛛が現れたことだった。二人の死から最初の一週間、ずっとぼくらを守ってくれていた日除けや傘が引き裂かれ、自分が野ざらしになったという感覚がつきまとった。ぼくは兄さんたちを思い出し、生きていたころの詳細な部分まで考えるようになった。記憶をたぐりよせることは、望遠鏡であらゆる細部、あらゆる小さな行動、あらゆる出来事を拡大して見るようだった。しかしあの事件のあと、変わってしまったのはぼくの世界だけではなかった。父さん、母さん、オベンベ、ぼく、デイヴィッド、そしてンケムでさえ、家族みんながそれぞれに苦しんだが、兄さんたちが死んでから数週間、苦悩のどん底にいたのは母さんだった。

蜘蛛はわが家に巣を張り、一時的な住み処を作った。喪に服している家で蜘蛛が巣をかけるとイボ人が信じるとおりに。しかし蜘蛛たちはさらに一歩踏み込んで、母さんの心のなかにまで侵入してしまった。天井近くに蜘蛛が這い、糸状の牙で留められた巣の膨らみがあると最初に気づいたのは母さんだった。でもそれだけではなかった。巣にぶら下がっている蜘蛛の背からイケンナがぼくらを探っているところ、それに螺旋状の巣のあいだからイケンナの目が覗いているところまで見え始めた。母さんは蜘蛛のことで文句を言った。ンディアジョイフェ（悪い者たち）——あの嫌らしくて、卑しくて、恐ろしい生き物、と。母さんは蜘蛛に怯えていた。蜘蛛を指差し、延々と泣き続けていたので、父さんはなだめようとして——薬剤師のママ・ボセとイヤ・イヤボに、どんな馬鹿げた願いに見えようと、嘆き悲しむ人の声にきちんと耳を傾けなさいと強く言い聞かされていたのだ——家のなかの蜘蛛の巣をぜんぶ取り払い、壁を這っていた蜘蛛を何匹か押し潰した。それから、父さんはヤモリも追い出し、どんどん増殖して脅威と化したゴキブリとも戦いを繰り広げた。そうしてようやく平和を取り戻すことができた。しかし、それは腫れた足を引きずって歩くような平和だった。

蜘蛛がいなくなって間もなく、母さんは端のほうから声が聞こえると言い出した。それに突然、白アリの集団が絶え間なく活動していることに気がつき、自分の脳にはびこって、知力を蝕み始めていると思い込んだ。慰めに訪ねてきた人たちには、ボジャが夢のなかで、ぼくは死ぬよとあらかじめ警告していたと話した。ご近所や教会の信徒には、イケンナとボジャが死んだ日の朝に見た奇妙な夢のことをよく語っていた。人びとは二人が死んでから、何日にもわたってわが家に蜂のように群がり、夢と悲劇を結びつけて考えた。この地域に限ったことではなく、アフリカではどこでも、お腹に授かった恩恵、つまりわが子が命を落とすか、命を落としかけているとき、必ず母親はそれを予知すると強く信じられている。

最初に母さんが夢の話をしているのを聞いたのは、イケンナの葬儀の前日だった。そのとき目にした人びとの反応には心を揺さぶられた。薬剤師のママ・ボセは床に身を投げ出して大声で泣き叫んだ。「ああ、ああ、きっと神様が警告なさっていたのね」彼女は呻きながら、端から端まで床を転がった。「神様がいずれ起こることだと警告なさっていたのよ、オーーーー、エーーイーー」ママ・ボセの痛みと悲しみの叫びは言葉にならない呻き声で表され、早口で言って母音がごちゃまぜになり、まったく意味をなさないこともあったが、だれもがそのニュアンスをしっかりと受け止めていた。居合わせた人たちがより心を痛めたのは、この話のあと母さんのとった行動だった。母さんは壁にかかった中央銀行のカレンダーのそばに立ち尽くしていた。イケンナが変わっていったあのやりきれない期間にだれもめくろうともしなかったので、カレンダーはまだワシのページのままだった。母さんは両手をあげて、声をうわずらせた。「エルナーラ——天と地よ、この手、このきれいな手をご覧ください。それに、出産の際にできた傷をご覧ください。まだ癒えていないというのに、あの子たちは死んでしまった」こう言いながら、母さんはブラウスをあげて、へその下を指差した。「あの子たちが吸った胸をご覧ください。まだこんな張っているというのに、あの子たちはもういない」そう言うと、明らかに胸を見せるためにブラウスをまくりあげたが、女性のひとりがとっさに駆け寄って引き下ろそうとした。だが時すでに遅し、部屋にいたほとんどの人が目の当たりにしてしまった。血管が浮き出た胸と突き出た乳首は白日にさらされたのだった。

最初に母さんの話を聞いたとき、夢がなにかの警告だと知ってさえいたなら、橋の夢を見たときにもっと明確な予兆を受けとっていたかもしれない、という強い不安に襲われた。母さんが夢の話をしたあとで、ぼくもオベンベに自分の夢のことを話したら、それって警告だよと言われた。それから一週間ほどたって、母さんは同じ夢の話をぼくらの教会の牧師、コリンズ牧師とその奥さんにもしたのだった。そのとき父さんは留守にしていた。町の外れにあるガソリンスタンドにガソリンを入れにいっていたのだ。ボジャが発見された週に、政府が燃料価格を十二ナイラから二十一ナイラにまで引き上げたせいで、ガソリンスタンドがガソリンを貯め込み、国じゅうのスタンドで果てしなく長い行列が作られることになった。父さんはその行列のひとつに午後から夕方近くまで並んで、車のガソリンを満タンにして、トランクには容器いっぱいの灯油を詰め込んで家に戻ってきた。疲れ果てて、ソファのひとつ、〝王座〟に真っ直ぐ向かい、どっかりと腰を下ろした。父さんが汗まみれのシャツを脱いでいるときに、母さんはその日訪ねてきた人たちのことを話し始めた。母さんは父さんのそばに座っていたのに、椰子酒の強い匂いに気づかなかった。まるで牛の新しい傷口にハエがブンブンついて回るように、父さんが一緒に連れ帰ってきていたのだけれど。母さんが延々と話し続けていたら、とうとう父さんは「もうたくさんだ！」と声を張り上げた。

「もうたくさんだ！」父さんはすでに腰を上げていたが、同じ言葉を繰り返し、筋張った腕をむき出しにしたまま、母さんの前に立ちはだかった。母さんは身をこわばらせて、太股の上で両手を握った。

「このくだらない話はなんだ、わたしにも聞かせるのか、えっ、友よ。うちの家は町のあらゆる生き物が集まってくる動物園なのか？　いったい何人が弔問にくるんだ？　そのうち犬も、ヤギも、カエルも、それに頬の膨れた猫までやって来るぞ。なかには、遺族よりも大声で泣くだけの弔問客だっているというのに、それを知らないとでも？　限度はないのか？」

　母さんは返事をしなかった。うつむいて、色褪せたラッパーに覆われた太股を見ながら、ただ首を横に振っていた。二人の前のテーブルに置かれた灯油ランプに照らされて、母さんの目に涙が溢れているのが見えた。このときの衝突が針のように母さんの心の傷に突き刺さり、以来、母さんの心は血を流し始めたのだ、とのちにぼくは思うようになった。母さんが話すのをやめて、沈黙に包まれていくと、彼女のすべての世界が麻痺するようになった。そのときから、母さんは家のなかで黙ったままじっと座り、特になにを見るわけでもないが、必死の形相でなにかを凝視していた。父さんが呼びかけると、たいていの場合、なにも聞こえていないかのようにただぼんやり顔を眺めていた。凍りついてしまった母さんの舌は、かつて菌が胞子を生むように言葉を発していた。動揺すると口からは言葉が虎のように飛び出し、冷静なときには破損したパイプの水漏れのように流れ出た。しかし、あの夜からというもの、言葉は頭のなかに留まり、ほとんど漏れ出すことはなかった。心のなかで言葉は凝固してしまったのだ。しかし父さんが黙りこくった母さんにやきもきし、毎日しぶとく話しかけていると、ようやく母さんは沈黙を破って、落ち着きないボジャの霊が姿を現すのよ、と何度も文句を言うようになった。九月の最後の数日間には、日々、不平は止まらなくなっていて、父さんはもはや受け入れられなかった。

「君のような都会の女性が、どうしたらこんなに迷信的になれるんだ?」ある朝、父さんは感情を爆発させた。料理をしていると、ボジャが台所に立っていたの、と母さんが言ったのだ。「いったいどうしたら? ああ友よ!」

母さんの怒りに決定的な火がついた。まさに猛烈な怒りだった。「エメ、よくもそんなことが言えるわね?」母さんは父さんに怒鳴り返した。「バカ言わないで。わたしはあの子たちの母親じゃないの? あの子たちの霊に煩わされるとき、気づかないとでも?」

母さんは濡れた手をラッパーで拭き、父さんは歯を軋らせながらリモコンをつかんでテレビのボリュームをあげた。ヨルバ人俳優の台詞で母さんの声が掻き消されてしまいそうになった。

「聞いていないふりができるのね」母さんは父さんをなじって、両手を叩いた。「でも、あの子たちが自然な形で死んだってふりはできない。エメ、あなたもわたしも、あの子たちの死が普通じゃないとわかってる! ちょっと確かめてみればいい。アナエメイェエメ——どこでも、こんなことがあってはいけない。親が子どもを埋葬するなんて。逆であるべきなのに!」

テレビはまだついていて、映画の音響が画面からサイレンのように鳴り響いていたが、母さんの言葉は部屋を沈黙の覆いで包み込んだ。外では地平線に雲が垂れ込め、灰色に靄がかかっていた。母さんが話し終わって、ソファに深く腰かけると、ちょうど雷の轟音が空を引き裂き、雨で湿った風がヒュッと吹いて台所のドアがバタンと閉まった。一瞬のうちに停電が起こり、部屋が薄暗闇に投げ込まれた。父さんは窓を閉めたが、外はまだほんのり明るかったため、カーテンは開け放したままにした。

そして無言のままソファに戻ると、母さんの言葉から生まれた軍勢に包囲されたのだった。

＊

日々が過ぎていくと、母さんの存在が占めるスペースは徐々に縮小していった。母さんは平凡な言葉やよくある言い回し、聞き慣れた歌などに囲まれていたのだが、そのすべてが悪霊に変化して、ただ彼女の存在を消し去ろうとしていた。ンケムの見慣れた体、長い腕や長い編んだ髪は――母さんはそのすべてをこよなく愛していたというのに――突然忌まわしいものと化した。そのうえ、一度など、ンケムが母さんの膝に座ろうとしたら、「なにこの子、膝に上がろうとして」などと言って払い避けた。『ガーディアン』の記事に夢中になっていた父さんも、さすがにぎょっとした。

「なんてこった！　本気で言ってるのか、アダク」父さんは慄然として叫んだ。「ンケムをそんなふうにあしらうのか？」

父さんがそう言うと、母さんの表情がみるみるうちに変わった。まるでそれまで目が見えていなくて、ふいに視力を取り戻したように、口をぽかんと開けたままンケムをおずおずと眺めた。そうして、ンケムから父さんへ、またンケムへと目をやり、蝶番が外れたみたいに口のなかで舌を動かし、「ンケム」とつぶやいた。母さんはもう一度顔をあげて「この子はンケム、わたしの娘」と言った。はっきり断言しながらも、同時に質問と提案をしているようにも聞こえた。

父さんは両足が地面に釘付けになっているように、その場に立ち尽くしていた。口は開いていたが、ひとことも話さなかった。

母さんが「ンケムだって、わからなかったのよ」と続けると、父さんはただうなずき、泣きじゃくって親指をしゃぶっているンケムを胸に抱き上げ、静かに家から出ていった。

その姿に応えるように、母さんは泣き出した。

そして「ンケムだって、わからなかったのよ」とただ繰り返すのだった。

翌日、父さんが朝食を作っていると、母さんは風邪でも引いたみたいに、セーターを身にまとい、ベッドですすり泣いて、起きるのを嫌がった。母さんはその日、夕暮れどきまで一日じゅうベッドに横たわっていたのだが、ぼくらが腰かけて父さんと一緒にテレビを見ていると、部屋から出てきて姿を見せた。

「エメ、ここで白い牛が草をはんでいるの、見える？」と母さんは言って、部屋のあたりを指差した。

「なに、牛だって？」

母さんは頭をうしろに反らし、かすれ声で笑った。唇は乾いてひび割れていた。

「ほらそこ、牛が草を食べてるじゃない、見えないの？」と聞いて、手のひらを開いた。

「どの牛だって？　友よ」母さんが目に大きな自信を浮かべて話したので、父さんは一瞬、本当に牛がいるかもしれないと思って部屋をきょろきょろ見回した。

「エメ、目が見えなくなってしまったの？　ほら、あの真っ白な牛が見えないの？」

母さんは、膝にクッションを置いて一人掛けの椅子に座っているぼくを指差した。ぼくは自分の目を疑った。驚きのあまり、母さんが指を差したとき、ぼくは振り返って——その可能性があるかもしれないと——ぼくの座っている椅子の背後に牛がいるのかどうか確かめてしまった。ところが、母さんは本当にぼくを指差していたのだ。

「ほら、あそこにも、あそこにも」——母さんは続けてオベンベとデイヴィッドを指差した——「それに、外でも草を食べているし、この部屋でも食べている。牛ったらどこでも草をはむのね。エメ、どうして見えないの？」

「やめてくれないか？」父さんは大声をあげた。「なにを言ってる？　なんてこった！　いつ子どもたちが牛になって、この家で草をはんでいるというんだ？」

父さんは母さんの体をつかんで、主寝室のほうに押していった。母さんはよろめいて、編んだ髪の毛が顔にかかり、灰色のセーターのなかで大きな胸が揺れていた。

「ほっといて、ねえ、ほっといてよ。真っ白の牛たちを見せて」二人が取っ組み合っていると、母さんは叫んだ。

「黙りなさい！」母さんが口を開くたび、父さんは大声でそう切り返した。

父さんに前に押されていくと、母さんは不自然な金切り声をあげた。ンケムは二人が揉み合っているのを見て、わっと泣き出してしまった。オベンベはンケムのほうに手を伸ばして抱きかかえたが、ンケムは足をじたばたさせ、さらに大声で泣き喚いて母さんを呼んだ。父さんは母さんを部屋まで引きずっていき、ドアに鍵を掛けた。二人は長いあいだ部屋にこもったままで、途切れ途切れに声が聞こえてきた。ようやく父さんが出てきて、ぼくらに自分の部屋に戻るよう言った。それから、デイヴィッドとンケムには、父さんがパンを買いにいくあいだ、ほんの少し兄さんたちと一緒にいてくれないか、と声をかけた。もう夕方の六時ごろになっていた。二人はこくりとうなずき、ぼくらがドアに鍵を掛けると、長いあいだ足を引きずるような音、壁にドアがドンと響く音がして、「エメ、ほっといて、もうほっといてよ、どこに連れていくつもり?」と激しく取り乱したようすで叫ぶ声、そして父さんの苦しそうな息づかいが聞こえてきた。やがて玄関のドアが大きな音をたてて閉められた。

それから二週間、母さんの姿を見なかった。あとでわかったのだが、母さんは精神病院に入院して、危険な爆発物のように閉じ込められていたのだ。まさに精神が激変するような爆発が起きて、見知っている世界の認識が粉々に砕け散ったということらしい。あらゆる感覚が桁外れに研ぎ澄まされて、病棟の時計の音がドリルの騒音よりもうるさいと感じられた。ネズミがチョコチョコ動き回る音は、たくさんの鐘が鳴り響いているように聞こえた。

そのうえ、母さんは破滅的な暗所恐怖症を患っていた。そのため、来る夜も来る夜も闇は決まって妊婦のごとく次々と恐怖を産み出し、母さんを絶えず悩ませたのだった。大きなことが途方もないほど小さく縮んで、小さなものは膨れ上がり、肥大化し、恐ろしく巨大になった。長く大きな棘のある茎についたいきいきとしたアチャラの葉が超自然的な力で刻一刻と成長して、突如母さんを取り囲み、じわじわとその存在を搾り取っていった。この植物と森の光景——母さんは自分が森にいる気になっていた——に責め苛まれると、さらに色々なものが目に浮かぶようになった。たとえば、父親の姿。一九六九年の内戦時にビアフラ軍の前線で戦っていたとき、砲撃にあってバラバラに吹き飛んでしまったのだが、しょっちゅうやって来ては病室の真ん中で踊っていた。たいていは戦争前の姿で両手をあげて踊っていた。しかしあるときには——母さんが一番大きな悲鳴をあげるときだが——戦中と戦後の体で、つまり片方の手は動くが、もう片方は血まみれの腕の付け根しかない体で踊りにやって来た。ときに愛情の言葉を囁き、一緒に踊ろうと誘ったようだ。しかしなかでも、侵入を繰り返す蜘蛛のイメージがもっとも際立っていた。病院での二週目が終わろうとするころ、周りのどんな小さな蜘蛛の巣も取り除かれ、蜘蛛はすべて粉々に押し潰された。蜘蛛が残らず潰されて、壁に黒い染みが増えていくと、母さんは回復に近づいていっているように見えた。

母さんが不在だった日々は、耐えがたいものだった。ンケムは絶え間なく泣いて、泣き止むのを拒んだ。ぼくは何度も母さんがよく歌っていた子守歌を歌おうとしたが、ンケムはどれも受け付けなかった。兄さんの努力もむなしく、シジフォスの永久の苦行のようだった。ある朝、父さんが家に戻り、ンケムが手の施しようがないほど悲しんでいるようすを見て、みんなで母さんに会いに行こうと言い出した。そう聞いて、ンケムはすぐさま泣き止んだのだった。出発前、父さんはパンと目玉焼きの朝食を準備してくれた。母さんが出ていった朝から、ずっと三度の食事すべてを作るようになっていたのだ。朝食が終わると、オベンベは父さんとイバフェの家に水を汲みに行った——うちの井戸は、ボジャが引きずり出されてからずっと鍵が掛けられていた。そして、ぼくらは順番に風呂に入って服を着替えた。父さんは首周りが洗濯で黄ばんだ大きな白いTシャツを着た。普通では考えられないほど髭が伸びて、見た目がすっかり変わっていた。父さんについて車に乗り込み、オベンベは助手席に、デイヴィッドとンケムとぼくは後部座席に座った。父さんはなにも言わずにドアをロックし、窓を開けて、発車させた。

その日の朝、にぎやかな活気に満ちていた通りを、父さんは黙ったまま運転し続けた。ぼくらは、投光照明に照らされ、無数のナイジェリア国旗がはためく大きな競技場周辺の道路を進んでいった。町のこのあたりにそびえ立つオクワラジの堂々たる銅像を見ると、いつも畏怖の念を呼び起こされたものだ。銅像を見ていたら、ハゲワシにも似た灰暗色の大きな鳥が頭上に止まっているのに気づいた。近所の通りから続く二車線の右側を走っていくと、路肩の向こうに広がる小さな市場にたどり着いた。車は速度を落とし、未舗装の砂利道をどうにか通り抜けようとした。鶏の死体が道路脇に転がり、アスファルト上でぺしゃんこになって、羽根が散乱していた。数メートル先では、犬がぱっくり裂けたゴミ袋に頭を突っ込み、中身を漁って食事にありついていた。ここからは、道路の両側にむりやり停められた頑丈なトラックとセミトレーラーのあいだを慎重に進んでいった。物乞いたちはプラカードを掲げて、「哀れな盲人にお恵みください」とか、「火傷を負ったローレンス・オジョにどうかお助けを」などと窮状を訴え、市場の小道の両脇に儀仗兵のごとくたたずんでいた。そのうちひとりは、近所の通りのあちこちで――教会のそば、郵便局のあたり、学校の近く、それに市場などで――見かけたことがあり、コマのついた小さな板に乗って、両手に縮んだビーチサンダルをつけ、這って進むのだった。オンド州ラジオ局を通り過ぎ、ぼくらはぎこちなく、アクレ中心部のロータリーに入っていった。真ん中には、伝統的なトーキング・ドラムを叩いている三人の男の銅像が建っている。銅像の足元にはコンクリートのプレートがあり、その周囲ではサボテンが小さな雑草と競うように生き延びていた。

父さんは黄色の建物の前に車を停め、たった今間違ったことに気づいたというように、車中でしばし座ったままでいた。ぼくはなぜ父さんがそうしていたのかすぐに悟った。ぼくらのちょうど前方で、車から降りた人たちがひとりの中年男を取り囲んでいた。男は狂ったように笑い、ファスナーのあいだから巨大なペニスを垂らしてぶらぶらさせていた。肌の色がもう少し薄くて、器量がもう少しよければ、アブルにそっくりだ。父さんはこの男を見るとすぐ、ぼくらのほうを向いて大声で言った。

「ングワ（あさ）、目をつぶって母さんのために祈ろう——さあ早く！」

父さんは即座に振り返り、まだ男を凝視しているぼくのほうを見た。

「みんな、すぐに目を閉じるんだ！」と父さんは怒鳴った。ぼくらがちゃんと言うことを聞いているか確認して続けた。「ベンジャミン、祈りの先導をしてくれ」

「はい、父さん」とぼくは答えてから咳払いをし、英語で祈りを始めた。英語以外ではどうやって祈るのかわからないからだ。

「イエスの名において、主なる神よ、われらをお助けください……祝福してください、ああ神よ、どうか母さんを治してください、病める者、ラザロやみなを癒したように。母さんが狂人のように話すのをやめさせてください、イエスの名において、われらは祈ります」

そしてみなで「アーメン！」と一斉に唱えた。

ぼくらが目を開けるころ、目の前の一行は病院の入り口に着いていたが、狂った男が病院のなかに引きずられていくとき、土のこびりついた尻がまだ見えていた。父さんが後部座席のほうに来て、ぼくが座っている場所のドアを開けた。ンケムはデイヴィッドとぼくのあいだに座っていた。

「いいかい、友よ」父さんはいったん言葉を切り、血走った目でぼくらの顔を覗き込んだ。

「第一に、母さんは狂人じゃない。いいか、みんな、あそこに入ったら、きょろきょろしてはいけない。まっすぐ前を見るんだ。ここの廊下で見るものはすべて、心に焼きついてしまう。言うことを聞かないと、家に着いたらお仕置きが待っているからな」

ぼくらはみなうなずいた。そして、まずオベンベ、その横の父さん、そしてうしろのぼくが順に車を降りて行った。それからぼくらは長い花壇を抜けて、大きな建物の入り口まで歩いていった。床はタイル張りで、ラベンダーの香りがした。大きな玄関ホールに入ると、たくさんの人がおしゃべりをしていた。ぼくは鞭で打たれたくなかったので、なにも見ないようにしていたが、好奇心を抑えることができなかった。それで、父さんが見ていないときにこっそり左を向いたら、顔色が悪く、細長い首をした少女がロボットみたいに機械的に動いていた。その子の舌の半分はずっと口から出ていて、髪はとても細く白っぽいので頭皮が見えるほどだった。ぼくは思わず震え上がった。父さんのほうを向くと、カウンター越しに白い制服の女性から青色の札を受け取って答えていた。「はい、こちらは子どもたちです。わたしと一緒に来ます」

父さんがこう言うと、ガラスのカウンターの向こうにいる女性が立ち上がって、ぼくらを見た。

「子どもたちです」と父さんは小声で言った。

「あの状態で、お子さんたちがお会いになれます?」と女性がたずねた。

彼女の肌の色は薄く、白のエプロンをつけていた。ナースキャップはきれいにオイルが塗られた髪にしっかり留められ、胸の上につけられた名札には〝ンケチ・ダニエル〟と書かれていた。

「大丈夫だと思います」父さんはぼそぼそと答えた。「どうなるか慎重に考えてみましたが、なんとかなると思っています」

納得がいかないようで、女性は首を横に振った。

「ここでは規則があります。ですが、少しお待ちください。上司に聞いてみます」

「わかりました」と父さんは同意した。

父さんを取り囲むようにして待っているあいだ、あの顔色の悪い少女がぼくを見ているという感覚が拭い切れなかった。それでぼくは、カウンターのうしろにある小さな部屋の木の壁にかかっているカレンダーをじっと見たり、たくさんの薬の写真や注意書きを眺めたりしていた。そのなかのひとつには、子どもを背負って、両側に二人の幼児を連れた妊婦の輪郭が描かれていた。妊婦の前方には、少し離れて夫と思われる男がいる。夫はもうひとりの子どもを肩車して、ぼくくらいの身長をした子がその前に立ち、ラフィアのかごをもっている。その下の文章は読めなかったが、どういうことかは推測できた――政府の大々的な家族計画キャンペーンで大量に出回っている広告のひとつだ。

看護師は戻ってきてこう伝えてくれた。「大丈夫です。みなさんで行っていただいていいですよ、アグウさん。三二号室です。チュクウチェベウヌ（神のご加護がありますように）」

「ダール――感謝いたします、看護師さん」と父さんは彼女のイボ語に答えて、少し頭を下げた。

ぼくらが三二号室で見た母さんは、虚ろな目をして痩せ細った体で座り、イケンナが死んだ日からずっと着たままの黒のブラウスにくるまれていた。母さんがとても弱々しく、青ざめた顔をしていたので、あまりのショックにぼくは泣き叫びそうになった。母さんの姿を見て、この恐ろしい場所が人の肉を吸い取って、大きな尻をへこませているんじゃないかと考えた。髪はボサボサで汚く、唇は剝がれて乾燥し、そんな母さんの変わり果てたようすを見て、ぼくは愕然とした。父さんは母さんに近づき、ンケムは「ママ、ママ」と叫んだ。

「アダク」と父さんは呼びかけて母さんを抱き締めたが、母さんは顔を向けることもなかった。むき出しの天井、天井の真ん中の止まった扇風機、壁の四隅を呆然と眺めているだけだった。母さんはあたりを凝視しながら、静かに、注意深く、わけ知り顔で囁いた。「ウムウゲレディデ、ウムウゲレディデ――蜘蛛、蜘蛛だわ」

「ンウィェム（わたしの妻）、また蜘蛛だって？　ぜんぶ取り除いたんじゃないのか？」父さんは天井の端をぐるっと見回した。「どこにいるんだ？」

父さんの声が聞こえていないみたいに、母さんは囁き続け、胸のところで両手を握り締めた。

「どうしてわたしたちに――子どもたちにも、わたしにも、こんなことするんだ？」父さんがそう言うと、ンケムの泣き声が大きくなった。オベンベはンケムを抱き上げたが、ンケムがもがいて膝を激しく蹴りつけたので、結局、下ろすことになった。

父さんはベッドの母さんの横に腰かけたが、母さんは体を引き離して喚き散らした。「ほっといて！　あっちに行って！　ほっといてよ！」

「出ていったほうがいいかい？」と父さんは聞いて立ち上がった。父さんの顔は生気がなくなり、頭の横の血管がくっきり浮き出ていた。「自分を見てごらん、子どもたちの目の前で、どんなにやつれていっているか。アダ、目に見えるもので、血の涙を流させるものなどなにもないだろ？　乗り越えられない喪失はなにもないんじゃないか？」父さんは手のひらを広げて、母さんの頭から足までを示した。

「やつれてしまって、こんなにやつれて」

ふと、デイヴィッドがぼくのそばに立ち、シャツにしがみついていることに気づいた。目を向けると、デイヴィッドは泣き出しそうになっていた。とっさに、この子を抱き締めて涙を止めてあげないと、という思いに駆られた。ぼくは弟を引き寄せて抱き締めた。朝、彼の頭に塗ったオリーブ油の香りが漂ってきて、ぼくがまだ小さいとき、イケンナが風呂に入れてくれたり、手をつないで小学校に連れていってくれたりしたことが思い出された。ぼくは内気な性格で、鞭を持っている先生たちをとても恐れていたため、切羽詰まって「先生、すみません、ウンチにいきたいです」と言わなければならないところ、手をあげることもできなかった。代わりに声を張り上げて、木の壁で仕切られている隣の教室のボジャの耳に届くよう、精一杯イボ語で叫んだのだった。「ボジャ兄さん、アチョロミュンインスィ(トイレに行きたい)」。そうしたら、ボジャは教室から慌てて飛び出してきて、トイレに連れていってくれたのだが、両方の教室は大爆笑の渦に包まれた。ボジャはトイレが終わるまで待って、きれいに拭いて、教室まで付き添ってくれた。そしてぼくが教室に戻るとたいていは、手を広げなさいとみんなの前で言われ、クラスを乱したことで、手に先生の鞭をくらうことになった。同じことが何度もあったが、ボジャは一度たりとも文句を言わなかった。

*

父さんはその後、オベンベとぼくを病院に連れていってくれなかった。我慢の限界を越えるほどンケムとデイヴィッドが騒いだときにだけ、二人を連れて母さんに会いに行った。母さんはさらに三週間、閉じ込められることになった。あのころ、寒くて奇妙な感じのする日々が続き、毎晩吹いている風ですら、死にかけた動物に似た唸り声をあげているように感じた。そして十月の終わりごろになると、一夜にしてハルマッタンが吹き出したみたいだった。この季節には、ナイジェリア北部のサハラ砂漠から乾いた埃っぽい風が南へと吹いて、サハラ以南アフリカのほとんどを覆い尽くす。日の出ごろまで深く濃い霧がまだらになった積雲の合間に立ち込めて、亡霊のごとくアクレ一帯に広がっていった。父さんは母さんを助手席に乗せて家に帰ってきた。母さんは五週間の入院生活を送り、体が半分に縮んでしまったように見えた。淡い色の肌は、まるで何日も連続して日に焼いたみたいに黒みを帯びていた。両手には点滴の跡が残り、片方の親指には大量の綿をあてて絆創膏が貼られていた。母さんがもう元通りにならないことは明らかだったけれど、母さんの身に降りかかったことの重大さを理解するのは難しかった。

父さんは珍しい鳥の卵のように母さんを守り、ぼくらを――特にデイヴィッドを――ハエのように追い払った。母さんの周りをうろうろできるのはンケムだけだった。近所の人たちがうちに訪ねてきたら、父さんは母さんの言うことをぼくらに伝えて、そそくさと母さんを寝室に入れた。父さんは一番親しい友人を除いて、母さんの状態を秘密にしており、ご近所さんにはたいていの場合、ウムアヒア近くの村に帰郷して、子どもたちを失った悲しみを癒すために実家の家族と過ごしていると嘘をついていた。そしてぼくらには、絶対にだれにも母さんの病気のことを言ってはいけない、ともっとも厳重に、自分の耳たぶを引っ張りながら忠告した。「耳のそばで歌っている蚊にも言ってはいけないていった。父さんはひとりで家庭を切り盛りしていた。

そして、母さんが戻って一週間ほどたったころ、囁き声や秘密でおこなわれる激しい言い争いから、ぼくらはいくつか情報を拾い集めた。オベンベとぼくはその日早くに、郵便局の近くの映画館に行っていたのだが、家に戻ると父さんが段ボール箱を運んでいた。イケンナが本や絵などをたくさん保管していた箱だ。ぼくらがサッカーをしていた場所に、兄さんたちの持ち物のほとんどが積み上げられて、どんどん山が高くなっていった。どうして燃やしてしまうのとオベンベが聞いたら、母さんが燃やさなければ、と言ってきかないんだ、そう父さんは答えた。二人の持ち物に触れてしまって、そこに付着している呪いが――アブルの呪いが――家族にうつることがあってはならない、と母さんは考えていたのだ。父さんはぼくらのほうを見ずに説明し、言い終わると首を横に振って家に戻り、部屋が空っぽになるまで物を運び出した。イケンナの勉強机はそれまで、鉛筆のスケッチや水彩画で埋め尽くされた紫色の壁に押し付けられていた。その上に湾曲した背もたれの椅子が置かれた。父さんは残っていたボジャのバッグを運んできて、高く積み上がった山に中身を空けた。イケンナの古いギターも蹴り入れた。イケンナが小さいころ、通りで人びとを楽しませていたラスタファリアンのミュージシャンからもらったものだ。この人は、ドレッドヘアを胸まで垂らし、よくラッキー・デューベやボブ・マーリーの曲を演奏して、近所の子どもから大人まで、たくさんの聴衆を引き付けていた。いつもうちの前のココ椰子の木陰で歌っていて、イケンナは両親の忠告に背き、そのそばで踊って聴衆を喜ばせていた。そういうわけで、イケンナは〝ラスタ・ボーイ〟と呼ばれるようになったのだが、父さんは鞭の偉力でこの呼び名を追い払ったのだった。

ぼくらは、父さんがうず高い山に、赤い缶から灯油を最後の一滴まで残らず撒いているのを見ていた。父さんは母さんを何度かちらっと見てからマッチを擦った。山は燃え上がり、煙が勢いよく吹き上がった。燃え盛る火がイケンナとボジャの持ち物や生前に二人が触れた物をじりじり蝕んでいくと、兄さんたちは本当に死んでしまったんだという感覚が沸き起こり、体に夥しい数の鋲が満ちていく感じがした。ボジャのお気に入りのカフタンが、炎のなかでもがいていたようすは今でも鮮明に覚えている。火がつくと、はじめはまるで生き物が必死に生き延びようとしているみたいに、たたんだ状態から広がっていき、次にゆっくりとうしろに傾いて萎びていくと、ついには黒い灰に分解していった。母さんのすすり泣く声が聞こえて、ぼくは振り返った。母さんは部屋から出てきて、炎の上がっている山から数メートルのところで地面に座り込んでいた。そばではンケムがしゃがんでいた。父さんは空の灯油缶を持って、長いあいだ山のそばで立ち尽くし、涙で濡れた目と汚れた顔を拭っていた。オベンベとぼくは父さんのそばに立っていた。父さんは母さんに気づくと、缶を下ろして近寄った。

「ンウィエム、この悲しみは過ぎ去っていく。前に言ったとおりだ。永遠に悲しんでなどいられない。順番をひっくり返すことはできないんだ。うしろにあるものを前に進めることはできないし、前にあるものを後戻りさせられない。もうたくさんだ、アダク、お願いだ。わたしはここにいる。一緒に乗り越えていこうじゃないか」

迫りくる闇のなか、鳥の群れが空に立ちのぼる煙の周囲を旋回していくのが辛うじて見えた。空は明るい炎の色に染まり、輪郭だけが浮かび上がる木々は、なにもかもが燃えていくのを不気味にも目撃しているようだった。イケンナの書類鞄、ボジャのバッグ、二人の衣服や靴、イケンナの壊れたギター、M・K・Oの習字帳、たくさんの写真、ヨヨドンやオタマジャクシやオミ・アラ川のスケッチを描いたノート、漁をするときの服、魚を入れるつもりだったが結局使わなかった缶、おもちゃの銃、目覚まし時計、図画帳、マッチ箱、パンツ、シャツ、ズボン――二人が持っていたもの、触ったものすべてが灰になって、もうもうとした煙とともに舞い上がっていき、空に消えていった。

12 捜索犬

オベンベは捜索犬だ。

だれよりも先に物事を発見し、さまざまなことを熟知していて、発見したあとには調べあげる。いつもアイデアに富んでいて、ときが満ちると、翼のはえた生き物として——きちんと飛び立てるように——産み落とす。

アクレの家に引っ越して二年がたったころ、居間の棚のうしろで弾丸の入った拳銃を最初に見つけたのもオベンベだった。部屋で小さなイエバエを追いかけていて、たまたま銃があるのを目にしたのだ。ハエが頭の上をブンブン飛び回っていたので、オベンベはぶちのめしてやろうととっさに『代数入門』という教科書をつかみ、二度半狂乱になって攻撃を加えたが、二度ともかわされた。ハエは最後の襲撃を逃れると上方に飛んでいき、テレビとVHSとラジオがそれぞれ別の段に設置されている棚の隙間にスーッと滑り込んでいった。オベンベはハエを追っていったのだが、とたんわーっと叫び声をあげて、本をバサッと落とした。この家には引っ越してきて間もなかったので、だれも棚のうしろを覗き込んだこともなく、下から少しだけ拳銃の銃身が見えているなど思いもしなかった。父さんがこの拳銃を取り出して警察署に届けた。父さんもぼくらと同様、びっくり仰天したものの、小さなデイヴィッドやンケムが見つけなくてよかったと胸を撫で下ろしたのだった。

オベンベの目は捜索犬の目だ。

ほかの人が見逃してしまうような些細なこと、取るに足らない細部にも気づいてしまう目。実のところオベンベはアバティ夫人よりもずっと先に、ボジャが井戸にいると薄々感づいていたのではないか、ぼくはそんなふうに思うようになった。というのも、アバティ夫人がボジャを見つけた朝、オベンベは井戸水が脂っぽく、腐った臭いがすると突き止めていたのだ。オベンベは風呂のために水を汲みにいき、バケツの水面にぬめりがあることに気づいた。見てみるよう言われたので、ぼくは手で水をすくってみたが、すぐさま唾を吐いて水を捨てた。ぼくも臭いに気づいたが――腐敗した、死骸のような臭いだった――それがなにかははっきりわからなかった。

ぼくらは埋葬に立ち会わなかったのだが、ボジャの死体がどうなったのかという謎を解き明かしたのもオベンベだった。ポスターも掲示されず、弔問もなく、葬儀が執りおこなわれる気配はまったくなかった。ぼくは不思議に思い、いつ葬儀があるのか兄さんに聞いてみたが、彼も知らなかったし、両親――わが家の二つの心室――にたずねる気にもならなかった。そのときオベンベはなにも注意を促さず、さらに掘り下げることもなかったが、彼がいなければ、ボジャの体が死後にどうなったか知る由もなかっただろう。十一月の最初の土曜日、母さんが精神病院から戻ってきて一週間が経過したころ、オベンベはある物を見つけた。居間の棚の一番上、写真立てに飾られた一九七九年の両親の婚礼写真のうしろにずっとあったというのに、ぼくはそれまで気づきもしなかった。オベンベは棚にあった小さな透明の瓶を見せてくれた。なかには灰色の物質が入ったポリ袋があった。枯れた木の幹の根元から掘り起こした粘り気のある土を天日で乾かし、塩ほどのきめ細かな粒子にしたものと似ていた。ちょうどそれを手に取ろうとして、札が付いているのが目に留まった。ボジャ・アグウ（一九八二－一九九六年）。

それから数日後、ぼくらは二人して父さんに詰め寄り、あの瓶に入った妙な物はボジャの遺灰なんでしょ、とオベンベが言い放つと、父さんは動揺を隠せず、観念したのだった。父さんと母さんは、ボジャを埋葬してはならないと一族や親族に強く警告されたのだという。自殺やきょうだい殺しを犯した者を土に埋めると、大地の女神アニに対する冒瀆となるからだ。キリスト教はイボ人の土地のほぼ全域を掃き清めていたのだが、アフリカの伝統信仰のかけらや断片はその箒を見事にかいくぐっていた。ときとして、ぼくらの村や海外で暮らす一族から、一族の神々から罰を受けて、謎めいた不運に見舞われたり、究極的には死が訪れたりしたという話が聞こえてくる。父さんはまさか女神の罰や〝無知な精神〟が信じるからくりなどあるはずはないと思ってはいたものの、母さんのためにボジャを埋葬しないことに決めたのだった。それに父さんもこれ以上の不幸は避けたかった。両親は兄さんとぼくにひとことも言わなかったので、当然ぼくらはなにも知らなかったのだが、捜索犬のオベンベがとうとう真相を見つけ出したのだ。

＊

オベンベは捜索犬の心の持ち主だ。落ち着きなく、いつも知識を追い求めている心。探求心旺盛で調査好き、精神を養うためにさまざまな本を渉猟していた。読書のときに使うランプがオベンベの最大の友だった。兄さんたちが死ぬ前、家には灯油ランプが三つあった。ギザギザのねじで調節する芯を小さな燃料タンクに浸して灯油を吸い上げるタイプのものだ。当時のアクレではつねに電力供給が不安定だったので、オベンベは毎晩、三つのうちのひとつのランプで読書をしていた。兄さんたちが死んだあとは、まるで人生がかかっているかのような勢いで本を貪り読むようになった。オベンベはさまざまな本から集めた情報を、雑食動物のごとく頭に蓄積していった。それから、加工して余分なものを削ぎ落とし、要点だけを取り出すと、物語の形にして毎晩眠りにつく前に語って聞かせてくれた。

兄さんたちが死ぬ前、オベンベはとある王女の物語をしてくれた。王女は、たいそう魅力的で非の打ち所のない紳士を追いかけて森の奥深くまで行き、必ず彼と結婚すると言っていた。ところが、この男はただの頭蓋骨で他人の肉体を借用していただけと判明する。優れた物語はどれもそうだが、この物語はぼくの心に種を蒔いて、ずっと離れることはなかった。それに、イケンナがニシキヘビだったころ、ホメロス作『オデュッセイア』の子ども版の話にもとづいて、イタケの王、オデュッセウスのことを語ってくれたこともあり、海を司(つかさど)るポセイドンや不死の神々のイメージはいつまでも強烈にぼくの心に焼きついていた。オベンベはたいてい、夜間に部屋が真っ暗に近い状態で話し、ぼくは次第に彼の言葉が創り出す世界に入り込んでいった。

母さんが病院から帰ってきて二晩がたち、ぼくらは部屋のベッドに座り、壁に背をもたせかけて、知らないうちにうとうとしていた。そこへ、オベンベがいきなり話し出した。「ベン、兄さんたちがなんで死んだのかわかったぞ」オベンベは指を鳴らして立ち上がり、頭を抱えた。「いいか、たった今、たった今わかったんだ」

　また腰を下ろすと、以前に本で読んだという長い話を始めた。タイトルは思い出せないけれど、イボ人が書いた物語であるのは間違いないとのことだった。天井の扇風機がガタガタ鳴る音より大きく響く兄さんの声に、ぼくは耳を傾けた。話を終えると兄さんは黙り込み、ぼくはというと、白人の策略にはまって自殺に追い込まれた屈強な男、オコンクウォの物語をなんとか飲み込もうとしていた。

「そうだろ、ベン、ウムオフィアの人たちは団結しなかったから、征服されてしまったんだ」

「確かに」とぼくは答えた。

「もし一族がひとつになって戦っていたら、共通の敵である白人は簡単にやっつけられたはずだ。で、どうして兄さんたちが死んだのかわかるか？」

　ぼくは首を横に振った。

「おんなじだよ——二人のあいだに亀裂が入ったからだ」

「なるほど」ぼくはぼそっと言った。

「じゃあ、なんでイケとボジャが分裂したかわかるか？」オベンベはぼくがわかっていないと思ったのか、あまり間を置かずに続けた。「アブルの予言だよ。アブルの予言のせいで二人は死んでしまったんだ」

オベンベはうわの空で左手の甲を掻いていたので、乾燥した肌に白い筋ができていることに気がついていなかった。その後しばらく、二人とも黙ったまま座っていたのだが、ぼくの心は急斜面を滑り落ちるように過去の時間へと流されていった。

「アブルが兄さんたちを殺したんだ。あいつはぼくらの敵だ」

かすれ声でオベンベが話すと、洞窟の底から囁きが聞こえてくるようだった。イケンナがアブルの呪いのせいで変わってしまったのはわかっていたが、兄さんの言ったように、アブルが直接関係しているとは思ってもみなかった。あの狂人こそがイケンナに恐怖を植え付けたという兆候は見て取れても、直接の責任があるとは一度も考えたことがなかったのだ。でもオベンベがそう断言すると、ぼくもそのとおりだという気になった。このことをじっくり考えていたら、オベンベは両脚を胸に寄せて抱きかかえ、その動作でベッドのシーツが引っ張られ、マットの一部があらわになった。それからぼくのほうを見て、片手をベッドに置いてスプリングに沈めると、拳を突きあげてきっぱり言い切った。

「アブルを殺す」

「どうしてそんなことするの？」ぼくは息を飲んだ。

オベンベは少しのあいだ、涙でどんどん曇っていく目でぼくの顔を眺めて、こう付け加えた。「兄さんたちのためにやるんだ。あいつは兄さんたちを殺した。二人のためにぜったいやってやる」

ぼくは唖然としたまま、オベンベがまずドアを、次に窓を施錠するのをぼんやりと見ていた。オベンベは半ズボンのポケットに手を入れた。二度マッチを擦るとパッと光が瞬き、三度目はうまくいって小さな火がつき、そして消えた。ぼくは面くらった。間もなく、口にタバコをくわえるオベンベの影が浮かび、煙がゆらゆらと上昇して、夜の闇に漂っていった。ぼくはベッドから飛び出しそうになった。ぼくにはなにがどういうふうに起こったのかわかっていなかったし、想像もできなかったし、知る由もなかった。「タバ——」ぼくは震えていた。

「そうだよ。でも黙ってて。お前には関係ない」

その刹那、オベンベの影はベッドのそばでぼくの目の前に集まった大きなエネルギーになり、タバコの煙は絶え間なく頭上に立ちのぼっていった。「父さんたちに言ったら、苦痛を大きくするだけだよ」そう言ったオベンベの目には大きな闇が広がっていた。

オベンベが窓から煙を吐き出しているのを、ぼくは恐怖に怯えながら見ていた。たった二歳上の兄さんは、タバコを吸いながら、子どものように泣いていた。

*

兄さんは読むものに形づくられていった。読書から展望が生まれ、読書で得た知識を信じていた。人の信じるものはたいてい永久に続き、永久に続くものは不滅であるとぼくは理解できるようになった。まさに兄さんのことだ。オベンベはぼくに計画を打ち明けて以来、ぼくから距離を取って、夜な夜なタバコを吸っては、来る日も来る日もアイデアを練っていた。兄さんはどんどん読書量を増やし、ときには裏庭のタンジェリンの木に登って本を読んでいた。そしてぼくのことを、兄さんたちのために勇気が持てないやつだと撥ねつけ、『崩れゆく絆』（一九五八年に出版されたチヌア・アチェベの小説）から学んで共通の敵であ

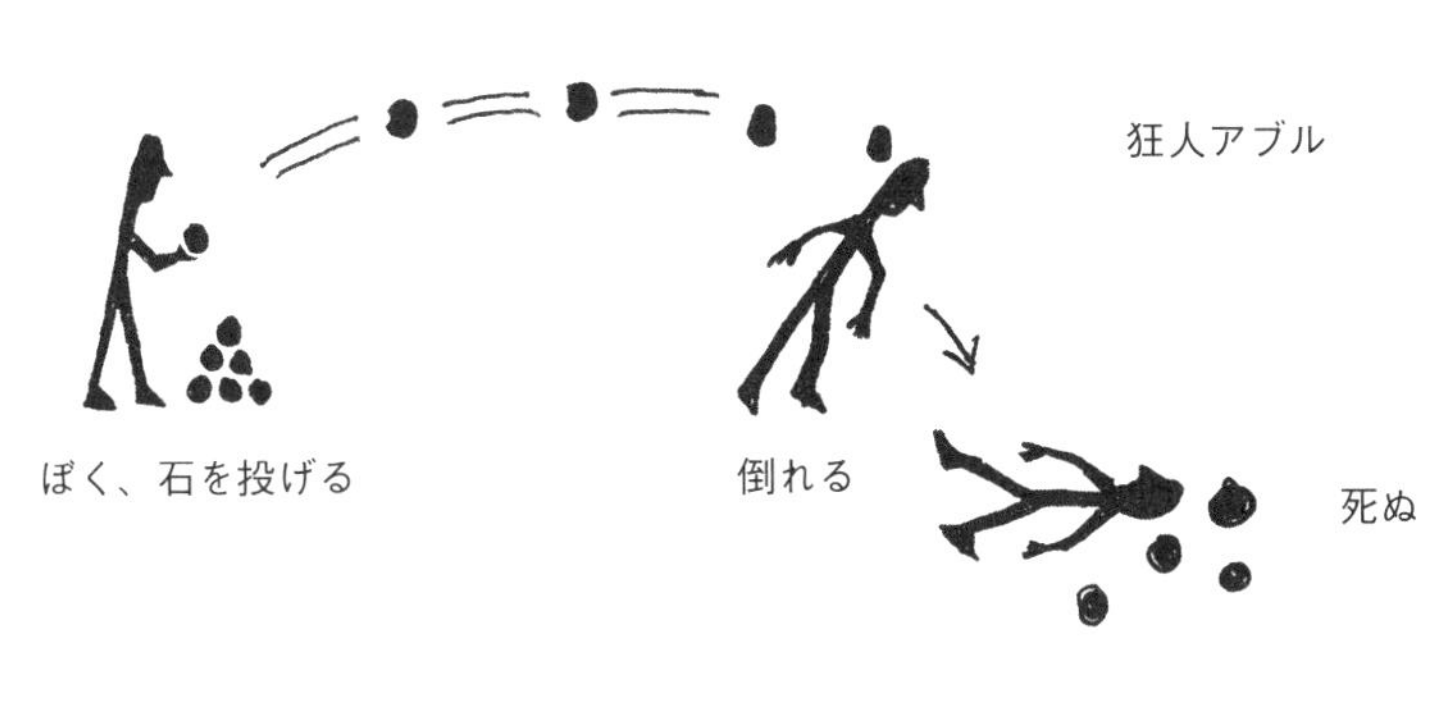

る狂人のアブルと戦う気がないんだと非難した。

父さんがぼくらの日常をアクレから出ていく前の日々——ぼくらの人生で卵白のように白かった日々——に戻そうとしても、オベンベの心は一向に動かなかった。父さんが持ち帰ったいろいろな映画も——チャック・ノリスの新作映画やジェームズ・ボンドの新作、『ウォーターワールド』という作品、それにナイジェリア人が演じる『囚われの生』（一九九二年のナイジェリア、イボ語のサスペンス映画）ですら——効を奏さなかった。

それどころか、問題の見取り図を書き出して、全体の構造を可視化すれば、問題を解決できるとどこかで読んでからというもの、オベンベはマッチ棒人間を描いて兄さんたちのための復讐計画を練り上げることに一日の大半を費やすようになった。ぼくはかたわらで座って読書を続けていた。ある日、言い争いをしてから一週間ほど過ぎたころだったが、ぼくはそのスケッチを偶然見つけて、恐怖のあまり動転してしまった。一枚目のスケッチには、先が尖った鉛筆で、オベンベがアブルに石を投げつけ、アブルが倒れて死ぬという流れが描かれている。

もうひとつでは、アブルのトラックが停まった斜面の外側で、オ

夜

ぼく、ナイフを持つ　　おんぼろトラック

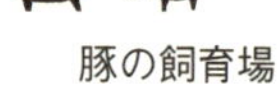

豚の飼育場

ぼくがアブルを殺して首をはねる、オコンクウォが廷吏を殺したみたいに

ベンベがナイフを振りかざし、マッチ棒の脚で歩いていて、そのうしろにぼくがついていっている。遠くに木々が、近くに豚が見える。次は、トラックのなかの出来事が見通せるように描かれ、オベンベを表すマッチ棒人間がアブルの首をはねているところだ――〝オコンクウォが廷吏を殺したみたいに〟。

スケッチを見てぼくはぞっとした。震える手で紙を持って、しげしげと眺めていたら、十分ほど部屋を出ていたオベンベがトイレから戻ってきた。

「なに見てるんだよ」オベンベは憤慨して怒鳴った。ぼくはオベンベに押されて、紙を持ったままベッドに倒れ込んだ。

「返せよ」オベンベは怒り狂っていた。

ぼくが紙を投げつけると、オベンベは床から拾い上げた。

「この机の上にあるものをぜったい触るなよ」とがなりたてた。「聞いてんのか、バカ野郎」

ぼくはベッドに横になったまま、殴られるのではないかと思って手で顔を覆っていた。しかし、オベンベはただ紙をクローゼットにしまい、衣類のあいだに隠しただけだった。それから窓際に行って、じっと立っていた。窓の外、高い塀に隠れて見えない隣の家では子どもたちが遊んでいて、その声がぼくらの耳にも届いた。ぼくらはほとんどの子を知っていた。川で一緒に釣りをしていたイバフェはそのひとりだ。ときおり、イバフェの声はほかの子たちの声を圧倒していた。「よし、よし、ボールをよこせ、シュート！　シュート!!　シュート!!!　ああ、なにやってんだ」それから笑い声がした。子どもたちはみんな走って、息を切らしているようだった。ぼくはベッドにしゃんと座った。

「オベ」ぼくはできるだけ穏やかに兄さんを呼んだ。

オベンベは答えずに鼻歌を歌っていた。

「オベ」と叫ぶようにもう一度呼んで、「どうしてあの狂人を殺さないといけないの？」とたずねた。

「簡単だよ、ベン」オベンベが落ち着き払ってそう言ったので、ぼくはうろたえた。「あいつを殺すのは、あいつが兄さんたちを殺したからだ。あんなやつ、生きるに値しない」

殺人のことをオベンベが初めて口にしたのは、『崩れゆく絆』の話をしてくれたあとだったが、そのときは、ただ打ちのめされていただけで、やり場のない怒りからそう言ったのだと思っていた。でも、オベンベが重々しい決意で話しているのを聞き、そのうえあのスケッチを見てからは、本気で言っているのではないかと不安になってきた。

「どうして――どうして人を殺したいの？」

「いいかい」とオベンベはぼくの不安をなだめるように言った。ぼくが放った言葉には不安が漏れ出していて、〝殺す〟というところを普通に言うのではなく、思わず叫んでしまったのだ。「どうしてかということすらわからないのは、お前が兄さんたちをすぐに忘れてしまったからだ」

「忘れてないよ」とぼくは言い返した。

「いいや、忘れてしまった。そうでなけりゃ、こんなところに座って、アブルがのうのうと生きているのを黙って見ていられるはずない。兄さんたちを殺したというのに」

「でも、あんな悪魔みたいな男、殺す必要あるの？　ほかの方法はないの？　オベ」

「ないね」とオベンベはきっぱり言って、首を横に振った。「いいか、ベン、兄さんたちが殺し合うまで喧嘩しているとき、ぼくらは怖がらず二人に割って入れたんだ。なら、兄さんたちの敵を討つことくらい、怖がるべきじゃない。ぼくらはアブルを殺さなきゃいけないんだ。でないと、安らぎを得られない。ぼくも、父さんも母さんも、心の平安を得られない。母さんがおかしくなったのは、あの狂人のせいだ。あいつのせいで、ぼくらが負った傷は二度と癒えることはないんだ。あいつを殺さない限り、なにも元には戻らない」

　オベンベの言葉の威力に圧倒されて、ぼくは座ったまま体を強張らせ、なにも言えずにいた。彼のなかで形になった計画は、なにがあっても揺るがないことがわかった。毎晩、オベンベは雨戸の縁に座って、たいてい上半身裸のままタバコを吸っていた――タバコの臭いがシャツに残るのが嫌だったのだ。タバコを吸って、咳き込み、唾を吐き、蚊を殺そうとしてしょっちゅうぴしゃりと自分の肌をたたいていた。ンケムがよちよち歩いてきて、ドアをドンドンと叩き、ご飯だよと片言で声をかけると、オベンベはドアを開けた。しかし、光がわずかに入るほどの合間に素早く閉めて、部屋には暗闇が戻ったのだった。

何週間かが過ぎても、オベンベは計画の仲間入りをするようぼくを説得できなかった。それで任務をひとりで実行する決意をして遠ざかっていった。

＊

十一月の中旬、ハルマッタンの乾いた風が吹きつけて、人びとの肌が灰白色に変わるころ、ぼくらの家族はネズミのように姿を現した――焼け焦げた世界の瓦礫のなかから、初めて生活の兆しが戻ったみたいに。父さんが書店を開いたのだ。これまでの貯金と友人たちの寛大な資金援助で、アクレ王宮から二キロほどの場所に、ひと部屋の店舗を借りることになった。特にカナダのバヨさんからの援助は大きく、間もなくナイジェリアに来るつもりだと言っていたバヨさんを、ぼくらは首を長くして待っていた。地元の大工さんが作ってくれた大きな木の看板には、白地に赤の文字で〝イケボジャ書店〟と書かれていた。看板は書店の戸口の上に取り付けられた。父さんは開店の日に、ぼくら全員を連れて書店を見に行った。ほとんどの本は塗料の匂いがする木の棚に並べられていた。手始めに四千冊を集めたが、ぜんぶを棚に陳列するには何日もかかるだろうと父さんは話した。本が詰まった袋や段ボール箱は灯りのない場所に押し込められていて、ここは倉庫になるということだった。父さんが倉庫のドアを開けると、突然なかからネズミが飛び出してきた。それを見た母さんは長いあいだしわがれた声で笑っていた――兄さんたちが死んだあと、初めて聞く笑い声だった。

「一番乗りのお客さんね」と母さんは言い、父さんは自分より十倍すばしっこいネズミをドアから出ていくまで追いかけた。それを見てぼくらも笑った。それから父さんは息を弾ませながら、ヨラにいる同僚のひとりが体験した不可解な一件、家がネズミの大群に襲撃された事件について語った。彼は長いあいだ、どんどん出てくるネズミに悩まされていたが、ネズミ捕りだけで退治しようと奮闘していた。というのも、簡単に見つけられない場所で死んで、死骸を探し当てる前に腐敗し始めるのが嫌だったからだ。ところが、それ以外のあらゆる手段を試してみても、どうにもならなかった。そんなとき、彼が二人の同僚をもてなしているところ、白昼堂々二匹のネズミが現れて赤っ恥をかくことになった。それでようやくこの試練に終止符を打つ決心をしたのだった。まる一週間、家族全員をホテルに避難させて、家じゅう隅から隅までオタピアピアを撒いた。そして家に戻ってきたら、至るところに、なんと靴のなかにまで、ネズミの死骸が散乱していたのだそうだ。

父さんの事務机と椅子は書店の真ん中に、戸口に向かって設置されていた。机には花瓶とガラスの地図が置かれている。父さんがとっさに守らなければ、デイヴィッドは地図をひっくり返していたところだ。店の外に出ると、道路の向こう側でなにやら騒ぎが起こっていた。二人の男が取っ組み合いをしていて、野次馬が集まっている。父さんは意に介さず、道路脇に立てた〝イケボジャ書店〟の大きな看板を指差した。デイヴィッドには、兄さんたちの名前を組み合わせたものだよ、と教えてあげる必要があった。父さんはぼくらを車に乗せて、巨大なテスコ・スーパーにケーキを買いに行き、引き返すときには、ぼくらの地区を突き当たった通りを抜けて小道を進んでいった。そこではエサンの茂みがずっと広がり、オミ・アラ川を覆い隠している。途中、トラックに積んだ携帯型ステレオから音楽を流して、踊っている人たちのそばを通り過ぎた。通りを埋め尽くしている木や布の日除けの下では、女性たちがこまごまとしたものを売っている。道端では、麻袋の上に積み上げたヤム芋、たらいに入れた米、かごやその他たくさんの商品も並べられている。あちこちで乗客を乗せたオートバイが危なっかしく車のあいだを縫って走っていた。こういう人たちが道路で頭を潰されるのは時間の問題だろう。かつてのナイジェリア人サッカー選手、一九八九年、試合中に急死したサミュエル・オクワラジの銅像が建物の合間に姿を現した。彼はスタジアムでいつまでも足にボールを載せたまま、目に見えないチームメイトをずっと指差している。ドレッドヘアには埃がこびりつき、細長い金属片が剝がれて不格好に尻から垂れ下がっている。スタジアムから道路を横切ると、伝統衣装を身に付けた人びとが、防水シートの下に集まっていた。みなプラスチックの椅子に腰かけ、いくつかのテーブルにはワインなどの飲み物がぎっしり置かれている。二人の男が頭を垂れて、砂時計の形をしたトーキング・ドラムを叩き、同じ布で仕立てたアバダと長ズボン姿の人はゆったりとした服をはためかせて、アクロバティックに踊っていた。

家にまっすぐ続く左車線から迂回路に差しかかったとたん、アブルの姿が見えた。兄さんたちが死んでから初めてのことだった。そのときまで、アブルは一度も存在したことがなかったかのように消え去っていた。まるでわが家に侵入して小さな火をつけたあと、行方をくらませたみたいに。母さんが戻ってからは、両親がアブルについて触れることはまずめったになく、たまに母さんが消息を聞いてくるくらいだった。重荷もなにもないアブルは、アクレの住民がこれまでも関知しなかったように、忽然と姿を消してしまっていたのだ。

アブルは路傍にじっと立って遠くを見ていたが、ぼくらの車が段差舗装のせいでゆっくり走って近づいてくるのに気づいたようだった。するとアブルは車の前に走り出て、微笑みながら手を振った。上の歯には隙間ができていて、歯が何本か抜け落ちているように見えた。全体に花柄が入ったラッパーにくるまり、腕を振り上げたら、最近できたらしいまだ赤く血がにじんでいる長い傷がのぞいた。ぼくはアブルが肩で風を切って歩き、連れがいるみたいに身振り手振りで話しながら、歩道に向かっていくのをじっと見ていた。そして、ぼくらがどんどん近づき、狭い道路で建築資材を積んだベッドフォードのトラックに道を譲っていると、やつはふと立ち止まり、夢中になってなにか地面にあるものをためつすがめつ見始めた。父さんはなにも気づいていない素振りで運転を続けていたが、母さんは怒りでシューッと長い音を吐き出し、「邪悪なやつ」と小声で囁いて頭上で指を鳴らした。「きっと無惨な死に方をする」と母さんはあたかも狂人が聞いているみたいに英語で続けた。「ぜったいに。ケーメースィア（見ているがいい）」

損傷車両を牽引するレッカー車が、やたらとクラクションを鳴らし、やかましい音をたてて道路を進んでいた。ぼくはサイドミラーに映るアブルから目を離さずにいたが、そのうちやつは戦闘機のように後退していった。アブルが視界から消えても、ぼくはサイドミラーの注意書き――〝注意：実際の物は鏡に映っているより近くにあります〟――をじっと見つめていた。それから、アブルがどれほどぼくらの近くにいたかと考えて、車に手を触れたところすら想像した。これをきっかけに、ぼくの心には雪崩のごとくさまざまな考えが押し寄せた。まず、アブルを目にしたときの母さんの反応。次に、やつが死ぬ可能性について考え、ありそうにないという結論に行き着いた。だれがあいつを殺せるだろう？　近づいていって、やつの腹にナイフをグサッと刺したりなんてできるのか？　それどころか襲撃に気づいて、逆に襲いかかってきた人物を殺す可能性もあるのでは？　本当に殺せるのなら、この町の大半の人はとっくに殺ってしまっていたはずでは？　代わりに、人びとは同心円を描きながらぐるぐる回り、輪になってドクドクと脈打ち、放心状態で走ることを選んだ。審判のときが近づいても、アブルがまるで無害であるかのように、人びとは塩の柱に変わってしまったのだ。

　母さんが感情を爆発させたとき、オベンベは探るような目でぼくを見てきた。サイドミラーから目を離すと、ぼくはオベンベの「言っただろ？」と問いかける視線にとらえられた。とそのとき、突然閃きがあった。ぼくらの苦悩の原因は、やはりアブルなのだと瞬時に悟ったのだ。黒い排気ガスを威勢よく吐き出しているお隣のおんぼろトラック、アルゼンチンを通り過ぎると、ほかでもない、アブルこそがぼくらを痛めつけたのだという思いに襲われた。狂人を罰するべきだという兄さんの考えには賛成ではなかったが、この日アブルに遭遇したことでぼくは変わった。それにアブルを見たときの母さんの反応、呪詛の言葉、頬をつたう涙を目の当たりにして心が動かされた。ンケムが歌うような声で、「パパ、ママが泣いてるよ」と言うのを聞き、麻痺するような感覚が全身に広がっていった。

「そうだね」と父さんは答えてルームミラーを覗いた。「泣かないでと言いなさい」

ンケムが「ママ、パパが泣かないでって言いなさい、だって」と繰り返すと、ぼくの心から堰（せき）を切ったようにあの男の悪行の数々が溢れ出していった。

1　兄さんたちの命を奪ったのはあいつだ。

2　ぼくらの固く熱いきょうだいの絆に毒を植え付けたのはあいつだ。
3　父さんの仕事を奪ったのはあいつだ。
4　オベンベとぼくが学校を一学期間休んだのはあいつのせいだ。
5　母さんが狂いかけたのはあいつのせいだ。
6　兄さんたちの持ち物をぜんぶ焼いたのはあいつのせいだ。
7　ボジャの体がゴミみたいに焼かれたのはあいつのせいだ。
8　イケンナが埋葬され消し去られたのはあいつのせいだ。
9　ボジャが風船みたいに膨れ上がったのはあいつのせいだ。
10　ボジャが「行方不明者」として町中に出回ったのはあいつのせいだ。

アブルの悪行のリストは果てしなく続いていく。ぼくは数えるのを止めたが、開いたままの蛇口から水が流れるように止めどなく奔出していった。ぼくらにあれほどのことをしておいて、この家族を残酷な目に遭わせておいて、母さんをあんなに苦しめておいて、ぼくらを引き裂いておいて、あの狂人は自分がしたことにこれっぽっちも気づいていないようだった。そう考えると愕然とした。やつの生活はなんの痛手も受けず、放置されたまま続いているのだ。

11　父さんの夢の地図を壊したのはあいつだ。
12　わが家に侵入した蜘蛛を生んだのはあいつだ。

13　イケンナの腹にナイフを差したのはボジャじゃない、あいつだ。

父さんが車のエンジンを切ったとき、ぼくの心のなかでは、新しい発見から生まれたゴーレムが立ち上がり、誕生の際についた余分な土を振り落としていた。判決はその額に刻まれていた――アブルはぼくらの敵だ。

二人して部屋に戻り、オベンベがむき出しの腰に半ズボンをあげているとき、ぼくもアブルを殺したいと告げた。オベンベは動きを止めて、ぼくをまじまじと眺めた。それから、近づいてきて勢いよくぼくを抱き締めた。

その夜、暗闇のなかで、彼は物語を聞かせてくれた。長いあいだなかったことだ。

13

蛭(ひる)

憎しみは蛭だ。

人の皮膚にくっついて栄養を吸い上げ、精神から活力を奪う。人をすっかり変えて、最後の一滴の平穏を吸い尽くすまで離れない。憎しみは蛭のように肌に吸いつき、表皮にどんどん食い込んでいくので、皮膚から引き剝がそうとするとその部分の肉を傷つける。憎しみを殺すことは自虐行為なのだ。かつて火や熱したコテで蛭を焼くと、皮膚も一緒に焼いてしまっていた。これは兄さんのアブルに対する憎悪にも当てはまる。兄さんの憎しみは皮膚の下まで染みわたっていた。二人で手を結んだ夜から、ぼくらはほぼずっとドアに鍵を掛け、母さんが店へ、父さんが書店へと、それぞれの職場に行っているあいだに、毎日作戦会議を開いていた。

ある日の朝、兄さんは切り出した。「まず、この部屋でやつを片付けなければ」オベンベは計画を書いた紙を持ち上げた。そこにはマッチ棒男がアブルと取っ組み合って、殺すところが描かれていた。

「実際に殺る前に、心のなかで、そして紙のうえで実行するんだ。コリンズ牧師がいつも言ってるよな。肉体に起こることはすでに精神で起こってるって」答えを期待して言ったことではないので、オベンベはそのまま話を続けた。「だから、アブルを探しに行く前にまずはここで殺すんだ」

最初に、アブルが破滅する瞬間を五通り描いてみて、成功するかどうか検討した。第一の計画は〝ダビデとゴリアテ計画〟と命名された。オベンベがアブルに石をぶつけ、アブルが死ぬというものだ。

だが、ぼくには成功する可能性が低いように思えた。ぼくらはダビデと違って神の僕(しもべ)でもないし、王になる運命でもないので、石が額に命中しないかもしれないと判断した。ぼくがこの意見を切り出したのは、日差しが強い時間帯で、オベンベは天井の扇風機のスイッチを入れた。あたりのどこからともなく、男がゴムサンダルを売り歩き、「ゴムサンダル、ゴムサンダルだよーーー！」と叫んでいる声が聞こえてきた。兄さんは椅子に座って手を顎に当て、ぼくが今しがた言ったことを考えていた。

「あのさ、不安な気持ちはわかるよ」とオベンベはしばらくして話し始めた。「そうかもしれないけど、あいつは石で殺せるってずっと思ってるんだ。でもどうやって石をぶつけるか、いつ、どこで、人目を忍んで実行できるか。それが本当の問題だよ。ダビデのような王かどうかじゃなくて」

ぼくはうなずいて賛同した。

「だれかが見ているところで石をぶつけたら、なにが起こるかわからない。それに、的を外して別の人に当たってしまったらどうなる？」

「確かに」ぼくはそう言ってうなずいた。

次に、アブルがイケンナと同じようにナイフで刺し殺される計画が示された。『崩れゆく絆』にちなんだ〝オコンクウォ計画〟だ。想像してぼくはぞっとした。

「アブルが反撃したり、あっちから刺してきたりしたらどうするの？　すごい悪党なんだよ」とぼくは疑問を差し挟んだ。

その可能性を考えて兄さんは困惑した。そしてすぐに鉛筆を持って、スケッチにバツ印をつけた。続いてぼくらはひとつひとつ、スケッチした計画に補足を加えながら、しっかり吟味して、無理だとわかるとバツをつけていった。計画をすべて破棄してしまうと、ぼくらはさまざまな出来事を想像して膨らませていった。でも、そのほとんどは計画として形をとる前に、取り下げて放棄することになった。たとえば、風の強い夜、ぼくらに追いかけられて車道まで来たアブルが、走ってきた車に突っ込んで道路に叩きつけられ、頭を打って脳ミソがぶちまけられるというもの。ぼくはこの架空の事実を練り上げて、これまでに見た車に轢かれた鶏やヤギ、犬やウサギみたいに、アスファルトで押し潰されて、バラバラになった狂人の死体を想像していた。兄さんはしばらく座ったまま目をつぶり、この考えに集中していた。ゴムサンダル売りはまた近所に戻ってきたようで、いっそう大声を張り上げていた。「ゴムサンダル、ゴムサンダルだよーーー！　ゴムーーサンダルだよーーー！」ゴムサンダル売りの声がうちの家に近づいてきてあまりにうるさかったので、ぼくは兄さんが話し始めていることに気づかなかった。「――いい考えだね。でもなにも知らないバカとか、〝おくびょお〟なやつらは、アブルがぼくら家族にした仕打ちを知らずに、止めに入るかもな」

またもいつものように、兄さんの言うとおりだと思った。オベンベは紙を破って、腹立たしげに床にばらまいた。

兄さんたちの復讐をするというオベンベの決意は、まさに蛭のようだったが、あまりに深く埋め込まれていたので、火を使っても、なにを使っても、取り除くことはできなかった。その後数日間、両親が家を出ると、ぼくらはすぐに狂人を探しに出かけた。朝の遅い時間帯、午前十時から午後二時のあいだに行動することにした。新学期は始まっていたけれど、ぼくらは登録しなかった。父さんが校長先生に手紙を書いて、二人の兄の死は記憶に新しく、子どもたちはまだ学業を始められる状態ではないので、少し良くなるまで、せめて一学期間休みをとらせたいと訴えたのだった。そういうわけで、通りやこの地区でクラスメイトや知り合いの子たちと出くわさないように、秘密の道を通っていった。続く十二月の一週目の数日、ぼくらは狂人の痕跡がないかと地区一帯を徹底的に探し回ったが、なにも見つけられなかった。やつの姿はトラックにも、通りにもなかった。川にも近づいていないようだった。やつの消息についてはだれにも聞くことができなかった。この地区の人はみな、ぼくらのことをよく知っていて、ぼくらの顔を見ると、あたかも兄さんたちの悲劇的な死の印が額に刻まれているかのように、同情するような表情を浮かべたからだ。

捜索がうまくいかなくても、兄さんの決意は揺るがなかった。同じ週、アブルについて耳にしたことですら――ぼくが兄さんと一緒に行くと誓ったときに振り絞った勇気をくじくような話だったが――思いとどまらせられなかった。アブルは何日も姿をくらましていて、このあたりでは一度も目撃されていなかった。そこで、ぼくらのことを知らないように思える人に、アブルを見かけたかどうかたずねることにした。こうして、ぼくらは大きなガソリンスタンドと巨大な複合施設がある地区の北端にたどり着いた。そこには、まだら色の服を着た人の形の風船があって、つねにおじぎをしたり、横に傾いたり、風が吹きつけると手を振ったりするのだった。ぼくらはここでイケンナの昔のクラスメイト、ノンソに出会った。彼は本道の脇で木の椅子に座り、目の前でラフィア袋の上に新聞や雑誌を広げていた。手をパンと打って握手をしたあと、ノンソは、俺、この地区一番の売り子なんだと言った。

「俺のこと聞いたことない？」ドラッグでハイになっているみたいにしゃがれ声で話し、ぼくらの顔を交互に見た。

彼のピアスは太陽の光で輝き、真ん中で均一に盛り上がったパンクスタイルの髪は黒々と光沢があった。ノンソはイケンナの死のこと、〝弟の野郎〟が腹にナイフを刺したことも知っていた。彼はずっとボジャのことを嫌っていたのだ。「まあともかく、二人とも安らかに眠ってほしいよ」とノンソは言った。

『ガーディアン』を読んでいた男性が立ち上がって新聞を置き、ノンソに小銭をわたした。テーブルに新聞が置かれたとき、一面でクディラット・アビオラ、一九九三年の大統領選挙の勝者、M・K・O・アビオラの妻の暗殺が報じられているのが目に入った。男性が占拠していた日除けの真下にあるベンチに腰かけるよう、ノンソは身振りで示した。ぼくはM・K・Oに出会った日のことを考えていた。クディラットがぼくらのそばに立ち、指輪をいっぱいした手でぼくの頭を撫でてくれたこと、集まった人たちにうしろに下がるよう言ったとき、彼女の声には威厳と謙虚さが同じくらい含まれていたことを思い出した。新聞の一面の写真では、目が閉じられ、顔には生気がなく、血の気もまったくなかった。

「M・K・Oの奥さんだよ」とオベンベは言って、ぼくから新聞を取り上げた。

ぼくはうなずいた。M・K・Oに会ったあと、長いあいだ、この女性にもう一度会いたいと願っていたことを思い出した。当時、ぼくはクディラットを愛していると思っていた。初めて結婚したいと思った人だ。ほかはみんな単なる女性か、だれかの母親か、単なる少女だったが、彼女だけは妻だったのだ。

兄さんはノンソに最近アブルを見かけたかとたずねた。

「あの悪魔か?」とノンソは聞き返した。「二日前に見たよ。ここで。そこの本道のガソリンスタンドのすぐ近くで、死体のそばに――」

彼はベニンまで続く幹線道路に直結した長い本道の脇にある未舗装の道を指差した。

「死体だって?」と兄さんはたずねた。ノンソは首を横に振り、いつも肩にかけている小さなタオルを手に取って、首から流れる汗を拭くと肌が日光できらめいた。

「なんだよ、知らないのか?」

ノンソによれば、アブルは若い女性の死体を見つけたという。朝早く、おそらく夜明けごろに車に轢き殺されたのだろう。ナイジェリアのこの地方でよくあることだが、交通警察の対応が遅々としているせいで、死体は同じ場所にずっと横たわったままになっていた。真っ昼間までそのままだったので、このあたりに来た人たちは、ほぼみんな足を止めて死体を眺めていた。正午を過ぎると、それほど人目を引かなくなっていたのだが、また新たに人だかりができて、今度は手に負えないほどの喧騒が巻き起こった。ノンソは道路をじっと見ていたが、野次馬たちが群がっていて、真ん中でなにが起こっているのかわからなかった。

どうしても好奇心が抑えられなくなって、商売道具の新聞を放り出して道路をわたり、人だかりのほうへ向かった。野次馬の輪に入ってなんとかなかを覗いたら、女性の死体が目に入り、血が流れて黒々としたものが広がり、頭の下で光輪のようになっていた。少し前に見たままで、手は横に投げ出され、指輪はキラキラした光を放ち、血だらけの髪はねっとりとして不揃いだった。しかしこのとき、女性は裸にされ胸があらわになっており、なんとその上にアブルが覆いかぶさってむりやり侵入していたのだ。人びとは恐怖におののきながらそのようすを見ていたのだった。死体の冒瀆をなすがままにするのはいかがなものかと言う人もいれば、女性は死んでいるのだから問題ないと言う人もいた。引き離すべきだと主張する人たちもいたが少数派だった。アブルは事を終えると、まるで自分の妻であるかのように死体にしがみついて眠りに落ちたが、そのうち警察がやって来て運び去っていったのだった。

兄さんとぼくはこの話にひどく衝撃を受けて、その日はこれで偵察任務を打ち切った。ぼくは狂人に対する恐怖にすっぽりと包まれていたが、オベンベですら怖れているようだった。彼は長いあいだ黙ったまま居間に座り、やがて椅子の背に頭をもたせかけて眠ってしまった。ぼくはアブルに怯えるようになり、兄さんが計画を諦めてくれないかと思ったが、面と向かって言うことはできなかった。兄さんが怒ったり、ぼくを嫌ったりするのが不安だったのだ。ところがその週の終わりごろ——今では過去のことがよりはっきりしているので理解できているのだが——今後起こりうることから救ってくれる神の介入があった。父さんは友人のバヨさんが——バヨさんはぼくが三歳のときにカナダに移住した――ラゴスに到着したと話した。朝食を囲んでいるときに、ニュースは稲妻の閃光のごとくやって来た。父さんは続けて、バヨさんは兄さんとぼくをカナダに連れていくと約束してくれていると打ち明けた。このニュースは食卓のうえで手榴弾のように炸裂し、部屋じゅうに歓喜の破片を撒き散らすことになった。母さんは「ハレルヤ！」と大きな感嘆の声をあげ、椅子から腰をあげ、突然歌を歌い始めた。

ぼくも大喜びして、突然、全身が得も言われぬ歓喜に満ちていった。しかし兄さんを見ると、顔色ひとつ変えていなかった。むしろ食べながら、その表情には影がよぎっていた。聞こえていなかったのかと一瞬思ったが、それはありそうもない。オベンベは食卓に前のめりになり、なにも聞こえていないように黙々と食べ続けていたのだった。

「ぼくは？」とデイヴィッドが涙ながらに訴えた。

「お前か？」と父さんは笑いながら言った。「もちろん一緒だ。首長をここに置いていくわけないだろ？　もちろんだ。それどころか、お前は一番に飛行機に乗るんだぞ」

ぼくがまだ兄さんの考えていることを気にかけていたところ、兄さんが口を開いた。「学校はどうなるの？」

「カナダにはもっといい学校があるさ」と父さんが答えた。

兄さんはうなずき、食事を続けた。人生でとびきりのニュースであるはずなのに、ぼくはオベンベが無関心でいることに驚いた。食べているあいだ、父さんはカナダのことを話し始めた。もとはといえば、カナダはイギリスの領土だったのに、いかに短期間でイギリスなど他国を凌ぐほど発展を遂げたかという話だ。そして話題はナイジェリアに移って、この国の臓腑を蝕む腐敗に怒りをあらわにし、最後はいつものようにゴウォン（ヤクブ・ゴウォン〔一九三四－〕。ナイジェリアの軍人、第三代大統領〔一九六六－一九七五〕。ビアフラ独立宣言を受けて、東部州に侵攻、ビアフラ戦争を引き起こした）を激しく責め立てた。ぼくらが憎むようになった男だ。あいつはナイジェリア内戦時に村を何度も爆撃し、多くの女性を殺害したと父さんは非難を繰り返した。「あのバカ野郎はナイジェリア最大の敵だ」と父さんがぴしゃりと言うと、喉仏が上下に動いて、筋張った首は引きつっていた。

父さんが書店へ行き、母さんがデイヴィッドとンケムを連れて出かけると、ぼくは兄さんのもとへ行った。彼はちょうど井戸から水を汲んできて、風呂のドラム缶に入れているところだった。オベンベとぼくはまだ小さくて井戸を使えないと判断され、長らく水汲みはイケンナとボジャの仕事だった。八月以来、井戸水を汲んだのはこれが初めてだった。

「もうすぐカナダに行くのが本当なら、できるだけ早くあいつを殺らなければ。やつをすぐに見つけ出さないといけない」

この言葉を聞いて、少し前なら躍起になっていただろうけど、このときは、狂人を忘れてカナダで新しい生活を始めようよと言いたかった。でもそれもできず、思わず「うん、そうだね、オベ――そうしないと」と言っただけだった。

「すぐにでも殺さないと」

カナダ行きは良いニュースのはずだったのに、兄さんは大いに気を揉んでいて、その夜は食事をとらなかった。思い詰めたようすで机に向かい、スケッチを描いては消して、紙をビリビリ破り、あげく鉛筆が指の長さにまでなって、机は細断された紙くずだらけになった。両親が仕事に出かけると、オベンベは井戸のところで、すぐに行動に出なければ、と言ってきた。猛然と言葉を発し、井戸を指差した。「ボジャ兄さんは、ここで、この場所で、ちっぽけなトカゲみたいに腐っていったんだ。あの狂人のせいで。ぜったいに仇を討たなければ。でないとカナダにもどこにも行くもんか」

これは誓いだと言わんばかりに、そしてぼくに誓いだとわからせるために、オベンベは親指をなめた。彼の決意は固かった。オベンベは井戸水の入ったバケツを持ち上げて家に入り、いつもオベンベにかかるとそうなのだが、ぼくはその場に残されてひとり考え込んだ。ぼくはオベンベと同じくらい、イケンナとボジャのことを思っているのだろうか。すぐに、そんなの当然じゃないか、ただ狂人が怖いだけなんだと言い聞かせて自分を慰めた。ぼくには殺すことはできない。あいつは悪魔なんだ、こんな子どもがどうやって殺せるんだ。でも兄さんは強い説得力をもって計画を実行すると言い切り、必ず成功すると確信している。オベンベの切なる願いは不死身の蛭と化していた。

14　レヴィアタン

だが、アブルはレヴィアタンだ。

勇猛な水兵たちが束になってかかっても、容易には殺せない不滅の鯨。アブルは生身の人間のようにやすやすとは死なない。同類の人たち——精神の病のせいで最悪の窮乏状態に置かれ、そのため極度の危険にさらされる狂人の浮浪者——となんら変わらなくても、おそらくだれよりも命の危機をくぐり抜けてきた。周知のことだが、やつはゴミ溜めのゴミを食べて生きていた。家がないので、偶然見つけたものなら、テントが並ぶ屠畜場の周囲に散らばった肉の切れ端、ゴミ置き場の食べ滓、木から落ちた果物など、なんでも口に放り込んでいた。ずっとこんなふうに食べ続けていたので、なにか病に冒されているのではないかと思われていた。しかし、アブルは元気で健康に生きており、おまけに太鼓腹をしていた。粉々に割れたガラスの上を歩いて血を噴き出したとき、だれもがもはやこれまでだと思ったが、なんと数日内に姿を見せたのだった。とはいえ、これはアブルの死の可能性を物語る話のほんの一部にすぎない。ほかにもたくさんあった。

ぼくらがアブルに出くわした次の日にオミ・アラ川に集まったとき、ソロモンが言っていた。アブルの予言をぜったいに聞いてはいけないと注意したのは、アブルが人間の形をした悪霊にちがいないからだ、と。この点を強調するために、ソロモンは何カ月も前に目撃したことを話した。アブルは道路沿いを歩いていると、ふいに立ち止まった。小雨が降っていて、アブルの体は雨に濡れていた。やにわに狂人は道路に向かって、真ん中に立っているように見える母親に呼びかけ、自分のしたことをぜんぶ許してほしいと懇願し始めた。アブルは母親に泣きついて、会話しているようだった。とそのとき、道路のもう一方から車が走ってきた。それを見てぎょっとし、母親に道路から離れるよう大声で叫んだが、アブルの目にだけ生身の人間として映っていた亡霊は、道路の真ん中に立ち尽くしていた。母親が立っている場所に車が差しかかった瞬間、とっさに道路に飛び出して救おうとした。車はたちまちアブルを草の茂る路肩に撥ね飛ばし、少し道路を滑って近くの茂みに突っ込むとようやく停車した。即死だと思われたアブルは、車がその場を離れたあとにもしばらく横たわったままでいた。ところが、全身血だらけで、額には大きな傷口があいていたにもかかわらず、よろよろと起き上がった。しゃんと立つと、ただ車に砂埃をかけられただけとでもいうように、血まみれの服をパンパンとはたき出した。そして足を引きずりながら、何度も車が去っていった方向を見て、ぶつぶつ文句を口にするのだった。「まったく、人を殺したいのかよ？　道路に女性がいるってのに、止まれないのか？　人殺しをしたいのかよ？」こんなふうに足を引きずって歩きながらいくつも疑問を投げかけ、ときどき立ち止まってはうしろを振り向き、次はもっとスピードを落とせよと自分の耳たぶをつかんで運転手に忠告していた。「ちゃんと聞いてるか？　おい、聞いてるか？」

殺鼠剤計画

父さんがぼくらのカナダ移住の可能性を明かした日の翌日、兄さんがぼくの手にスケッチを押し込んだので、ぼくは話を聞きながら座ってそれを眺めた。

「あいつをオタピアピアで殺れる。一本買ってパンかなにかに混ぜて、狂人にわたすんだ。あいつはどこからでも、なんでも食べるから」

「そうだね、排水溝からもなにか拾って食べてるもんね」

「まさにそうだ」とオベンベは言ってうなずいた。「でも、なんで長年そんなものを食べてるのに死なないのか考えたことあるか？　ゴミ溜めやゴミ置き場を漁って食べてるだろ？　なんで死んでない？」

オベンベは答えを待っていたが、ぼくはなにも言わなかった。

「ソロモンの話を覚えてるだろ。本当のところ、なんでアブルが怖いのか、なんでかかわりたくないのかって」

ぼくはうなずいた。

「じゃあわかるよな？　いいか、計画は諦めちゃいけないけど、あいつはおかしいと肝に銘じておくべきだ。あのバカなやつらは」――狂人を生かしたままにしているという理由で、オベンベはアクレの住民をこんなふうに呼んでいた——「アブルが超自然的な存在で、肉体的に死なないと思い込んでいる。アブルは人間の論理を超えたところで何年も生きているから、普通の人間ではなくなった、だからもはや死なない、ってバカみたいに信じてるんだ」

「それってほんとなの？」とぼくは聞いてみた。

「あいつに毒入りパンをやったら、ゴミ溜めで漁ったものを食べて勝手に死んだんだって、みんな思うだろうさ」ぼくはオベンベにどうしてこのことがわかったのか、あえてたずねなかった。オベンベは秘密の知識を持っていて、ぼくはなにも疑わず信じていたからだ。そういうわけで、しばらくしてからぼくらは外出した。兄さんの半ズボンの前ポケットは、殺鼠剤に浸したパンくずを入れた小さな袋でぷっくり膨らんでいた。前日、オベンベは朝食のパンを少し切り分けておいた。その萎びたパンくずも持ってきて、毒入りパンと混ぜると、部屋に鼻を刺すような臭いが充満した。〝この任務〟は一度きりで終わらせるんだ、と兄さんは言った。一度きり、それで終わりだ。ぼくらはパンで武装して、アブルが住み処にしているトラックに向かったものの、やつは不在だった。トラックのドアは開閉できると聞いていたが、だいたいいつも開いたままになっていた。ぼろぼろの座席は木の骨格だけになって、その肉、つまり革のシートカバーは破れたり、擦りきれたりしていた。錆びた天井には穴がいくつもあいていて、そこから雨漏りしている。座席はありとあらゆるゴミでいっぱいだ。使い古した青いカーテンは座席から床まで垂れている。ガラスの筒がない古い灯油ランプの枠。ステッキ、紙類、破れた靴、空き缶、そのほかにもゴミ置き場から拾ってきた物が散乱していた。

「たぶん、まだ早いんだ」と兄さんは言った。「いったん家に帰って、昼にもう一度来よう。きっとやつは帰ってくるはずだ」

　ぼくらは一度帰宅して、昼食のヤム芋をゆでるために少し家にいた母さんが店に行くのを待ち、再び午後にアブルの住み処へと戻っていった。ぼくらがたどり着いたとき、確かに狂人はトラックにいた。しかしぼくらは急な展開に心の準備ができていなかった。アブルは二つの大きな石の上に置いた中華鍋に前屈みになって、瓶の中身を注いでいた。石のあいだには明らかに薪のつもりで木切れが積み上げられていたが、火はついていなかった。瓶の中身を鍋に空けてしまうと、今度は飲み物の缶を取って、なにかはよくわからなかったが、慎重に中身を出し始めた。それから缶を振って細かくチェックし、中身を鍋にきれいにかき出すと、空っぽになって満足したのか、多種多様な物が積まれた小さな椅子に缶をそっと載せた。続いて、トラックに大急ぎで入っていくと、葉っぱの束のようなもの、骨、球体の物、白い粉――塩か砂糖のはずだ――を持って戻ってきた。これらをぜんぶ鍋に入れると、まるで熱した油になにかを入れて火が上がったみたいに、ハッとうしろに下がった。狂人はゴミと廃棄物のごった煮をこしらえている――こしらえているように見える――ことがわかり、ぼくは心底困惑してしまった。しばしのあいだ、ぼくらは任務を忘れ、その場に突っ立って、目の前の状況を信じられない思いで見ていた。するとそこへ二人の男性がふらりとやって来て、料理中のアブルをぼくらと一緒に見物することになった。

　二人は安物の長袖シャツを着て、それぞれ黒と緑の柔らかい布のズボンにすそをたくし込んでいた。男たちは堅表紙の本を抱えており、ぼくらはすぐにそれが聖書だとわかった。二人はどこかの教会を出てきたところだったのだ。

「彼のために祈れるのではないでしょうか」とひとりが言い出した。浅黒く、頭の真ん中で禿が止まっていた。

「われわれは三週間も断食をして祈り続け、神に力を与えてくださるようお願いしてきたのです。今こそ、その力を使うときではないでしょうか」ともうひとりが言った。

最初の男が気弱そうにうなずいた。そしてその人がなにか言う前に「そんなことありません」という声が聞こえた。

兄さんだった。二人の男性は彼のほうを向いた。

「あそこにいる男は」と不安げな表情を装ってオベンベは続けた。「まったくの偽りです。ぜんぶ見せかけ。あの人は正気です。有名なペテン師で、施しを得るためにこんなふうに振る舞い、道端や店先、市場なんかで踊ったりします。ですが完全に正気です。子どもだっています」兄さんは男たちに話しかけながらぼくを見ていた。「あの人はぼくらの父親です」

「なんだって？」禿げたほうの男が大声をあげた。

「そうです」と兄さんは言葉を継いで、ぼくは面くらってしまった。「ここにいるポールと」――兄さんはぼくを指差した――「ぼくは父を家に連れて帰るよう、母に使いに出されたのです。今日のところはもうこれくらいにしますが、ぼくらと帰るのを嫌がっています」

オベンベはアブルに懇願するような身振りをした。一方、アブルはというと、まるで失くしたものを探しているみたいに椅子と地面を見回し、オベンベに気づいていないようだった。

「信じられない」と浅黒い男が言った。「この世でわれわれに聞こえず、見えないものはなにもない

――なんと、金を稼ぐためだけに狂ったふりをしているとは。まったくもって信じられない」

男たちは何度も首を横に振りながら、神があの男に触れ、強欲をおとがめになるよう祈りなさいと言って、別れを告げた。

「神にはどんなことでも可能です。誠実にお願いしさえすれば」と浅黒い男は言った。

兄さんはそうですねと答えて、二人に感謝した。男たちが声の届かないところまで行くと、ぼくは一体全体なんのことか兄さんに問い詰めた。

オベンベは「シーッ」と言って、にやにや笑った。「いいかい、あの男たちがなにか力を持ってるんじゃないかって、気が気じゃなかったんだ。わからないぞ。だって三週間も断食したって言ってただろ？　はあっ！　あいつらがラインハルト・ボンケとかクムイとかベニー・ヒンみたいな威力があって、祈りでアブルを治したりしたらどうする？　ぼくは嫌だね。だってやつが良くなったら、もうぶらつくこともなくなるし、ひょっとするとこの町を出ていくかもしれない――なんとも言えないぞ。それがどういうことかわかるか？　あんなことをしたくせに、あいつが逃げて、無罪放免になるってことだよ。だめだめ、そんなこと許さない。ぼくの目の黒い――」目の前の光景が視界に飛び込んできて、兄さんは話を中断せざるをえなくなった。男性と妻、そしてぼくと同い年くらいの息子が立ち止まって、クックックッと笑っている狂人を見ていたのだ。そのようすに気づいて、オベンベの表情に陰りが見えた。また邪魔が入って遅れることになり、結局アブルはここを立ち去ってしまうかもしれない。意気消沈したオベンベは、ここでは人目に付きすぎるから毒を使うことはできないと決断をくだした。そうしてぼくらは家に帰ったのだった。

＊

翌日、アブルを探しに行ったところ、トラックに姿はなかったが、高い塀のあるこぢんまりとした小学校のそばにいるのを発見したのだった。塀のなかからは生徒たちが詩を朗読する声が聞こえてきて、そこへ先生がときおり口を挟んだり、一斉に拍手するよう言ったりしていた。間もなくして狂人は腰を上げ、まるで石油会社の最高経営責任者のように腕を組んで、堂々たるようすで歩き出した。近くには、ぼろぼろの布がはがれそうな傘の骨が開いたまま転がっていた。アブルは指の一本にはめた指輪をじっと見つめ、足を踏み鳴らして歩き、言葉を次々と唱えていた。「妻」、「結ばれた」、「愛」、「結婚する」、「きれいな指輪」、「結ばれた」、「汝」、「父」、「結婚する」……

訳のわからない戯言をぶつぶつ言いながら狂人が次第に遠ざかっていくと、キリスト教の婚礼の行列を真似しているんだよ、とオベンベが説明してくれた。ぼくらは距離をおいてゆっくりアブルをつけていった。ほどなく、一九九三年にイケンナが死体を車から引っ張り出した場所を通り過ぎた。アブルをつけているあいだに殺鼠剤の効力を考えていたら、急激に恐怖が高まってきて、野良犬のように暮らして、なんでも食べているという狂人がまた気の毒に思えてきた。アブルはしょっちゅう立ち止まって振り向き、ランウェイのモデルさながらにポーズをとり、指輪をはめている手を伸ばしていた。この通りに来たのは初めてだった。アブルは平屋の前のバルコニーにいる三人の女性のほうへ向かった。ひとりが椅子に座って、髪を編んでもらっていた。二人の女性が石を拾って投げつけ、アブルを追い払った。

女性たちが戻ってからしばらくしても──ほとんど動かずに、ただ汚らしいやつめ、あっちへ行けと怒鳴りつけていた──アブルはまだ走っていて、ときどき嫌らしい笑みを浮かべたまま振り返った。それからすぐにわかったのだが、未舗装の道路にはほとんど車は通らなかった。というのも、この道路はオミ・アラ川の一部に架かった二百メートルほどの歩行者用の橋に突き当たるからだ。そのため、路上で遊ぶ子どもたちはいとも簡単に、ほんの数メートルしかない道を運動場に変えてしまうことができた。子どもたちは道路の両端に大きな石を四つずつ、間隔を開けて並べていた。石はゴールポストの代わりだ。みんなここでサッカーを楽しみ、大声を出して、砂埃を巻き上げていた。アブルは子どもたちを見て、にこにこ微笑んでいた。それから、あっちやこっちに構えて見えないボールを手に持ち、大きく蹴り上げると、あわや転びそうになった。そして華麗な身振りで両手をあげて大声で叫んだ。「ゴーーール！　やりました。ゴーールルルル！」

アブルに追いついたら、通りで遊ぶ少年たちのなかにイバフェと弟が見えた。橋にあがったとき、ぼくはイケンナが変わりつつあったころに見た橋の夢を思い出した。慣れ親しんだ川の匂い、ぼくらが釣ったのと似ている色鮮やかな魚、水際での遊泳、姿を隠したヒキガエルがゲロゲロ鳴く声、コオロギのさえずり、それに川の生物の死骸が放つ悪臭ですら、すべてが魚釣りに夢中になった日々を彷彿とさせた。ぼくは魚をじっくり眺めた。長いあいだ、魚が泳ぐところを見ていなかったのだ。その昔、自分も、兄さんたちも、みんな魚だったらいいなと考えたことがある。それなら、来る日も来る日も一日じゅう、ずっとずっと泳いでいるだけでいいのにな、と。

予想通り、アブルは橋に向かって歩き出し、じっと地平線を見つめながら橋の袂まで進んだ。アブルが橋に登ってくると、ぼくらが立っている反対側でも橋桁にかかる重みが感じられた。

「食べさせたらすぐに逃げるぞ」狂人がこちらに近づいてくるのを見て、兄さんはそう言った。

「やつは川に落ちて死ぬんだ。だれもその現場を見ていない」

ぼくはこの計画に不安を感じていたが、ただ黙ってうなずき同意した。アブルは橋に登ると、すぐさま欄干に近づいて、それをしっかり握り、川に小便をし始めた。やつが用を足すまで眺めていたら、ペニスが腰の真ん中までゴムひもみたいにびゅんと戻って裏返り、残りの何滴かが橋に飛び散った。兄さんはあたりを見回し、だれも見ていないことを確認すると、毒入りパンを取り出して狂人に近づいていった。

こんな間近で、しかも確実にアブルが死ぬとなって、ぼくはやつを観察して特徴をリストアップしようという気持ちになった。まず見た目は、捕まえた獲物ならなんでも素手でずたずたにしていた、昔日の屈強な男みたいな風貌。髭はぼうぼうで、顔の横から顎にかけて伸びている。細い筆で黒のペンキを塗りつけたみたいな口髭。髪は汚くて長く、もつれている。濃い体毛は茂みのように胸の大部分、しわが刻まれた浅黒い顔、骨盤の中心を覆い、ペニスの周りにも繁茂している。ピンと伸びた爪のあいだや根元には垢や汚れが溜まっている。

体からはさまざまな臭いが放たれているが、一番際立っているのは糞便の臭いだ。近寄ると、まるでハエがブンブン飛び回るみたいに漂ってくる。長いあいだ、大便をしたあとで尻の穴を拭かずにいるから、こんな悪臭がするのではないかと思った。体毛が生い茂る陰部や脇の下に溜まった汗の臭い。

腐った食べ物、じゅくじゅくした傷や膿、体液や排泄物の臭い。錆びついた金属、腐敗物、着古した服、ときどき身に付けているぼろの下着の臭いもしている。オミ・アラ川のそばの葉っぱや蔓、腐りかけのマンゴー、川岸の砂、それに川の水の臭いすら放っている。バナナの木やグアヴァの木の臭い、ハルマッタンの砂塵の臭い、仕立て屋の裏の大きなゴミ箱に捨てられた衣服の臭い、町の屠畜場に散乱した肉の切れ端の臭い、ハゲワシが貪る生ゴミの臭い、ラ・ルーム・モーテルの使い古しのコンドームの臭い、下水や汚物の臭い、自慰行為のたびに自分の体にぶちまける精液の臭い、膣液の臭い、鼻クソの臭い。だが、それだけではない。アブルは実体のないものの臭いもする。人びとの壊れた命や静寂な魂の臭いを漂わせている。未知の物、奇妙な物、忘れられた恐ろしい物の臭い。アブルは死の臭いを放っている。

オベンベがパンを差し出すと、狂人はこっちに近づいてきて手に取った。アブルはぼくらがだれかまったくわかっておらず、予言を与えた相手とは思っていないようだった。

「食べ物だ！」とアブルは言って、舌を突き出した。そして突然、さまざまな言葉を一本調子で唱え始めた。「食べる、米、豆、食べる、パン、食べる、あれ、マナ、トウモロコシ、エバ、ヤム、卵、食べる」指の関節をもう一方の手のひらでパンと打ちつけ、リズミカルに言葉を唱え続けた。〝食べ物〟という言葉で火がついたようだった。「食べ物、食べ物、アジャンクロバ、たたたたたべもの！これ食べる」両手のあいだにスペースを空けて、鍋の形を真似てみせた。「食べる、食べ物、食べる、食べる――」

「これ、おいしいよ」とオベンベは口ごもりながら言った。「パンだよ、ほら食べて、食べて、アブル」

アブルは目をぎょろっと回転させた。どんなにぎょろ目が上手い人でも打ち負かすほど、ものすごく器用にやってのけた。アブルはオベンベからパンを受け取って、ククッと笑い、句点かなにかみたいに、つまり今しがた話していた言葉の一部みたいにあくびをした。アブルがパンをつかむと、オベンベはぼくをじろりと見て、安全な距離まで離れてから二人して駆け出した。ぼくらは来た道とは別の通りを走っていったが、考え直して立ち止まった。遠くでは、未舗装で激しい起伏の自動車道が波打っているように見えた。

「あまり離れないでおこう」兄さんは喘ぎながらそう言って、体を支えるためにぼくの肩をつかんだ。

「わかった」とぼくは小声で答えて、呼吸を整えようとした。

「すぐに倒れるよ」兄さんは満足げな表情をしていた。その目は喜びに光り輝くただひとつの星を抱える地平線となっていたが、ぼくの目には身が引き裂かれるような哀れみが奔流となって逆った。ちょうどそのとき、アブルが牛の乳を吸っていたという母さんの話が思い浮かんだが、同時に、アブルがそんな必死の行為に駆り立てられるのは、どん底の窮乏状態にあるからだという考えが沸き起こった。わが家の冷蔵庫には、カウベルやピークといった牛の絵が入った缶牛乳がストックされていた。たぶん、アブルはそんなものを買うお金がないのだ。お金もないし服もない、両親もいなければ家もない。ぼくらが日曜学校で歌う「鳩を見よ、着物のない鳩を」という歌に出てくる鳩みたいな存在なのだ。鳩には庭はなくても、神がしっかり見ておられる。ぼくはアブルを鳩みたいだと思い、だからこそときどきアブルを気の毒に思っていた。

「すぐにころっと死ぬさ」兄さんの言葉でぼくはふと物思いから覚めた。ぼくらは女性がこまものを売っている小屋の前で立ち止まった。小屋の格子窓には網がかけられて、その下の会計台のような場所は客とのやり取りに用いられている。格子窓からは飲み物や粉ミルク、ビスケットや飴、その他の食べ物が入ったさまざまな袋がぶら下がっている。ここで待機しているあいだ、ぼくはアブルが橋の上で倒れて、息絶えていくところを想像した。ぼくらは確かに、アブルが毒入りパンをほおばり、くちゃくちゃいわせて、口髭が口と一緒に動いているのを見たのだった。ところが今、ぼくらの目の前で、アブルはまだビニール袋を握り締めて、川を覗き込んでいる。男が何人かアブルの横を通り過ぎようとしたときに、ひとりが振り返ってやつをじろじろ見た。ぼくの心臓は早鐘を打った。

「死にかけてるんだ」と兄さんは囁いた。「ほら、たぶん震えがきてる。だからあの人たちが見てるんだよ。毒が効いてくると、まず体が震え出すらしい」

ぼくらの疑念を解消するみたいに、アブルは橋の上で体を下向きに曲げると、なにかを吐き出しているようだった。兄さんは正しい、とぼくは思った。ぼくらは色んな映画で、登場人物が毒を飲んだあと、咳き込んで口から泡を吹き、ばったり倒れて死ぬというようなシーンを何度も見ていたのだ。

「やった、やったぞ」とオベンベは叫んだ。「ついにイケとボジャの仇を討ったんだ。きっと成功するって言っただろ。言ったとおりだ」

兄さんは大喜びして、これでぼくらもやっと安らぎを得られる、もうみんな狂人に悩まされずにすむ、とまくしたてた。が、突然ピタッと話をやめた。なんと、アブルがぼくらのほうに歩いてきて、踊りながら手を叩いているではないか。この奇跡の男はぼくらのほうに向かってきて、九インチの釘が手のひらに打たれても、やがて地上に蘇る救世主の叙事詩を歌って踊っていた。アブルがまだ生きていることにショックを受けて、ぼくらがとぼとぼ歩いていると、アブルが歌う讃美歌は、闇が深まる夜を深遠な世界へと導いていった。重い足取りで長い道を進み、閉店しかけている店をいくつか過ぎたところで、言葉を失くしたオベンベは立ち止まって、家の方角にくるりと向き直った。オベンベもぼくと同じように、無傷の親指を血溜まりに浸して血まみれにすることと、親指が切り傷の血で濡れることはまったく違うと理解したはずだ。オベンベは、アブルを毒では殺せないということを悟ったのだった。

*

兄さんとぼくに群がっていた蛭は、ぼくらの悲しみを消毒して、傷口を開いたままにした。一方で、両親の心は徐々に癒えていった。十二月の終盤になると、母さんは喪服を脱ぎ捨てて、以前の生活に戻った。突然怒りに駆られたり、急に苦悩の坂を転がり落ちていったりすることはなくなった。それに、蜘蛛もすっかり消えてしまったようだった。幸いにも母さんが回復したので、病のために何週間も延期になっていたイケンナとボジャのための告別礼拝が翌週土曜日におこなわれることになった——最初のアブル暗殺計画が失敗してから五日後のことだ。その日の朝、みんな、デイヴィッドとンケムでさえも、黒い服を着て、前日ボデさんに修理してもらっていた父さんの車に乗り込んだ。あの悲劇的な事件でずいぶん手助けしてくれたことをきっかけに、ボデさんはぼくら家族ととても親しくなり、何度もうちを訪ねてきたうえ、一度は婚約者の女の子を——出っ歯のせいで口をしっかり閉じておくのが難しいみたいだった——一緒に連れてきた。父さんはボデさんのことを〝きょうだい〟と呼ぶようになっていた。

礼拝では告別の歌の数々を歌って、父さんが〝息子たち〟の歴史を簡単に紹介し、それからこの日、頭にガーゼを巻いていたコリンズ牧師が短い説教をおこなう段取りになっていた。牧師は何日か前にバイク・タクシーで事故に遭ったらしかった。集会所は近所の馴染みの面々でいっぱいだったが、ほとんどの人は別の教会に属していた。父さんはスピーチを始めた。イケンナは素晴らしい人物でした——父さんがそう言うと、オベンベはぼくとしばらく目を合わせていた——生きていたら人の先頭に立つ人物になっていたことでしょう。

「多くは語らないことにしますが、イケンナは立派な息子でした」と父さんは述べた。「しかし数多くの困難を経験した子どもでした。つまり、悪魔が何度もあの子をさらっていこうとしましたが、神は決して裏切りませんでした。六歳のときにはサソリに刺され——」この一件が明かされると、恐ろしさのあまり息を飲む音が人びとのあいだを駆け巡り、スピーチは中断された。

「そう、ヨラでの出来事でした」と父さんは再び話し始めた。「その何年かのちには、睾丸のひとつが体内に蹴り入れられたのです。事件の詳細については省略しますが、神は彼とともにおられたということだけはご理解ください。そして弟のボジャは——」とここで、ぼくが人生において経験したことのないような沈黙があたりに落ちた。教会の前方の演壇に登ったまま、父さんが——ぼくらの父さん、なんでも知っていて、強くて勇敢で、大元帥閣下、鞭打ち軍司令官、インテリでワシの父さんが

——泣きじゃくっていたのだった。人目を憚らず泣いている父さんの姿を見て恥ずかしくなり、父さんが話しているあいだ、ぼくはずっとうつむいて靴を眺めていた。にもかかわらず、このとき、父さんの言葉は——材木をぎっしり積んだトラックがラゴスの交通渋滞に巻き込まれたみたいに——ときに停止し、ガタガタ揺れ、沈み込みながらも、でこぼこの砂利道さながらの心を打つスピーチをなんとか切り抜けたのだった。

「彼もまた、素晴らしい人物となったことでしょう。彼は……才能のある、子でした。彼は……ご存じのように良い息子でした。ご参列くださったみなさまに感謝申し上げます」

父さんのせわしないスピーチが終わると長い拍手が起こり、続いて讃美歌が始まった。母さんは静かに涙を流し、ハンカチで目を押さえていた。悲しみの小さなナイフがぼくの心をゆっくりと切り刻み、ぼくは兄さんたちを思って泣いた。

参列者が「安けさは川のごとく」を歌っているときに、ぼくはみなが奇妙な動きをしていることに気がついた。人びとは振り返り、目線がうしろに注がれた。父さんがすぐそばで、オベンベの横に座っていたので、ぼくは振り返りたくなかった。なんだろうと思っていると、オベンベはぼくのほうに頭を傾けて囁いた。「アブルがいる」

ぼくは即座に振り向いてアブルを見た。汗と垢の大きな丸い染みのある汚れた茶色のシャツを着て、人びとのあいだに立っていた。父さんはぼくをちらっと見て、集中しろと目で合図を送ってきた。アブルは以前にも何度となく教会に来ていた。最初は説教の最中に入ってきて、戸口の案内係を通り過ぎ、女性の列の長椅子に腰を下ろした。人びとはすぐに異常事態が起きていることを察知したが、牧師は説教を続け、入り口を見張っている若い男の案内係はしっかりとアブルを警戒していた。ところが、アブルは説教のあいだ、まれに見る落ち着きを保ち、結びの祈りと讃美歌の時間になると、まるでだれもが知っているアブルとは別人のようにその両方に熱中した。そして集会が終わると、おとなしく外に出て、あとに騒動を残していった。その後も何度か礼拝にやって来たが、たいてい女性の列に座り、信徒のあいだに激しい議論を巻き起こした。女性と子どもがいるところに、あんな裸の状態で来るなんて、受け入れられるはずがないと主張する人もいれば、いや、神の家では望むならだれもが歓迎されるのであり、裸であっても服を着ていても、貧しくても金持ちでも、正気でも正気でなくても、だれであるかは問題ではないと感じる人もいた。結局は、教会がアブルを礼拝から閉め出すことに決めて、敷地に近づいただけでも必ず案内係が棒を振って追い払った。

しかし兄さんたちの告別礼拝の日、アブルはみなを仰天させた。だれにも見つからずにこっそり忍び込み、気づいたときにはすでに会衆のなかにいた。それに、この日の礼拝はデリケートな内容だったため、職員たちはそのまま放っておくことにした。のちに教会が閉まり、アブルが出ていったあと、アブルが横に座っていたという女性は、礼拝の最中にアブルが涙を流していたと話した。アブルはこの少年を知っているかと聞いてきて、俺は知っていると言ったそうだ。女性は真っ昼間に亡霊でも目撃したみたいに頭を横に振りながら、アブルは繰り返しイケンナの名前を口にしていたと言い添えた。

息子たちの死の原因であるアブルが告別礼拝にやって来て、両親がどう感じているのかはわからなかった。でも家までの帰り道では重苦しい沈黙が漂い、二人とも動揺しているのは明らかだった。デイヴィッド以外、だれもなんにも言わなかった。デイヴィッドは礼拝で歌った讃美歌の一曲がたいそう気に入ったようで、鼻歌を歌うか、なんとかきちんと歌おうとしていた。正午ごろになると、住民の大半がキリスト教徒のこの町では、ほとんどの教会が閉まり、道路は車で埋め尽くされる。渋滞気味の道を走っているとき、デイヴィッドの魂のこもった歌声が響きわたり、車内は穏やかな雰囲気に包まれた。舌足らずな片言で発音は間違いだらけ、言葉は半分に切られ、意味は逆さになり、ニュアンスは消滅していたが、奇跡のような歌だった。そのために沈黙がはっきりと形をとり、目だけでは見えない二人が、ぼくらと一緒に座って、ぼくらと同じように穏やかな気持ちになっているみたいに感じられた。

やしゅーけさはーかわのーごとくー、ここーろひたーしゅときー
しみーかなはーなみのーごとくー、むねわーがみたーしゅときー
しゅべてーやしゅしー（やしゅしー）、みかみーともにーまーしぇばー（まーしぇばー）
（安けさは川のごとく／心浸すとき／悲しみは波のごとく／わが胸満たすとき／すべて安し／御神ともに在せば。日本福音連盟・聖歌編集委員会訳）

父さんは帰宅してすぐに外出し、その日は家に戻らなかった。あっという間に時間がたって真夜中を過ぎると、母さんの不安は増幅していき、奇怪な行動に及ぶほどになった。興奮した猫のように家を動き回ったら、次は隣人を訪ねていって、夫の消息がわからないと非常事態を知らせた。母さんの不安は相当なものだったので、多くの人が家に集まってきて、気を長く持ちなさい、少くとも明日までもう少し待ってから警察に行きなさいと助言した。母さんには人がついていたが、不安で不安でし

かたなく、錯乱状態に陥っていた。そこへ父さんがひょっこり戻ってきた。ぼくを除けば、きょうだいたちはみんな、オベンベさえも、その時間にはまだ寝ていた。どこに行ってたの、どうして眼帯をしているの、ちゃんと話してちょうだいと母さんが何度懇願しても、父さんは答えずに、ただ足を引きずって部屋に入っていった。翌朝オベンベがたずねると、父さんは「白内障の手術を受けたんだ。これ以上なにも聞くな」とだけ言ってぴしゃりと撥ねつけた。

ぼくは喉で固まりのようになっていた唾を飲み込み、聞きたいことがどんどん溢れ出てくるのを抑えようとした。

「見えなかったの?」しばらくしてぼくは聞いてみた。

「言ったはずだ。これ以上、なにも、聞くな!」父さんは怒鳴りつけた。

しかし、父さんも母さんも仕事に行かなかったということだけをとっても、父さんの具合が本当に悪いということはぼくにもわかった。父さんは、あの悲劇的な事件と仕事のせいですっかり変わってしまい、二度と元のようには戻らなかった。眼帯が取れたあとも、片目の目蓋はもう一方のように完全には閉じなかった。

それからまる一週間、オベンベとぼくはアブルの捜索に出かけなかった。父さんがずっと家にいて、ラジオを聞いたり、テレビを見たり、読書をしたりしていたからだ。兄さんは何度もあの病気、〝白内障〟に悪態をついた。そのせいで父さんは家から離れなかったのだ。あるとき、父さんがテレビで、シリル・ストーバーがキャスターを務めるゴールデンタイムのニュース番組を見ていたところ、オベンベはいつカナダに行くのかたずねた。「来年のはじめだ」と父さんの無気力な返事が返ってきた。

目の前のテレビ画面では、火事の現場が映し出され、すさまじい混乱のなか、焼け焦げてさまざまな色味を帯びた死体が焼け野原に横たわり、黒い煙がもうもうと上がっているところが報道されていた。オベンベがなにか言おうとしたが、父さんは五本の指を大きく広げて制止し、テレビではニュースが読み上げられた。「この嘆かわしい妨害行為のために、国の一日の石油産出量が一万五千バレル減少しました。そこでサニ・アバチャ政権は、ガソリンスタンドに行列ができても一時的にすぎないと国民に注意を呼びかけています。一方、政府によれば、妨害行為に関与した人物は全員しかるべく処罰されるとのことです」

ぼくらが父さんの邪魔をしないよう辛抱強く待っていると、テレビ画面には歯ブラシを上下に動かしている男が現れた。

「一月ってこと？」兄さんは歯磨きの男が映ったとたん素早く言った。

「〝来年の初め〟と言っただろ」と父さんはぼそりと言って視線を下げたが、病気のほうの目は半分しか閉じられていなかった。本当のところ父さんの目の具合はどうなのだろう、とぼくは首をかしげた。というのも、両親が言い争いをしていて、母さんが、嘘つき、〝はぐないそう〟なんてないじゃない、と父さんを責め立てているのをたまたま耳にしたからだ。虫が目に入ったのかもしれないな、とも考えたが、なんにも思い付かないことに苦しくなり、イケンナとボジャが生きていたら、あの秀でた知恵で答えを見つけてくれるのに、という気持ちになった。

「来年のはじめ」二人で部屋に戻るとオベンベはぶつぶつ言った。そして、ラクダが横になるみたいに声を落として繰り返した。「来、年、はじめ」

「きっと一月だよね？」とぼくは内心喜びながら、口に出してみた。

「そう、一月。つまりあまり時間がないということだ。実際にはまったくない。残された時間はないんだ」オベンベは首を横に振った。「あいつが大手を振って歩いている限り、カナダでもどこでも、ぼくの心は休まらない」

ぼくは兄さんの怒りに火をつけないよう注意していたが、ついうっかり口を滑らせてしまった。

「でも、やったけど死ななかった。兄さんも言ったよね。あいつは鯨みたい――」

「ウソだ！」とオベンベは叫ぶと、真っ赤な目から涙が一粒こぼれ落ちた。「やつは人間だ。だから死ぬんだよ。まだたった一回しか試してない。イケとボジャのためなのに、たった一回だけだ。いいか、ぼくはなにがなんでも、兄さんたちの仇を討つ」

そのときちょうど、父さんが車を掃除してくれないかと大声で呼びかけた。

「ぼくがやるよ」と兄さんはまた小声で言った。

彼は涙が乾くまで布切れで目を拭いた。しばらくして、バケツの水に浸した雑巾で車を掃除し終わってから、オベンベは〝ナイフ計画〟を実行しようと持ちかけてきた。うまくいけばこんなふうに事は運ぶ。真夜中に部屋をこっそり抜け出して、トラックにいるアブルを見つけたら、一息にナイフでグサッと刺して死に至らしめ、そして逃げ帰る。この説明を聞いてぼくは震え上がった。でも悲しみにうちひしがれた兄さんは、またドアに鍵を掛けて、久しぶりにタバコに火をつけた。ぼくらが眠っていると両親が思うように、電気があるのにわざわざ消して、少し寒い夜だったが窓を開け放ち、煙をふーっと吹き出した。タバコを吸い終わると、オベンベはぼくに向き直って小声で言った。「今晩やるぞ」

　ぼくの心臓はドクンと鳴った。耳慣れたクリスマス聖歌がどこか近所から聞こえてきた。そのときはたと、今晩は十二月二十三日で、翌日がクリスマス・イヴだということに気がついた。このクリスマス・シーズンがいつもとあまりに違うので驚いた。うら悲しく、これと言った出来事もなかったのだ。いつものように、ぼんやりと曇った朝を迎え、すっかり晴れても砂埃があたりに立ち込めていた。人びとは家を飾りつけて、ラジオ局やテレビ局は聖歌を途切れなく流していた。大聖堂の門に立っているマリア像は――最初の像はアブルが冒瀆したので、新しい像が建てられたのだ――色鮮やかな装飾で光り輝き、この地区のクリスマスの祝祭の呼び物として多くの見物人を引き付けていた。商品の価格が――とりわけ鶏、七面鳥、米、手の込んだクリスマス料理ぜんぶ――一般の人には手がでないほど高騰していたが、みな輝くばかりの笑顔を浮かべていた。しかし少なくともわが家では、こういうこととはなにも関係がなかった。装飾もなく、準備もない。巨大なシロアリのような悲しみに襲われて、ごく自然に暮らしていたときにあったものがすべて、打ち砕かれてしまった。そして、ぼくら家族はかつての自分たちの影のようになったのだった。

「今夜だ」しばらくして兄さんはそう言って、目はぼくを見ていたものの、顔の輪郭だけがぼんやり浮かんでいた。「ナイフは用意してある。父さんと母さんが寝たのを確認したら、窓から抜け出すんだ」

　そして、ぼんやりと立ちのぼる煙越しに言葉を投げかけるように、「ぼくひとりで行こうか？」とつぶやいた。

「ううん、一緒に行くよ」とぼくは声を絞り出した。

「わかった」

ぼくはオベンベの愛情を強く望んでいたし、がっかりさせたくもなかったのだが、どうしても真夜中にアブルを探しに行く気にはなれなかった。夜になるとアクレは危険な場所に変わる。日没後には大人でさえも警戒していた。イケンナとボジャが死ぬ前、ちょうど学期が終わるころの朝礼で、この通りに住んでいるクラスメイトのイレバミ・オジョが武装強盗に襲われて父親を亡くしたという報告があった。どうして兄さんはまだ子どもだというのに、夜が怖くないのだろう、とぼくはいぶかった。こういうことを知らないのだろうか？　聞いたことがないのだろうか？　それに狂人は、あの悪魔は、ぼくらが来ることを察知して、待ち構えているかもしれない。アブルがナイフを奪ってぼくらを刺す場面が思い浮かんだ。ぼくの心は恐怖におののいた。

ぼくはベッドから起き上がり、水を飲みに行ってくるとだけ言った。居間に向かうと、父さんが腰かけたまま、腕組みをしてテレビを見ていた。ぼくは台所の容器からコップに水を入れて飲み干し、父さんの近くでソファに腰を下ろした。父さんはぼくを見てただ小さくうなずき、ぼくは目は大丈夫なの、と聞いてみた。「ああ」と父さんは答えて、またテレビのほうを向いた。スーツ姿の二人の男性が議論を繰り広げ、その背後には〝経済問題〟というポスターが貼られていた。そのとき、ぼくは兄さんと一緒に行かずにすむ方法を思い付いた。そこでさりげなく父さんの横から新聞をひとつ取って読み始めた。父さんはこういうことを大いに歓迎していた。知識を得るための努力なら、どんなことでも奨励していたのだ。ぼくは新聞に目を通しながら、父さんにあれこれ質問を投げかけてみたのだが、長い話を期待していたのに、父さんは手短に答えるだけだった。気を取り直して、今度は父さんの叔父さんが戦争に行った日のことを聞いた。父さんはうなずいて語り始めたのだが、どうやら眠かったのか、あくびを繰り返して、話を短くまとめたのだった。

とはいえこのときも、以前聞かせてくれた話と同じだった。叔父さんは幹線道路沿いの木々のあいだに身を潜めて、ナイジェリア軍の部隊を待ち伏せしていた。叔父さんと仲間たちが銃撃を始めると、国軍兵士たちはどこから弾が飛んできたのかわからず、だれもいない森に向かって狂ったように銃を乱射し、結局、部隊は全滅した。「全滅だぞ」と父さんは強調した。「ひとりも逃げられはしなかった」

ぼくは再び新聞に目をやって読み始め、父さんがすぐに寝室に行きませんようにと祈った。一時間ほど話していて、間もなく十時になろうとしていた。兄さんは何しているのだろう、そろそろぼくを呼びにくるんじゃないか、とふと考えた。そうこうしているうちに、父さんが寝息をたて始めた。ぼくは照明を消してソファで丸くなった。

それから一時間もたっていなかったはずだが、ドアが開いて居間でだれかが動く音が聞こえた。ぼくの寝ている椅子のうしろまで近づいてきて、兄さんの手が最初はそっと、次に強くぼくを揺すったが、ぼくは身じろぎもせずにいた。ぼくが小さく喉を鳴らそうとしたら、父さんは寝返りを打ち、ぼくの椅子の背後で兄さんが素早く動いた――おそらくひょいと身を屈めたのだ。ややあって、オベンベがのろのろと部屋に戻っていくのがわかった。しばらく待ってから目を開き、父さんの姿に驚いた。お隣父さんは眠っていて、頭を横にして椅子にもたせかけ、体の両側に腕をだらんと垂らしていた。

の家の煌々と黄色に輝く電球から一条の光が差し込んできていた。普段はうちの塀の上から家のなかまで入ってくるのだが、このとき、開いたカーテンを通して父さんの顔の一部を照らし、白と黒の両面ある仮面をつけているように見えたのだった。ぼくは父さんをわずかなあいだ眺めていたが、兄さんが行ったことを確信して、眠りにつくことにした。

翌朝目を覚ますと、ぼくは兄さんに、水を飲みに行ったら父さんが話を始めて、いつの間にか眠ってしまったよと話した。兄さんはひとことも返事をせず、片手で頭を支えながらじっと座って、海に浮かぶ船と山々が描かれた表紙の本を眺めていた。

「殺したの?」長い沈黙のあと、ぼくはようやく言葉を発した。

「あの間抜け、あそこにいなかった」兄さんがそう言ったのでぼくは驚いた。思ってもみなかったのだが、どうやら兄さんはぼくの話を信じたみたいで、芝居は上手くいったようだった。これまでオベンベを騙せるなどこれっぽっちも、一度たりとも考えたことはなかった。ともかく、兄さんは昨晩の話を始めた。ぼくが一緒に来なかったので、兄さんはナイフを持ってひとりで出ていった。あんな時間帯にはどの通りにも人っ子ひとりおらず、ゆっくりと歩いて狂人のトラックに向かった。ところがトラックはもぬけの殻じゃないか！　兄さんは怒り狂ったのだった。

ベッドに寝転がると、ぼくの心は大きく広がる過去の時間をさまよった。そしてたくさんの魚を釣った日のことを思い出した。あまりに大漁だったので、イケンナは背中が痛いとぶつくさ言っていたのだが、ぼくらは川のほとりで腰を下ろし、解放戦士の歌さながらに漁師の歌を声がかすれるまで繰り返し歌ったのだった。夕方の残りの時間、ぼくらはひっきりなしに歌を歌っていた。遠くのほうでは、空の隅に落ちていく消え入りそうな太陽が、十代の少女の乳首のようにかすかな色味を帯びていた。

*

失敗の連続に打ちのめされて、兄さんはその後何日も自分の殻に閉じこもっていた。クリスマスの日、昼食を食べながら、父さんがぼくらの旅のために友人に送金したと話していると、オベンベは窓の外をじっと見つめていた。〝トロント〟という言葉がまるで妖精のように食卓の周りで踊り始め、母さんはいつも大きな喜びに満たされた。父さんは――半分閉じた片目で――母さんのためにしょっちゅうこの話を持ち出していたようだ。大晦日の日、軍政府長官アントニー・オニイェアルブレム大佐による禁止令にもかかわらず、爆竹の鳴る音が町じゅうに響きわたっていたが、兄さんとぼくは部屋にこもって、沈黙のまま物思いに耽っていた。以前、ぼくらは上の兄さんたちと一緒に通りで爆竹を鳴らし、ときにほかの子どもたちに交じって、爆竹で戦争ごっこをして遊んだこともあった。でもこの年の新年は違った。

新年を迎えるにあたり、礼拝に参列して年を越すことが慣例となっているので、ぼくらは父さんの車に乗り込んで教会へと向かった。大晦日の夜、教会は参列者で溢れかえっており、戸口で立っている人もいるほどだった。どんな人でも、無神論者でさえも、大晦日には教会に行く。この夜には迷信がはびこり、〝バー〟の月に特有の凶暴で邪悪な霊への恐れが蔓延する。こうした悪霊はあらゆる手段を使って人びとの年越しを阻もうとするのだ。広く信じられているとおり、これら〝バー〟の月——九月（セプテンバー）、十月（オクトーバー）、十一月（ノーベンバー）、十二月（ディセンバー）——には、一年の残りの月を合計するよりも、死者が多く出ることが記録されていて、残忍に命を奪う悪霊が新年間際の刈り入れのためにあたりを徘徊していると恐れられている。そうして深夜十二時になると、教会は狭苦しく騒々しい場所に変わり、牧師が一九九七年を迎えたことを告げたとたん、「新年おめでとう、ハレルヤ！　新年おめでとう、ハレルヤ！」という歓喜に沸く声が空をつんざき、人びとは小躍りして互いの腕のなかに飛び込み、知らない人も一緒になって、体を揺り動かし、口笛を吹き、優しく囁き、歌い、大声を張り上げた。教会の外では、オバが暮らすアクレ王宮から次々に花火が——害のない閃光ロケット、人工の稲妻とでも言おうか——打ち上げられて、空を切り裂いた。いつもこんなふうに物事は進み、なにが起きたとしても世界は同じように続いていったのだ。

クリスマスの祝賀ムードでは、心に悲しみをとどめおくことは許されない。しかし日中、部屋に光を取り込むためにカーテンがさっと開けられるのを見届けて、夜が来るまでじっと辛抱強く待っていると、またカーテンは閉められて元の場所へと戻される。つねに同じ繰り返しだ。ぼくらは教会から戻ると、ペッパー・スープとスポンジケーキを食べ、ジュースを飲み、父さんはこれまでとまったく同じように、新年のダンスのためにラス・キモノのビデオを流した。

デイヴィッドとンケムとぼくは兄さんと一緒に床の上に立った。オベンベはこれまでの失敗と、それに計画自体も忘れ、ラス・キモノのレゲエが刻む歯切れの良いリズムにのって足を踏み鳴らした。ぼくの兄さんが、オベンベが灯りに照らされて踊っていると、母さんは喝采して「オニイノチェ、オニイノチェ」と合いの手を入れた。この日、オベンベもほとんどの人と同じように、つかの間の安らぎを切に求めて、悲しみを地中に沈め、幸福の喧騒に身を委ねたのかもしれない。そして夜が明けるころ、町は眠りにつき、通りに平穏が戻り、空が静寂に包まれ、教会ががらんと静まりかえる。川の魚は夢のなかをたゆたい、風のつぶやきは柔らかな毛にくるまれた夜をめくっていく。父さんは大きなソファで熟睡し、母さんは部屋でチビたちと休んでいた。一方、兄さんはまた門の外へ出ていった。カーテンが元の位置に戻され、彼の背後で閉められた。そうして夜明けは悪魔の箒のごとく、祝祭の残り滓を——この日得られた平穏も、安息も、偽りのない愛さえも——一掃してしまった。パーティーが終わって、床に散乱した紙吹雪の後始末をするみたいに。

15　オタマジャクシ

希望はオタマジャクシだ。

捕まえて缶に入れて持ち帰り、元いた水に棲まわせていても、すぐに死んでしまう。父さんの願いは、ぼくらが大きくなって偉大な人間になることだった。しかし父さんの夢の地図は、しっかりと守っていたにもかかわらず、やがて潰(つい)えてしまった。ぼくの願いは、兄さんたちとずっと一緒にいて、みんなで子どもの誕生を祝い、大きな一族を作ることだったが、本来の水域で育んでいたというのに、それもまた息絶えたのだった。ぼくらがカナダに移住するという希望も、あと少しで叶えられるというところで同じ運命をたどった。

この希望は新年とともに到来して、新しい活力を吹き込み、前年の悲しみを帳消しにするような平穏をもたらした。悲しみはわが家を去って、戻ってこないように思えた。父さんは車をピカピカの濃紺に塗り替え、しょっちゅう、いや、むしろ絶え間なく、バヨさんの訪問とぼくらのカナダ移住のことを話していた。父さんはまたぼくらを愛称で呼び始めた。母さんはオマリチャ――美しき人、ディヴィッドはオニエゼ――王、ンケムはンネム――母さん。オベンベとぼくの名前の前には〝漁師〟をつけた。母さんの体重も元に戻った。ところが、兄さんはこうした変化とは無縁だった。なにも彼の心をとらえなかった。どんなにすごいニュースも関心をひくことはなかった。それに、飛行機で空を飛ぶことにも、新しい町で暮らして、バヨさんの子どもたちみたいに通りで自転車やスケートボードに乗ることにも心を動かされなかった。父さんが最初に移住の計画を話したとき、ぼくにとってこのニュースは、動物にたとえるなら牛か象ほど巨大なものだったが、兄さんにとってはただの蟻にすぎなかった。そして、のちにぼくらが部屋に戻ると、兄さんはこの蟻ほどささやかなより良い未来への希望を指で潰して、窓の外に放り投げてしまった。オベンベは言ったのだった。「兄さんたちの復讐を果たすんだ」

でも父さんの決心は固かった。一月五日の朝、父さんはぼくらを起こして――ちょうど一年前、ぼくらの部屋に入ってきて、これからヨラに行くと言ったのと同じように――これからラゴスに行くと言った。ぼくは既視感を覚えた。たいていの出来事の結末は、たとえおぼろげであっても始まりに似ているものだ、とだれかが言っていた。まさにぼくたちのことだった。

「これからラゴスに行ってくるよ」と父さんは声高らかに告げた。いつもの眼鏡をかけていたので、目はその背後に隠れ、前ポケットにナイジェリア中央銀行のバッジがついた古い半袖シャツを着ていた。「お前たちの写真を持っていって、パスポートを申請するんだ。バヨはわたしが家に戻るころナイジェリアに着くはずだ。そうしたら、みんなで一緒にラゴスに行ってカナダのビザを取るからな」

オベンベとぼくは二日前に頭を剃り、父さんについて、ぼくらが〝わが家の写真家〟と呼んでいて、リトル・バイ・リトル写真館を経営しているリトルさんを訪ねていった。リトルさんはぼくらを柔らかなクッションの付いた椅子に座らせた。その上には大きな布の幕がかけられ、天井からは明るく輝く蛍光灯が吊るされている。椅子のうしろの壁の三分の一ほどは白い布で覆われている。リトルさんは目がくらむようなフラッシュをたき、指をトンと叩くと、兄さんに腰かけるよう言った。

さて、五日の朝のことだが、父さんは五十ナイラ札を二枚取り出して食卓の上に置いた。「気をつけるんだぞ」と声をかけると背を向け、ヨラに発った朝とまったく同じように、父さんは行ってしまった。

コーンフレークとポテトフライの朝食を終えて、井戸から汲んできた水をドラム缶に注いでいると、兄さんは〝最後の試み〟を実行に移すときだと宣言した。

「母さんとチビたちが出ていったら、やつを探しに行くぞ」オベンベはそう言い放った。

「どこに？」

「川だ」と彼はぼくのほうを見向きもせずに言った。「魚みたいに殺す。釣り針付きの竿を使って」

ぼくはうなずいた。

「二度、やつをつけて川まで行ったんだ。毎夕あそこに行くみたいだ」

「そうなの？」とぼく。

「そうだ」とオベンベは言ってうなずいた。

年が明けてから数日間、オベンベは計画のことを持ち出さず、距離を置いてひとりでじっくり考え、とりわけ夕方になるとよく家を抜け出していた。戻ってくるとノートになにか書き留め、それからマッチ棒のスケッチを始めた。ぼくはどこに行っているのか聞かなかったし、オベンベもなにも話さなかった。

「しばらくあいつを監視してたんだ。毎晩川に行ってる。ほぼ毎日あそこで水浴びをして、それからマンゴーの木の下に座ってる。ぼくらも木の下でやつを見ただろ。あそこで殺したら」と言うと、矛盾する考えが突然ちらりと心に浮かんだみたいに少し口をつぐんだ。「だれにも見つからない」

「いつ行くの？」うなずいて、ぼくは小声で聞いた。

「やつは日没に行ってる」

その後、母さんと弟たちが出かけて、ぼくら二人になると、兄さんはベッドを指差して言った。

「ほら、ここに釣り竿がある」

オベンベは、ベッドの下から長い竿を引っ張り出した。有刺鉄線を巻いた棒の先端に、鎌形の針がついている。糸をずいぶん短くしていたので、長い竿に針が直接ついているみたいに見えて、それがなんであるかはっきりしない。兄さんは釣り竿を武器に変形させたのだった。そう考えてぼくは凍りついた。

「昨日、あいつを川まで追跡してから、ここに持ってきた」と兄さんはつぶやいた。「準備万端だ」

オベンベはきっと姿を消していたときに、ぼくになにも言わず武器を作っていたのだ。兄さんが見当たらず、ふいに恐怖でいっぱいになり、暗い想像の沼にはまりこんだ。ただひたすら兄さんはどこにいるんだろうと考え、家じゅう必死になって探していたのだが、最後には、ある考えがしつこくとりついて離れなくなった。その答えとして、ぼくは荒い息をしながら井戸に急いだ。そして井戸の蓋を開けようとしたが、まるで抗うように蓋は手から落ちてバタンと閉まった。タンジェリンの木に止まっていた鳥がその音に驚いて、大きな鳴き声とともに飛び上がった。蓋が勢いよく落ちてひびが入ったコンクリートから埃が舞ったので、それが落ち着くまで待っていた。それからぼくはもう一度井戸の蓋を開けてなかを覗き込んだ。だが、目にしたのは背後から水面に照りつける日光だけで、井戸の底の細かい砂と粘土層に半分埋まった小さなプラスチックのバケツがあらわになっていた。額に手をかざし、入念になかを調べて、ようやく兄さんはここにはいないと確信した。それでハアハアと喘ぎながら井戸に蓋をして、恐ろしい想像をしてしまった自分に落胆した。

実際に武器を目の当たりにして、はじめて聞いたときみたいに、計画が現実的で具体的なものに思えてきた。兄さんがベッドの下に竿を戻すと、今朝父さんの言ったことが思い出された。ぼくらが行く予定の学校では、白人の子たちと肩を並べて、最良の西洋教育を受けることになる。父さんは自分が受けられなかったこともあり、まるで天国の一部であるかのように西洋教育についていつも語っていた。でもカナダでは森のなかの木の葉ほどたくさんある。ぼくはカナダに行きたかったし、兄さんにも一緒に来て欲しかった。ところが、彼はいまだに川の話に夢中になっていて、どんなふうに姿を隠して土手に陣取り、狂人が来るのを待つかという説明をしている。ぼくはたまりかねて「だめだよ、オベ！」と突然叫んでしまった。

オベンベはギクリとした。

「だめだよ、オベ。もうやめようよ。ね、ぼくらはカナダに行くんだ、向こうで暮らすんだから」オベンベが黙っているのに乗じて、勇気を持てたことを味わいつつ、ぼくは続けた。「もうやめようよ。

向こうに行って、大きくなって、チャック・ノリスやコマンドーみたいになって、それからここに戻ってきて、あいつを銃でバンと殺ろう。それに――」

オベンベが頭を横に振り出したのを見て、ぼくはぷつりと言葉を切った。そのとき、涙ぐんだ目に怒りが宿っているのがわかった。

「なに、なんなの？」ぼくはやっとのことで声を出した。

「バカ野郎！」とオベンベは怒鳴った。「自分がなにを言ってるかわかってないんだ。二人して逃げる、カナダに逃げるっていうのか？　イケンナはどこにいる？　ボジャはどこにいるっていうんだ？」

オベンベが話しているうちに、カナダの美しい街路はぼくの心からぼんやりと消えかかっていた。

「お前はわかっちゃいない。でもぼくにはわかる。二人がどこにいるかもわかる。お前は行ったらいいさ。ぼくには助けなんていらない。自分ひとりでやってやる」

とたんに、自転車に乗った子どもたちのイメージが薄れていき、代わりに兄さんの機嫌を取らなければ、といてもたってもいられなくなった。「だめだよ、だめだ、オベ」とぼくは言った。「ぼくも一緒に行く」

「来るな！」そう叫ぶと、オベンベは飛び出していった。

ぼくはしばらくじっと座っていたが、部屋にいるのが怖くなった。オベンベが言ったとおり、ぼくが復讐したくないと言ったのを死んだ兄さんたちは聞いていたかもしれないと不安になり、バルコニーに行って座り直した。

兄さんは長いあいだ、まったく見当もつかない場所に行っていた。バルコニーでしばらく時間を過ごしてから裏庭に行くと、母さんのカラフルなラッパーが一枚、物干しロープにかかっていた。低い枝に足をかけてタンジェリンの木に登り、木の上で腰を下ろしてあらゆることを考えた。

その後、家に帰ってきたオベンベは、まっすぐ部屋に向かった。ぼくは木を下りて、彼のあとを追って部屋に入り、ぼくも一緒に行かせてと跪いて懇願した。

「カナダに行きたくなくなったの?」と兄さんは聞いた。

「オベと一緒じゃなきゃいやだ」ぼくはそんなふうに答えた。

しばらくオベンベはじっと立っていたが、部屋のもう一方の端に歩いていって口を開いた。「立つんだ」

ぼくは言われたとおりにした。

「いいか、ぼくもカナダに行きたいんだ。だからこそ、今すぐやり遂げて荷造りをしたい。父さんがぼくらのパスポートを取りに行っただろ?」

ぼくはうなずいた。

「なあ、実行しないままナイジェリアを離れたら、きっと惨めな気持ちになる。よく聞いて」とオベンベは言って近寄った。「ぼくは年上だ。ぼくはお前よりたくさんのことを知っている」

そのとおり、とぼくはうなずいた。

「だから、な、このままカナダに行ったら必ず後悔する。きっとやりきれない。惨めな気持ちになりたいか?」

「ううん」

「ぼくも嫌だ」とオベンベ。

「行こう。ぼくもやるよ」十分に納得して、ぼくは言い切った。

でも兄さんはためらった。「本心か？」

「本心だよ」

兄さんはぼくの顔を探るように見た。「本気か？」

「うん、本気だよ」ぼくはそう言って何度もうなずいた。

「わかった、じゃあ行こう」

夕刻が近づくと、あちこちで暗い壁画のように影が落ち始めた。兄さんは武器を古いラッパーにくるんで外に出し、雨戸のうしろに置いた。そうすれば、母さんには気づかれない。ぼくは兄さんが窓の向こうに回って、釣り竿を取ってくるのを待っていた。兄さんは一緒に持ってきた懐中電灯をぼくに手わたした。

「暗くなるまで待つ場合に備えるんだ」オベンベがそうつぶやいて、ぼくは受け取った。「よし、ちょうどいい時間だ。ぜったいにあそこにいるはずだ」

＊

ぼくらは夕方になるころ出かけていった。かつて漁師だったころみたいに、釣り竿を古いラッパーに隠して運んだ。地平線のようすを目にすると、強い既視感が呼び起こされた。地表は深紅に染まり、太陽は吊り下がった真っ赤な球体のようだ。アブルのトラックに向かっているとき、通りの木柱が倒され、長く曲がった首をした街灯が粉砕されているのが目に入った。それに、街灯の傘のなかでは電球につながったケーブルが引っ張られているせいで、蛍光灯の芯が折れて垂れ下がっていた。ぼくらは通りに出ている人たちに目撃されそうな場所を避けた。みなぼくらの話を知っているので、すれ違いざまに同情の目か疑いの目でじろじろ見られるからだ。ぼくらは川に続くエサンの茂みのあいだの小道で狂人を待ち伏せすることにしていた。

待っているときに兄さんが話してくれたのだが、以前オミ・アラ川で男たちが神を崇めるみたいに奇妙な姿勢をしているのを見たらしい。そいつらがいないといいんだけど、と兄さんが話を続けていると、楽しそうに歌うアブルの声が川に近づいてきた。狂人は平屋の前で立ち止まった。そこでは上半身裸の二人の男性が向かい合って木の椅子に座り、ルードに興じていた。長方形のガラス板の上には白人女性のモデルの写真が置かれていた。男たちはゲーム板の周りでサイコロを振り、印のついた道に駒を進めて、ゴールにたどり着くまでそれを繰り返した。アブルは男たちの真向かいに跪き、さかんにぶつぶつしゃべっては頭を振っていた。たそがれどきは、いつもアブルが並外れた存在へと変身するころで、人間とはまるで違う精霊の目が宿る。アブルは低い声で祈り、唸っているようだった。目の前の男たちは夢中でゲームを続け、まるでひとりはキングスレー氏ではなく、もうひとりもケで終わるヨルバの名前ではないみたいに、アブルが自分たちのために祈っているなどまったく気にならないようだった。予言の最後の部分はぼくにも把握できた。「……キングスレー氏よ、そのとき、お前の息子が娘を金の儀式のために喜んで犠牲に差し出すと言った。息子は武装強盗に銃撃されて命を落とすだろう。そしてその血は車の窓に飛び散るだろう。万軍の主、緑の種を蒔く人が仰せられる。息子は――」

予言がまだ終わらないうちに、アブルに〝キングスレー氏〟と呼ばれた男が飛び上がり、怒り狂ったようすで平屋に駆け込んでいった。家から出てくると、鉈を振りかざしながら物騒な呪いの文句を吐き出し、アブルを追いかけて、エサンの茂みのあいだに小道が開いている場所まで行くとようやく足を止めたのだった。男は家に戻ってきて、今度家に近づいたらぶっ殺してやると怒鳴りつけた。

ぼくらはその場をそっと離れ、アブルを追って川のほうに向かった。ぼくは鞭打ち台に引きずられていく子どもみたいに、兄さんのあとをついていった。鞭が恐ろしくてたまらないのに、引き返すこともできないように。オベンベはラッパーにくるんだ竿を、ぼくは懐中電灯を持って、周囲の人たちに怪しまれないように最初はゆっくり歩を進めていたけれど、天上教会が建っていて通りから見えないところまで来ると早足になった。教会の入り口の正面では小さなヤギが腹這いになり、そばには黄色い小便の地図が広がっていた。どうやら風で運ばれてきたらしい古新聞が、広告チラシみたいに半分だけドアに挟まって、残りは地面の上で開いていた。

「ここで待とう」兄さんはそう言って、呼吸を整えようとしていた。

ぼくらは川岸に続く小道のほぼ突き当たりまで来ていた。兄さんも怖がっているのがわかった。ぼくと同じで、勇気のミルクが詰まった乳房から必要分を飲み干すと、すっかりミルクが干上がってしまい、老女の乳房みたいにしぼんでしまったのだ。オベンベは唾を吐き、キャンバスの靴で土をかけた。かなり近くに来ているのがわかった。川のほうからアブルが歌って手を叩いているのが聞こえてきたのだ。

「あそこにいる。今だ、攻撃しよう」ぼくは自分でそう言うと、また心臓の鼓動が速くなった。

「まだだ」オベンベは小声で言って頭を振った。「もう少し待って、だれも来ないことを確かめたほうがいい。それから出ていって、やつを殺るんだ」

「でも暗くならない？」

「心配いらないよ」と兄さんは言った。あたりを見回してから、首を伸ばして遠くを眺めた。「ぼくらが決行するとき、男たちがここに来ないように注意しないと――あの二人の男のことだ」

兄さんの声はついさっきまで泣いていたみたいにかすれていた。ぼくたちがオベンベの描いた残忍なマッチ棒人間に――狂人をなんなく殺害してしまうあの恐れ知らずの少年に――変わるところを想像してみたが、ぼくには覚悟ができていないのではないか、石やナイフや釣り針でアブルをやっつける虚構の少年たちのように勇敢になれないのではないかと不安になった。ぼくがこんな考えに耽っていると、兄さんは武器を取り出してぼくにわたした。棒はとても長く、いにしえの戦士の槍さながら、地面に突き立てて握り締めると、ぼくらの身長をゆうに上回っていた。ぼくらが待ち構えていたら、水しぶきのあがる音がして、歌と拍手が聞こえてきた。兄さんがぼくをちらりと見ると、口にされていないのに「いくぞ」という掛け声が耳に入った。そして掛け声が聞こえるたび、ぼくの心臓の鼓動がピタリと止まり、兄さんの指示をこわごわ待っていると、また動き出すのだった。

「ベン、怖いのか？」オベンベはそう聞いて、釣り竿をぼくにわたし、ラッパーを草むらに投げ込んだ。「言ってみな、怖いのか？」

「うん、怖い」

「なんで怖い？　兄さんたちの、イケンナとボジャの仇を討とうとしてるのに」オベンベは額を拭って、自分の釣り竿を草むらに放り、ぼくの肩に手を置いた。

彼は近くに寄って、また釣り竿を持ち上げ、ラッパーがするりと落ちると、ぼくを抱き締めた。「いいかい、怖がるんじゃない」オベンベはぼくの耳元で囁いた。「ぼくらは正しいことをしてる。神様もご存じだ。これでぼくらは自由になれる」

本当に言いたいことが怖くて言えなかったので――引き返すべきだよ、一緒に家に戻ろうよ、オベンベが怪我するんじゃないかって心配だよ――ぼくは代わりに言葉で煙幕を張ることにした。「早くやってしまおう」

兄さんはぼくを見ると、ランプに灯りがともるみたいに、ゆっくりと表情を輝かせた。それにぼくにはわかった。この忘れられない瞬間、優しい手で灯りをともしてくれていたのは、死んだ兄さんたちだと。

「行くぞ！」兄さんは闇に向かって雄叫びをあげた。

少し間を取ってから、兄さんは川のほうへ駆け出し、ぼくもあとに続いた。

ややあって川岸にたどり着いたあと、アブルに突進しようとして、どうして二人ともあんな大声を出したのか、よくわからなくなった。ぼくが立ち上がったとき、心臓の鼓動が止まってしまったので、もう一度蘇らせようと思ったのか。あるいは昔日の戦士みたいに猛進しているとき、兄さんが泣き出してしまったからなのか。あるいは泥だらけのグラウンドを転がるボールみたいに、ぼくの心が目の前で転がり出したからなのか。それはともかく、ぼくらが川べりにやって来たとき、アブルは仰向けに寝転がり、空を見上げて大きな声で歌っていた。川は背後に広がり、水面は暗闇のキルトで覆われていた。狂人は目を閉じていた。魂の奥底から溢れ出したような半狂乱の叫びをあげて、ぼくらが突進していったというのに、自分が襲われそうになっていることに気づいていなかった。突然ぼくらにとりついた精霊が、その刹那、ぼくの心の前面に跳び上がってきて、ありとあらゆる感覚をずたずたに引き裂いた。ぼくらは喚き、泣きながら、無我夢中でアブルの胸に、顔に、手に、頭に、首に、可能ならどこにでも、釣り針をグサグサ突き刺していった。狂人は慌てふためき、激しく取り乱し、朦朧としていた。両腕を伸ばして身を守ろうとしたかと思うと、絶叫し、悲鳴をあげながら、うしろ向きに走っていった。アブルの体は穴だらけになり、あちこちの傷口から血が噴き出し、ぼくらが針を引き抜くたびに肉の塊が抉り出された。ぼくはずっと目をつぶっていたが、ほんの一瞬だけ目を開けたら、肉片が削り取られ、至るところから血が滴り落ちているのが見えた。アブルの絶望的な叫び声を聞いて、ぼくの存在の核心が揺さぶられた。ところがぼくらは籠の鳥のように、いつまでもアブルに激しい怒りをぶつけて、籠の柵から柵へ、天井から底まで飛び回っていたのだった。耳をつんざくような声をあげ、うろたえ、じたばたしながら、アブルはなにかをまくしたてていた。ぼくらはひっきりなしに、針を刺して、抜いて、殴りつけて、喚いて、悲鳴をあげて、泣きじゃくっていたが、アブルは衰弱して血まみれになり、子どものように泣き叫んで、とうとう仰向けのまま川に落ちていき、大きな水しぶきをあげたのだった。かつてこんな話を聞いたことがある。持っていないものを得ようとすると、どんなにそれが得がたいものであっても、足を止めて追い求めるのをやめない限り、結局それをつかみとってしまう。そう、まさにぼくらのことだ。

傷を負ったレヴィアタンのように、アブルの死体が流されて、暗くなる水面に血が噴き出ていくのを見ていたら、背後でハウサ語をがなりたてている声がした。びっくりして振り向くと、二人の男が懐中電灯を照らしながらこっちに走ってくる影が見えた。逃げようとして足を動かす前に、ぼくはそのひとりに飛びかかられて、うしろからズボンをつかまれた。男は酒の強い臭いを漂わせ、威圧的な空気を醸し出していた。そしてぼくを地面にねじ伏せ、理解できない言葉でせかせかとぎこちなくまくしたてた。兄さんはぼくの名前を大声で呼びながら、木々のあいだを走り抜け、あとからもうひとりの酔っぱらいがよろめきながら追いかけていた。ぼくの左腕はがっちりと捕まれ、強く引っ張れば腕が抜けてしまいそうだった。なんとかして逃げようともがきながら、ぼくは釣り針を握り締め、あらん限りの勇気を奮い起こして、その先端を男に突き立てた。男はわーっと叫び声をあげ、激しい痛みに襲われてどたどた足を踏み鳴らした。男の手から懐中電灯が滑り落ち、パッとブーツを照らし出した。即座にこの男が前に川で見た兵士のひとりだとわかった。

ぼくは恐怖の旋風に飲み込まれた。半狂乱になって逃げ出し、建ち並ぶ家のあいだ、茂みの小道を全速力で走って、アブルのおんぼろトラックの近くまでやって来た。そこでようやく立ち止まり、両手を膝に置いて、命と空気と平安を一度にぜんぶ求めて懸命に喘いだ。地面に屈み込むと、兄さんを追いかけていたもうひとりの兵士が川のほうに走って戻っていくのが見えた。ぼくはアブルのトラックのうしろでしゃがんで身を隠したが、男がここを通り過ぎるとき、見られたのではないかと不安になって、心臓がドキドキし始めた。息を殺して待っているあいだ、男が近づいてきてトラックの背後からぼくを引きずり出すところが思い浮かんだ。それでもじっと身動きしないまま、トラックの周りには街灯がないので、見えなかったはずだと考え、ほっと胸を撫で下ろした。一番近い街灯でもかなり離れているうえに破壊されていて、安定器の部分で折れ曲がり、ハゲワシが死肉に群がるようにハエが周囲を飛び回っていたのだ。それからぼくは、トラックとうちの裏の急斜面のあいだに広がる小さな草むらをしばらくゆっくりと進んだあと、家に一目散に走って帰った。

母さんはすでに店を閉めて帰宅しているはずだったので、豚の飼育地を抜ける裏庭のルートを行った。月が遠くから夜の闇を照らし出し、あたりの木々がおどろおどろしく浮かび上がっていた。そのありさまは、暗く霞んだ頭をした怪物が身じろぎひとつせずに立ちはだかっているようだった。家の塀の近くまで来たとき、こうもりが飛び去って、イバフェの家に向かっていくのを目で追った。ぼくはイバフェのお祖父さんを思い出した。唯一、ボジャが井戸に身を投げるのを目撃したかもしれない人。お祖父さんは九月に町の外の病院で亡くなった。八十四歳だった。塀によじ登っていると、囁き声が聞こえてきた。オベンベが敷地のなかで井戸のそばに立ち、ぼくを待っていた。

「ベン！」兄さんはかすかな声を絞り出して、井戸の口からさっと離れた。

「オベ」ぼくは塀をよじ登りながら兄さんを呼んだ。

「釣り竿はどこ？」オベンベはそう聞いて、息を整えようとしていた。

「あれ……あそこに、置いてきちゃった」とぼくは口ごもりながら返答した。

「いったいなんで？」

「男の手に刺さってる」

「ほんとに？」

ぼくはうなずいた。「捕まりそうになったんだ、あの兵士に。だから針で攻撃した」

兄さんは理解できていないようだったので、裏のトマト畑に連れられていくあいだに、なにが起こったのか説明した。それからぼくらは血まみれのシャツを脱いで、鼠を飛ばすみたいに、塀から家の背後の茂みに向かって放り投げた。兄さんは釣り竿を取って菜園のうしろに隠そうとした。そのとき、兄さんが懐中電灯をつけると、針に刺さったアブルの血だらけの肉片が目に飛び込んできた。兄さんは壁にこすりつけて取り除こうとしていたが、ぼくはそのそばでしゃがみこみ、地面に嘔吐してしまった。

「心配いらないよ」兄さんの話の合間にコオロギの鳴く声が響いていた。「もう終わったんだ」

「もう終わったんだ」という声がぼくの耳でこだました。ぼくがこくりとうなずくと、兄さんは釣り竿を落としてゆっくりと歩み寄り、ぼくを抱き締めた。

16 雄鶏

兄さんとぼくは雄鶏だ。

まるで自然界の目覚まし時計のように、大きな鳴き声をあげて人びとの目を覚まし、夜の終わりを告げるが、この奉仕の見返りとして人間の食用に殺されてしまう。ぼくらはアブルを殺したあと、雄鶏になった。しかし本当のところ、雄鶏に変化するプロセスが始まったのは、菜園を離れて家のなかに入り、ぼくらの教会のコリンズ牧師を見たときだった。コリンズ牧師はなにかあるたび姿を現すようで、ちょうどわが家への訪問を済ませるところだった。頭の傷にはまだ包帯が巻かれたままで、居間の窓際に置かれたラウンジチェアに両脚を広げてどっかりと腰を下ろし、ンケムがあいだに座って、遊んだりぺちゃくちゃおしゃべりしたりしていた。ぼくらが部屋に入ると、牧師は太く朗々とした声で呼びかけた。母さんはぼくらがどこに行ったのか心配していたので、牧師が来ていなければ質問攻めに遭っていたはずだ。しかしぼくらが帰宅したのがわかり、怪訝そうな目をして、ため息をついたのだった。

「やあ漁師諸君」ぼくらを見るとコリンズ牧師は大声でそう言って、勢いよく両手をあげた。

「今晩は」とオベンベとぼくは声を揃えた。「ようこそ、牧師さん」

「おお、子どもたち、こっちに来て顔を見せてくれ」

牧師は腰を浮かしてぼくらと握手を交わした。まれに見るような敬意に満ちた謙虚な姿勢で、会う人みんなと――小さな子どもでさえも――握手するのが牧師の習慣だった。イケンナがかつて言っていたのだが、牧師の柔和な物腰は愚かさの表れなんかじゃない、〝信仰を新たにした〟人の謙虚さの証しだ、と。彼は父さんより何歳か年上で、背が低くがっしりしていた。

「牧師さん、いついらしたのですか？」オベンベはそう言って笑顔を振りまき、牧師のそばに立った。ぼくらは塀の向こうのゴミ捨て場にシャツを投げ捨てたのだが、オベンベはエサンの草や汗などの臭いを漂わせていた。質問を受けると牧師は顔を輝かせた。

「しばらくになるかな」と牧師は答え、目を細めて腕から手首に滑った時計を見た。「六時、いや六時十五分前に来たと思うがね」

「シャツをどこへやったの？」母さんは困惑していた。

ぼくはビクッとした。言い訳を考えていなかったのだ。その後どうなるかさえ予想もしないまま、アブルの血がついてしまったからシャツを投げ捨てたにすぎず、半ズボンとキャンバスの靴だけで家に戻ったのだった。

「暑いからだよ、母さん」ひと呼吸おいてからオベンベは言った。「汗でびしょ濡れになったんだ」

「それに」母さんは立ち上がって、じろじろぼくらを見ながら続けた。「それにベンジャミン、なんなのそれは。頭が泥だらけじゃないの」

みんながぼくのほうを見た。

「いったいどこに行ってたの？」

「公立高校の近くの広場でサッカーをしてたんだよ」とオベンベが答えた。

「おやおや！　通りのサッカー少年たちときたら」コリンズ牧師は声を張り上げた。

デイヴィッドがシャツを脱ぎ出したので、母さんの注意が逸らされた。「なんで脱いでるの？」

「暑いよ、暑い、ママ。ぼくも暑い」

「あら、ほんとに？」

デイヴィッドはうなずいた。

「ベン、扇風機をつけてあげて」母さんがそう促し、牧師はクスクス笑った。「それから、あんたたち二人、すぐにお風呂に行って体を洗いなさい！」

「だめだめ、ぼくがやるよ」デイヴィッドは大声をあげると、急いで壁のスイッチのところに椅子を持っていき、椅子に登ってつまみを時計回りにひねった。扇風機が動き出し、大きな音をたてて回転した。

デイヴィッドはぼくらを救ってくれた。母さんたちがデイヴィッドに気をとられているあいだ、兄さんとぼくは部屋にこっそり戻って鍵を掛けた。血痕を隠すために半ズボンを裏返しにしてはいていたのだが、母さんにかかるといつもどんなことでも見つかってしまうので、あのままもう少しあそこで立っていたら、ぜんぶ見破られてしまうのではないかと心配になったのだ。

部屋に入って兄さんが電気をつけると、あまりに眩しくてぼくはしばらく目を細めていた。

「ベン」兄さんの目は再び喜びに満ちていた。「とうとうやったな。イケとボジャのために復讐を果たしたんだ」

オベンベはもう一度ぼくを温かく包み込んだ。兄さんの肩に頭を載せていると、急に泣きたくなった。

「どういうことかわかるか?」オベンベは体を離したが、ぼくの手を握ったままそうたずねた。

「エサン――報復だ。色んなところで読んだのだけど、報復をしないと、兄さんたちは決して許してくれず、ぼくらは二度と自由になれないらしいんだ」

兄さんはぼくから目を逸らして床を見た。その目線を追っていると、左脚の裏に血痕が見えた。ぼくは目を閉じ、うんとうなずいた。

それからぼくらは一緒に風呂に行った。オベンベは浴槽の隅に置いたバケツで水を浴び、何度か大きな手桶で水を汲んで体にかけ、石鹸の泡を洗い流した。石鹸は小さな水溜まりのなかにあったので、元の大きさの半分に溶けてしまっていた。オベンベは石鹸を慎重に使おうとして、まず頭で泡立ててから水をかけ、水と泡が体をつたっていくと両手で体をこすった。それから、二人で使っている大きなバスタオルにくるまり、依然としてにこやかな表情を浮かべていた。次にぼくが浴槽のところへ行くと、両手が震え出した。風呂の小窓の鎧戸にかけられた網の裂け目から羽虫が入ってきて、電球の周囲に集まって風呂の壁を這い回り、羽根がとれたらあたりに粘液のようなものを出していた。ぼくは心を落ち着かせるために、虫に神経を集中させようとしたが、できなかった。とてつもない恐怖がつきまとい、体に水をかけようとして、プラスチックの手桶をうっかり落として割ってしまった。「ああ、ベン、ベン」オベンベが駆け寄ってきて、両手でぼくの肩を押さえた。「ベン、ぼくの目を見るんだ」

ぼくにはそれができず、代わりにオベンベは両手でぼくの頭をぐいと動かして自分のほうに向けた。

「怖いの?」と兄さんはたずねた。

ぼくはうなずいた。

「どうして、ベン、どうしてだよ? アティバエサン——報復を成し遂げたというのに。なあ、漁師ベン、なにを恐れてるんだ?」

「兵士たちが怖い」とぼくはなんとか声を出した。

「どうして、やつらがなにをする?」

「兵士たちがここに来て、ぼくら——ぼくら全員殺されるんじゃないかって」

「シーッ、声を抑えて」ぼくは自分が大声を出していることに気づいていなかった。「よく聞け、ベン、兵士たちは来ない。やつらはぼくらのこと知らないし、これからも知るはずない。そんなこと考えるもんじゃないよ。ぼくらの居場所も、ぼくらがだれかも知られてないんだ。この家に戻るのを見られたかい?」

ぼくは首を横に振った。

「じゃあ、なにが怖い? なにも怖がることなんてないさ。いいか、日々は食べ物みたいに、魚みたいに、死体みたいに、朽ちていく。この夜も朽ち果てて、すぐに記憶から消えるはずだ。な、ぜんぶ忘れるんだ。なにも」――と言ってオベンベはしきりに頭を振った――「なにも起こらない。だれもぼくたちに触れたりしない。父さんが明日帰ってきて、バヨさんのところに連れていってくれる。そしたらぼくらはカナダに行くんだ」

兄さんはぼくを揺り動かして同意を求めた。兄さんには、ぼくを説得できたということ、まるでコップをひっくり返すように、ぼくの信念や劣った知識を完全にひっくり返せたということがすぐにわかるんだな、とあのころぼくは思っていた。それにときには、そういうことが必要な場合があったし、賢明な教えを心底望んでいたこともあった。兄さんの言葉はいつもぼくの心を動かした。

「わかったか?」と兄さんは言ってぼくを揺さぶった。

「じゃあ、父さんと母さんはどうなの。兵士たちは手を出さない?」

「ぜったいにだいじょうぶ」オベンベは左の拳で右の手のひらをポンと打った。「父さんも母さんも元気で幸せでいる。いつでもぼくらに会いにカナダに来れるよ」

ぼくはうなずいて、少し口をつぐんでいると、また別の質問がまるで虎のようにぼくの思考の檻から飛び出してきた。「じゃあ」とぼくは遠慮がちに切り出した。「じゃあ、オベはどうなの?」

「ぼく?」とオベンベは聞き返した。「ぼくか?」彼は手で顔を拭い、頭を横に振った。「ベン、もう言ったよ。言っただろ。ぼくは、ぜっ、たい、だいじょうぶ。お前も、ぜっ、たい、だいじょうぶ。父さんも、だいじょうぶ、母さんも、だいじょうぶ。そう、きっとなにもかもうまくいく」

ぼくはうなずくしかなかった。兄さんがぼくの質問に苛立っているのがわかった。

オベンベは大きな黒いドラム缶から小さな手桶を取り出して、ぼくの体を洗い始めた。ドラム缶を見てボジャのことを思い出した。ボジャはラインハルト・ボンケの福音集会で救済されたのち、洗礼を受けなよ、さもないと地獄に落ちるよ、とぼくらにも迫った。ぼくらは順番に悔い改めるよう言いくるめられて、ドラム缶で洗礼を受けた。あのとき、ぼくは六歳で、オベンベは八歳。二人とも今よりもずいぶん背が低かったので、水に浸かるには空のペプシの木箱の上に乗らなければならなかった。そしてボジャはひとりずつ、ごぼごぼと咳き込むまで頭を水に沈めた。ほどなく、ぼくらの頭を水からあげると、顔を輝かせてぼくらを抱き締め、これで解放されたと宣言したのだった。

*

母さんの急ぎなさいと呼ぶ声が聞こえたとき、ぼくらは着替えていた。コリンズ牧師が帰る前にぼくらのために祈ってくださるということだった。しばらくして、牧師は兄さんとぼくに跪くよう言ったが、デイヴィッドは自分も一緒がいいと言い張った。

「だめ、立ちなさい!」母さんは怒鳴りつけた。デイヴィッドはしかめ面をして、今にも泣き出しそうだった。「泣いたり、また跪いたりしたら、叩くからね」

「こらこら、やめなさい、ポーリーナ」牧師はそう言って笑った。「デイヴ、心配いらないよ。兄さんたちが終わったら、跪いていいからね」

デイヴィッドは納得した。牧師はぼくらの頭に手を置いて祈り始め、ときどき唾を飛び散らせた。神が悪から守ってくださるという魂の底からの祈りが、頭皮を通して伝わってきた。祈りの半ばで、牧師は説教をするように、神の子に対する神の約束について語り始めた。その話が終わると、これらすべてがイエスの名における〝分け前〟であるよう願った。そしてわが家に神の慈悲があるよう懇願した――「ああ、天にまします父よ、昨年、悲劇的な事件が起こりましたが、この子たちが前に進んでいけるようどうかお助け願います。海外へ旅するという望みが叶うよう、どうかお助けください、そして二人に祝福を与えてください。カナダ大使館の役人がビザを発行しますように。ああ神よ、あなたはこれらすべてを叶えられます。あなたはおできになります」母さんは祈りの最初からずっと、繰り返し〝アーメン〟と応えていた。そしてすぐにンケムとデイヴィッドも続き、兄さんとぼくはもごもごと唱えたのだった。牧師がやにわに歌い出すと、母さんも歌に加わって、シューという声やコツコツという音で合いの手を入れた。

彼には可能だ／きっと可能だ／解放と／救済が
彼には可能だ／きっと可能だ／信じる者の／解放が

三度同じ歌を繰り返したあと、牧師は祈りに戻り、今度はいっそう熱を込めた。ビザに必要な書類や資金の問題にまで触れ、続いて父さんのための祈りがなされた。ほどなく、母さんのためにも祈りが捧げられた――「ああ神よ、この女性はとてつもなく苦しみました。子どもたちのことでひどく苦しんだのです。ああ主よ、あなたはすべてをご存じです」

母さんは嗚咽（おえつ）をこらえようとしたが、祈りの妨げになったので、牧師はさらに声を張り上げて続けたのだった。「主よ、彼女の涙を拭いたまえ」さらにイボ語でも付け加えた。「イエスよ、彼女の涙を拭いたまえ。彼女の心を永遠に癒したまえ。子どもたちのことで、二度と涙を流すことがないように」祈りが終わると、牧師は神が祈りを聞き届けてくださったことを何度も感謝して、みなで〝轟きわたるアーメン〟を唱えるように促した。そうして祈りは締め括られたのだった。

ぼくらは牧師に感謝の言葉を述べて、また握手を交わした。そして母さんとンケムが門まで牧師を見送った。

＊

祈りが終わるとぼくの気持ちは楽になり、家に持ち帰った重荷が少し軽くなったような気がした。オベンベが安心させてくれたからかもしれないし、祈りのおかげかもしれない。わからなかった。でもはっきりしていたのは、なにかがぼくの心をどん底から救ってくれたということだ。デイヴィッドが〝豆〟が台所にあるよと教えてくれた。それで兄さんとぼくが食事をしていたところ、牧師を見送った母さんが、歌って踊りながら家に戻ってきた。

「神様はついに敵を倒してくださった」母さんは両手をあげて歌っていた。「チネーケネーメーンマ、イメーラエケレディーリーギ……（神の偉業を讃美しましょう。ポピュラーな讃美歌の一節）」

「母さん、いったいどうしたの？」兄さんはたずねたが、母さんはそれを無視してまた歌を繰り返したので、ぼくらはなにが起こったのか聞くために辛抱強く待っていた。母さんは天井を見ながらもう一曲歌い、歌が終わるとようやくぼくらのほうを向き、目に涙を浮かべて言ったのだった。「アブル、オニイオジョアウンゴ——アブル、邪悪な者は死んだ」

まるで手から押し出されたみたいにスプーンを床に落として、マッシュした豆を散らかしてしまった。でも母さんは気づいていないみたいで、聞いてきた話を始めた。〝どこかの少年たち〟が狂人のアブルを殺した、と。牧師を見送って引き返す途中、ボジャの死体を井戸で発見した隣の女性に会った。女性は大喜びで、母さんにニュースを伝えようとわが家にやって来るところだった。「オミ・アラの近くで殺されたんだって」と母さんは話し、ンケムにぐいっと足を引っ張られて少しラッパーが緩んだので、腰のあたりできゅっと締め直した。「ほらね、お前たちが毎晩あそこに行って魚釣りをしていたときは、神様が守ってくださっていたのよ。最後には大きな災難があったのは確かだけど、少なくともあそこではみんな無事だった。あの川は悪と恐怖が蔓延する場所。邪悪な男の死体が浮いているところを想像してごらん」母さんはそう言うとドアを指差した。

「ね、わたしのチ、守り神はぴんぴんしていて、とうとう仇を討ってくれた。アブルは子どもたちを舌で鞭打った。でもその舌はあの男の口のなかで腐敗していく」

母さんはまだ喜び浮かれていたが、オベンベとぼくは自分たちがしでかしたことの意味を理解しようとしていた。でも、できなかった。未来を覗こうとすると、なんにも見えない。だれかの耳の穴を覗き込むのに似ている。闇に紛れて実行したことがそんなに広く知れわたっているとは信じがたかった。オベンベもぼくも、こんなことになるとは思ってもみなかった。ぼくらが思い描いていたのは、川岸で狂人を殺してそのまま放置し、腐敗が始まってからようやく死体が発見されることだった——

ボジャと同じように。

兄さんとぼくは夕食のあと、部屋に戻って無言のままベッドに入ったが、ぼくの頭は最期の瞬間を迎えるアブルのイメージでいっぱいになった。そしてあのとき自分に宿った不思議な力のことを考えた。針を突き刺すたび、あれほど正確に、あれほど強い力で手が動いて、アブルの肉体に深く切り込んだのはなぜだろう、と。それからアブルの死体が川に浮かび、魚が群がっているところを想像していたら、ぼくと同じで、眠れずにいた兄さんが、ぼくが起きていることにも気づかず、突然ベッドから起き上がってわっと泣き始めた。

「知らなかったんだ……ぼくは兄さんたちのためにやった。ベンとぼくは兄さんたちのためにやったんだ」オベンベは泣きじゃくっていた。「母さん、父さん、ごめんなさい。ごめんなさい、もう二度と苦しんでほしくなかったんだよ。でも――」痙攣の発作のような激しい泣き声に言葉が飲み込まれて、聞き取れなくなった。

兄さんのようすをこっそり見ながら、想像するよりも間近に迫っている未来が――明日の未来のことすら――不安になり、ぼくの心は苛(さいな)まれた。そしてぼくは静かに、できる限り声をひそめて、明日という日の脚の骨が折れて、その日が歩いてきませんように、と祈ったのだった。

＊

ぼくは知らないうちに眠りについたみたいで、遠くのほうでムアッジンが信徒に祈りを呼びかけている声が聞こえて目を覚ました。まだ朝の早い時間で、兄さんが開け放ったままにしていた窓から、早朝の太陽の光が部屋に入ってきた。眠れたのかどうかわからなかったが、兄さんは勉強机に向かってぼろぼろの黄ばんだ本を読んでいた。それがシベリアからドイツまで歩いて帰ったドイツ人に関する本ということは知っていたけれど、タイトルは忘れてしまった。オベンベは上半身裸で、鎖骨が浮き出ていた。あの任務が成し遂げられるまで、何週間も熟考して計画を練っているあいだに、かなり体重が落ちてしまったのだ。

「オベ」とぼくは声をかけた。兄さんはビクッとして素早く立ち上がり、ベッドのほうに近づいた。

「怖いの？」とオベンベは聞いた。

「ううん」と言ってはみたものの、思い直して「でも、あの兵士たちに見つからないかって、心配だよ」と続けた。

「いやいや、だいじょうぶだ」オベンベはそう言って頭を横に振った。「でも念のため、父さんが帰ってくるまで家のなかにいよう。そしたらバヨさんがカナダに連れていってくれる。心配いらないよ。ぼくらはこの国を出て、ぜんぶあとに残していくんだから」

「父さんたち、いつ戻ってくるの？」

「今日だよ。父さんは今日帰ってきて、ぼくらは来週カナダに行く。たぶんね」

ぼくはうなずいた。

「いいね、怖がらないで」と兄さんはもう一度繰り返した。

兄さんはぼんやりとした目をして、自分の考えに耽っていた。それから、ぼくを不安にさせたかもしれないと思ったのか、気を取り直したように「なにか話をしようか？」と口を開いた。

うん、とぼくは答えた。兄さんはまたしばらくうわの空になり、唇は動いているようだったけれど、なにも言葉が出てこなかった。だが再び心を落ち着けて、シベリアで抑留されていたクレメンス・フォレルが脱走してドイツに帰還した話を始めた（ヨゼフ・マーティン・バウアー『わが足の続く限り』、一九五五年）。話の途中で、近所から大声が聞こえてきた。どこかで人だかりができているにちがいない。兄さんは話をやめて、ぼくの目をじっと見つめた。二人して居間に行くと、母さんがンケムを着替えさせて、店に出かける準備をしているところだった。もう午前はずいぶん過ぎて九時になっており、部屋には食べ物を焼いた匂いが充満していた。皿にはフォークに刺さったままの目玉焼きが残っていて、揚げたヤム芋がその横にあった。

ぼくらは母さんのそばでソファに腰を下ろし、外の騒ぎがなんなのか聞いた。

「アブルのこと」ンケムのオムツを替えながら母さんは言った。「死体がトラックで運ばれていくところで、兵士が殺人犯の少年を追っているって話。ああいう人たちは、まったく理解できない」と今度は英語に切り替えて話した。「あんな役立たずの人間を殺してなにが悪い？　なんでその子たちがあいつを殺しちゃだめなの？　アブルが彼らに悪が降りかかるよう、とんでもない恐怖を植え付けていたとしたら？　だれが責められるというの？　それはともかく、その子たちは兵士とも揉み合いになったって」

「兵士はその子たちを殺すつもりなの？」とぼくは口を開いた。

母さんはこの質問に驚いたようで、ぼくのほうを見た。「さあね。殺すかどうかはわからない」母さんは肩をすくめた。「とにかく、二人とも家にいなさい。騒ぎが落ち着くまで出ていってはだめ。すでにあの狂人に関係してしまっているのだから、こんな騒ぎ、見てほしくない。生きていようが死んでいようが、あいつには二度とかかわってほしくないのよ」

兄さんが「はい、母さん」と答えたので、ぼくも声を詰まらせながら、はい、と続いた。デイヴィッドが母さんの言葉をそっくりそのまま真似ていると、もう仕事に行くから、一緒に来て門と玄関のドアに鍵を掛けて、と母さんは言った。ぼくは立ち上がって門を施錠しに行った。

「エメが帰ってきたら門を開けてちょうだい。午後に戻ってくるみたいだから」

ぼくはうなずいて、母さんたちが出ていくのを見届け、外でだれかが見ているかもしれないと思い、急いで門の鍵を掛けた。家に入ると、突然兄さんが突進してきて雨戸に押しつけられたので、ぼくの心臓は体から飛び出そうになった。

「なんで母さんの前であんなこと言う？　なんてバカなんだ。また母さんが病気になってもいいのか？　またみんながめちゃくちゃになってもいいのか？」

ぼくは頭を振りながら、兄さんの言うことに逐一「ちがうよ」と返した。

「いいか」兄さんは息を弾ませながら言った。「ぜったいに見つからないから。わかったな？」

ぼくはうなずいて、床を見ながらちびってしまった。すると兄さんはぼくをかわいそうに思ったのか、声を和らげていつものようにぼくの肩に手を置いた。

「なあ、ベン。傷つけるつもりはなかったんだ。ごめん」

ぼくはうなずいた。

「心配いらない。やつらが来てもドアを開けなければいい。そしたら、留守だと思って帰っていくよ。だいじょうぶだ」

オベンベはカーテンをぜんぶ閉め、ドアを施錠すると、イケンナとボジャの空っぽの部屋に入って行った。ぼくはあとをついていって、父さんが運び込んでいた新しいマットレスに——この部屋で唯一のものだ——二人して座った。部屋は空っぽだけれど、兄さんたちの痕跡は消えない染みのように至るところで感じられた。M・K・Oカレンダーが引き剝がされた壁の白い部分、たくさんの落書き、マッチ棒男の絵が目に入った。それから天井を見上げると蜘蛛と蜘蛛の巣がいっぱいで、二人が死んでから時がたったことを物語っていた。

薄く透けたカーテンに太陽が照りつけ、ヤモリが這い上がっている影が見えた。兄さんは黙りこくったまま座っていた。そのとき、門をドンドンと激しく叩く音が聞こえてきた。兄さんは必死になってベッドの下にぼくを引きずり入れ、二人で暗い場所に慌てて入り込んだ。ドンドンと叩く音は続き、同時に「門を開けろ！　だれかいるなら、すぐに開けろ！」という叫び声がした。オベンベがベッドのシーツを引っ張ると、シーツは下に垂れ下がってぼくらを覆った。ぼくは蓋のない空き缶をたまま触って近くに引き寄せた。缶は蜘蛛の糸だらけで、そのあいだからタールのように真っ黒な内側が見えた。ぼくらが魚とオタマジャクシを入れるために集めていた缶のひとつにちがいない。部屋の物を残らず焼いたときに、父さんの目をすり抜けたのだろう。

ぼくらがベッドの下に潜り込んだら、すぐに門を叩く音は止んだ。でもぼくらは暗がりのなか、息を殺してその場にとどまった。ぼくの頭はズキズキと痛んだ。

「行ったようだね」しばらくしてぼくは兄さんに声をかけた。

「うん、でも戻ってこないのがはっきりするまで、ここにいたほうがいい。塀を乗り越えて入ってきたらどうする？　それに――」オベンベは言葉を切って、なにか怪しい物音が聞こえたように虚ろな目をした。そしてこう続けた。「ここで待ってよう」

　そのままベッドの下に身を隠していると、ぼくは強い尿意を感じたがぐっとこらえた。兄さんが不安になったり悲しんだりするのが嫌だったのだ。

＊

　次に門をノックする音が聞こえてきたのは、一時間ほどあとのことだった。優しくノックする音に続いて、父さんが聞き慣れた声でぼくらの名前を呼び、家にいるのかとたずねるのが聞こえた。ぼくらはベッドの下から這い出て、服や体についた埃を払い落とした。

「早く、早く行って、開けるんだ」兄さんはそう言うと、浴室に行って目を洗った。

　ぼくが門を開けると、父さんは輝くばかりの笑顔を浮かべていた。父さんは帽子をかぶり、眼鏡をかけていた。

「なんだ、二人とも寝ていたのか？」

「はい、父さん」

「おやおや、なんてこった！　うちの息子たちはとんだ怠け者だ。さあ、それもすぐにぜんぶ変わるぞ」父さんはしゃべりながら家に入った。

「どうして家にいるのに鍵を掛けているんだ」

「今日、強盗があったんだよ」

「なに、こんな昼日中にか？」

「そうだよ、父さん」

父さんは居間に行って書類鞄をそばの椅子に置き、椅子のうしろに立っている兄さんと話しながら靴を脱いだ。ぼくがなかに入ると、兄さんが「旅はどうだった？」と言うのが聞こえた。

「良かった、最高だ」父さんはそう言って、長いあいだ見たことのないような満面の笑みを浮かべた。

「ベンが言っていたが、今日このへんで強盗があったんだって？」

兄さんはぼくをちらりと見てからうなずいた。

「おお、そうか」と父さんは言った。「さてと、とにかくだな、お前たちにいい知らせがあるぞ。ただその前に、母さんが食べ物を残してくれてないかね？」

「今朝、ヤム芋を揚げてたよ。まだ残ってると思うけど——」

「お皿に父さんの分があるよ」と兄さんが締め括ってくれた。

通りのどこかでサイレンの鳴る音が聞こえて、また兵士に対する恐怖が襲いかかり、ぼくの話す声は震えていた。父さんはそれに気づき、ぼくらの顔を順番に眺めて、知らないことを探り当てようとした。「だいじょうぶか、二人とも？」

「イケとボジャを思い出してたんだ」兄さんはそう言うと、突然泣き崩れてしまった。

父さんはしばらく呆然と壁を見ていたが、頭をあげて話を始めた。「いいか、よく聞け。父さんは、お前たちになにもかもあとに残していってもらいたいんだ。だから父さんは金を借りて、あちこち走り回っている。すべて、お前たちが新しい環境に身を置いて、兄さんたちを思い出すものに触れないためにやっていることだ。母さんのことを、母さんに起こったことを見てみるがいい」母さんがまるでそこにいるみたいに壁を指差した。「あの人はものすごく苦しんだ。なぜだかわかるか？ 子どもたちを愛しているからだ。お前たちのことだ。お前たちみんなを愛しているからだ」父さんは頭をぶるぶると振った。

「いいな、これからはなにをするにも、どんなことをするにも、まず母さんのことを、母さんがどうなるのかを考えなさい。なにかを決めるのはそれからだ。父さんのことを考えろとは言わない。母さんのことだけ考えてほしい。わかったか？」

ぼくらはうなずいた。

「よし、じゃあ食べ物を持ってきてくれないか。冷えていてもいいから」

ぼくは父さんの言ったことを考えながら、台所に入っていった。そして揚げたヤム芋と目玉焼きの入った皿をフォークと一緒に運んだ。父さんは再び満面の笑みを浮かべて、食べながら、ラゴスの出入国管理局でぼくらのパスポートを取得したことを話した。父さんは、自分の船が沈んで、命ほど大切なものが――夢の地図（イケンナはパイロット、ボジャは弁護士、オベンベは医者、ぼくは大学教授）が――消えてしまったとは、これっぽっちも思っていなかった。

父さんはぴかぴかの包みにくるまれたケーキを取り出して、ぼくらに二つをぽんと放った。

「そのうえだな」と言って、まだ鞄のなかをごそごそしていた。「バヨがナイジェリアに着いた。昨日、アティヌケに電話して、バヨと話したよ。来週ここに来て、ビザのためにお前たちをラゴスに連れていってくれる」

来週。

この話でカナダ行きの可能性がまた一段と近づいて、ぼくは打ちのめされた。父さんが言った〝来週〟という時間があまりに遠く思えたのだ。どうにかしてカナダに行きたかった。そこで、まず荷造りをしてイバダンに向かい、バヨさんの家に身を置き、ビザが取れたらそこから出発できるのではないかと考えた。父さんにこの案を切り出したかったが、オベンベがどんなふうに思うか不安だった。でもしばらくして、父さんが食事を済ませて眠りについたあと、ぼくはこの考えを兄さんに伝えた。

「そしたら、ぼくらのことがばれてしまう」兄さんは読んでいる本から顔をあげずに答えた。ぼくは言い返そうとしたができなかった。

オベンベは頭を横に振った。「なあ、ベン。それはだめだ。ぜったいに。心配しないで。ぼくに考えがあるから」

夕方になって母さんは帰宅し、父さんに捜索のことや、少年がアブルを釣り針で殺したという通りで噂されている話をした。父さんはどうしてぼくらがなにも言わなかったのか不思議がった。

「強盗のほうが大事だと思ったんだ」ぼくは言い訳を考え出した。

「うちにも来たのか？」父さんは眼鏡のうしろで険しい目つきをしていた。

「ううん」と兄さんが答えてくれた。「ベンが寝ているときに、ぼくはだいたい起きていたけど、父さんが帰ってくるとき以外、なにも物音はしなかったよ」

父さんは納得してうなずいた。

「たぶん、アブルが予言をおこなおうとしたところ、その子たちは予言が現実になるのを恐れて襲いかかったんだろうな」と父さんは話した。「あんな霊力が宿るなんて、まったく残念なことだ」

「そうかもしれないわね」と母さんも同調した。

両親は夜の残りの時間、ずっとカナダのことを話していた。父さんは母さんに用事を済ませてきたことを同じくらい嬉しそうに語っていたが、ぼくはというと頭が割れるほど痛くて、だれよりも早く横になり、あまりに気分が悪くて死ぬんじゃないかとすら思った。このとき、カナダに行きたいという気持ちはとても強くなっていて、オベンベと一緒じゃなくてもいいからなんとしても行くんだとまで考えていた。この状態は夜中まで続いていたが、そのうち父さんはソファでうたた寝して、喉をガーガー鳴らし始めた。そうして、穏やかな気持ちと安心感が消え去り、冷気ほど強く、身も凍るような恐怖がどっと体に流れ込んできた。まだはっきりとはわからないけれど、近づきつつあると感じ、理解していることが、来週より前に起こるのではないかと不安になった。ぼくはベッドから飛び起き、ラッパーにくるまっている兄さんをぽんぽんと叩いた。兄さんはまだ眠っていないとわかっていた。

「オベ、ぼくらがやったこと、正直に話そうよ。そしたら、父さんがイバダンのバヨさんのところに連れていってくれる、逃がしてくれるよ。それで来週、カナダに出発できる」

ぼくはまるでぜんぶを暗記しているようにまくしたてた。兄さんはラッパーをめくって上半身を起こした。

ぼくは「来週」とつぶやいて、固唾を飲んだ。

でも兄さんはなにも言わず、まるでぼくが見えていないようにこっちを凝視していた。そしてラッパーにまた潜り込んで、隠れてしまった。

*

時刻は真夜中だったはずだ。ぜいぜい喘ぎながら、汗びっしょりになって、まだ頭がズキズキ痛んでいるときに、「ベン、起きて、起きて」という声が聞こえて、ぼくは揺り動かされた。

「オベ」ぼくは息を飲んだ。

しかしぼくが目を開けてからわずかのあいだ、オベンベの姿は見えなかった。間もなく、兄さんがクローゼットから衣服を投げ出して、大慌てでバッグに詰め込んでいるのがわかった。

「ほら、起きて、今晩出ていくから」オベンベは身振りを交えながらそう言った。

「どういうこと？　家を出るの？」

「そうだ、今すぐに」彼は荷造りしている手を止めて、ぼくにシーッと言った。「いいか。兵士に見つかるかもしれないって気づいたんだ。兵士から逃げてるとき、あそこの教会の老牧師とすれ違った。ぼくだとわかったにちがいない。倒しかけてしまったし」

この告白を聞いたぼくの目に、戦慄が広がるのが兄さんにもわかったはずだ。どうして兄さんはもっと早く言ってくれなかったんだろう。

「牧師が兵士たちにぼくらのことを言うんじゃないかって心配なんだ。だから今すぐ逃げよう。やつら、今晩にもやって来て、ぼくらのことを突きとめるかもしれない。ずっと起きてたんだけど、外が騒がしいんだ。夜に来なくても、必ず朝に、いつなんどきでも戻ってくる。見つかったら刑務所行きだ」

「じゃあ、どうすればいいの？」

「逃げるんだ。逃げないと。それしかない。自分たちと両親——母さんを守るには、それしかないよ」

「どこに行くの？」

「どこだっていい」オベンベはそう言って泣き始めた。「なあ、朝までに見つかってしまうと思わないか？」

ぼくはなにか言いたかったが、言葉が出てこなかった。オベンベは背を向けて、バッグのファスナーを開けていた。

「そこから動かないつもり？」兄さんはもう一度こっちを見て、ぼくが同じ場所に突っ立っていたので、そんなふうに言った。

「うん。いったいどこに行くっていうの？」

「朝、空が澄みわたったら、きっとぼくらを探しに来る」兄さんは声を詰まらせた。「そしたら必ず見つかってしまう」いったん言葉を切り、ベッドの縁にほんの一瞬座ると、また立ち上がった。「ぜったい見つかってしまう」そう言って、頭を重々しく振った。

「でもオベ、ぼくは怖い。殺すべきじゃなかったんだ」

「もうそのことは言うな。あいつは兄さんたちを殺した。死んで当然だ」

「父さんが弁護士をつけてくれるよ。オベ、逃げちゃだめだよ」とぼくは空々しく言ったが、泣きじゃくってうまく言葉にならなかった。「逃げちゃだめだよ」

「いいか、バカ言うな。兵士に殺されるぞ！　ひとりに怪我させてしまったんだ。あいつらがギデオン・オーカーみたいに銃で撃ってくるって、わからないのか？」オベンベは今言ったことを強調するために少し間を置いた。「母さんがどうなるか考えてみろ。軍事政権なんだ、アバチャの兵士なんだよ。どこかに逃げよう。しばらく村に身を潜めて、そこから父さんたちに手紙を書こう。ぼくらに会う手はずを整えて、イバダンに連れていってくれるさ。そしたらカナダにも行ける」

　最後の言葉が一時的にぼくの恐怖を静めてくれた。

「わかったよ」ぼくは心を決めた。

「なら、荷物を詰めて、速く、速く」

　兄さんはぼくが荷造りするのを待っていてくれた。

「速く、速く。母さんの声が聞こえる、きっと祈ってるんだ。ここに来るかもしれない」

　ぼくが服をぜんぶリュックに詰め込んで、二人分の靴をもうひとつのリュックに入れていると、オベンベはドアに耳をつけて、どんな物音も聞き逃すまいとしていた。すると、なにが起こっているのかぼくが理解する前に、オベンベはバッグと靴を持って雨戸から飛び出し、腕だけがかろうじて見える影になった。

「お前のも投げろ！」窓の下から兄さんは囁いた。

ぼくはリュックを投げて、兄さんのあとについてジャンプしたが、転んでしまった。兄さんに助け起こしてもらって、二人で教会に続く道路をわたり、寝静まった家々を通り過ぎていった。家のベランダの電球といくつかの街灯が灯っているだけで、あたりは薄暗かった。兄さんはぼくのために足を止めて、走ったり止まったりを繰り返し、立ち止まるたびに「おいで」とか「走れ」と囁いた。走っていると恐怖がどんどん大きくなっていった。さまざまな記憶が墓から現れ出てきて、奇妙な光景が思い浮かび足が止まった。ときどきうしろを振り返って家を見ていたが、やがて闇の向こうに消えていった。背後では月の光が夜空に染みわたり、ぼくらが来た道としんと静まりかえった町全体に灰色の靄を投げかけていた。どこからともなく、太鼓と鈴の音を伴った歌声が途切れなく聞こえてきて、遠くの騒音よりも大きく鳴り響いていた。

ぼくらはかなりの距離を進んだようだった。暗闇のなかではっきりとわからなかったが、おそらく地区の中心まで来たのではないかと思った。そのときふいに父さんの言葉が思い出され——「これからはなにをするにも、どんなことをするにも、まず母さんのことを、母さんがどうなるのかを考えなさい。なにかを決めるのはそれからだ」——思いがけず行く手に鞭が飛んできたみたいに、ぼくの心を鋭く突き刺した。ぼくは貨物列車が脱線するみたいにバランスを崩し、心臓がドクンドクンと音をたて、ばったり地面に倒れ込んだ。

「どうした？」兄さんは振り返った。

「家に帰りたい」

「なんだって？　ベンジャミン、気でも狂ったのか？」

「家に帰りたい」

オベンベが近づいてきたので、引きずられていくんじゃないかと思い、ぼくは思わず大声をあげた。

「いやだ、いやだ、来ないで、来ないでよ。家に帰らせて」

オベンベはまた寄ってきたが、ぼくはビクッとして立ち上がり、よろめきながら足を進めた。両膝に怪我をして、血が流れていた。

「待って！　待って！」

ぼくは立ち止まった。

「触らないから」とオベンベは言い、手をあげて降参の身振りをした。

そしてリュックを下ろして地面に置き、ぼくのほうに歩いてきた。オベンベはぼくを抱き締めようと首に両手を回し、とたん前に引っ張ろうとした。ところがぼくは、ボジャが上手にやっていたみたいに、脚をオベンベの股のあいだに入れて挟み込んだ。ぼくらは一緒に地面に倒れた。取っ組み合っているときに、兄さんは一緒に行こうと言い続け、ぼくは父さんと母さんのところに帰らせて、いっぺんに二人もいなくなって、寂しい思いをさせたくないんだ、と懇願した。やっとのことで身を引き離したら、シャツが少し破れていた。

「ベン！」ぼくが少し駆け出すと兄さんが泣き始めた。

ぼくも大声をあげて泣きじゃくっていた。兄さんは口を開けたまま、ぼくをじっと見た。ぼくが家に戻ることを固く決意していると理解したようだった。兄さんにはなんでもお見通しだったのだ。

「もし一緒に来ないのなら、伝えて欲しい」兄さんは震える声で言った。「父さんと母さんに、ぼくが……逃げたって、伝えて」

兄さんはやっとのことで声を出したが、心は悲しみで張り裂けそうになっていた。

「二人に言って欲しい。ぼくらは――父さんと母さんのためにやったんだって」

その瞬間、ぼくは引き返して、兄さんにしがみついた。兄さんは丸みを帯びた後頭部に手を置いて、ぼくをしっかりと抱き締めた。オベンベは長いあいだぼくの肩に顔を埋めてむせび泣いていたが、やにわに体を離すと、ぼくをじっと見つめたままうしろ向きに歩いていった。走って少し離れるとふと立ち止まり、大声で言った。「手紙を書くから！」

そうして夜の闇が兄さんを飲み込んでいった。ぼくは前に飛び出して、声を限りに叫んだ。「いやだ、オベ、行かないで、ねえ行かないで、ぼくを置いてかないで」でももうなにも見えなかった。暗闇のなか、兄さんの気配はどこにもなかった。「オベ！」とぼくは声を張り上げ、死に物狂いで追いかけた。しかし兄さんは足を止めなかったし、なにも聞こえていないようだった。ぼくはつまずいて転び、なんとか起き上がった。「オベ！」もっと大きな声で、必死にすがる思いで、闇に向かって兄さんの名を呼び、道路を進んだ。左も、右も、前も、後ろも――兄さんの気配は消えていた。あたりでは、なにひとつ音もせず、だれもいない。兄さんは行ってしまった。

ぼくは地面に崩れ落ち、また声をあげて泣き出した。

17
蛾

ぼく、ベンジャミンは蛾だ。

羽の生えたはかない生命。光を浴びてもすぐに羽を失い、地に落ちる。イケンナとボジャが死んだとき、ぼくをずっと守ってくれていた日除けが頭上で引きちぎられたように感じた。けれど、オベンベが行方をくらまして、ぼくは飛んでいるあいだに羽をむしり取られた蛾のように、空から落下して飛べなくなり、地を這っていくほかなくなった。

ぼくのそばにはいつだって兄さんたちがいた。ぼくは兄さんたちを見て大きくなり、兄さんたちに倣って、兄さんたちの少し前の時間を真似て生きていた。なにかするには必ず兄さんたちと一緒、特にオベンベなしでは、ぼくはなにもできなかった。上の二人の兄さんの知恵を吸収して、たくさんの書物を読み漁り、幅広い知識を抽出していたオベンベに、ぼくは全面的に頼りきっていた。兄さんたちとともに生き、兄さんたちに依存し過ぎていたので、まず彼らの頭に浮かばない限り、ぼくのなかで具体的な考えが形をとることはなかった。イケンナとボジャが死んだあとでさえ、ぼくがなんの影響も受けていないかのように生き続けていたのは、オベンベが兄さんたちの不在を埋めて、あらゆる疑問に答えを与えてくれていたからだ。でもそんなオベンベもいなくなって、ぼくはひとり戸口に残され、身震いしてなかに入るのをためらっていた。ひとりで考えて、生きることを恐れていたのではない。ひとりでどうすればいいのかわからず、その心の準備ができていなかったのだ。

家に戻ると、ぼくたちの部屋はしんとして空っぽで真っ暗だった。兄さんがリュックを背に、小さな〝ガーナ・マスト・ゴー〟バッグ（チェック柄のビニール製バッグ。一九七〇年代の石油ブームの際、ナイジェリアに出稼ぎに来ていたガーナ人が八三年の退去命令で国を追われた。そのときにガーナ人が使っていたことに由来すると言われる）を持って走っているとき、ぼくは床に寝転んで、さめざめと泣いていた。アクレで闇が徐々に薄くなっても、彼は息を弾ませ、汗をかきながら、まだ走り続けていた。たぶん、クレメンス・フォレルの物語に駆り立てられて――自分の足が続く限り――疾駆していたのだ。静まりかえった暗い通りをひたすら歩いて、突き当たりまでたどり着いていたはずだ。そしてしばらく立ち止まり、長く伸びる平原の道を見て、どちらに進むのか決めかねていたのだろう。しかしフォレルのように、捕まることを恐れるあまり感情が抑制されて、恐怖がタービンみたいに心を動かし、次から次へと考えが生まれていったはずだ。走っているときには、きっと何度もつまずき、穴にはまったり、絡み合った草むらに足をとられたりした。途中で疲れ果て、喉が乾き、水を欲したにちがいない。汗でびしょびしょになり、体じゅうどろどろに汚れていたはずだ。心に恐怖の黒旗を掲げて、わが家を飲み込んだ炎を二人して消そうとしたあとで、弟のぼくがひとり残されどうなってしまうのか、おそらく不安に思いながら疾走していたはずだ。そしてその同じ炎に、今度はぼくらが破滅させられようとしていた。

地平線が明るくなって、ぼくらの通りが敵軍の侵略に遭っているみたいに、震える声と大きな叫び声と銃声を聞いて目覚めたとき、兄さんはまだ走っていただろう。命令をがなりたてる声、けたたましい喚き声が響きわたって、ドアをドンドン叩く音、野蛮に足を踏み鳴らす音が鳴り、銃と鞭はこれ見よがしに振りかざされていた。兵士たちは全部で六人やって来て、わが家の門を叩き始めた。ほどなくして父さんが門を開けると、男たちは父さんを突き飛ばし、傷ついた犬のように吠えた。「あいつらはどこにいる？　不良少年はどこだ？」

「人殺しめ」もうひとりが吐き捨てるように言った。

突然騒ぎが始まって、ンケムが泣き叫ぶなか、母さんはぼくの部屋のドアを何度も叩いて「オベンベ、ベンジャミン、起きなさい！　起きなさい！」と必死に呼びかけた。しかし母さんがぼくらを呼んでいると、ブーツの音が近づいてきて、男たちの声に圧倒された。絶叫と悲鳴が聞こえて、床にバタンと倒れる音がした。

「やめてください、どうかやめてください、あの子たちはなにもしていません、本当になにもしていません」

「黙れ！　あいつらはどこにいる？」

男たちは激しくノックし、勢いよくドアを蹴り始めた。「お前たち、ここを開けろ。さもないと頭をぶっとばすぞ」

ぼくはドアの掛け金を外した。

＊

ぼくが次に家に戻ったのは、兵士に連行されてから三週間後のことだった。兄さんたちがいなくなり、新たに恐ろしい世界に分け入ってからは、ずいぶん時間がたっていた。ぼくは風呂に入るために帰宅した。バヨさんが粘り強く食い下がって、弁護士のビオドゥン先生が、少なくとも家に戻って風呂に入る許可が与えられるよう、判事を説得してくれたのだ。保釈ではなく特別措置だと言いわたされた。父さんによれば、ぼくが三週間も風呂に入っていないことを母さんが心配していたのだそうだ。あのころ、母さんの言ったことを父さんが伝えてくれるたびに、どんなふうに母さんが話したのか、できる限り想像してみた。というのも、三週間ずっと、母さんが口をきいているところをほぼ見ていなかったからだ。母さんは兄さんたちが死んだあとの状態に逆戻りして——悲しみを背負う目に見えない蜘蛛に苦しめられていた。母さんは口をきいていなかったが、どんな目線にも、どんな手の動きにも、ありったけの言葉が込められているように見えた。そんな苦悩する姿を見て胸が痛み、ぼくは母さんを避けた。イケンナとボジャが死んだとき、だれかが言っていた——母親は子どもを失うと自分の一部も失う、と。第二回公判が始まる直前、母さんがファンタの瓶を口に含ませてくれたとき、ぼくは母さんに手を伸ばしてなにか伝えたかった。でもなにも言えなかった。裁判の途中、母さんは二度、われを忘れて、金切り声をあげたり、泣き叫んだりした。一度目は、真っ黒な肌で、黒い衣服をまとった、まるで映画に出てくる悪魔のような男に率いられ、検事たちがオベンベとぼくは殺人の罪で有罪であると述べたときだった。

初公判の前日、ビオドゥン弁護士が面会に訪れて、窓や手すり、なんでもいいから、なにか別のことに注意を向けてみなさいと助言してくれた。カーキ色の制服を着た看守に連れられ、弁護士で父さんの旧友のビオドゥン先生と面会するため、ぼくは牢屋の外に出たのだった。ビオドゥン先生はいつも微笑みを浮かべ、ある種の自信をにじませてやって来た。ぼくはその自信にときとして苛立ちすら感じていた。先生と父さんが面会用の小さな部屋に入ると、下級看守がストップウォッチで時間を計り始めた。部屋には鼻を刺すような臭いが充満していて、学校のトイレの臭い、腐った大便の臭いを思い出した。ビオドゥン弁護士は、心配いらない、裁判には必ず勝つからと言った。それに、ぼくらが兵士のひとりに傷を負わせたために、司法が歪められる恐れがあるとも話した。先生はつねに自信たっぷりだった。ところが、即決裁判の最後の日には笑顔が消えて、不機嫌そうで厳格な表情をしていた。先生の顔に広がる感情はぼんやりして、判別できなかった。父さんとぼくが法廷の隅に立って、父さんの目の秘密のことを話していると、先生は近づいてきてこう告げたのだった。「全力を尽くしますが、あとは神の手に委ねましょう」

ぼくらはコリンズ牧師の車で家に戻った。牧師は父さんとバヨさんと一緒にぼくを迎えにきてくれたのだ。バヨさんはイバダンの家族をほぼ放り出している状態で、釈放が確実になったら、ぼくを子どもたちと暮らすカナダに連れていこうと考えて、ときおりアクレに来ていた。ぼくはバヨさんの顔をほとんど認識できなかった。四歳くらいのときに最後に会ってから、かなり変わっているように見えた。肌の色はずいぶん薄くなったようで、頭の両側には白髪がのぞいていた。運転手がブレーキを踏んでスピードを落とし、またスピードを上げるように、話の合間でときどき言葉を切った。

ぼくらは〝アッセンブリーズ・オブ・ゴッド教会、アラロミ通り、アクレ支部〟と教会の名が入ったワゴン車に乗った。〝ありのままの姿で訪れ、生まれ変わって去る〟という標語も太字で刻まれていた。ぼくが質問にほとんど答えず、ただうなずいてばかりいたので、みんなあまりぼくに話しかけなかった。最初に刑務所に連行された日から、ぼくは両親やバヨさんと話すのを避けるようになった。面と向かうことに耐えられなかったのだ。カナダで新しい生活を送るという展望、いや、救済をぼくが台無しにしてしまって、父さんはひどく打ちのめされたはずなのに、どうやってうろたえず、平静さを保っていられるのだろう、とふと考えたりした。ぼくはたいてい弁護士を頼って話をしていた。先生は女性のような細い声で、〝近いうちに〟という言葉を繰り返し、すぐに釈放されるからと言って、だれよりも安心させてくれた。

家に帰る途中、頭のなかでうずいていた疑問を抑えられず、ぼくは口を開いた。「オベンベは戻ってきたの？」

「いや、でもじきに戻るはずだよ」とバヨさんが答えた。父さんはなにか言おうとしたが、バヨさんが先に話して遮られた。「人を遣ってオベンベを迎えに行ってもらった。すぐに帰ってくるよ」

どこでオベンベを見つけたのか聞こうとしたところ、父さんが「そのとおりだ」と口を挟んだ。ぼくはしばらく黙ってから、父さんに車をどうしたのか聞いた。

すると「ボデのところで修理してもらっている」と短い答えが返ってきた。父さんは振り向いてぼくの目を見たが、ぼくはすぐに目を背けた。「点火プラグに問題があってね。ひどいプラグだよ」

父さんは英語で話していた。バヨさんはヨルバ人で、イボ語を知らないからだ。ぼくはうなずいた。

車はでこぼこで穴だらけの道路に差しかかり、ほかの人たちと同じように、コリンズ牧師は道路の脇に寄って、ぽっかりあいた穴を避けなければならなかった。長く伸びる茂みとの境界を器用に進んでいくと、生い茂った草が――たいていはエレファント・グラスだが――ワゴン車の車体に打ち付けられた。

「扱いはちゃんとしてるか？」とバヨさんがたずねた。

バヨさんはぼくと一緒に後部座席に座っていた。ぼくらのあいだには小冊子やキリスト教の本、教会の宣伝ビラで埋め尽くされ、そのほとんどにコリンズ牧師がマイクを握っている同じ写真が入っていた。

「はい」とぼくは答えた。

殴られたり、こづきまわされたりしているわけではなかったが、それは嘘だと思った。脅し文句や誹謗中傷を浴びせられていたのだ。刑務所での初日、どうしても涙が止まらず、心臓がすさまじい勢いで鼓動しているときに、看守のひとりがぼくを〝小さな人殺し〟と呼んだ。しかしこの男はぼくを空っぽで窓のない独房に入れると、すぐにどこかにいなくなった。鉄格子からは、ほかの独房の男たちが檻のなかの動物みたいに座っているのが見えるだけだった。囚人以外なにもない独房もある。ぼくのところには、擦りきれたマットと排泄用の蓋付きバケツ、一週間に一度だけ取り替えられる水の桶があった。向かいの独房には肌の色の薄い男が入っていて、顔も体も傷だらけで泥まみれ、身の毛もよだつ風貌だった。独房の隅に座って壁をぼんやりと眺め、虚ろな顔つきをしていた――ショックかなにかで動けないようだった。この人はのちにぼくの友だちになった。

「ベン、それは、まったくぶたれたり、殴られたりしていないということかい？」バヨさんの最初の質問に、ぼくが「はい」と答えたあとで、コリンズ牧師が聞いてきた。

「はい、だいじょうぶです」

「ベン、本当のことを言いなさい」と父さんは言って、ちらりと振り返った。「どうか、本当のことを言ってくれないか」

父さんと目が合ったけれど、このときは視線を逸らさなかった。話す代わりにぼくは泣き出してしまった。

バヨさんはぼくの手を取り、ぎゅっと握り締めて言った。「かわいそうに、かわいそうに、マショクンモ――泣かないで」バヨさんは兄さんたちとぼくにヨルバ語で話しかけるのを大いに楽しんでいた。一九九一年、この前バヨさんがナイジェリアに戻ったとき、兄さんたちとぼくはまだ子どもなのに、アクレの言語のヨルバ語を両親よりも上手に話せると冗談を言っていた。

「ベン」ぼくらの地区にワゴン車が近づくと、コリンズ牧師は優しい声でぼくを呼んだ。

「はい」

「君はすばらしい子だ。これからもずっとすばらしいままだ」牧師はハンドルから片手をあげた。「たとえあそこに入れられることになっても――そうでないことを祈っているし、イエスの名においてそれはありえないが――」

「そのとおりです、アーメン」と父さんが口を挟んだ。

「しかしたとえそんなことになっても、兄さんたちのために苦しむこと、これより偉大で、立派なことはないと覚えておきなさい。そう、これより偉大なものはない。われらの主イエスはおっしゃっている。〝人が友のために苦しむこと、これよりも大きな愛はない〟（『ヨハネによる福音書』十五章十三節）」

「そのとおりです！　まさにそのとおり！」父さんは甲高い声をあげて、何度もうなずいた。

「あそこに入れられるとすれば、単に友のためでなく、兄さんたちのために苦しむのだよ」この言葉に続いて、「そのとおり」という父さんの大声と訛りまじりで「そうですとも、そうですとも、牧師さん」と叫ぶバヨさんの声がぶつかった。

「これよりも」と牧師は繰り返そうとした。

ところが、父さんの「そのとおり」と叫ぶ声が悪い方へと向かい、牧師をも黙らせてしまった。父さんは口をつぐむと、牧師に心を込めて恭しく感謝の気持ちを述べた。それから家に着くまでは、みんな黙りこくったままでいた。投獄されるかもしれないという不安は大きくなっていたが、なにに直面しても、すべては兄さんたちのためなのだ、と考えるだけで慰められた。不思議な感覚だった。

家に到着するころには、ぼくは埃まみれの割れた陶器のようになっていた。デイヴィッドはぼくの周りをうろうろしながら、離れたところからこちらを見ているのに、ぼくと目を合わせるのを避け、手を取ろうとして少し近づいたら、慌てて後ずさりした。ぼくはまるで、突然王宮にでも紛れ込んだ惨めなよそ者のように家のなかを動いた。床の上を注意深く歩き、自分の部屋には入らなかった。家のなかで一歩歩くたびに、過去が脳裏にありありと蘇ってきた。檻のような部屋に何日も閉じ込められて、たった一冊の本とともにむき出しの床の上で過ごすことはさほどつらくなかった。ぼくが思い悩んでいたのは、勾留状態が両親に、とりわけ母さんにもたらす影響のこと、そして兄さんの消息がわからないことだった。風呂に入りながら、その前の週に法廷内で父さんがぼくに打ち明けたことを考えていた。公判が始まる前、父さんはぼくを法廷の隅に引き寄せて、重々しい口ぶりで話し始めたのだった。「言わなければならないことがある」父さんは泣いていた。だれにも聞こえないところに行くと、父さんはうなずき、苦悩を隠そうとしてか、笑いをこらえるふりをした。そして再び頭をあげてぼくを見つめ、指で目尻の涙を拭った。それから眼鏡を外し、悪いほうの目でぼくをまじまじと見たのだった。あの日、目に眼帯をつけて、顔の左側に傷を負って家に戻ったとき以来、父さんが眼鏡を取ることはほとんどなかった。父さんは頭を前に傾けてぼくの手を握り、囁いた。「ゲンティ（聞きなさい）、アズィキウェ」父さんはとらえにくいイボ語で言った。「お前がやったことはすばらしい。ゲンティ、ああ。後悔する必要はない。だが、これから話すことは、母さんには絶対に知られてはいけない」

ぼくはうなずいた。

「よし」父さんは英語で言って声を潜めた。「母さんにはなにがあっても知られてはいけない。いいか、わたしの目のこれは白内障じゃない。これは――」父さんは言葉を切って、ぼくをじっと見つめた。「お前が殺した狂人にやられたんだ」

「ええっ！」ぼくは思わず大声をあげて、周囲の注目を集めてしまった。デイヴィッドのそばにいて、両腕で痩せ細った体を抱え込むようにしていた母さんですら、ハッとこっちを見上げた。

「だから、大きな声を出すんじゃないって」父さんは怯えた子どものような話し方をして、母さんのほうを見た。「ほら、あいつが兄さんたちの告別礼拝にのこのこやって来ただろう。あのとき、わたしはとてつもなく傷ついた。恥ずかしいとさえ思い、家族がめちゃくちゃにされたと感じた。あいつをこの手で殺してやりたいと思ったんだ。だってそうだろ、ここの人たちも、この政府もわたしの代わりにあいつを裁いてくれないじゃないか。ナイフを持って、あいつに襲いかかろうとした。そしたら、器の中身を顔に投げつけられたんだ。お前が殺したあの男に、もう少しで盲目にされるところだった」

父さんは両手の指を組み合わせた。ぼくはたった今聞いたことを理解しようとして、父さんが家に戻ってきた日のことを思い浮かべてみたら、まるで現在の出来事のように痛烈に心に迫ってきた。父さんは立ち上がって法廷を横切っていったが、ぼくはどういうわけか、オミ・アラで魚が泳いでいるところ、流れに身を任せて漂ったり、流れに逆らって止まったりしているところを想像していた。

ぼくは風呂を終えると、父さんのタオルで体を拭いて、タオルを体に巻きつけた。父さんがさっき、家に到着する前に言っていたことを頭のなかで再生した。

「バヨがお前たちにカナダのビザを取ってくれた。このことが起こっていなかったら、二人とも今ごろは旅の途中だったたな」

ぼくはまた悲嘆にくれ、風呂を出ると、涙を浮かべながら居間に戻った。バヨさんは両手を膝の上に置き、父さんの向かいに腰かけて、まじまじと父さんの顔を見ていた。

「座りなさい」とバヨさんは言った。「ベニー、今日あそこに行っても、心配するんじゃない。まったく心配いらないよ。君はまだ子どもだ。それに君が殺した男は単なる狂人じゃない。君たちに悪事をはたらいたやつだ。こんなことで君を投獄するなんておかしい。あの場所で、自分がやったことを堂々と話しなさい。そして釈放されるんだ」バヨさんは口をつぐんだ。「あれあれ、泣かないで」

「アズィキウェ、泣くなって言ったじゃないか」と父さんはぴしゃりと言った。

「いや、エメ、この子はまだ子どもだ」とバヨさんは切り返した。「君はきっと自由になる。そしたら次の日、一緒にカナダに行こう。そのためにわたしはまだここにいるんだよ。君を待っている。わかったね？」

ぼくはうなずいた。

「じゃあ、涙を拭いてくれるね」

バヨさんがカナダと言うのを聞いて、ぼくの心はまた串刺しになった。あとほんの少しで、バヨさんが送ってくれた写真の場所を訪れ、木の家に暮らし、葉の落ちた木々の下、バヨさんの娘のケミとシャヨが自転車に乗ってポーズしている、あの場所に行くはずだったのに。〝西洋教育〟のことも思い浮かんだ――喉から手が出るほど切望していて、父さんを喜ばせる唯一のものだと考えるようになったのに、手の届かないところに滑り落ちていってしまった。せっかくのチャンスが失われてしまったことが痛切に感じられて、ぼくは打ちひしがれ、なにも考えないままがっくり膝をついて、バヨさんの脚にしがみつき、叫んでいた。「お願いです、バヨさん、今すぐぼくを連れていって。どうして今じゃだめなの？」

バヨさんと父さんは言葉に詰まって、しばらく顔を見合わせていた。

「父さん、ねえ、バヨさんにお願いして。今すぐ連れていってって」ぼくは手のひらをこすり合わせて懇願した。「ねえ、すぐに連れていってって、お願いしてよ、父さん」

それに応えるかのように、父さんは手のひらに顔を沈めて泣き出した。そのとき初めて、父さんでも――ぼくらの父さん、あの強い父さんでも――ぼくを救えないということがわかった。父さんは爪を折られ、くちばしを曲げられ、飼い慣らされたワシになった。

「ベン、いいかい」バヨさんは話し始めたが、ぼくはなにも聞いていなかった。本物の飛行機に乗って、鳥のように空高く舞い上がるところを想像していたのだ。そのときバヨさんが言ったことを思い出したのは、ずいぶんたってからだった。「今すぐには連れていけないんだ。父さんが捕まってしまうからね。だからまず、立ち向かわなければ。心配しなくていい、きっと釈放される。向こうにはほかに選択肢はない」

バヨさんはぼくの手を取って、ハンカチをそっとわたしてくれた。「さあ、涙を拭いて」

ぼくはハンカチに顔を埋めて、ほんの一瞬でもいいから、燃え盛る炎に包まれた世界から逃れようとした。ぼくを、こんなちっぽけな蛾を、抹消しようとしている世界から。

18 シラサギ

デイヴィッドとンケムはシラサギだ。

真っ白の毛糸のような鳥。翼には一点の染みもなく、無傷のまま生き延びて、嵐のあと群れをなして現れる。二人は嵐のただなかでシラサギに生まれ変わり、嵐が過ぎるころ、空高く翼を広げて姿を見せた──ぼくが知っていたものすべてが変わってしまったころに。

最初は父さん。次に父さんを見たとき、髭には白いものが交じっていた。ぼくの釈放の日だ。ぼくは六年ものあいだ、父さんにも、家族みんなにも会っていなかった。とうとう家族がやって来たとき、だれもが以前の面影もなくすっかり変わってしまっていた。父さんが痩せ衰えて針金のようになってしまい、鍛冶屋が鉄を打つように、人生が鎌の形に叩きつけられてしまったのを目にして心が痛んだ。声ですら恨みのような色調を帯びていた。長いあいだ喉の奥にとどまっていた言葉の残骸が、口を開けて話そうとするたび、舌の上で錆びつき、粉々に砕け散っていくようだった。ここ数年で何度も医療処置が施されているのは明らかだったが、父さんに起こった変化をすべて言い表すのは困難だった。

母さんもかなり年をとっていた。父さんと同じ、声にしこりのような重みがのしかかり、肥満のせいで人の足取りが変わるように、言葉を放とうとすると喉につっかえて、おぼつかなく出ていくのだった。刑務所の木のベンチに座って、主任看守の最後の署名を待っていたら、父さんが話し出した。オベンベとぼくが家にいなくなり、母さんにはまた蜘蛛が見えるようになったが、今度はすぐに回復したという。父さんの話を聞きながら、ぼくは反対側の壁を眺めていた。そこには憎らしい軍服姿の男たちの肖像や死亡告知の安っぽいポスターがいっぱい貼られていた。青いペンキは薄く色褪せ、湿気でカビが生えていた。ぼくは壁の時計をじっと見つめた。ずいぶん長いあいだ時計を見ることはなかった。時刻は五時四十二分、短い針は六時を指そうとしていた。

けれど、なかでもぼくが一番驚いたのはデイヴィッドの変化だった。デイヴィッドの姿を見て、ボジャの体型をそのまま受け継いでいることに胸を打たれた。ボジャは快活な性格だったが、デイヴィッドは内気で控えめな印象、それを除けばほとんど二人はそっくりだった。刑務所でまず他愛のない言葉を交わしたあと、最初にデイヴィッドが口を開いたのは、町の中心部近くまで来たときだった。デイヴィッドは十歳になっていた。お腹のなかにいるとき、母さんがよく歌いかけていた、あの子なんだなとふと考えた。彼の（そしてンケムの）誕生前、あの忘れられない数カ月のあいだ、母さんは生まれてくる子に喜びを与えると思ってよく歌を口ずさんでいた。当時、兄さんたちとぼくもそう思っていたので、母さんが人を虜（とりこ）にするほど魅力的な声で歌い、踊り出すと、みんなして集まっていったものだ。イケンナは太鼓奏者になり、スプーンを持ってテーブルを叩く。ボジャは笛吹きになって、口で笛の音を真似る。オベンベは歌に合わせて口笛を吹く。そしてぼくは母さんが歌を繰り返すたびに、掛け声をかけ、拍子をとって手を叩いた。

イヨゴゴ、イヨゴ、イヨゴゴ

カンイジェナンケビショップ　　ビショップのところへ行きましょう
ナファイブアクォーラ　　もう五時になったから

イヘネエウェムイウェブンナ　　わたしが悲しんでいるのは
エフェムアコラコ　　洗濯物がまだ濡れているから

ンワムブナーフォ　　でもこの子がお腹で幸せだと
ナエウェアウリ　　わかってほっとひと安心（オンエカ・オンウェヌの「イヨゴゴ」というヒット曲）

デイヴィッドを引き寄せて抱き締めたいという強い思いに駆られたとき、なんの前触れもなく父さんが口を開いた。「解体工事だ」と父さんはぼくの質問に答えるみたいに言った。「あちこちでやっている」

　どこか遠くでクレーン車が家を取り壊していて、人びとが周りに集まっているのが見えたらしい。

ぼくは以前、似たような光景を使われなくなった公衆便所のそばで見たことがあった。

「どうして？」とぼくは聞いてみた。

「ここを都市にしたいようだよ」ディヴィッドがぼくを見ないで言った。「新しい知事がほとんどの家を取り壊すよう命じたんだ」

唯一面会を認められていた牧師から、政権の変化のことは聞いていた。当時のぼくの年齢を考慮に入れて、判事は無期懲役や死刑は適当でないと判断した。それに、罪状が殺人であったことから、少年刑務所も不適当だとみなされた。よってぼくは、八年の懲役と、そのあいだ家族との面会や接触を一切禁じられるという判決を受けた。この公判のことはすべて封印して瓶にしまいこんでいたのだが、独房のなか、蚊が耳のあたりでブンブン飛び回っているときに、裁判所での光景が――緑のカーテンが揺れ、高い壇上に座った判事が、野太くしわがれた声で判決を言いわたす場面が――来る夜も来る夜も、突然目に浮かぶのだった。

……被告人は社会的に成人として認められ、社会と人類にふさわしい文明的な態度によって行動できる年齢に達するまで刑に服することになる。この点を考慮したうえで、ナイジェリア連邦共和国の連邦司法制度によって付与された権限により、及び、被告人の両親、アグウ夫妻に対する寛大な措置として刑の緩和は妥当であるという陪審員の勧告にしたがって、ここに判決を言いわたす。被告人ベンジャミン・アズィキウェ・アグウを懲役八年に処する。家族との接触は禁じられ、現在十歳の被告人が社会的に成人として認められる十八歳に達するまで服役すること。これにて閉廷。

たちどころに恐怖が襲ってくるなか、父さんにちらりと目をやると、微笑みがカマキリみたいに額に跳んでいった。母さんは悲鳴をあげて、頭上でヘリコプターのようにバタバタ手を動かして、天上の神に懇願していた――こんな残酷なことがわたしの身に起こっているときに、神が沈黙しておられるはずがない――今回こそは。それから看守たちはぼくに手錠をかけ、うしろの出口のほうに押していった。そのとき突如として、物事を理解する力がどんどん縮小していき、まだ形のない子ども、胎児のようになった。目の前の人たちはみんな、こちらの世界までぼくに会いにきてくれたお客さんであり、今、席を立って帰ろうとしているところなんだ――連れていかれるのはぼくではなく、あのお客さんたちなんだ、と。

＊

刑務所は受刑者に牧師との面会を認める方針をとっていた。そのひとりがアジャイ牧師で、ほぼ二週間おきに面会に来てくれた。ぼくは牧師を通して、外の世界でなにが起きているか、いつも遅れずに知ることができていたのだ。釈放されると聞かされた一週間前に牧師が話してくれたのだが、ナイジェリア初の民政移管の流れのなか、アクレを州都とするオンド州のオルシェグン・アガグ知事が受刑者の一部に恩赦を与えることに決定した、ということだった。父さんによれば、ぼくの名前はリストの最初にあったそうだ。そして釈放の日は、うだるように暑い二〇〇三年五月二十一日と決められた。とはいえ、受刑者全員が幸運だったわけではない。ぼくが収監されてから一年後の一九九八年、アジャイ牧師は独裁者のアバチャ将軍が泡を吹いて死んだというニュースを携えてやって来た。毒リンゴで殺害されたという噂が広まっていた。そしてそのちょうど一カ月後、アバチャのもっとも重要な囚人かつ最大の敵、M・K・Oが、間もなく釈放されるという段階になって、茶を飲んだあとほぼ同じように命を落としたのだった。

M・K・Oの苦難はぼくらが彼に会った数ヵ月後に始まった。M・K・Oの勝利が確実だった一九九三年の選挙は無効とされ、それが引き金となって一連の出来事が次々と起きていった。そうしてナイジェリアの政治は先例のないほど泥沼化していったのだ。その翌年、ある日、ぼくらが居間に集まってナイジェリア国営放送局の全国ニュースを見ていると、M・K・Oがラゴスの自宅で重装甲戦車や軍用車両に乗った二百人もの重武装の兵士に取り囲まれて、ブラック・マリア（警察の護送車）で連行されていくところが映し出されていた。こうして国家反逆罪に問われたM・K・Oの長い獄中生活が始まった。ぼくは彼のこうした苦難については知っていたものの、M・K・Oが死んだというニュースに、重いパンチをくらったような衝撃を受けた。その夜、ぼくはほとんど眠れず、マットの上で母さんがくれたラッパーにくるまり、兄さんたちとぼくにとって、あの人がどれほど大きな意味をもっていたかということを思い巡らせたのだった。

町で一番広いオミ・アラ川の流域を越えていると、男たちが濁った水に浮かぶ船を漕ぎ、漁師がひとり網を投げているところが見えた。長々と連なる街灯は道路に沿って伸びるコンクリートの車線分離帯に固定されていた。家に向かう途中、すっかり忘れていたアクレの細部が活気のない目を見開いていった。ぼくは道路が大幅に変わったこと、六年のあいだに町では――ぼくが生まれたこの町で、足を踏みしめたこの土地で――大きな変化があったことに気づいた。道幅が広げられて、商売人たちは車やトラックで溢れかえる車道から何メートルも向こうに押しやられている。道路には歩道橋が架かっている。至るところで行商人が商品を宣伝する耳障りな大声をあげ、ぼくの心に忍び込んでいた沈黙の生物を呼び覚ましていった。交通渋滞に巻き込まれて停車していると、色褪せたマンチェスター・ユナイテッドのシャツを着た男が走ってきて、車体をドンドンと叩き、母さんが座っているほうの窓からパンを押し込もうとした。母さんは窓を閉めた。苛々してクラクションを鳴らし、唸りをあげる千台近くの車がぎっしり並ぶずっと向こう、歩道橋の真下で巨大なトレーラーがゆっくりとUターンをしている。この恐竜のような車両のせいで、交通が麻痺しているのだった。

ぼくの周囲で動いているすべてのものが、獄中での時間と――読書し、凝視し、祈り、泣き、独り言をつぶやき、願い、眠り、食べ、考えるしかなかった時間と――まったく対照的に見えた。

「色んなものが変わったね」とぼくは口を開いた。

「そうね」と母さんは答えて微笑んだ。ふと母さんが蜘蛛に苦しめられたことを思い出した。

ぼくは再び通りに目をやった。家が近づいてきて、無意識のうちに口を開いていた。「父さん、オベンベはずっと、一度も帰ってきてないの？」

「ああ、一度たりとも」と父さんはきっぱり答え、首を横に振った。

父さんがそう言ったとき、ぼくは母さんの目を見たかった。ところが母さんは窓から外を眺めていて、代わりにルームミラー越しに父さんと目が合った。そのとき、オベンベがベニンから何度か手紙を書いてきたと伝えたい気持ちになった。手紙のなかで、オベンベは自分を愛して、養子にしてくれた女性と一緒に暮らしていると言っていた。家を出た翌日の朝、オベンベはアクレからベニン・シティ行きのバスに乗った。ベニンが頭に浮かんだのは、イギリス帝国主義の支配に立ち向かったベニンの偉大なるオバ・オヴォンラムウェンのことを考えたからだ。それでベニンに行くことを決めたそうだ。町に着くと、女性が車から出てくるのを目にし、思いきって近づいていき、寝る場所がないんですと打ち明けた。かわいそうに思った女性は、ひとり暮らしの家にオベンベを連れて帰った。オベンベは手紙でこうも言っていた——君が悲しむようなことがいくつかある、それに、君はまだ幼いので聞く必要のないこと、わからないかもしれないことがある、でもきっとあとできちんと話すから。今のところ知っていて欲しいのは、女性は夫を亡くしてひとりで暮らしていること、そしてぼくは男になったということだ——とも。同じ手紙で、オベンベはぼくの正確な釈放の日を計算して、それが二〇〇五年二月十日だとわかった、その日に自分もアクレに帰るとあった。イバフェが事の進展を教えてくれる、彼を通じてぼくのことがわかる、とのことだった。

イバフェはオベンベの手紙を届けてくれた。兄さんがイバフェに会ったのは、六カ月間アクレを離れていたのちに、一度家に帰ろうとしたときだった。家の前まで行ったが、敷居をまたぐのが怖くなった。そこでイバフェを探し出した。イバフェはすべてを話して、ぼくに手紙を届けると約束してくれたそうだ。それから二年のあいだ、ほぼ毎月のように、兄さんはイバフェを通して手紙をよこしてくれた。イバフェはその手紙を下級看守に託し、ぼくに手わたすよう言った——そう説得するにはたいてい賄賂が必要だったのだが。イバフェが外で待っているあいだにぼくは手紙の返事を書いた。ところが、三年が過ぎるころ、イバフェは突然姿を見せなくなり、ぼくにはそれがなぜかも、オベンベがどうなったのかも、一切わからなかった。何日も、何カ月も、何年も待ったが、なんの便りもなかった。そのあいだにぼくが受け取ったのは、父さんからときどき来る手紙と、デイヴィッドからの手紙一通だけ。ぼくはオベンベからの手紙、合計で十六通ほどを何度も何度も読み返した。そのため、二〇〇〇年十一月十四日と日付けが打たれた最後の手紙の内容はまるごとぜんぶ、まるでココ椰子の実を満たす果汁のように、頭のなかにしっかりとしまいこまれた。

聞いてくれ、ベン
ぼくは両親にひとりで向き合うことができない。ぼくにはできないんだ。すべて、これまでのことすべては、ぼくのせいなんだ。飛行機が飛んでいったとき、アブルが言ったことをイケに伝えたのはぼくだ——ぼくのせいだ。ぼくは大バカ野郎だ、ほんとに大バカ野郎だ。いいかい、ベン、君が苦しんでいるのもぼくのせいだ。ぼくは両親に会いにいきたい。でもひとりで向き合うことができない。君が釈放される日にぼくも戻るよ。そうしたらぼくらは一緒に父さんと母さんに会って、ぼくらがしたことぜんぶの許しを請うことができる。ぼくが戻るとき、君にも一緒にいてもらいたい。

オベンベ

手紙についてあれこれ思い巡らしていると、イバフェのことを聞いてみようという考えが浮かんだ。イバフェに会ったら、なぜ兄さんが手紙を書くのをやめたのか知ることができると思ったのだ。イバフェがまだアクレにいるのか聞いたら、母さんはびっくりしたような表情でぼくをじっと見た。

「近所の？」

「そう、近所の」

母さんは首を横に振った。

「亡くなったのよ」

「なんだって？」ぼくは思わず息を飲んだ。

母さんはうなずいた。イバフェは父親のようにトラックの運転手になって、二年間、森の木材をイバダンに運んでいた。あるとき、トラックが道路を横滑りし、壊滅的な腐食でできた巨大な穴に落ちて死んでしまったそうだ。

母さんがこの話をしているあいだ、ぼくは息を凝らしていた。ぼくはあの子と遊んで大きくなった。彼はいつもそばにいて、オミ・アラ川でぼくらと一緒に釣りをしたのだ。本当にやりきれない。

「どれくらい前のことなの？」

「二年ほど前よ」と母さんは言った。

「ちがうよ！　二年半だよ」デイヴィッドが口を挟んだ。

デイヴィッドがそう言ったとき、強い既視感に襲われて視線を上げた。一九九二年、それとも一九九三年、一九九四年、それとも一九九五年、それとも一九九六年だったか、ボジャがまったく同じように母さんの間違いを訂正したのだ。でもこの子はボジャではない。うんと年下の弟なのだ。

「そうね、二年半」母さんはかすかな笑みを浮かべた。

あのころ、ぼくは自分の服役中に知っている人が死ぬかもしれないなどと考えたこともなかった。だからこそ、いっそうイバフェの死にショックを受けた。ところが実際には多くの人が亡くなっていた。車の修理工のボデさんもそのひとりだ。ボデさんも交通事故で命を落としたのだった。この一件は父さんが手紙で書いて知らせてくれていた。怒りすら感じられる文面だった。特に手紙の最後の三行は、熱がこもっていて、説得力があり、何年ものあいだ記憶に強烈に焼きついていた——。

轍がついて荒れ果てた道路、〝死の落とし穴〟では、毎日のように若者が命を落としている。しかしアソ・ロックの阿呆どもは、この国は耐え抜いていくなどとほざいている。これこそが問題だ。やつらの嘘こそが問題なのだ。

妊婦が不注意にも道路に駆け込んできたので、父さんは車を急停止させた。女性は道路をわたりながら、申し訳なさそうに手を振った。間もなく、うちの通りの外れと思われる場所に差しかかった。ここからは通りがきれいに整備されて、新しい建物があちこちに立ち並んでいた。なにもかもが新しくなって、世界が生まれ変わったみたいだ。新たな戦場から眺望が次々に開けてくるように、見慣れた家々が目に飛び込んできた。アブルのおんぼろトラックがあった場所に目をやった。残っているのは落ち葉のような金属片だけで、エサンの草むらに絡まっている。そこでは雌鳥とヒヨコたちが食べ物をついばみ、機械的にくちばしで地面をつついている。ぼくはこの光景を見て驚き、あのトラックはどうなったのか、だれが撤去したのかと首をひねった。そしてまたオベンベのことが思い浮かんだ。

家に近づくにつれて、より強く兄さんのことを考え、芽生えたばかりの喜びがこういう物思いに脅かされた。太陽の照り返す明日への思いは、オベンベが戻ってこない限り、長くは生き続けないと感じるようになった。よろめき歩く弾痕だらけの男のように、いずれ崩れ落ちて死に絶えてしまう、と。父さんから、母さんはオベンベが死んだと信じ込んでいると聞いていた。四年前、ビショップ・ヒューズ記念精神科病院での一年の入院を終えたのち、母さんはオベンベの写真を埋めたそうだ。母さんは夢でオベンベがアブルに殺されるのを見た。オベンベはアブルの実弟のように槍で壁に突き刺され、母さんが壁から引き離そうとしたけれど、オベンベは目の前でゆっくりと息絶えていった。この夢が現実だと思い込んで、母さんは泣きじゃくりながらオベンベを弔い、なだめられるのも拒絶したのだった。父さんはもちろん、そんなことを考えていなかったが、母さんの回復のためには同意してあげるのが一番だと思っていた。友人のヘンリー・オビアローからも、望むままにさせてあげるのがいい、言い争うのはよくないと助言を受けていた。デイヴィッドとンケムははじめのうち、アブルは死んだのに、オベンベを殺せるはずがない、と受け入れなかったのだが、父さんが二人をたしなめて、母さんの思いは尊重された。父さんは母さんに付き添って、イケンナが眠るそばのオベンベを埋葬した場所へと足を運んだ。母さんは一緒に来ないと死んでやると脅し文句を吐いて、むりやり父さんを立ち会わせたのだった。でも母さんが埋めたのはオベンベではない。オベンベの写真だ。

父さんはすっかり変わってしまい、人と話すときに目線を合わせなくなっていた。このことに気づいたのは、刑務所の応接室で父さんが母さんのことを話していたときだ。父さんはかつてもっと逞しい人だった。断固たる態度で、多くの子宝に恵まれると家族にさまざまな成功をもたらしてくれると言って、子どもをたくさん持つことを主張していた。父さんは「子どもたちはみんな偉大な人物になる」とよく言っていた。「弁護士、医者、技術者――ほら、うちのオベンベは戦士になった」。そして何年ものあいだ、この夢がいっぱい詰まった鞄を携えていた。あのころは、まさか手のなかにある鞄に蛆のわいた夢が入っているとは思ってもみなかった。そうして朽ち果てたまま放置され、今ではずっしりと重くなっていた。

家に着くころには日が暮れかけていた。少女が門を開けてくれた。その子がンケムだとすぐに気づいたものの、はっきり認識するのはそうたやすいわけでもなかった。ンケムは母さんと瓜二つで、七歳の女の子にしてはずいぶん背が高い。背中には長く編んだ髪を垂らしている。ンケムを目にしてぼくはすぐに気づいた。ンケムとデイヴィッドはシラサギなのだ。あの雪のように真っ白で鳩に似た鳥、嵐のあとに現れ、群れをなして飛んでいく。二人は嵐がぼくら家族に襲いかかる前に生まれていたが、本当の意味で激震を経験したわけではない。嵐が荒れ狂うただなかで眠る人のように、二人もまどろみながらこの期間を切り抜けた。それに、母さんが最初に入院したときには、わずかな影響はあったとはいえ、かすかな泣き声ほどにすぎず、目を覚まされるようなものではなかった。

だが、シラサギは別のことでも知られている。良き時代の象徴であり前触れでもある鳥。それに、どんなに優れた爪やすりよりも爪をきれいにしてくれると信じられている。ぼくらもアクレの子どもたちに交ざり、シラサギが空に舞っているのを見ると必ず急いで飛び出し、頭上を低空飛行している白い群れのあとを追って、指を振り動かしながら同じ文句を繰り返した。「シラサギよ、シラサギよ、ここに留まっておくれ」

指を激しく振れば振るほど、歌も速くなる。激しく速く指を振って歌うと、爪がより白くきれいになって輝きに満ちる。ふとそんなことを考えていたら、妹がぼくの腕に飛び込んできて、温かく抱き締めてくれた。ンケムは突然泣き出して、「お帰りなさい、ベン兄さん」と何度も言った。

妹の声は音楽のように鳴り響いた。両親と弟のデイヴィッドは、ぼくらのうしろで車のそばに立ったままこちらを見ていた。ぼくはンケムを抱き締めながら、帰ってこられてうれしいよとつぶやいた。そのとき、二度、口笛がヒューと鳴った。顔をあげると、その瞬間、ぼんやりとした姿が井戸のそばの塀を越えようとしているのが見えた。何年も前、ちょうどその場所でボジャが引き上げられたのだった。ぼくは自分が目にしたものに驚いた。

「あそこにだれかいる」と言って、ぼくは薄暗がりのほうを指差した。

ところが四人ともまったく動かない。まるでぼくの声が聞こえていないみたいだった。みんな同じ場所に立ってこちらをじっと見ている。父さんの腕は母さんを抱え、デイヴィッドの顔には朗らかな笑みが広がっている。ぼくを見つめながら、自分で確かめてごらんと言っているか、そんなはずないと思っているか、どちらかのようだった。でも、ずっと前に兄さんたちが取っ組み合っていた場所を注視していたら、確かに塀をよじ登っている二本の脚の影が目に入った。少しずつ近寄っていくと、ぼくの心臓の鼓動は太鼓のように激しく打って新たに覚醒した。

「そこにいるのはだれ?」とぼくは声を張り上げた。

はじめは言葉も、動きもなにも感じ取れなかった。ぼくは家族のほうを振り向いて、あそこにいるのはだれなのとたずねてみたが、みんな同じ場所にただたずんだまま、ぼくをまじまじと見ているだけで、ひとことも話す気がないようだった。四人はうっとりと暗闇に溶け込み、輪郭がぼんやり浮かび上がるだけの背景と化していた。それで、もう一度同じ場所に目を移すと、壁に影が伸びて静止した。

「そこにいるのはだれ?」とぼくは再び声に出した。

するとその人影は口を開き、大きなはっきりとした声がこだました——最後に聞いた声と今聞こえる声のあいだには、なんの理由も、格子も、手も、手錠も、柵も、年月も、距離も、時間も、なんの隔たりもないかのように。この過ぎ去った年月が、叫びのあがったときとそれが消えゆく時間とを分けるごくわずかな間隔でしかないように——ぼくが彼だと気づいたとき、そして彼が「ぼくだ、オベだ、君の兄さんだよ」と言うのが聞こえたときの、ほんの一瞬のずれのように——。

その姿がこちらに向かってくると、ぼくはしばらく身じろぎもせずに立っていた。兄さんなんだ、紛れもなく兄さんなんだと考えて、ぼくの心は自由に羽ばたく鳥のように弾んだ。ぼくが起こした嵐が去ったあとで、シラサギのごとく、かつてとまったく同じ、現実の存在として姿を現したのだ。オベンべが近づいてくると、判決公判の日の法廷で、彼が帰ってくる幻影のようなものが見えたことを思い出した。あの日、証言台に登る前、ぼくがまた泣き出していると、父さんがそれに気づいて、ぼくを法廷の隅の巨大なアクアマリン色の壁のそばに引っ張っていった。

「ベン、泣くようなときじゃないぞ」二人でその場所に行くと父さんが囁いた。「そんなものは——」

「父さん、わかってる。母さんのことを思って悲しいだけなんだ」とぼくは答えた。「母さんに伝えて、ごめんなさいって」

「いいや、アズィキウェ、よく聞きなさい」と父さんは言った。「父さんがいつも教育してきたとおりに、あそこに立つんだ。武器を持って兄さんたちの仇を討ったときのように、あそこに立つんだ」父さんが両手で巨大な男の上半身を宙に描いているとき、一粒の涙が父さんの鼻をつたっていった。「どうやって起こったのか、ぜんぶしっかりと話すんだ。父さんが育てたとおりに——脅威を与える、圧倒的に強い男として——あの——そうだよ、あの——」

父さんはいったん言葉を切って、無造作に指を坊主頭に伸ばし、心のなかの考えにぴったり合う言葉を探していた。「あの漁師だったころのように」父さんの震える唇からようやく声が漏れ聞こえた。「わかったか？」父さんはぼくを揺すった。「わかったな？」

ぼくは答えなかった。答えられなかった。外がいっそう騒がしくなり、ぼくを拘束していた看守たちが近づいてきても。法廷にはどんどん人が詰めかけている。なかにはカメラを持った取材記者も見える。父さんはそのようすを目にして、追い詰められたように大声を出した。

「ベンジャミン、お前は父さんの期待を絶対に裏切らない」

ぼくは堰を切ったように泣き出し、心臓は激しく脈打っていた。

「わかったか？」

ぼくはうなずいた。

ほどなく、法廷で全員が着席すると、ハイエナのような原告側が、アブルの負った傷の詳細を説明した（……犠牲者の身体には釣り針による刺傷が多数あり、頭部には殴打の跡、胸部には血管の破裂が見られ……）。その後、判事はぼくの最終陳述を求めた。

ぼくが話そうとすると、父さんの言葉が——「脅威を与える、圧倒的に強い男」——頭のなかで反復し始めた。振り向いて、並んで座っている両親、その横にいるディヴィッドを見た。父さんはぼくの目を見つめてうなずいた。それから口を動かして、ぼくにもうなずいて答えるよう促した。ぼくがうなずくのを見て、父さんは微笑んだ。そのとき、内側からどっと言葉が溢れ出し、ぼくの声は法廷の冷ややかな沈黙を突き抜けて高く舞い上がった。ぼくはこれまでずっと思い描いてきたとおりに話し始めたのだった。

「ぼくらは漁師でした。兄さんたちとぼくは漁師になったのです——」

突然、母さんが甲高い声をあげて絶叫し、法廷を騒然とさせると、たちまち公判が大混乱に陥った。父さんは母さんの口を手で押さえようともがき、シーッ、静かにと小声で懇願していたところ、思わず大きな声になってしまった。法廷内の注目が二人に集まり、父さんは「たいへん申し訳ありません、判事閣下」と謝罪をおこなうと、続いて「ンネ、ビコ、エベズィナ、エメナイファ——泣くんじゃない、こんなことしちゃいけない」と母さんに語りかけた。ぼくは両親のほうを見ずに、ずっと緑色のカーテンに目をやっていた。カーテンは座席より高い位置にあり、重厚な枠に縁取られた埃まみれの錯窓を覆っている。突風が吹きつけてカーテンがそっと揺れ動くと、一瞬、緑色の旗が翻っているように見えた。騒動が続いているあいだ、ぼくは目を閉じて、包み込むような闇に身を任せた。暗闇のなか、リュックを背負った少年の影が見えた。家を出ていったときと同じように、歩いて帰っている。もうすぐ家だ。あと少しで家に着く。そのとき、判事が小槌で台を三度叩いてがなりたてた。「続けてよろしい」

ぼくは目を開け、咳払いをして、もう一度最初から話し始めた。

謝辞

表紙にはぼくの名前だけが記されているが、この本は多くの人の尽力なしでは生まれなかった。

偉大な先生で初期の読者、ぼくのトルコの父、ウンサル・オズンル、親友でこのうえなく大切なきょうだい、ベフブード・モハマドザデー、この小説の大部分を通してぼくを見ていたスタヴルーラ、手伝い、導き、良い習慣を教えてくれるニコラス・デルバンコ、赤ペンでページの端に書きつける慧眼の読者、アイリーン・ポラック、意見を出して流れを変えてくれたクリスティーナ、親切にも手助けしてくれたアンドレア・ボーシャン、平穏と愛情を与えてくれるローナ・グディソン……

一流のエージェント、ツアーガイド、手を取ると心安らぐ友、ジェシカ・クレイグ、原稿を契約し、編集し、どのページも見えざる手で助けてくれ、強く信じてくれたエレナ・ラパン。喜びをもたらす編集者、ジュディ・クレイン。類い稀な出版者、打ちのめされても諦めない、アダム・フロイデンハイム。作家に豊かさと才能を与えてくれるヘレン・ゼル……

ずっと応援してくれ、良き物をもたらしてくれた、ビル・クレッグ。真っ先に言葉を送ってくれたピーター・スタインバーグ。何事も迅速なアマンダ・ブラウアー。この本を至るところに広げてくれたエージェント、リンダ・シャウネシー。巧みに触れ回ってくれたピーター・ホー・デイヴィス。エメカ・オカフォー。ベルナ・サリー。アニェス・クルプ、D・W・ギブソン、レーディヒ・ハウスのすばらしい人たち（アマンダ・カーティン、フランスシコ・ハーゲンベック、マーク・パスター、サスキア・ジャイン、エヴァ・ボンヌほかのみなさん）。ペンを手に青ざめる、フィクション作家の仲間たち、ミシガン大学ヘレン・ゼル作家プログラムの偉大な書き手で同僚のみんな……

たくさんの子を持つ父さん、大勢の母であるンネム、歴史家のおばさん、女きょうだいのマリア、ジョイ、ケレチ、ピース、男きょうだいのマイク、チナーザ、チュクウマ、チャールズ、サーム、ラッキー、チーディエベレ、この本は家族のみんなに捧げられる……

そして、紙幅のために名前をあげられなかったみなさん。みなさんの助力に支えられたこと、先に名前をあげた人たちと同様、感謝申し上げたい。最後に、読者のみなさんには百倍の感謝を。

訳者あとがき

「アフリカはもはやアフリカ大陸だけに存在するのではない。アフリカ人たちが世界に散り散りになっていき、さまざまなアフリカを生み出し、さまざまな冒険に乗り出している。おそらくこのことこそ、黒い大陸がもつ文化的価値を判断する一助となるはずだ」――コンゴ共和国出身の作家アラン・マバンクはそう述べる。

「アフリカのベケット」と呼ばれるマバンク自身も、コンゴそしてフランスで学業を修め、フランスで教鞭を執ったのちにアメリカにわたり、現在はカリフォルニアに身を置いて、大学で教えながらフランス語で創作している。アフリカ文学がアフリカ大陸の国家独立、脱植民地化の流れのなかで、「アフリカ文学」というひとつの軸に結集し、歩んでいった時代から半世紀以上が経過したいま、アフリカに出自をもつ作家たちが、主流の移住先である旧宗主国に限らず、さまざまな移動の軌跡をたどりつつ世界じゅうに広がっている。作家自身と作品の帰属のカテゴリーが国や大陸、言語をまたいでいる状況において――連綿と続く頭脳流出ともとれるうえ、アフリカに暮らし、活動するポテンシャルを否定する現象にも見えるにせよ――アフリカ文学という定義が多様化、複雑化しているとともに、その新たな可能性と展望が開かれ、新しい才能が続々と誕生している。イギリス、フランス（そして相対的に規模は小さいながらもポルトガル）は言わずもがな、現在では――明らかに大学での雇用をはじめ経済的な理由によって――マバンクのようにアメリカ合衆国にわたる作家たちが多いうえ、イタリア、ドイツ、ベルギー、オランダ、スペイン、メキシコ、南アフリカなど、あらゆる場所で、そしてあらゆる言語（ときに二言語以上）で創作活動をおこなっている作家の活躍が著しい。

チゴズィエ・オビオマはまさにこの新しい潮流、新しい世代を代表する才能である。ナイジェリア南西部のオンド州アクレで生まれ育ったオビオマは、二〇〇七年に地中海に浮かぶ島、キプロスにわたって学業を修める。その後アメリカへ移住、現在はネブラスカに暮らして、大学で教鞭を執りながら創作をおこなっている。アメリカでは、すでに触れたマバンクのほか、チママンダ・ンゴズィ・アディーチェ（ナイジェリア）、クリス・アバニ（ナイジェリア）、ディナウ・メンゲストゥ（エチオピア）、パトリス・ンガナン（カメルーン）、ノヴァイオレット・ブラワヨ（ジンバブウェ、『あたらしい名前』谷崎由依訳、早川書房、二〇一六年）など、多くの錚々たる「アフリカ人」作家たちが活躍しているが、そのなかでもオビオマは一九八六年生まれともっとも若い作家のひとりである。長篇デビュー作の本作『ぼくらが漁師だったころ』（原題は *The Fishermen*）は、二〇一五年に出版されるや、同年のブッカー賞最終選考に残ったことをはじめ、多方面から高い評価を受けて大きな反響を呼んだ。

オビオマ自身によれば、この小説は移動の経験なくしては生まれなかったという。あるインタビューで、彼はイボ語の言い回しを用いてこんなふうに表現している。「太鼓の音は近くよりも遠くから聞くほうがよりはっきり聞きとれる」。つまり、ナイジェリアから遠く離れ、外側から国家、故郷、家族を見つめなおすことで物語が形をとり始めたのである。二〇〇九年、キプロスで暮らして二年が経過したころ、突然ホームシックに襲われた。そのとき、しばらく前に父親が電話で嬉しそうに語っていたことを思い出す——総勢十二人きょうだいの「大連隊」において、成長過程でしばしばぶつかり合い、殴り合いの喧嘩もしていた上の二人の兄たちが強い絆で結ばれるようになったということだった。そこから、きょうだい愛や家族の絆について思いを巡らせるうちに、その対極の最悪の状態とはどういうものだろうと想像を膨らませ、アグウ家の悲劇の物語が浮かび上がってきたのだそうだ。

『ぼくらが漁師だったころ』は普遍的な家族の絆とその崩壊の物語である、とオビオマは述べている。しかし同時に、ひとつの家族の運命のプリズムをとおして、ナイジェリアという大国が抱える、政治的、経済的、社会的なさまざまな矛盾が意識的に、しかも巧みに描かれてもいる。一九九〇年代のナイジェリア、著者が生まれ育った南西部の町アクレを舞台に、アグウ家の物語は、直接、間接に激動のナイジェリア現代史と絡み合いながら展開していく。小説では固く結束した家族がアブルという〝狂人〟の予言によって引き裂かれることになるが、ナイジェリアという国家自体も、英国といういわば〝狂人〟の放ったことばで恣意的に作り出され、人びとがその存在を信じるようになったがために悲劇に見舞われてしまった——オビオマは自らそう解説を加えている。

現在ナイジェリアと呼ばれる地域は、歴史的、文化的にまったく異なる社会が複数存在している場であり、とうていひとつの国としては成立しえないはずであった。一般的に言われるような、北部はイスラームのハウサ人、南西部はヨルバ人、南東部はイボ人が主流の地域という単純化された見方をとってみても、一国ではありえない複雑さを呈していることがわかる。そもそもの問題のもとをたどると、十九世紀のイギリス植民地支配の開始にまでさかのぼり、一九一四年、北部と南部の保護領がナイジェリア植民地保護領として統合されたことに行き着く。一九六〇年に連邦共和国として独立を遂げるが、その複雑さゆえに、独立後も長きにわたって政治的混乱が続いてきた。

物語の中心的な成分であると同時に、歴史的にも重要なモメントであるのは、一九九三年の出来事である。小説では、この年、四人の兄弟が偶然にも大統領候補の実業家、M・K・Oの愛称で知られるモシュード・アビオラに出会う。選挙戦のスローガン「希望93」のとおり、アビオラは民政移管が期待されていた国政だけではなく、兄弟にとっても未来の希望の象徴となった。ところが、アビオラが同年の大統領選で勝利したにもかかわらず、八五年のクーデターでの政権奪取以来、大統領の座についていたイブラヒム・ババンギダによって選挙結果が破棄されてしまう。それを機に各地で暴動が起こり、ババンギダは引責して大統領を辞任、ショネカン暫定政権が発足するも、わずか一カ月ほどでサニ・アバチャがクーデターを起こして実権を掌握する。アバチャ軍事政権のもとでは、アビオラが国家反逆罪で逮捕・投獄されるなど政治弾圧が激化していった。小説でも触れられているように、アビオラはその後、釈放の前日に悲劇的な獄中死を遂げることになる。

ナイジェリアが混乱に陥っていくのと同時に、アグウ家の絆も、幼い夢も、希望も、なにもかもが崩壊の一途をたどっていく。九五年の終わりに〝父さん〟が北部の町ヨラに転勤になったことを境に、夢がいっぱい詰まったかれらの未来予想図にたちまち暗雲が垂れこめる。厳格な〝父さん〟が不在であるのをいいことに、不穏な噂が絶えない川で魚釣りを始めた兄弟たちは、家路につく際、狂人のアブルに遭遇し、悲劇のもととなる予言を告げられるのである。無邪気で微笑ましい子ども時代の記憶が語られる前半部分から一転、これ以後、アグウ一家は途方もない不幸に飲み込まれていく。とりわけ、自身に対する予言を重く受け止めた長兄イケンナが、兄弟たちの希望が託された〝M・K・Oカレンダー〟を破り捨てる一件は、同時代のナイジェリアの希望の喪失に重ね合わせられており、核心的な出来事として描かれている。だからこそ、ナイジェリアの作家ヘロン・ハビラが述べるように、この小説は「失われた希望への挽歌」となっている。

もう一点、何度か言及されるだけではあるものの、家族史とナイジェリア史が交差する地点として重要なのは、ビアフラ戦争と呼ばれるナイジェリア内戦の記憶である。一九六七年、主にイボの人びとが暮らす東部州が連邦共和国から分離、ビアフラ共和国の樹立を宣言した。それをきっかけとして、前年にクーデターで政権を奪取していたヤクブ・ゴウォンが東部州に侵攻、その後二年半におよぶ内戦が続き、多数の餓死者を含む二百万もの死者を出した。そして一九七〇年、ゴウォンの内戦終結宣言とともに、事実上ビアフラ共和国は崩壊する。なお、ビアフラ戦争はこれまでも多数の小説で扱われており、なかでも二〇〇七年に出版されたアディーチェによる見事な長篇小説『半分のぼった黄色い太陽』（くぼたのぞみ訳、河出書房新社、二〇一〇年）はもっとも広く知られている作品である。本作においては、〝父さん〟の少年時代の話や〝母さん〟の幻覚のなかに悲惨な戦争の一断面が浮かび上がり、物語の不可欠な背景をなしている。アグウ家のみならず、ナイジェリアの、とりわけイボの人びとのトラウマとして、過去の戦争の記憶が立ち現れ、現在にも暗い影を投げかけていることが見てとれるだろう。

さらに小説の理解に欠かせないのは、登場人物たちの、あるいはナイジェリアの言語状況である。注目すべき点は、イボ語を話すアグウ家が、ヨルバ語が主流の南西部地域で暮らしていること、そして登場人物それぞれがひとつの言語と結びついていることである。四兄弟は地元の友だちと話すヨルバ語、西洋教育を崇めている〝父さん〟は英語、〝母さん〟はイボ語というように。家族のあいだではふだんイボ語が話されるが、両親は子どもたちを叱る際に、意図的に距離を作り、より厳格な響きをもたせるため英語を用いる。兄弟たちはイボ語とヨルバ語をごく自然に、器用に使い分けている。また、広く庶民に用いられる言語としてピジン英語も出てくる。オビオマによれば、さまざまな言語を織りまぜたのは、ナイジェリアに生きるリアリティとそのニュアンスを表現したかったためということだ。

登場人物が何語を話しているかについては、そのつど文脈化されてほぼ明確にされているため、読者にとってそれほど理解は困難ではないだろう。ただし、イボ語から英語に直訳された言い回しには、多少のつまずきやなんらかの違和をおぼえるかもしれない。語りに長けた〝母さん〟がイボ語の慣用表現やことわざ、話術を頻繁に用いるだけではなく、会話文でイボ語特有の表現がそのまま英語に移し替えられているところが少なからずある（たとえば、「ぼくの心が証明している」というのはその一例）。訳者がその違和をうまく表現できているのかは心もとないが、ぜひ読者のみなさんには著者の思惑どおり、大いにつまずきを感じていただきたい。「英語小説」のなかに含まれるイボ語、ヨルバ語、ピジン英語をどう日本語の文脈に移すか、あるいはどう表記するかというのは、非常に難しく、悩みに悩みぬいたことのひとつであるが、その一方で訳者冥利に尽きる――というよりむしろ、アフリカ文学研究者冥利に尽きるところであった。

作品中のこうしたイボ語の使用にも関連するが、そもそも小説の構造自体がイボの想像力や思想に依拠しているとオビオマは述べている。物語の底流をなしているのは、死者と生者の世界に往来がある、運命はすべてあらかじめ定められ、偶然の出来事はない、人びとの行動は超自然的な力にコントロールされている、といった思想である。事実、アグウ家の人びとは、なんとかして運命を変えようと努力し行動にうつすも、結局はどうにもならず、不幸のどん底へと転落していってしまう。

この思想は小説でも触れられているイボの「チ」という概念に深くかかわりをもつ。守り神という訳語をつけているとおり、「チ」はだれもが生まれる前からもっている神であり、生涯をとおして個人の成功や運を左右すると考えられている（ちなみに、〝母さん〟の「チネケー」や「チネケーム」という叫びは、「チ」がもとになった間投詞である。また、チゴズィエという名もそれに由来し、「神がわれわれに祝福を与えてくれますように」という意味である）。信じなくていい予言を信じてしまったのが不運の原因であるように見えるが、実際には、イケンナの運命はどうあがこうと、そもそも本人にも、だれにも変えられなかったのである。「……自分の運命を自分で決められない存在。運命はすでに決められていた。彼のチ、だれもが持っているとイボ人が信じる守り神は脆弱だった」

このように小説の支柱となっているイボ語やイボの思想の使用からも想像できるが、作品では直接的に、一九五八年出版のアフリカ文学の金字塔的作品、イボ人作家チヌア・アチェベによる『崩れゆく絆』（粟飯原文子訳、光文社古典新訳文庫、二〇一三年）が言及されており、明らかにオビオマがアチェベから汲み取った文学的な影響は大きいと考えられる。『ニューヨーク・タイムズ』紙もオビオマに対して「アチェベの後継者」という讃辞を贈っているほどである。ところが、さまざまなインタビューでの発言をみると、アチェベの影響は強調されておらず（なお、一番影響を受けたアチェベ作品は一九六四年の三作目『神の矢』とのこと）、かわりにあらゆる作家や作品名があげられているのは興味深い。真っ先に名前があがっているのはナイジェリアのエイモス・トゥトゥオラ（『やし酒飲み』、土屋哲訳、晶文社／岩波文庫）、そして、ナイジェリアのノーベル文学賞受賞作家ウォレ・ショインカ、シプリアン・エクウェンシ、ヨルバ語作家D・O・ファグンワ、ギニア共和国のカマラ・ライ、さらに、ガルシア＝マルケス、トマス・ハーディ、ジョン・バニヤン、シェイクスピア、ホメロス、ギリシャ神話……とリストは延々と続いていく。アフリカの作家たちにはより強い共感をおぼえていると言ってはいるものの、アチェベについて熱心に触れないことからも、そしてこのリストを一瞥するだけでも、オビオマの作家としてのスタンスが見てとれる。レッテル貼りを嫌い、自分の作品がナイジェリア文学やアフリカ文学というカテゴリーに押し込められることを拒絶しているのである。さらに、「だれに向けて書いているのか」という質問に対しては――おそらく、ナイジェリアやアフリカの人びとという返答を期待した問いであろうが――あらゆる読者に開かれた作品である、と切り返している。

たしかに、文学作品があらゆる読者に開かれているのは当然であり、市場や流通にも深く関係する「アフリカ文学」というカテゴリー化に拘るのはナンセンスであるともいえる。しかしながら、実のところ、オビオマをはじめとして、冒頭にもあげた新世代のさまざまなアフリカ出身の作家たちの営みは、ほとんどの場合、アフリカという場からも、アフリカ文学という「伝統」からも、切り離されているわけではない。むしろ、アフリカ文学という単一性を掲げて積み重ねられてきた歴史の重みを引き受けつつ、今日的な状況を思考して、そこに多様性を付加し、刷新していく試みであるというほうが正しい。そもそもアフリカのローカルな思想や文化的資源と西洋文学の要素を練り合わせて、新しい形式や表現を産み出そうとする努力と営為こそ、アフリカ文学のいわば「伝統」であり続けてきた。オビオマがトゥトゥオラに敬意を払うのも、トゥトゥオラの一般的には「土着的」と評される作品のなかに、「ギリシャ悲劇とシェイクスピア悲劇の混在」が読み取れるからである。

『ぼくらが漁師だったころ』は、イボの悲劇であるとともにギリシャ悲劇の特徴を含みこむ——著者本人のことばによれば——「アフリカとヨーロッパの悲劇の形式が混ざり合った」作品である。そして、物語の中心的な主題には、普遍的な家族愛が据えられているとしても、別の位相においてそれはナイジェリアの運命のメタファーとなっている。オビオマの作品は「失われた希望への挽歌」である。と同時に、最後には希望の象徴と新しい時代の前触れとして、シラサギが悲運と混沌のただなかから姿を現し、翼を広げることにより、ナイジェリアという矛盾だらけの国の「輝かしい未来への予感」(ヘロン・ハビラ)をも表している。——ここにこそ古くて、新しい「アフリカ文学」のかたちを見ることができるのである。

＊

国際的に高い評価を受け、すでに多数の言語に翻訳されている本作品の日本語訳に取り組むことができたのは望外の喜びである。翻訳の作業は困難と試行錯誤の連続であったが、つねに多くの方に励まされ、助けられた。とりわけ、次にお名前をあげる方々に感謝の意を表したい。

著者のチゴズィエ・オビオマさんは訳者からの度重なる、執拗ともいえる質問に対して、いつも真摯に、丁寧に、そして気さくに答えてくださいました。ダール、チゴズィエ。目下、新しい小説を執筆中とのこと。次作を手に取るのが今から楽しみでなりません。

ナイジェリアのみなさんには、イボ語、ヨルバ語、ピジン英語の発音と意味についてご教示いただきました。ローレンス・アファム・オドさん、コラウォレ・オラインカさん、オメナ・オジゴロ＝アゴマテさん、トイン・ンディディ・タイウォ＝オジョさんに心よりお礼を申し上げます。

それから、緒方しらべさん。ナイジェリアのことを教えてもらうだけではなく、いつもさまざまな面から支えてもらっています。ほんとうにありがとう。

早川書房の永野渓子さんには、最初から最後までお世話になりました。永野さんの鋭く的確なご指摘、やさしく細やかなお気遣いがあったからこそ、無事にこの作品を世に出すことができました。心から感謝を申し上げます。

二〇一七年八月十日

本書では作品の性質、時代背景を考慮し、現在では使われていない表現を使用している箇所があります。ご了承ください。

訳者略歴　法政大学准教授　訳書『褐色の世界史』ヴィジャイ・プラシャド，『ゲリラと森を行く』アルンダティ・ロイ，『崩れゆく絆』チヌア・アチェベ

ぼくらが漁師(りょうし)だったころ

2017年9月20日　初版印刷
2017年9月25日　初版発行

著者　チゴズィエ・オビオマ
訳者　粟飯原文子(あいはらあやこ)
発行者　早川　浩
発行所　株式会社早川書房
東京都千代田区神田多町2－2
電話　03－3252－3111（大代表）
振替　00160－3－47799
http://www.hayakawa-online.co.jp

印刷所　株式会社亨有堂印刷所
製本所　大口製本印刷株式会社

Printed and bound in Japan

ISBN978-4-15-209714-9 C0097